OVERLORD

Band 3: Die blutige Walküre

Kugane Maruyama | Illustration: so-bin

TOKYOPOP

Inhalt

Ainz Ooal Gown kennt keine Niederlage.

Kapitel 1: Raubtierherde

Kapitel 1: Raubtierherde

1

»Was ist denn das für ein Fraß?«

Der schrillen, hysterischen Stimme folgte das harte Klappern von Besteck, das man auf Teller fallen ließ.

Mehrere Personen im Speiseraum drehten sich zu der Frau um, die der Ursprung des Tumults war. Das Wort *schön* wurde ihr nicht mal ansatzweise gerecht. Möglicherweise war sie sogar der Goldenen Prinzessin, der größten Schönheit des Königreichs, ebenbürtig. Sogar wütend war sie hinreißend. Und selbst während sie eine Szene machte, wirkte jede ihrer Bewegungen grazil und bemessen. Sie musste eine Adelige sein – die Tochter einer Persönlichkeit von Rang und Namen. Während sie sich die Locken zurückstrich, betrachtete sie missbilligend das Essen vor sich.

Der Tisch war voller Teller. In einem Korb lagen weiche, weiße Brötchen, so frisch aus dem Ofen, dass sie noch dampften. Auf einem Teller lag neben Zuckermais und mit viel Butter zubereitetem Kartoffelpüree ein dickes Stück rosig gebratenes Fleisch verlockend im eigenen Saft. Der Salat bestand aus frischem, knackigem Gemüse, das dazugehörige Dressing verströmte einen belebenden Zitronenduft.

Die Mahlzeiten im Pavillon zum goldenen Glanz, dem besten Gasthaus der Festungsstadt E-Rantel, wurden mit Zutaten zubereitet, auf die man *Preservation* gewirkt hatte, um sie frisch zu halten – und selbstverständlich von einem Meisterkoch. Diese Mahlzeit war ein Kunstwerk, geschaffen aus den erlesensten Zutaten durch die angesehensten

Köche. Nur Gäste von königlichem Geblüt, Adelige und erfolgreiche Händler konnten sich Derartiges leisten – und diese Frau zeigte unverblümte Unzufriedenheit.

Es war nur natürlich, dass diese Frage die anderen Gäste nicht nur überraschte, sie begannen auch über das Essen nachzudenken, das sie bislang ohne weitere Überlegungen verspeist hatten.

»Das ist widerlich.« Das klang dermaßen unangebracht, dass es alle Anwesenden einen Moment lang verblüffte.

Nur einer beobachtete diese ganze Szenerie, ohne mit der Wimper zu zucken, der betagte Diener, der hinter ihr bereitstand. Selbst als sie mit funkelndem Blick zu ihm herumfuhr, verzog er keine Miene, als wäre er zu keinem anderen Gesichtsausdruck fähig.

»Ich ertrage diese Stadt nicht! Bereite alles für meine sofortige Abreise vor!«

»Aber Herrin, es ist bereits na…«

»Halt die Klappe! Ich sage, wir gehen, also gehen wir! Verstanden?«

Als Antwort auf ihren kindischen Wutausbruch rührte sich der Diener zum ersten Mal, indem er den Kopf neigte. »Zu Befehl, Herrin. Ich bereite sofort alles Notwenige vor.«

»Hmpf! Wenn du verstehst, Sebas, dann beeil dich!« Sie schleuderte ihre Gabel weg, die irgendwo klirrend auf dem Boden landete. Dann stürmte sie entrüstet aus dem Speiseraum.

In der angespannten Atmosphäre, die sie zurückließ, erhob sich, der Ruhe nach einem Platzregen gleich, eine würdevolle Stimme: »Ich bitte die Anwesenden, den Vorfall zu entschuldigen.« Nachdem er den Stuhl, der beim Aufstehen der Frau fast umgekippt wäre, wieder an seinen Platz gestellt hatte, verneigte sich der Diener langsam vor den anderen Gästen. Der alte Mann erntete für diese geradezu perfekte Entschuldigung mitleidige Blicke.

»Sir …«

»Ja?« Ein Mann, der bisher unauffällig im Hintergrund gestanden hatte, trat neben den Diener.

»Verzeiht. Ich denke, eine einfache Entschuldigung wird nicht ganz ausreichen, darum gestattet mir, die Kosten aller Anwesenden zu übernehmen.«

Auf den Gesichtern der Gäste, die ihn gehört hatten, breitete sich unverhohlene Freude aus. Im besten Gasthaus der Stadt war jede einzelne Mahlzeit kostspielig. Bei einer solchen Entschädigung war eine solch kleine Störung nicht weiter der Rede wert.

Der Inhaber hingegen zeigte sich unbeeindruckt und reagierte auf das Angebot des Dieners mit einer Verneigung. Die Natürlichkeit dieses Austauschs legte nahe, dass es seit der Ankunft dieses Gespanns aus Herrin und Untergebenem bereits mehrfach zu derartigen Situationen gekommen war.

Sebas sah zu einem Mann, der in einer Ecke des Speiseraums vor seinem eigenen Teller saß. Als er das bemerkte, stand der Mann hastig auf, um zu Sebas zu trotten.

Er passte so gar nicht zu den anderen Gästen. Zum einen mangelte es seiner Erscheinung gänzlich an Format und Würde. Seine Kleidung war das Einzige, worin er den übrigen Anwesenden ähnelte, aber es wirkte mehr, als würde sie ihn tragen, als andersherum. Es war schon beinahe komisch, wie sehr er einem herausgeputzten Clown glich.

»Sebas, Sir ...«

»Was gibt es, Zach?«

Zachs unterwürfige Art zu sprechen sorgte bei den anderen Gästen für Stirnrunzeln. Bei einem solchen Tonfall rechnete man zwangsläufig damit, dass er sich jeden Moment gierig die Hände rieb.

Sebas dagegen verzog keine Miene.

»Auch wenn es sich für mich als einfachen Handlanger nicht schickt, das zu sagen, würde ich davon abraten, um diese Zeit aufzubrechen.«

»Weil eine nächtliche Kutschfahrt schwierig ist?«

»Nun, das und ich ... ähm ... brauche ein, ich meine ... ich muss mich auf die Reise vorbereiten, Sir.« Zach kratzte sich am Kopf. Zwar sah er frisch gewaschen aus, trotzdem verteilte er, was immer er dabei löste, um sich herum. Das Stirnrunzeln der Umsitzenden wurde tiefer. Ob er es bemerkte oder nicht, er kratzte sich noch heftiger.

»Allerdings glaube ich, dein Vorschlag wird der jungen Dame nicht gefallen. Nein, angesichts ihrer Laune bezweifle ich, dass sie es sich anders überlegen wird«, erklärte Sebas mit stählernem Blick. »Uns bleibt also keine andere Wahl, als abzureisen.«

»Also, ja ...« Zachs Blick zuckte auf der vergeblichen Suche nach einer Ausrede umher und er verzog das Gesicht.

»Selbstverständlich können wir nicht sofort aufbrechen. Ich muss erst noch das Gepäck der jungen Dame in die Kutsche laden, dafür benötige ich etwas Zeit. Bitte triff währenddessen die notwendigen Vorbereitungen.«

Als er wieder das Wort ergriff, trat ein verschlagenes Funkeln in den Blick des ärmlich wirkenden Mannes, aber Sebas ignorierte es einfach – immerhin verlief alles nach Plan. »Wann werden wir dann abreisen?«

»Hm. Wie wäre es in zwei oder drei Stunden? Länger lässt es sich vermutlich nicht aufschieben, da es auf den Straßen stockfinster sein wird.«

Da war wieder dieses berechnende Funkeln. Und auch dieses Mal gab sich Sebas alle Mühe, es zu ignorieren. Zach leckte sich mehrmals die Lippen, bevor er sagte: »He he. Das wird wahrscheinlich ausreichen.«

»Gut. Dann mach dich bitte bereit.«

Nachdem Zach gegangen war, wedelte Sebas durch die Luft – er fühlte sich schmutzig, als würde Dreck an ihm kleben.

Dank seiner stoischen Haltung schaffte er es, den Drang zu seufzen niederzuringen. Er konnte sich nicht dazu überwinden, niedere Wesen zu mögen. Seine Kameraden, beispielsweise Demiurge und Shalltear, fanden ein gewisses Vergnügen darin, mit ihnen zu spielen, aber Sebas wollte nicht einmal in ihrer Nähe sein.

Innerhalb der Großen Gruft von Nazarick herrschten die einhelligen Meinungen: »Wer nicht aus Nazarick stammt, ist ein niederes Wesen« und »Abgesehen von sehr wenigen Ausnahmen sind Menschliche und Halbmenschliche Schwächlinge, die man zerquetschen sollte«. Für Sebas, der den Worten seines Schöpfers: »Man kann sich nicht anmaßen, stark zu sein, wenn man die Schwachen nicht beschützt«, zustimmte, war diese Denkweise unbegreiflich. Wenn er allerdings mit jemandem wie Zach zu tun hatte, war er geneigt, zu denken, die grundlegenden Ansichten von Nazarick wären vielleicht doch gerechtfertigt.

»Du liebe Zeit. Und angeblich sind die Menschlichen so wundervolle Kreaturen …« Sebas strich sich über den penibel gestutzten Bart und überlegte, was er als Nächstes zu tun hatte.

Der Plan schritt gut voran, aber er musste sich mit dem Aufseher treffen. Noch während er nachdachte, bemerkte er einen näher kommenden Mann.

»Sieht so aus, als würdet Ihr in arger Bedrängnis stecken, wenn eine sofortige Abreise nötig ist.« Er war vermutlich in seinen späten Vierzigern. Weiße Strähnen durchzogen das ordentlich geschnittene schwarze Haar. Dank seines Alters und eines gesunden Appetits hatte er etwas Speck angesetzt. Sein gepflegtes Auftreten verlieh ihm ein kultiviertes Aussehen und seine Kleidung war protzig, aber seinem hohen Stand angemessen.

»Wenn das nicht Baldo ist. Sir.« Sebas verneigte sich leicht.

Baldo hielt ihn wohlwollend zurück. »Ach, nein, nein. Bitte, nicht so förmlich.«

Dieser Mann, Baldo Lauffray, war ein Händler, der einen großen Teil der Nahrungsversorgung der Stadt kontrollierte, und hatte sich bereits mehrmals mit Sebas unterhalten. Während Kriegszeiten war er für die Festungsstadt E-Rantel von unschätzbarem Wert, was ihn zu einem der mächtigsten Händler machte.

Sobald man über Zehntausende Soldaten verfügte, wurde es zu teuer und mühsam, jeden seinen eigenen Proviant mit sich führen zu lassen. Aus diesem Grund war es Standardvorgehensweise des Königreichs, die Truppen bei Ablösungen und Versetzungen nur mit dem Notwendigsten zur Stadt marschieren zu lassen und sie dann vor Ort zu versorgen. Darum genossen Händler für Nahrung und Waffen hier, anders als in anderen Städten, einen enormen Einfluss.

Ein Mann, den man zu den mächtigsten in E-Rantel zählen konnte, sprach niemanden an, nur weil man im selben Speiseraum aß. Es musste einen Grund geben. Aber auch darauf hatten Sebas und die anderen gehofft.

»Sebas, der ist ein Taugenichts.«

»Ist das so?« Zum ersten Mal gestattete er sich ein Lächeln und antwortete höflich in einem Tonfall, der deutlich machte, er wusste genau, wer gemeint war.

»Man kann ihm nicht vertrauen. Ernsthaft, ich begreife nicht, warum man so jemanden anheuert.«

Sebas suchte angestrengt nach einer angemessenen Antwort. Er konnte auf keinen Fall offenlegen, warum er Zach in seine Dienste genommen hatte. Aber zu behaupten, er hätte es getan, ohne den Ruf des Mannes zu kennen, würde Baldo nur an seiner Menschenkenntnis zweifeln lassen und damit seine Meinung von ihm beeinträchtigen. Sie hatten beschlossen, diese Stadt zu verlassen, aber er durfte seiner Beziehung mit Baldo nicht schaden. Er könnte irgendwann noch nützlich sein.

»Das mag sein, aber keiner war so überzeugend wie er. Möglicherweise lässt sein Charakter etwas zu wünschen übrig, aber sein Enthusiasmus beeindruckte die junge Dame«, sagte er schließlich

Baldo lächelte unbeholfen. Vermutlich war sie gerade in seiner Gunst gefallen. Nun, aus diesem Grund war sie dabei, trotzdem fühlte sich Sebas ein wenig unwohl dabei, sie in diese unvorteilhafte Rolle zu drängen.

»Es steht mir nicht zu, darum ignoriert, was ich als Nächstes sage, aber denkt Ihr nicht, Ihr solltet Euch bei Eurem Herren beklagen?«

»Damit könntet Ihr recht haben, aber wenn ich daran denke, wie viel Dank ich dem Vater der jungen Dame schulde, dann ...«

»Nun, Loyalität hat etwas für sich ...«, murmelte Baldo und tastete sich dann vorsichtig weiter. »Dürfte ich in diesem Fall anbieten, Euch jemanden zur Seite zu stellen, dem ich vertraue?«

»Das wird nicht nötig sein.« Es klang höflich, aber die Ablehnung war deutlich.

Baldo musste seine Entschlossenheit spüren und versuchte es anders. »Seid Ihr sicher? Ich glaube wirklich, Ihr solltet einen richtigen Wächter haben. Bis zur Hauptstadt ist es ein beachtlicher Weg. Und anders als im Kaiserreich sind die Straßen des Königreichs nicht sicher. Ich kann Euch mit einem ziemlich vertrauenswürdigen Söldner bekannt machen.«

Die Adeligen, die in den Herrenhäusern entlang der Straßen residierten, boten Schutz im Austausch für Wegzoll. Es war ihr gutes Recht, eine Entlohnung zu verlangen. Allerdings ging es ihnen häufig nur ums Geld und der gebotene Schutz war seinen Preis nur selten wert. Aus diesem Grund fielen Reisende oft Angriffen von diebischen Söldnern und Banditen zum Opfer.

Dank der Bemühungen der Goldenen Prinzessin, etwas gegen diese Missstände zu unternehmen, patrouillierten auf den Straßen auch

Sicherheitskräfte, die direkt dem König unterstanden. Aber sie waren nicht besonders zahlreich und man konnte unmöglich sagen, wie effektiv sie waren. Einmischungen durch die Adeligen, die ihre Rechte bedroht sahen, halfen ebenso wenig. Daher bestand auf den Straßen nur wenig staatlicher Schutz.

Aus diesem Grund kümmerten sich die Händler in der Regel selbst darum, indem sie Abenteurer anheuerten oder eine Gruppe Söldner, der sie vertrauten. Jemand in Baldos Position kannte bestimmt viele äußerst fähige und vertrauenswürdige Söldnertruppen. Aber Sebas konnte dieses Angebot nicht annehmen.

»Bestimmt könnt Ihr das. Allerdings reist die junge Dame nicht gern mit großem Gefolge. Ich muss mein Möglichstes tun, um ihren Wünschen zu entsprechen.«

»Seid Ihr sicher?« Verlegen verzog Baldo das Gesicht zu einer übertriebenen Grimasse, wie ein Erwachsener, der genug von den Faxen eines Kindes hatte.

»Vergebt mir, dass ich Euer wohlgemeintes Angebot nicht annehmen kann.«

»Ach, macht Euch deswegen keine Gedanken. Um ehrlich zu sein, würde ich Euch gern einen Gefallen tun. Wenn das nicht möglich ist, möchte ich zumindest einen bleibenden Eindruck hinterlassen.«

Die Tochter eines reichen Händlers aus einer gewissen Stadt des Kaiserreichs und ihr Diener – das war der Deckmantel, unter dem sie in dieses Gasthaus gekommen waren, und sie erweckten den Eindruck, über die Mittel zu verfügen, die man bei einer derart wohlhabenden Familie erwarten würde. Baldo wollte den reichen Vater beeindrucken.

Sebas schenkte der Beute, die ihm gerade in die Falle gegangen war, ein mildes Lächeln. »Ich werde meinem Herrn von Eurer Freundlichkeit berichten.«

In Baldos Augen blitzte etwas auf, aber bereits einen Moment später verbarg er es wieder. Normalen Leuten wäre diese Veränderung nicht einmal aufgefallen, wie das Funkeln eines Sterns, aber es war mehr als ausreichend, um von Sebas bemerkt zu werden.

»Nun denn, wenn Ihr mich entschuldigen wollt, ich werde jetzt gehen. Die junge Dame erwartet mich«, sagte er genau in dem Moment, als Baldo den Mund öffnete, um ihn weiter hinzuhalten.

Da er bekommen hatte, was er wollte, betrachtete Baldo einen Augenblick lang Sebas' Miene, bevor er seufzend sagte: »Puh, na gut. Da kann man wohl nichts machen. Kommt mich doch besuchen, wenn Ihr das nächste Mal in der Stadt seid, Sebas. Meine Tür steht Euch jederzeit offen.«

»Gewiss. Ich freue mich bereits auf Eure Gastfreundschaft.« Während Sebas Baldo hinterhersah, murmelte er: »Ein faszinierend vielschichtiger Mann.«

Baldos Handeln war nicht allein von niederträchtiger Profitgier getrieben. Sebas spürte, er machte sich ernsthafte Sorgen um die einsame Frau und ihren Diener. *Weil es Menschen wie ihn gibt, die versuchen, die Schwachen zu schützen, kann ich sie nicht verabscheuen.* Ein wohltuendes, natürliches Lächeln umspielte seine Lippen.

Nach wiederholtem Anklopfen und einer Entschuldigung verneigte sich Sebas und betrat das Zimmer.

»Bitte vergebt mir, Meister Sebas.«

Während er die Tür hinter sich schloss, betrachtete er die junge, sich tief verbeugende Frau. Hätten die Gäste im Speiseraum das miterlebt, hätten sie sich gefragt, was in aller Welt hier vorging. Es war die verwöhnte junge Dame, die von ihren Launen getrieben einen solchen Aufruhr verursacht hatte.

Ihre Miene wirkte jetzt so gelassen, als wäre die ganze Hysterie nichts weiter als Einbildung gewesen. Ihr Verhalten wäre gegenüber jemandem von höherem Rang angemessen gewesen. Es handelte sich um dasselbe Gesicht und dieselbe Kleidung, aber die Frau darin schien vollkommen verändert. Und da war noch etwas eigenartig: Sie hielt sich eines ihrer Augen – das linke – zu. Im Speiseraum hatte sie das nicht getan.

»Du musst dich nicht entschuldigen, Solution. Du hast nur deine Pflicht erfüllt. Sonst nichts.«

Sebas ließ den Blick durch das hübsch eingerichtete, geräumige Zimmer schweifen. Selbstverständlich war es für ihn, der die neunte Ebene der Großen Gruft von Nazarick kannte, nichts Besonderes. Aber vielleicht war der Vergleich auch unangebracht.

Sie hatten nicht viel Gepäck und er entdeckte alles in einer Ecke des Zimmers. Sie waren bereit abzureisen. Sebas hatte ihre Habe nicht vorbereitet, also blieb nur eine andere Person.

»Ich hätte das erledigt. Es war nicht nötig, dass du dir diese Mühe machst.«

»Wovon redet Ihr? Ich kann Euch keinesfalls noch mehr Arbeit aufbürden, Meister Sebas.« Die Frau, die sich bis eben noch verneigt hatte – Solution Epsilon, eine der Kampf-Maids der Plejaden – schüttelte den Kopf.

»Ach? Aber ich spiele deinen Diener.« Jugendlicher Schalk schlich sich in sein faltiges Gesicht.

Beim Anblick seines von Herzen kommenden Lächelns konnte Solution nicht anders, als endlich verlegen zu grinsen. »Es stimmt, dass Ihr meinen Diener spielt, Meister Sebas, dennoch bin ich Eure Untergebene.«

»Ja, das stimmt. Dann nehme ich mir die Freiheit, dir als dein Befehlshaber einen Auftrag zu erteilen. Deine Arbeit ist getan. Bis zu unserer Abreise werde ich mich um alles Weitere kümmern, und bis es so weit ist, bitte ich dich, dich hier auszuruhen.«

»Nun gut. Danke.«

»Meisterin Shalltear hat vermutlich mittlerweile genug davon, in der Kutsche zu warten. Ich gehe und sage ihr, wann wir abfahren.« Sebas hob eines der am schwersten aussehenden Gepäckstücke mit Leichtigkeit an. Dann, als würde er sich plötzlich daran erinnern, fragte er: »Übrigens, verhält er sich wie erwartet?«

»Ja. Ganz genau wie erwartet.« Sie drückte auf ihr Augenlid.

»Welch ein Glücksfall. Und wie stehen die Dinge?«

»Im Moment unterhält er sich mit einem zwielichtig aussehenden Mann. Möchtet Ihr hören, was sie sagen?«

»Das wird nicht nötig sein. Ich bringe das Gepäck runter. Es reicht, wenn du mir nachher eine Zusammenfassung der wichtigsten Punkte gibst.«

»Zu Befehl.« Plötzlich verzog sie das Gesicht. Ihre Augenwinkel sanken herab, die Lippen zogen sich aufwärts. Es glich beinahe einem Lächeln, allerdings wäre diese Miene für ein menschliches Gesicht nahezu unmöglich gewesen. Vermutlich ließ es sich am passendsten beschreiben als Tonmaske, die eingedrückt worden war.

»Ach, Meister Sebas, ich habe mich etwas gefragt ...«

»Was denn, Solution?«

»Wenn wir mit dem Mann fertig sind, darf ich mich dann um ihn kümmern?«

Sebas strich sich mit der freien Hand über den Bart und überlegte. »Hmm. Wenn wir Shalltears Erlaubnis kriegen, kannst du machen, was immer du willst.« Solution wirkte ein wenig enttäuscht. Um sie aufzumuntern, sagte er noch: »Keine Bange. Bestimmt darfst du wenigstens einen von ihnen haben.«

»Wirklich? Verstanden. Bitte fragt Meisterin Shalltear für mich. Wenn möglich, hätte ich gern den da.« Solution grinste von Ohr zu Ohr. Es war ein Strahlen, das jedem das Herz aufgehen lassen würde.

Sebas war ein wenig neugierig auf den Mann, der ihr diese Miene entlockte, allerdings empfand er auch etwas Mitleid für ihn. »Und was hat er zu dir gesagt?«

»Dass er es gar nicht erwarten kann, sich mit mir zu vergnügen. Darum möchte ich mich auch ein wenig mit ihm vergnügen.« Ihr Lächeln wurde noch strahlender. Sie freute sich wie ein Kind auf das, was folgen würde.

2

Es war ein miserables Leben.

Während er die Straße entlanghetzte, hallte dieser Gedanke immer wieder durch Zachs Verstand: *Es war ein miserables Leben.*

Das Leben eines Bauern in einem Dorf des Königreichs war alles andere als befriedigend.

Nach dem Bestellen der Felder rissen sich die Gutsherren die Früchte ihrer harten Arbeit unter den Nagel. Sechzig Prozent wären vielleicht verschmerzbar gewesen. Von den restlichen vierzig Prozent hätte man noch immer leben können. Aber bei achtzig Prozent stand man vor einem gewaltigen Problem. Man kam mit vierzig schon kaum über die Runden, also war es kein Wunder, dass sich das Leben mit nur zwanzig Prozent sehr schwierig gestaltete.

In einem Jahr, als man ihnen nur zwanzig Prozent gelassen hatte, war Zach erschöpft von der Feldarbeit nach Hause gekommen und seine Schwester war weg. Er war noch zu jung gewesen, um zu begreifen, was passiert war. Seine über alles geliebte kleine Schwester war verschwunden und seine Eltern suchten nicht einmal nach ihr. Inzwischen wusste er genau, was geschehen war. Sie hatten sie verkauft. Dank der Bemühungen der Goldenen Prinzessin kam das nicht mehr häufig vor, aber damals war der Kauf und Verkauf von Sklaven etwas Alltägliches gewesen.

Aus diesem Grund sah sich Zach jede Prostituierte, die er bezahlte oder an der er vorbeikam, ganz genau an. Natürlich bildete er sich nicht ein, ihr einfach so über den Weg zu laufen, und selbst wenn, hätte er nicht gewusst, was er sagen sollte. Trotzdem suchte er weiter nach ihr.

Die Wehrpflicht traf arme Familien besonders hart. Das Königreich trieb sämtliche gesunden jungen Männer in den Dörfern zusammen und schickte sie während der regelmäßigen Mobilmachungen in die Schlacht. Allein einen Monat auf ihre jungen Männer zu verzichten wirkte sich nachhaltig auf die Arbeitskraft eines Dorfes aus. Das bedeutete aber nicht, dass alle betroffenen Familien mit diesem Schicksal unzufrieden waren. Immerhin gab es so weniger Mäuler zu stopfen. Und da eingezogene Soldaten Verpflegung erhielten, hatten manche von ihnen zum ersten Mal in ihrem Leben einen vollen Magen.

Das war aber auch der einzige Vorteil. Obwohl sie ihr Leben im Kampf riskierten, winkte keinerlei Entlohnung, außer ihnen gelang etwas Herausragendes. Tatsächlich kam es vor, dass die Soldaten einen unmöglichen Sieg errangen und dennoch keine Belohnung erhielten. Nur wahre Glückspilze bekamen eine. Und nach der Rückkehr in ihr Dorf mussten sie sich der hoffnungslosen Realität stellen, dass sich ihre Abwesenheit auf die Ernte des nächsten Jahres auswirken würde.

Zweimal hatte man Zach eingezogen, aber beim dritten Mal hatte sich sein Schicksal gewendet. Wie gewöhnlich hatte er während der Schlacht nur ein kleineres Scharmützel erlebt und schätzte sich glücklich, noch am Leben zu sein. Aber bei dem Gedanken, in sein Dorf zurückzukehren, zögerte er plötzlich. Als er die Waffe in seiner Hand betrachtete, kam ihm eine göttliche Eingebung: *Anstatt nach Hause zu gehen, sollte ich versuchen, ein besseres Leben zu finden.*

Aber als Bauer, der während der Märsche gerade einmal die grundlegendste Ausbildung erhalten hatte, standen ihm nicht viele Möglichkeiten offen. Er war nicht übermäßig kräftig und verfügte auch über keins dieser besonderen Talente, mit denen manche geboren wurden. Sein Wissen beschränkte sich auf Feldarbeitstechniken, welche Samen und Setzlinge man pflanzte und wann.

Also tat er das Einzige, das ihm blieb, nämlich die vom Königreich zur Verfügung gestellte Ausrüstung nehmen und desertieren. Er verschwendete keinen Gedanken daran, ob seine Flucht seinen Eltern Schwierigkeiten bereiten würde. Auch wenn sie es für das Überleben der Familie getan hatten, hatten sie seine kleine Schwester verkauft. Aus diesem Grund empfand er keine Liebe mehr für sie.

Für jemanden, der nichts über seine Umgebung wusste, war eine Flucht ohne Unterstützung nicht einfach, aber er hatte Glück, jemanden zu treffen, der ihm unter die Arme griff.

Sie waren Söldner. Zugegeben, als Bauer war Zach nicht sonderlich wertvoll für sie, aber der Krieg hatte sie viele Männer gekostet. Sie wollten so schnell wie möglich zu ihrer alten Stärke zurückkehren und nahmen fast jeden auf. Es war keine besonders ansehnliche Truppe, nur ein paar Mietschwerter, die sich nebenher als Banditen über Wasser hielten.

Über Zachs Leben danach gab es nicht viel zu berichten. Es war besser, etwas anstelle von gar nichts zu haben. Besser, zu stehlen, als bestohlen zu werden. Besser, jemand anders leiden zu lassen, als selbst zu leiden. So lebte er.

Er sah darin nichts Verwerfliches. Er bereute nichts. Jedes Mal, wenn er jemanden angriff und die Schreie hörte, bestätigte ihn das nur noch mehr.

Zach hetzte verzweifelt durch das Elendsviertel. Die untergehende Sonne tauchte die Welt um ihn herum in ein dunkles Rot.

Er war fast den ganzen Weg vom Gasthaus gerannt. Entsprechend war er außer Atem und Schweiß sammelte sich auf seiner Stirn. Die Erschöpfung zwang ihn, kurz stehen zu bleiben, um zu Atem zu kommen, aber die Zeit war knapp, also trieb er sich weiter.

Und als er eng um eine Ecke schoss …

»Pass doch auf!« Jemand, der bis eben noch an der Ecke gestanden hatte, sprang murrend und begleitet von metallischem Rasseln aus dem Weg.

Das alles passierte so schnell, dass Zach völlig perplex war, und er gaffte den schwarzen Schatten nur an.

Es war eine hübsche Frau. Dank ihres schwarzen Umhangs verschmolz sie förmlich mit den Schatten, aber aus ebendieser Dunkelheit starrten ihn nun zwei neugierige lila Augen an.

Durch die Anstrengung war sein Geduldsfaden bereits ziemlich dünn, daher ließ er seiner Wut freien Lauf und schrie: »Das sollte wohl eher ich sagen! Pass gefälligst auf, wo du hingehst, sonst verletzt du dich noch!«

Eigentlich hatte er sie mit seinem Gebrüll einschüchtern wollen, sie zuckte aber nicht einmal zusammen, stattdessen grinste sie nur.

Das beängstigende Lächeln ließ ihn instinktiv zurückweichen. Ihm fehlte der Mut, das Messer aus seiner Brusttasche zu zücken. Er war eine Maus gefangen im Blick einer Löwin.

Das Rasseln, als sie zur Seite gesprungen war, musste von einer Rüstung gekommen sein. *Eine Frau in Rüstung – ist sie eine Abenteurerin? Ich hab mich mit der falschen Person angelegt.* Diese Gedanken gingen Zach zusammen mit einem Warnsignal durch den Kopf.

Auf keinen Fall wollte er sie unterschätzen, da »Frauen schwach waren«. Zach wusste, es gab schlagkräftige Abenteurergruppen, die ausschließlich aus Frauen bestanden. Das hatte der stärkste Mann seiner Söldnertruppe mal erwähnt.

Zach gehörte vielleicht zu einer Gruppe Mietschwerter, aber es wäre nicht übertrieben, zu sagen, er gehörte zu den schlechtesten Kämpfern der Truppe. Und so war ihm auch seine aktuelle Aufgabe zugefallen.

Noch während er sein Handeln bereute, brach ihm der kalte Angstschweiß aus. Beim Anblick seiner ängstlichen Miene wandelte sich das Furcht einflößende Grinsen der Frau zu einem zufriedenen Schmunzeln. »Hm, nun, wie auch immer. Ich habe sowieso keine Zeit. Aber wenn ich dich noch mal sehe, trete ich dir in den Hintern!«, erklärte sie ganz beiläufig, als sie sich an ihm vorbeischob.

Zach sah ihr neugierig hinterher und bemerkte, sie begab sich in einen Teil des Elendsviertels, in dem niemand lebte. Was wollte eine so schöne Dame um diese Zeit dort? Das weckte sein Interesse, aber er hatte Wichtigeres zu erledigen. Er riss sich los und rannte weiter.

Bald darauf bewegte er sich durch einen Bereich des Elendsviertels, dessen Straße beidseitig von heruntergekommenen Hütten gesäumt wurde. Hastig sah er sich um, ob ihm auch niemand folgte. Da die Sonne inzwischen tief stand, versank die Welt immer mehr in Dunkelheit, weswegen er besonders darauf achtete, dass sich niemand in den Schatten herumdrückte. Er hatte sich unterwegs schon mehrmals umgesehen, trotzdem musste er sich ein letztes Mal überzeugen.

Nach einem zufriedenen Nicken stand er vor einer bestimmten Tür und atmete durch, um dann dreimal anzuklopfen. Er wartete fünf Sekunden und klopfte weitere viermal.

Die Reaktion auf das Erkennungszeichen erfolgte sofort. Hinter der Tür knarrte Holz, dann wurde die Abdeckung des Gucklochs zur Seite geschoben. Ein Mann sah durch die Öffnung. »Ach, du bist's.«

Ohne auf eine Antwort von Zach zu warten, schob er die Öffnung wieder zu, im Schloss wurde ein schwerer Schlüssel gedreht und die Tür wurde einen Spaltbreit geöffnet.

»Rein mit dir.«

Ihm wehte der schwache Geruch von Verdorbenem entgegen. Dieser Ort war das genaue Gegenteil von dem, wo Zach eben noch gewesen war. Er nahm an, dass sich seine Nase schon daran gewöhnen würde, und schlüpfte hinein.

Sobald die Tür geschlossen war, wirkte die Hütte schummrig und beengt. In dem Raum, eine Mischung aus Ess- und Wohnzimmer, gab es einen einzelnen Tisch, auf dem eine einsame Kerze vor sich hin flackerte.

Ein schmieriger Mann, dem die Aura derer anhaftete, die Gewalt zu ihrem Beruf gemacht hatten, zog sich einen Stuhl zurück und ließ sich darauf fallen. Das Holz ächzte. Er war stämmig gebaut mit muskulöser Brust und was auf den Armen und im Gesicht von seiner Haut zu sehen war, war mit Narben übersät.

»Hey, Zach. Was 'n los? Was passiert?«

»Die Situation hat sich geändert … Sieht so aus, als würde sich unsere Beute in Bewegung setzen.«

»Agh. Jetzt?«

Zach nickte und der Mann kratzte sich den Kopf unter dem langen, zotteligen Haar, wobei er murmelte: »So spät …? Is ja 'n grässlicher Zeitpunkt! Ach, und kannste nix machen?«

»Schwierig. Die Dame verlangt es.«

Zach hatte ihm bereits ein paarmal von dieser Frau berichtet und sein Blick verfinsterte sich. »Benutz deinen Kopp, alter Mann! Sag ihnen, nachts sin *schaurige Banditen* oder so auf den Straßen unterwegs. Komm schon! … Sogar 'n Trottel kann sich *irgendwas* einfallen lassen. Arrgh. Wie wär's, wenn de eins der Kutschenräder kaputt machst? Dann können se erst morgen los.«

»Das geht nicht. Das Gepäck wird bereits verladen. Besser, wir bringen es hinter uns und erledigen es gleich.«

»Hm, ginge auch …« Der Mann stierte nachdenklich vor sich hin. »Wann soll's losgehen?«

»In etwa zwei Stunden.«

»Bisschen sehr knapp, findste nich? Agghhh, was tun? Wenn wir uns jetz melden … Da gib's nich viel Spielraum, also wird's stressig, aber die sind auch 'ne fette Beute …« An seinen Fingern rechnete er den Zeitablauf nach.

Zach stand schweigend da und betrachtete seine eigenen Hände. »Die gehen mir gehörig auf die Nerven, scheiß reiche Leute …« Er dachte an die »junge Dame« und an ihre hübschen Hände. Niemand, der jemals auf dem Feld gearbeitet hatte, hatte so hübsche Hände. Die Hände eines Bauern waren vom kalten Wasser und dem Umgraben rissig – sogar seine Nägel waren verformt. Auf dem Land hatten alle solche Hände.

Zach wusste, die Welt war ungerecht, trotzdem …

Er verzog die Lippen zu einem Zähnefletschen. »Ich darf mit der Dame etwas Spaß haben, oder?«

»Aber erst bin ich dran. Und wir wollen Lösegeld für sie, also kannste nich zu hart rangehen. Keine schweren Verletzungen.« Ein vulgäres Grinsen zeichnete sich auf dem Gesicht des Mannes ab. Möglicherweise von dieser Lust getrieben, stand er auf. »Okay, legen wir los. Ich sag dem Boss Bescheid.«

»Geht klar.«

»Ich trommel zehn Jungs am üblichen Ort zusammen. Sorg du dafür, dass ihr in vier Stunden da seid. Wenn nich, kommen wir zu euch, also stell sicher, dass unsre Beute sich im Traumland befindet.«

3

Eine einsame Kutsche verließ die Festungsstadt. Sie war groß genug, um mehr als sechs Personen bequem zu befördern, und wurde von einem Gespann aus vier kräftigen Pferden gezogen.

Der Mond, der riesig am Himmel stand, sorgte für ungewöhnliche Helligkeit. Dessen ungeachtet war eine Kutschfahrt um diese Zeit alles andere als klug. Am schlauesten wäre es, Lampen anzuzünden, einen Aufpasser zu bestimmen und ein Nachtlager aufzuschlagen.

Die Nacht gehörte nicht den Menschen. Oder um es genauer auszudrücken, wo es kein Sonnenlicht gab, hatten Menschen nichts verloren. In den Schatten der Nacht schlichen Tiere, Halbmenschliche und allerlei Monster umher. Es gab viele Wesen, die im Dunkeln sehen konnten und bereit waren, Menschen anzufallen.

Die Insassen wurden auf ihrer Fahrt durch die gefährliche Nacht nur geringfügig durchgeschüttelt. Der Grund dafür war kein ausgeklügeltes Federungssystem, sondern die simple Tatsache, dass die Straße gepflastert war.

Die Straßen zu pflastern war ein Vorschlag der Goldenen Prinzessin gewesen, aber bislang waren lediglich der Teil, der direkt der Gerichtsbarkeit des Königs unterstand, und das Herrschaftsgebiet von Marquis Raeven, eines der sechs Großfürsten, fertiggestellt. Die anderen Adeligen behaupteten, einfacher zu befahrende Straßen könnten eine eventuelle Invasion durch das Kaiserreich unterstützen.

Zudem gab es Unstimmigkeiten, wer die Kosten für die Instandhaltung tragen sollte. Prinzessin Renners Vorschlag, die Händler zu Spenden aufzurufen, war abgeschmettert worden. Die Adeligen weigerten sich, da sie ihre Kontrollrechte der Straßen bedroht sahen. Als Ergebnis waren die Straßen zurzeit voller Schlaglöcher.

Dieser Teil jedoch unterstand dem König und war daher in gutem Zustand, wenn auch nicht perfekt. Plötzlich fuhr ein klirrender Ruck durch die Kutsche und jeder der Insassen spürte ihn.

Mit diesem Schlag endete auch die Unterhaltung, als wäre das Thema damit erledigt. Im Inneren saßen auf einer Seite Sebas und Solution. Ihnen gegenüber wurde Shalltear von zwei ihrer Lakaien und geliebten Gespielinnen, den Vampirbräuten, flankiert. Zach saß selbstverständlich auf dem Kutschbock.

Nach kurzem Schweigen ergriff Sebas das Wort. »Ich wollte Euch etwas fragen.«

»Hm? Mich was fragen? Was denn?«

»Es scheint, Ihr würdet Euch nicht besonders gut mit Meisterin Aura verstehen. Gibt es dafür einen bestimmten Grund?«

»Eigentlich finde ich sie nicht so schlimm«, murmelte Shalltear, wobei sie gelangweilt den perlweißen und fast zwei Zentimeter langen Nagel ihres kleinen Fingers betrachtete. In der anderen Hand hielt sie eine Feile, allerdings waren ihre Nägel bereits in perfektem Zustand und benötigten keine Pflege. Sie schien zum selben Ergebnis zu kommen und warf die Feile nach einer ihrer Vampirbräute.

Als sie dann ihre freien Hände auf die Brüste der Vampirinnen neben sich legen wollte, bemerkte sie die Mienen der anderen, verzog verlegen das Gesicht und hielt sich zurück.

»Es macht nicht den Anschein ...«, fuhr Sebas fort.

Shalltear verzog das Gesicht, als hätte sie in etwas Bitteres gebissen. »Ich ... ähm, ich ... Okay. Ich ärgere sie einfach gern, weil mein

Schöpfer, Lord Peroroncino, beschlossen hat, dass wir nicht miteinander auskommen. Nun, möglicherweise hat Lady Bukubuku Chagama dafür gesorgt, dass mich Aura auch nicht besonders leiden kann.«

Sie winkte ab, als wäre das ganze Thema uninteressant, und zum ersten Mal sah sie Sebas in die Augen. »Tatsächlich sind mein Schöpfer, Lord Peroroncino, und Auras Schöpferin, Lady Bukubuku Chagama, Geschwister. In gewisser Weise macht uns das zu Schwestern.«

»Geschwister … Ist das so?«

»Als Lord Peroroncino vor langer Zeit mit zwei anderen Höchsten Geschöpfen, Lord Luci★Fer und Lord NishikiEnrai, durch mein Herrschaftsgebiet ging, hat er sich mit ihnen darüber unterhalten.« Bei der Erinnerung an derart hohen Besuch wurde Shalltears Blick sehnsüchtig. »Und er sagte, Lady Bukubuku Chagama übe ein Handwerk aus, das man ›Synchronsprechen‹ nennt, dass sie ziemlich beliebt sei und ihre Stimme auch in ›Pornogames‹ zu hören sei. Manchmal, wenn Lord Peroroncino ein großartiges Werk kaufe, auf das er sich sehr gefreut habe, habe er das Gesicht seiner Schwester vor Augen, was ihn wiederum deprimiere.« Shalltear erklärte weiter, dass sie nicht wüsste, was das alles zu bedeuten hätte.

Sebas legte verwirrt den Kopf schräg. »›Synchronsprechen‹ …? Wenn ich mich recht entsinne, muss man dabei, wie der Name schon sagt, viel sprechen. Es umfasst aber allem Anschein nach auch Gesang. Sie sind als so etwas wie Barden.«

Shalltear kicherte. »Nein.«

»Nein? Wie meint Ihr das?«

»Von Lady Bukubuku Chagama selbst habe ich gehört, dass man dabei seine Stimme benutzt, um etwas eine Seele zu verleihen. Mit anderen Worten, es ist ihre Aufgabe, Leben einzuhauchen!«

»Oh! Ist das so? Was für ein peinliches Missverständnis meinerseits. Ich danke Euch untertänigst für die Aufklärung, Meisterin Shalltear.«

Sebas und die anderen hatten bei ihrer Erschaffung durch die Höchsten Geschöpfe nur ein gewisses Maß an Wissen bekommen. Ohne genauere Informationen kam es gelegentlich zu Missverständnissen, wenn es um so etwas wie die Berufe der von ihnen hoch verehrten Schöpfer ging.

Damit ihm dieser Fehler kein weiteres Mal unterlief, wiederholte Sebas mehrmals flüsternd die Bedeutung von »Synchronsprechen«.

»Mach dir deswegen keine Gedanken. Wichtiger ist, Sebas, wir reisen zusammen, du musst also nicht so steif sein.«

»Ist das so, Meisterin Shalltear?«

»Mich als Meisterin anzusprechen ... Wir dienen beide den Höchsten Geschöpfen. Die Rangordnung existiert nur wegen der Aufgaben, die sie uns zugeteilt haben. Aber sonst gibt es zwischen uns keinen Unterschied.«

Das stimmte. Solution diente Sebas nur, weil man es ihr befohlen hatte. Im Grunde waren sie alle vom selben Rang.

»Verstehe, Shalltear. Dann erlaube ich mir, dich in Zukunft nur mit Namen anzusprechen.«

»Gut. Da wir gerade über Animositäten sprechen, was ist mir dir und Demiurge?«

Sebas schürzte die Lippen.

Als sie das sah, bedachte ihn Shalltear mit einem boshaften Blick und fuhr fort: »Ist ja nicht so, als hätten die Höchsten Geschöpfe beschlossen, ihr beiden sollt so sein. Was also ist deine Entschuldigung?«

»Tja ... Ich verstehe es selbst nicht ganz. Es ist beinahe instinktiv, ich kann ihn einfach nicht ausstehen. Allerdings geht es ihm genauso, daher ...«

»Hm ... Ich habe niemanden, bei dem das der Fall ist. Vielleicht teilen wir die Gefühle der Höchsten Geschöpfe, die uns erschaffen haben.«

»Das ist sehr wahrscheinlich.«

Sebas nickte gedankenschwer und Shalltear sah ihn einfach nur an. Dann, in Anbetracht seiner Aufgaben, beschloss sie, ihm eine weitere Frage zu stellen. »Wer ist auf der achten Ebene? Ich weiß von Victim, aber es gibt doch bestimmt noch andere.«

Bei diesem plötzlichen Themenwechsel hob Sebas den Blick ein wenig, betrachtete sie ernst und versuchte, ihre Beweggründe für diese Frage zu ergründen. Neben ihm veränderte sich Solutions Miene geringfügig, aber nicht genug, dass die anderen es bemerkt hätten.

»Als sich diese große Gruppe Narren den Höchsten Geschöpfen widersetzt und sie angegriffen hat, durchbrachen sie die siebte Ebene, schafften es aber nicht auf die neunte, wo sich die Höchsten Geschöpfe aufhielten. Das bedeutet doch, dass sie auf der achten Ebene abgefangen wurden, oder? Ich habe keine Erinnerungen daran, aber sie müssen eine beachtliche Streitmacht aufgeboten haben, daher muss es jemand ähnlich Mächtigen geben, der sich ihnen entgegenstellte. Aber niemand weiß, wer. Außer Albedo natürlich, aber auch nur, weil sie sich um alles kümmert. Es wäre seltsam, wenn sie es *nicht* wüsste.«

Sie sprach weiter, ohne auf den schweigenden Sebas zu achten. »Gewissermaßen verabscheue ich den Gedanken, dass sie mir etwas voraushat. Wer ist dieses streng geheime Wesen? Könnte es jemand sein, den Lord Ainz erschaffen hat?«

Touch Me war Sebas' Schöpfer, Ulbert Alain Odle der von Demiurge und Warrior Takemikazuchi zeichnete für Cocytus verantwortlich. Aber Shalltear wusste nicht, wen der Oberste der Einundvierzig Höchsten Geschöpfe, Ainz – Momonga – erschaffen hatte. Es musste jemanden geben, darum war es nur logisch anzunehmen, dass sich derjenige auf der unbekannten achten Ebene aufhielt.

»Nein, ich glaube nicht. Ich weiß nicht viel, aber der Name desjenigen, der von Lord Ainz erschaffen wurde, lautet Pandora's Actor. Er ist so mächtig wie ich und alle anderen Ebenenwächter und er bewacht die Tiefen der Schatzkammer.«

»Ich denke nicht, dass ich schon mal von ihm gehört habe.« Anders als Albedo hatte man ihr nicht das Wissen über alle Wesen innerhalb Nazaricks gegeben, daher hörte sie den Namen zum ersten Mal. Aber obwohl man einen Ring von Ainz Ooal Gown benötigte, um in die Schatzkammer zu gelangen, wäre es seltsam, sollte es dort keine Sicherheit geben – das galt besonders für den Teil, der weit im Inneren lag. Dort befanden sich die besten magischen Items von Ainz Ooal Gown und sie hatte gehört, es wären auch ein paar *World Items* darunter. Jemand, der den Obersten aller Höchsten Geschöpfe seinen Schöpfer nennen durfte, war die perfekte Wache für diesen Ort.

Es verletzte ein wenig Shalltears Stolz, dass es nicht ihre Aufgabe war, aber sie tröstete sich mit dem Gedanken, dass es nicht zu ändern war, und für die Hauptverteidigungslinie auf den ersten drei Ebenen verantwortlich zu sein war genauso wichtig wie der Schutz der Schatzkammer. *Abgesehen davon hat man mir einen bedeutenden Auftrag erteilt.*

»Da man ohne Gildenring nicht zur Schatzkammer kommt, bin ich ihm noch nie persönlich begegnet.«

»Hmm …« Ihre Reaktion konnte man so auffassen, dass sie möglicherweise das Interesse verloren hatte, aber Sebas ließ sich nicht anmerken, ob es ihn kümmerte. »Also bleibt die achte Ebene letztendlich ein Geheimnis? Zu schade.«

»In der Tat. Wir dürfen dort nicht hin, also muss es dort auch was geben, oder?«

»Und was sollte das sein?«

»Vielleicht etwas, das uns angreifen würde?«

»Hm. Nicht schlecht, aber wie wäre es mit einer Todesfalle, die ohne Vorwarnung auslöst?«

»Ich bezweifle, dass sich Gegner, die in der Lage sind, in die unüberwindbare Große Gruft von Nazarick – erbaut von den Höchsten Geschöpfen und von uns ergebenen Wächtern gehütet – ein- und bis zur siebten Ebene vorzudringen, von was derart Simplem aufhalten …«

»Sollen wir vielleicht einen Blick hineinwerfen?« Shalltear lächelte wie ein Kind, dem ein guter Streich eingefallen war.

Zur Antwort zeigte ihr Sebas sein übliches Lächeln – nur etwas strahlender. »Du würdest Lord Ainz hintergehen?«

»Nein, nein, nur ein Scherz. Bitte, sieh mich nicht so finster an.«

»Shalltear, Neugier kann tödlich sein. Wir müssen uns gedulden, bis Lord Ainz Willens ist, uns mehr wissen zu lassen.«

»Du hast recht … Also, hat unsere Beute den Köder geschluckt?«

Sebas reagierte, ohne ein Wort über den plötzlichen Themenwechsel zu verlieren. »Ja, es war fast schon zu einfach. Wir müssen sie nur noch an Land ziehen.«

Nach einem knappen Nicken leckte sich Shalltear die Lippen, in ihren blutroten Augen leuchtete ein einzelnes Funkeln auf.

Sebas wusste sofort, was das zu bedeuten hatte, und beschloss, jetzt wäre ein guter Zeitpunkt, Solutions Bitte anzusprechen. »Was das angeht – ich habe eine Bitte an dich.«

»Was?«, murrte sie, aus ihren Fantasien der kommenden Ereignisse gerissen.

Sebas sprach beruhigend weiter: »Ich frage mich, ob du bereit wärst, Solution den Kutscher zu überlassen.«

»Er ist ein Lakai?«

»Ja, so was wie ein Laufbursche, würde ich sagen.«

Shalltear schloss die Augen und überlegte. Sie ging wohl verschiedene Möglichkeiten durch, bevor sie mitfühlend nickend antwortete: »Dann ist es in Ordnung. Er macht ohnehin nicht den Eindruck, als würde er besonders gut schmecken. Selbst wenn ich ihn bis auf den letzten Tropfen aussauge.«

»Danke. Wir sind dir für deine Großzügigkeit dankbar.«

»Danke, Meisterin Shalltear.«

»Ach, doch nicht dafür. Mach dir keine Gedanken.« Shalltear schenkte Solution ein überraschend freundliches Lächeln. Dann richtete sich ihr Blick auf Sebas. »Ich hoffe, das reicht, damit du meinen kleinen Ausrutscher eben vergisst.«

»Verstanden. Ich hätte ohnehin nicht angenommen, dass du wirklich etwas so Törichtes tun würdest. Ein guter Scherz.«

»Ja, ich weiß. Hättest du mir so was erzählt, würde ich vermutlich genauso denken. Ich würde kein Wort darüber verlieren, dich aber von einem meiner Lakaien beobachten lassen und wenn es so aussähe, als hättest du vor zu rebellieren, würde ich dir erst sämtliche Gliedmaßen ausreißen und dich dann in Ketten vor Lord Ainz zerren.«

»So was würde ich nie tun, Shalltear.«

»Nicht? Das lässt mich fast an *deiner* Loyalität zweifeln! Doch, du würdest ganz bestimmt so was tun!« Shalltear und Sebas lachten gemeinsam.

»Tja. Ich habe nun mal eine Schwäche für Schnuckelchen. Abgesehen davon wird es bestimmt Spaß machen, ihn Solution zu überlassen, nachdem wir fertig sind …«

»Und wie willst du sie dingfest machen, Shalltear? *Paralysis? Hold Person?*«

Vor ihrem Aufbruch nach E-Rantel hatte Ainz ihn damit beauftragt, »Menschen zu fangen, die Magie oder Kampfkünste einsetzen können, aber deren Verschwinden niemand bemerkt, Kriminelle zum Beispiel«. Als Teil des Plans war Sebas in die Rolle eines Dieners unter der Fuchtel der dümmlichen Tochter eines reichen Händlers geschlüpft. Sie hatten gewartet, bis ihre Beute, Zach, endlich den Köder geschluckt hatte.

Shalltears Aufgabe war es, die Beute zusammen mit dem Rest ihrer Herde einzufangen.

»Hach, ich hab keine Lust auf was so Umständliches. Lord Ainz sagte, solange ich sie ihm bringe, ist ihm egal, ob ich ihr Blut trinke und sie zu meinen Sklaven mache. Jeden einzelnen zu überprüfen ist zu viel Arbeit, ich werde sie also einfach alle aussaugen.«

Sebas nickte, ohne sein *Verstehe* auszusprechen. Aber wenn das ihr Plan war, weckte das bei ihm Bedenken. Aus diesem Grund konnte er nicht anders, als seine Zweifel anzusprechen. »In dem Fall wäre es vielleicht besser gewesen, Demiurge mit dieser Mission zu betrauen. Er kann Gegner manipulieren, wie Aura mit ihrem Atem …«

Demiurge beherrschte einen Skill, der Befehlsmantra hieß, eine mächtige Fähigkeit zur Gedankenkontrolle. Bei einem Auftrag wie diesem, bei dem es darum ging, ihre Gegner lebend gefangen zu nehmen, wäre er von unschätzbarem Wert.

»Hä?!« Plötzlich gab Shalltear ein erstaunlich tiefes Grollen von sich.

Mit einem Mal war die Atmosphäre im Inneren der Kutsche sehr drückend, begleitet von einer Kälte, die einem durch Mark und Bein ging. Ein Ruck ging durch das Gefährt, als würden es selbst die Pferde spüren. Die bleiche Haut der Vampirbräute neben Shalltear wurde sogar noch blasser und Solution zitterte am ganzen Körper. Sogar Sebas, der theoretisch so stark wie sie war, lief es kalt den Rücken runter.

Von allen Ebenenwächtern Nazaricks hatte sie den stärksten Drang zu töten. Die Abneigung war spürbar und machte deutlich, ihre Zankereien mit Aura waren im Grunde nicht mehr als kindisches Necken. Abhängig davon, wie es nun weiterging, könnte es zu einem Kampf kommen, den nur einer überleben würde.

Das dunkle Rot von Shalltears Iriden floss wie Blut in den weißen Teil ihrer Augen. »Sebas … könntest du das bitte wiederholen? Oder möchtest du, ein Drakonier, in deiner jetzigen Gestalt gegen mich kämpfen«, sie verdrehte ihre inzwischen vollkommen roten Augen, »bis zum Tod?«

»Ich habe mich falsch ausgedrückt. Bitte verzeih mir. Ich befürchte nur, deine Blutraserei könnte ausgelöst werden…«

Daraufhin schwieg Shalltear.

Sebas wusste, sie teilte seine Sorge.

Um das Spiel ausgeglichen zu halten, hatte man in *Yggdrasil* starken Klassen Schwächen und Nachteile gegeben. Einer von Shalltears vielen Nachteilen war, wenn sie zu viel Blut bekam, war sie ihrem Tötungstrieb gnadenlos ausgeliefert. Für einen sprunghaften Anstieg ihrer Kampffähigkeiten verlor sie die Kontrolle über sich – das war die Blutraserei.

Es bestand also die Gefahr, dass Shalltear Befehle ignorierte und alles angriff, was ihr im Weg stand. Ainz hatte sie durch Ausschlussverfahren für diese Mission ausgewählt. Albedo musste während seiner Abwesenheit die Große Gruft von Nazarick beschützen und von den beiden übrigen Hütern, Cocytus und Shalltear, konnte nur sie sich als Mensch ausgeben.

Ein paar Sekunden lang atmete sie tief durch. Vermutlich, um ihre Wut zu zügeln, aber vielleicht auch, um ihre aufkeimende Unruhe zu unterdrücken.

Sie holte noch einmal tief Luft und ihr Gesicht war wie eh und je – das eines bezaubernden, unschuldigen Mädchens. Auch ihre Augen hatten wieder ihre normale Farbe.

»Wie dem auch sei, da sie danach unsere Sklaven sind, ist es schneller, sie auszusaugen. Und es ist ja nicht so, als müssten wir sie lebend zurückbringen. Lord Ainz sagte, das ist in Ordnung. Und ich halte meine Blutraserei unter Kontrolle.«

Indem sie ihren Opfern sämtliches Blut aussaugten, konnten Vampire bedingungslos gehorsame Untergebene erschaffen. Normale

Vampire konnten nur schwache Artgenossen mit geringer Intelligenz erschaffen, aber die von Shalltear waren mehr oder weniger auf demselben Niveau wie Menschen. Es gab Grenzen, wie viele sie entstehen lassen konnte, aber unter der Voraussetzung, dass es belanglos war, ob ihre Opfer lebten oder starben, war sie eine überlegene Jägerin.

»Ja, ich werde die Aufgabe, mit der mich Lord Ainz beglückt hat, hervorragend erfüllen und er wird Loblieder auf mich singen: ›Gut gemacht. Du bist meine wertvollste Sklavin.‹ Und dann sagt er noch: ›Du bist am würdigsten, um an meiner Seite zu stehen.‹«

»Entschuldige meine Gedankenlosigkeit.« Sebas meinte es ernst damit. Seine Worte waren abwertend gewesen und ... »Mir war nicht klar, dass ich damit auch Lord Ainz' Entscheidung, dich zu schicken, kritisiert habe – wie ungebührlich von mir. Ich hoffe, du kannst mir verzeihen.«

Gerade als er »Und ihr auch« sagte und vor Solution und den Vampirbräuten den Kopf neigte, ging ein Ruck durch die Kutsche. Die Pferde wieherten.

»Sieht so aus, als hätten wir angehalten.«

»Ja ...«

Shalltear hatte sich vorgestellt, wie glücklich ihr Herr über die erfolgreiche Vollendung ihrer Mission sein würde, aber jetzt grinste sie wie ein kleines Mädchen, das etwas Ungezogenes vorhatte. Sebas strich sich schweigend lächelnd über den Bart.

4

Die zehn Männer, die aus dem nahen Wald gekommen waren, umstellten die Kutsche in einem Halbkreis. Keine zwei trugen dieselbe Kleidung. Ihre Ausrüstung war nicht gerade die Beste, die man finden konnte, aber auch nicht heruntergekommen. Sie pflegten ihre Waffen.

Sie unterhielten sich darüber, was sie mit ihrer Beute anstellen sollten, welche Reihenfolge die beste wäre und dergleichen. Sie waren völlig ahnungslos. Sie hatten das schon unzählige Male getan – seltsamer wäre, wenn sie ausgerechnet dieses Mal nervös gewesen wären.

Zach sprang vom Kutschbock und ging zu den Männern. Vorsichtshalber hatte er noch die Zügel durchtrennt, womit eine Flucht unmöglich war. Zusätzlich war eine der Türen verkeilt – nur die der Gruppe zugewandte ließ sich öffnen.

Die Männer zogen ihre Waffen, damit die Insassen der Kutsche sie sehen konnten – eine wortlose Warnung, was geschehen würde, sollten sie sich nicht beeilen und herauskommen.

Wie zur Antwort öffnete sich langsam die Tür des Gefährts.

Im Mondlicht erschien eine wunderschöne Frau. Die Söldner – nein, die Banditen – grinsten sie lüstern und vulgär an. Ihre Freude stand ihnen deutlich ins Gesicht geschrieben.

Einer unter ihnen war schockiert – Zach. Seine Überraschung ließ sich zusammenfassen in der Frage: *Wer ist das?* Er wusste es nicht. Auf keinen Fall hatte er die falsche Kutsche genommen. Diese Ungereimtheit stürzte ihn in tiefste Verwirrung und er bekam kein Wort heraus.

Als eine weitere Frau erschien, gekleidet wie die erste, wirkten ein paar der Männer verwirrt. Zach hatte ihnen gesagt, er würde ihnen eine völlig weltfremde, junge Dame und ihren betagten Diener bringen. Als dann jedoch ein drittes Mädchen auftauchte, das jung genug schien, um es als Kind zu bezeichnen, waren all ihre Zweifel belanglos.

Ihr feines, silbernes Haar glitzerte im Mondlicht. In ihren blutroten Augen lag ein bezaubernder Glanz. Die Banditen brachten kein Wort der Bewunderung hervor, stattdessen seufzten sie nur. Das bewies, im Angesicht wahrer Schönheit hatte nicht einmal animalische Lust bestand.

Ein unanständiges Lächeln huschte über Shalltears Züge, als sie bereitwillig auf die Männer zuging und sich in ihren faszinierten Blicken sonnte.

»Danke, dass ihr euch alle hier meinetwegen zusammengefunden habt. Und dürfte ich fragen, wer der Angesehenste unter euch ist? Ich würde gern verhandeln. Bist du es?«

Da alle Banditen einen bestimmten Mann unter ihnen ansahen, nahm sie an, sie hatte die gewünschte Information. Oder anders gesagt, jeder andere war entbehrlich.

»Hm? Verhandeln?« Der augenscheinliche Anführer erholte sich endlich vom Anblick dieser unvergleichlichen Schönheit und trat einen Schritt vor.

»Oh, entschuldige. Das war nur ein Scherz, um ein paar Informationen zu bekommen. Tut mir wirklich leid.«

»Wer zur Hölle bist ...?«, flüsterte Zach und Shalltear sah ihn an.

»Du musst Zach sein. Ich überlasse dich wie versprochen Solution, würdest du also bitte nach da drüben gehen und warten?«

Ein paar der Männer sahen einander nach einer Erklärung suchend an, aber ...

»Hey. Fürn Kind bist du ziemlich gut bestückt … Ooh, ich werd dir süße Schreie entlocken.«

Einer der Banditen, der zufällig vor Shalltear stand, griff nach ihrer für ihr scheinbares Alter beachtlichen Oberweite. Dann … fiel seine Hand zu Boden.

»Bitte behalte deine schmutzigen Finger bei dir.«

Er gaffte seinen Arm an, der am Handgelenk in einem Stumpf endete, und begann verzögert zu schreien. »Ahhhhh! M…! Meine Haaaaaand!«

»Du solltest nicht so rumplärren, nur weil du deine Hand verloren hast. Du bist doch ein Mann«, sagte Shalltear leise und machte mit ihrer eigenen Hand eine beiläufige Geste. Im selben Moment schlug der Kopf des Mannes auf dem Boden auf.

Sie hat nicht einmal ein Messer. Wie hat sie das mit nichts weiter als ihren hübschen Händen angestellt? Die Banditen waren wie benommen, gefangen in einem Albtraum – die ganze Szenerie hatte etwas Unwirkliches. Aber die Angst vor dem, was als Nächstes geschah, holte sie ins Hier und Jetzt zurück.

Das Blut, das aus dem Hals des Kopflosen spritzte, sammelte sich über Shalltear in einer Kugel.

Die Bewohner Nazaricks kannten den Grund dafür, ihr Skill *Blood Pool.*

Aber das Erste, was die Männer im Angesicht dieses unmenschlichen Ereignisses dachten, war: *Sie ist ein Caster!*

Hätten sie auch nur ein wenig mehr gewusst, hätten sie möglicherweise eine spezifischere Warnung brüllen können. Caster war bestenfalls eine sehr allgemeine Umschreibung und man musste jeder Klasse von ihnen anders begegnen. Das Erste, was man vermutlich bei Shalltears Anblick in ihrem Kleid gedacht hätte, wäre: arkane oder möglicherweise spirituelle Magie. Aber da niemand etwas Derartiges rief, war davon auszugehen, dass sie nichts über Magie wussten. Mit anderen Worten, für sie war alles, was sie nicht verstanden, gleichbedeutend mit »Magie«.

Shalltear bedachte die Banditen, die sich beeilten, ihre Schwerter zu heben, mit einem desinteressierten Blick. »Das ist langweilig. Ihr beiden könnt übernehmen. Macht nur *das* und *das* nicht … verstanden?«

»Ja, Meisterin Shalltear.«

Die Vampirbräute traten zu beiden Seiten an Shalltear vorbei und rissen einem Banditen, der gerade sein Schwert gegen ihre Herrin heben wollte, das Gesicht vom Schädel.

Es war, als hätten sie ihn mit aller Kraft mit Metallstangen getroffen. Begleitet von einem Geräusch wie ein platzender Ballon flog der Bandit hoch in die Luft. Eine Mischung aus Blut und Hirnmasse spritzte aus seinem Kopf. Die Flüssigkeiten schimmerten wunderschön im Mondlicht, eben weil es so furchterregend war.

Der Klang der Leiche, die der Schwerkraft folgend auf den Boden aufschlug – minus einem halben Kopf und rosa Hirnmasse, die aus der klaffenden Wunde lief –, war das Signal, das für die Banditen Furcht und Leid einläutete und für Shalltear unbändige Freude. Der Kampf begann.

Mit einem nervös zuckenden Lächeln beobachtete Zach, was sich da vor seinen Augen abspielte.

Es war einfach zu viel.

Ihm wurde schon vom Blutgeruch übel. Arme und Beine wurden wie Papier von Körpern gerissen. Köpfe, die zwischen Hände gerieten, platzten wie Granatäpfel. Rüstungsteile wurden weggerissen, Hände in die ungeschützten Körper gerammt. Feucht glänzende Innereien landeten meterweise auf dem Boden. Dass sie nicht sofort starben, belegte nur, wie widerstandsfähig Menschen waren.

Einer hatte versucht zu fliehen, nun lag er mit zertrümmerten Beinen am Boden. Irgendetwas Weißes – Knochen – ragte durch seine Haut. Wie besessen grub er die Hände in den Dreck, um sich zumindest ein wenig von der Ursache seiner Furcht zu entfernen, um wenigstens noch ein bisschen länger zu leben.

Das misstönende Lachen der beispiellosen Schönheit, während sie den um sein Leben flehenden Mann zu ihren Füßen betrachtete, war Zach seltsam unangenehm. *Warum geschieht das …?*, fragte er sich verzweifelt.

Wie man es sich auch schönzureden versuchte, im Grunde war das oberste Gesetz dieser Welt das Überleben des Stärksten. Die Starken nahmen von den Schwachen, das war vollkommen natürlich und Zach hatte es auch getan. Trotzdem fragte er sich, ob etwas dermaßen Grässliches passieren durfte.

Es gab keine Entschuldigung. Keinesfalls konnte er dermaßen grausames Töten hinnehmen. *Aber was soll ich denn tun?*

Für den Augenblick ließ man ihn in Frieden, aber sollte er versuchen zu fliehen, würden sie bestimmt dafür sorgen, dass er es kein zweites Mal riskieren würde – mit etwas dermaßen Schmerzhaftem, dass er sich übergeben würde.

Durch den Stoff seiner Kleidung berührte er den Dolch in seiner Brusttasche. *Wie nutzlos.* Diese Monster rissen mühelos Arme aus. Mit dem Ding hätte er keine Chance gegen sie.

Was habe ich getan, um das zu verdienen? Er hatte nie vorgehabt, diesen Monstern etwas anzutun. Zach schlang die Arme um seinen Oberkörper, als könnte er sich so zumindest ein wenig verstecken. Seine Zähne klapperten viel zu laut. *Was soll ich machen, wenn sie mich hören und herkommen?* Verzweifelt versuchte er aufzuhören, konnte es aber nicht unterdrücken. *Was sind die überhaupt? Ich hab keine Ahnung, was das für Missgeburten sind.*

Während er sich das fragte, hörte er hinter sich eine Stimme, so klar und beschwingt, dass sie nicht zu der Brutalität vor seinen Augen passte. »Zach. Komm doch mal her.«

Er drehte sich um und stellte entsetzt fest, er stand der Person gegenüber, die ihn angeheuert hatte.

Für gewöhnlich verlieh sie ihrem Unmut hochnäsig kreischend Ausdruck – daher hätte er nie damit gerechnet, diesen Gesichtsausdruck bei ihr zu sehen. Hätte er noch einen klaren Gedanken fassen können, wäre er auf der Hut gewesen. Doch durch das Gemetzel und den Blutgeruch um ihn herum, war er so durcheinander, dass er nicht einmal im Traum daran gedacht hätte, dass er einen Fehler begehen könnte.

»Wer sind diese Leute?!« Seine Stimme zitterte, als er die scheinbar so weltfremde junge Dame schrill anbrüllte. »Denkt Ihr nicht, Ihr hättet mir sagen sollen, dass sie kommen? *Klar. Wenn sie das getan hätte, wäre nichts hiervon geschehen. Dieser Schrecken ist die Schuld dieser unangenehmen Frau.* »Steht nicht einfach nur rum. Sagt was! Das ist Euer Werk!« Ungeduld und Angst schürten Zachs Wut. Er griff nach Solutions Brüsten und schüttelte sie grob.

»Ich verstehe. Komm hier rüber.«

»I… Ihr werdet mich retten?«

»Nein. Ich dachte, du könntest mich gegen Ende noch ein wenig unterhalten …« Sie legte ihre kalten, bleichen Hände auf seine und drückte sie, führte ihn von dem Gemetzel fort. »Meister Sebas hat für solche Dinge nicht viel übrig. Obwohl ich die Erlaubnis dazu habe, sollten wir das besser hier drüben machen.«

Zach begriff nicht, was sie ihm zu sagen versuchte. Dass sie ihn wegführte, gab ihm das Gefühl, er hätte vielleicht, nur vielleicht, eine Chance zu überleben.

Er verschloss die Ohren vor den Schreien, von denen sie sich entfernten. *Was hätte ich tun können?* Zach war schwach. Auf keinen Fall hätte er Typen retten können, die eigentlich alle stärker als er sein sollten.

»Bitte, sei nicht zu grob. Ich würde dich bitten ... zärtlich zu sein.« Sie hatte ihn hinter die Kutsche geführt und während sie ihm diese Worte zusäuselte, griff sie sich in den Rücken, um ihr Kleid zu öffnen.

Zach war sprachlos. *Was macht sie da?* Er betrachtete sie wie eine eigenartige Kreatur, versuchte, ihr Tun zu verstehen.

Während sie noch beschäftigt war, fragte er schließlich: »Wa... Was macht Ihr?«

»Ich frage mich ...« Sie lockerte das Bustier unter ihrem Kleid.

Als hätten sie nur darauf gewartet, sprangen die stramm zurückgebundenen Hügel hervor. Im Mondlicht wirkte ihre blasse Haut fast durchsichtig. Zach konnte nicht anders, als schwer zu schlucken.

»Nur zu.« Sie reckte ihm ihre nackte Brust entgegen, als wollte sie sagen: *Berühr mich.*

»Was ...?« Er vergaß alles um sich herum und gaffte sie nur an.

Sie war atemberaubend. Ihr Körper war schöner als der jeder anderen Frau, die er jemals gesehen hatte. Wie man sich denken konnte, war sein schönstes Mädchen ebenfalls das Opfer eines Kutschenüberfalls gewesen. Als er endlich an der Reihe war, war sie bereits erschöpft gewesen und konnte keinen Muskel mehr regen – sie hatte lediglich wie ein Frosch die Beine gespreizt. Das hatte ihr aber nichts von ihrer Schönheit genommen.

Aber die Frau, der er jetzt gegenüberstand, war sogar noch schöner *und* sie würde reagieren. Das Verlangen entfachte ein Feuer in ihm. Besonders zwischen seinen Beinen wurde es wärmer. Wie ein Hund hechelnd streichelte er ihre Haut.

Seide – so fühlte sie sich an.

Er konnte sich nicht länger zügeln, drückte die Finger in die perfekt geformten Brüste und griff zu.

Flupp – seine Hand sank ein.

Ihre Haut war so weich, Zach spürte, wie er sie eindrückte – zumindest dachte er das, aber ein Blick auf ihre Brust offenbarte, wie falsch er lag.

Seine Hand steckte *wortwörtlich* in ihrem Körper.

»Wa… Was ist das?!«, plärrte er, unfähig, zu begreifen, was geschah. Er versuchte vergeblich, sich zu befreien. Anstatt seine Hand herauszuziehen, glitt sie nur tiefer hinein. Das Innere von Solutions Körper beherbergte zahllose Tentakel. Die wickelte sie um seine Hand, um ihn tiefer hineinzuzerren.

Ungeachtet der eigenartigen Umstände war ihrem hübschen Gesicht keinerlei Veränderung anzusehen. Schweigend betrachtete sie Zach. Ihre kalte, gnadenlose Miene glich der eines Wissenschaftlers, der einem Versuchstier gerade eine tödliche Injektion gegeben hatte. In ihren Augen funkelte Neugier.

»Hey! Hör auf! Lass los!« Zach ballte seine freie Hand zur Faust und schlug Solution so kräftig er konnte ins Gesicht.

Ein-, zwei-, dreimal … Es kümmerte ihn nicht, ob er sich dabei die Finger brach, er legte seine ganze Kraft in die Schläge. Sein Angriff auf Solutions hübsches Gesicht ließ sie nicht einmal mit der Wimper zucken. Sie schien es nicht einmal zu spüren. Gleichzeitig ging ihm jeder Treffer durch Mark und Bein. Es war, als würde er auf einen unter Wasser liegenden weichen Ledersack einprügeln. Nicht ein einziges Mal spürte er den erwarteten Widerstand von Knochen. Sie war keinesfalls menschlich.

Plötzlich musste er an die bis eben erfolgreich verdrängten höllischen Ereignisse hinter sich denken. Er unterdrückte einen Schrei. Schließlich begriff er – die Frau, die sich vor ihm entblößt hatte, war ebenfalls ein Monster.

»Verstehst du endlich? Dann fange ich jetzt an, in Ordnung?«

Bevor er fragen konnte, womit sie anfangen wollte, brannte Schmerz über seine eingesunkene Hand. Es war wie Hunderte Nadelstiche.

»Aaaaaaagh!«

»Ich löse dich auf.«

Durch den sengenden Schmerz hörte er ihre kalten Worte, verstand aber ihre Bedeutung nicht. Die Vorstellung war mit der Welt, wie er sie kannte, nicht vereinbar.

»Ich liebe es, Dingen beim Auflösen zuzusehen. Und du hast doch gesagt, du möchtest in mich eindringen, das ist also geradezu ideal.«

»Gyaaaaagh! Du verfluchtes Monster! Stiiiirb!«, brüllte Zach. Er biss die Zähne zusammen und zückte den Dolch aus seiner Brusttasche. Mit einer fließenden Bewegung rammte er ihn tief in Solutions Gesicht. Sie zuckte zusammen.

»Das hast du davon!« Einen Moment später erkannte er, wie kurzsichtig das gewesen war.

Was geschah mit der Oberfläche eines Sees, wenn man eine Klinge hineinstieß? Bestenfalls erzeugte man ein paar Wellen. Und dasselbe passierte jetzt.

Mit dem Dolch noch immer im Gesicht verdrehte Solution die Augen, um Zach anzusehen.

»Entschuldige. Ich bin resistent gegen physische Angriffe, du kannst mich so also nicht verletzen. Wie dem auch sei, ich werde dich jetzt auflösen, in Ordnung?«

Widerlicher Gestank lag in der Luft und ein paar Sekunden später rutschte der Dolch aus ihrem Gesicht und fiel zu Boden. Die Klinge war vollständig aufgelöst. Wie sie behauptet hatte, verunstaltete kein Kratzer ihr hübsches Gesicht.

»Was bist du?!«, wimmerte er. Die Angst vor seinem bevorstehenden Tod ließ Zach den wahnsinnigen Schmerz in seiner Hand vergessen und mittlerweile weinte er bitterliche Tränen. Die Antwort ließ ihn wünschen, er könnte sich die Ohren zuhalten.

»Ein Predator-Schleim. Ich habe nicht viel Zeit, also werde ich dich ganz verschlingen, in Ordnung?«

Sofort verschwand sein ganzer Arm in ihr. Ihre Kraft war derart überwältigend, dass jegliche Gegenwehr sinnlos war. »Stop-Stop-Stop-Stop-Stop! Hilfe-Hilfe-Hilfe!« Er weinte, schrie, bettelte um sein Leben, doch sie ließ nicht locker. Kein Mensch hatte gegen diese Kraft eine Chance und sie verschlang ihn bis zur Schulter.

»Lilia!« Der Name war das Letzte, das Zach rief, bevor sein Gesicht in Solutions Körper verschwand. Dann folgte der Rest seines Körpers, ähnlich wie bei einer Schlange, die ihr Opfer verschlang.

Nach gerade einmal ein paar Minuten war nichts Lebendiges mehr übrig. Es gab nichts, außer widerlichem Gestank.

Nein, ein Mann war noch am Leben. Er kauerte zu Shalltears Füßen und war damit beschäftigt, wie ein Besessener ihre Schuhe zu lecken. Als sie einem der Banditen auf den Kopf getreten war, hatte sie etwas Hirnflüssigkeit auf ihre Stilettos bekommen.

Sobald ihre Schuhe wieder hübsch glänzten, schenkte sie dem Mann einen zufriedenen Blick. »Gute Arbeit. Nun denn, wie versprochen werden wir dich nicht töten.«

Das Gesicht des Mannes war vor Angst verzerrt, trotzdem schaffte er es, voller Dankbarkeit zu ihr aufzublicken. Er verneigte sich hektisch, während er sich bedankte.

Shalltear betrachtete ihn mit mütterlicher Zuneigung und schnippte mit den Fingern. »Saugt ihn aus.«

Als die beiden Vampirbräute neben ihm auftauchten, begriff der Mann, was das zu bedeuten hatte.

»Du wirst als Untoter weiterleben, ich habe also nicht gelogen.«

Während sie zusah, wie ihre Vampirbräute brutal die Zähne in ihm versenkten und das Leben rasch aus seinem Körper floss, sprach Shalltear Solution an, die aus Richtung der Kutsche kam und noch damit beschäftigt war, ihre unordentliche Kleidung zu richten. »Oh, schon fertig?«

»Ja, ich bin recht zufrieden. Danke.«

»Nicht der Rede wert. Wir stammen doch beide aus Nazarick. Und, hat sich der Mensch gut angefühlt?«

»Wir sind noch dabei. Möchtet Ihr es sehen?«

»Oh? Geht das? Könntest du mir dann nur einen winzigen Blick gewähren?«

Plötzlich ragte der Arm des Mannes aus Solutions Gesicht. Augenblicklich verbreitete er einen Übelkeit erregenden Gestank. Durch das Bad in der stark ätzenden Säure löste sich seine Haut auf, die Muskeln rauchten, das Blut reagierte mit der Säure.

Der Arm, der aussah, als würde er aus der Oberfläche eines Sees ragen, tastete auf der Suche nach etwas zu packen wild umher. Jede Bewegung ließ Körperflüssigkeiten herumspritzen.

»Verzeiht, mir war nicht klar, dass er noch so lebhaft ist«, erklärte Solution mit dem Arm im Mund. Daraufhin schob sie ihn Stück für Stück zurück. Nachdem die Gliedmaße erneut in ihr verschwunden war, lächelte sie wieder.

»Wow. Man sieht dir gar nicht an, dass du eine ganze Person verschlungen hast.«

»Danke. Das liegt daran, dass mein Inneres leer ist. Und ich denke, bei einem Wesen wie mir muss es auch einen magischen Effekt geben.«

»Also, das geht mich vielleicht nichts an, aber wann wird er sterben?«

»Hmm. Wenn Ihr wollt, dass ich ihn sofort töte, kann ich auch stärkere Säure absondern. Aber er schien sich nichts sehnlicher zu wünschen, als in mir zu sein. Ich denke, ich lasse es ihn einen Tag oder so genießen.«

»Man hört ihn nicht einmal schreien. Hast du seine Stimmbänder verätzt?«

»Nein, wenn man ihre Kehle verätzt, ersticken sie manchmal. Ich habe einen Teil meines Körpers in seinen Rachen geschoben, um ihn stillzuhalten. So bleibt auch der Geruch in mir.«

»Ich muss zugeben, mich beeindruckt die Sorgfalt, mit der du an diese Dinge herangehst und sie bis zum letztmöglichen Augenblick genießt. Du kannst dir also aussuchen, wo du ihn verätzt? Beispielsweise eine bestimmte Stelle an seinem Körper?«

»Ja, mit Leichtigkeit. Im Moment habe ich auch mehrere Items wie Schriftrollen und Tränke in meinem Körper, ohne dass ihnen etwas zustößt. Ich könnte mich selbst dann noch normal bewegen, wenn ich Euch in mir aufnehmen würde, Meisterin Shalltear – solange Ihr da drin nicht die Nerven verliert …«

»Wirklich? Wow, Predator-Schleime sind faszinierend … Wollen wir ein andermal etwas Spaß zusammen haben?«

»Natürlich … aber womit sollen wir spielen?« Solution sah zu den Vampirbräute hinter ihnen.

Shalltear bemerkte das und lächelte erfreut. »Keine schlechte Idee, aber ich dachte eher, sollte es einen Eindringling geben, könnten wir ihn einfangen und Lord Ainz um Erlaubnis bitten …«

»Sehr gut, ruft mich, falls es dazu kommt. Es würde Spaß machen, einen bis zur Brust zu verschlingen und den Rest herausragen zu lassen.«

»Schön. Du verstehst dich bestimmt gut mit der Folterknechtin.«

»Meisterin Neuronist? Die Informationsbeauftragte? Leider kann ich ihr nicht das Wasser reichen.«

Shalltear wollte gerade etwas sagen, als hinter ihnen eine Stimme ertönte. »Solution. Hier ist alles bereit. Wir sollten zügig aufbrechen.« Sebas hatte die Zügel ausgetauscht und saß auf dem Kutschbock.

»Natürlich. Ich komme schon. Meisterin Shalltear, ich bedaure, schon gehen zu müssen, aber wenn Ihr mich entschuldigen wollt.«

Shalltear sah Sebas an, während sich Solution beeilte, in die Kutsche zu steigen. »Nun, Sebas, hier trennen sich unsere Wege.«

»Verstehe. Du weißt jetzt also, wo das Versteck der Banditen liegt?«

»Ja, wir greifen es an und stellen fest, ob es dort jemanden mit den von Lord Ainz gewünschten Informationen gibt. Das hier war eine echte Enttäuschung.«

»Verstehe. Es war mir eine Freude, mit dir zusammenzuarbeiten, Shalltear.«

»Danke. Wir sehen uns in Nazarick.«

»Ja, wenn du mich jetzt entschuldigen würdest ...«

Kapitel 2: Eine wahre Vampirin

Kapitel 2: Eine wahre Vampirin

1

Zwei Schatten hetzten durch den Wald – Shalltears Lakaien und Gespielinnen, die Vampirbräute.

Die meisten hätten wegen der von beiden Seiten hereinragenden Äste Schwierigkeiten gehabt, auf diesem Wildpfad durch den Wald nicht zu stolpern. Aber selbst in völliger Finsternis bewegten sich die Vampirbräute trotz ihrer hohen Absätze selbstsicher und mit unvorstellbarer Geschwindigkeit. Nicht einmal ihre Kleider verfingen sich im Geäst.

Die vordere der beiden trug Shalltear mit beiden Händen vor sich her, während die andere etwas hinter sich herzog, das wie ein vertrockneter Baumstumpf aussah.

Sie hatten sich noch nicht weit von dem Ort entfernt, wo sie sich von Sebas und Solution getrennt hatten. Ohne Kilometerzähler waren sie sich nicht sicher, wie weit es noch bis zu ihrem Ziel war, nahmen aber an, dass es noch ein ganzes Stück war. Plötzlich ertönte ein hartes, metallisches Geräusch und die vordere Vampirbraut blieb abrupt stehen.

Der Pfad war schmal, daher blieb der hinteren nichts anderes übrig, als ebenfalls anzuhalten.

»Warum bleibst du auf einmal stehen?«

Die vordere Vampirbraut wollte ihrer Genossin gerade antworten, als der kalte Blick der kleinen Gestalt in ihren Armen sie schaudern ließ. Sie wusste, die Persönlichkeit ihrer Herrin war weder freundlich noch gnädig, was der Grund für den kalten Schauer war, der ihr den Rücken hinunterlief.

Shalltear wurde noch immer gehalten – wie ein kleines Mädchen, das man hochgehoben hatte –, als sie anfing missmutig mit den Beinen zu strampeln.

Die Vampirbraut verstand, was ihre Herrin ihr damit sagen wollte, und lockerte ihren Griff.

Shalltear machte einen Satz wie ein Vogel, der aus seinem Käfig flatterte. Federleicht glitt sie durch die Luft, ihre hohen Absätze berührten den Boden, bevor sich das Kleid senkte und ihre schlanken Beine verbarg. Kaum dass sie stand, schob sie sich das lange, silberne Haar zurück, um dann hinter sich zu blicken.

Der kalte, harte Blick ihrer Herrin ließ die Vampirbräute schwer schlucken.

»Was soll das?«

Shalltear rannte nicht selbst durch den Wald, da es zum einen mühselig war und zum anderen wollte sie sich nicht schon wieder die Schuhe schmutzig machen. Es gab noch einen weiteren Grund, aber keiner der Anwesenden hätte es gewagt, ihn auszusprechen oder auch nur daran zu denken. In ganz Nazarick gab es nur eine Handvoll Personen, die es ihr ins Gesicht sagen durften.

Solange die Vampirbraut praktisch Shalltears Füße ersetzte, war es unverzeihlich, ohne entsprechenden Befehl stehen zu bleiben. Beine mit eigenem Willen konnte sie nicht gebrauchen.

Die Strafe war ganz vom Grund abhängig. So viel war klar. Man sollte meinen, eine Maßregelung sollte reichen, aber wie Shalltear gefragt hatte, machte deutlich, sie war bereit zu töten.

Wenn man keins der Einundvierzig Höchsten Geschöpfe war, lag in der Großen Gruft von Nazarick die Gewalt über Leben und Tod einzig und allein bei den Ebenen- und den Flächenwächtern. Shalltear weiter zu reizen konnte tödlich enden.

Mit der Vorahnung, es könnten ihre letzten Worte sein, sprach die Vampirbraut langsam und bedacht. »Bitte vergebt mir. Mein Fuß steckt in einer Bärenfalle.«

Shalltear senkte den Blick. Eines der schlanken Beine der Vampirbraut steckte zwischen groben Metallzähnen.

Die Falle war nicht für den Einsatz gegen Menschen gedacht, sondern für große, wilde Tiere. Vermutlich würde ein menschlicher Knöchel durch die Wucht beim Zuschnappen brechen, selbst wenn man Beinschienen trug. Aber Vampire unterschieden sich auf jede vorstellbare Weise von Menschen.

Obwohl sich die Zähne der Fangbügel in ihr Bein gruben, gab es keinerlei Anzeichen, dass sie Schmerzen hatte oder die Knochen gebrochen waren.

Vampire verfügte über eine Fähigkeit, die den Schaden der meisten physischen Angriffe reduzierte, solange es sich nicht um Waffen aus Silber (oder anderen besonderen Metallen) handelte oder welche mit einer gewissen Magiestufe. Sie steckte vielleicht in der Bärenfalle fest, aber da sie lediglich aus Eisen bestand, konnte sie ihr nichts anhaben. Nach dem Abnehmen sollte jegliche oberflächliche Verletzung sofort heilen.

Doch obwohl die Vampirbraut völlig immun gegen den Schaden der Bärenfalle war, erfüllte sie ihren anderen Zweck – Eindringlinge in ihrer Bewegungsfreiheit einzuschränken. Und die Tatsache, dass die Falle nicht vergiftet war, bedeutete, sie war nicht zum Töten vorgesehen. Sie sollte nur aufhalten.

Shalltear schüttelte den Kopf, als wollte sie die Vampirbräute als hoffnungslos bezeichnen. »Dann beeil dich und werde sie los.«

»Ja, sofort!« Die Vampirbraut bückte sich, packte mit ihren schlanken Fingern die gezahnten Fangbügel und zog sie mühelos auseinander.

Eine hübsche Dame, die einfach so eine Bärenfalle öffnete. Die Vorstellung war schon beinahe lachhaft, aber wer Vampire kannte, wäre nicht überrascht gewesen.

»Wenn es hier draußen solche Fallen gibt, müssen wir uns unserem Ziel nähern. Ich hätte angenommen, es wäre noch ein ganzes Stück.«

»Einen Moment, bitte.« Die Vampirbraut, die ihnen gefolgt war, warf das tot wirkende, astähnliche Ding, das sie mit sich herumgeschleift hatte, auf den Boden.

Es war eine völlig ausgetrocknete, mumifizierte menschliche Leiche. Aber es war nicht *nur* eine Leiche. Wie zum Beweis begann sie zu zucken und sich von falschem Leben beseelt zu regen. Aus den Fingerspitzen der verwitterten Hände wuchsen lange Krallen, in den leeren Augen erwachte flackernd dasselbe rote Glimmen wie bei den Vampirbräuten. Aus dem leicht geöffneten Mund ragten seltsam geformte Reißzähne. Nachdem die Vampirbräute ihn ausgesaugt hatten, war aus dem Banditen ein niederer Vampir geworden.

»Ich habe eine Frage. Nähern wir uns eurem Versteck?«

Der niedere Vampir nickte, wobei er etwas zwischen einem Ächzen und einem Schrei von sich gab.

»Es hat den Anschein, Meisterin Shalltear.«

»Ich verstehe. Ich frage mich, warum es keine verknüpften Fallen gibt.« Es wäre sinnvoll gewesen, die Fallen mit einem Alarm und weiteren Fallen zu verbinden, das schien allerdings nicht der Fall zu sein.

Shalltear sah sich um. Möglicherweise suchte sie nach verborgenen Feinden. Die Vampirbräute taten es ihr gleich. Dann schüttelte Shalltear den Kopf. »Vermutlich ist alles in Ordnung. Ich verfüge über keine zum Suchen geeigneten Skills ...«

Als sie das hörte, begriff die Vampirbraut, warum man ihr vergeben hatte. Da keine von ihnen, nicht einmal ihre Herrin, über Fähigkeiten verfügte, um versteckte Vorrichtungen aufzuspüren, hätte auch niemand die Bärenfalle entdecken können. Das hatte ihr das Leben gerettet – möglicherweise empfand ihre Herrin es als ungerecht, jemanden für etwas zu bestrafen, das auch außerhalb ihrer eigenen Möglichkeiten lag.

»Vielleicht hätten wir uns das Mädchen ausleihen sollen …« Solution gehörte zur Assassin-Klasse. Mit den zugehörigen Diebesskills wäre das Aufspüren von Fallen vermutlich ein Kinderspiel. »Aber es ist sinnlos, sich das Unmögliche zu wünschen. Machen wir also, dass wir so schnell wie möglich zum Unterschlupf dieser Banditen kommen.«

Shalltears Gruppe näherte sich dem Söldnerversteck. Obwohl sie sich noch im Wald befanden, standen die Bäume weiter auseinander, und während die drei ihrem Ziel immer näher kamen, lichteten sie sich schließlich vollständig und sie fanden sich auf einer Wiese mit vielen Steinen wieder. Eine solche Topografie nannte man »Karst«. Inmitten einer schüsselförmigen Vertiefung tat sich ein Loch im Boden auf. Aus der Höhle dahinter strahlte ein wenig Licht herauf. Der schwache Schein ließ erkennen, es führte mit sanftem Gefälle tiefer unter die Erde.

Auf beiden Seiten des Eingangs befanden sich eindeutige Hinweise auf die Anwesenheit von Menschen – Barrikaden, die einem Mann etwa bis zur Brust reichten. Allerdings wirkten sie nicht besonders stabil, eher wie notdürftig zusammengebundene Baumstämme. Jedoch waren dahinter Wächter postiert, zwei an der Zahl.

Die Barrikaden schützten ihre Unterkörper und sollten Pfeile auf sie herabregnen, war bestimmt vorgesehen, dass sie sich dahinter duckten und Alarm schlugen.

In einem normalen Kampf hätte ein Angriff aus dieser Distanz ihren Gegnern mehr als genug Zeit geben, ihre Waffen bereit zu machen und aus der Höhle Verstärkung zu rufen. Sie hätten versuchen können, sich anzuschleichen, aber man hatte jeden Stein beseitigt, der groß genug gewesen wäre, um sich dahinter zu verbergen. Zusätzlich trugen die Wachen große Glocken an den Schultern. Selbst wenn sie es schaffen sollten, sie unbemerkt auszuschalten, würde das Klingeln jeden in der Höhle alarmieren. Dahinter steckte ein ausgeklügelter Plan.

Aber es gab eine Möglichkeit, diese scheinbar unmögliche Situation zu überwinden: Magie. Shalltear konnte *Silence* wirken und die beiden gleichzeitig töten. Oder sie könnte sich mit *Invisibility* nähern. Mit *Charm Person* könnte sie sie von ihren Posten weglocken. Und es gab die Möglichkeit, die Glocken zu zerstören.

Wie würde es am meisten Spaß machen? Jetzt erst kam Shalltear in den Sinn, dass ihnen eine wichtige Information noch fehlte. »Gibt es nur diesen einen Zugang?«

Der niedere Vampir beantwortete ihre Frage mit einem ruckhaften Nicken.

Shalltear lächelte. Dann gab es keinen Grund, weiter herumzustehen und nachzudenken.

Befestigte Wachstellungen waren effektiv gegen sich anschleichende Angreifer und Gegner, die glaubten, in der Unterzahl zu sein wäre in einem Kampf von Nachteil – aber auf Shalltear und ihre Vampirbräute traf nichts davon zu.

Sie konnten das menschliche Gewürm einfach zerquetschen, daher gab es keinen Grund, warum sie nicht einfach auf sie zugehen und direkt angreifen sollten. Sie waren nur so vorsichtig gewesen, weil sie nicht riskieren wollten, dass ihre Beute durch einen Hinterausgang flüchtete.

»Was? Wir sind schon so weit gekommen. Es gibt keinen Grund, uns weiter zu verstecken. Diese ganze Heimlichtuerei und das Herumschleichen liegen mir ganz und gar nicht.«

»Weil allein durch Meisterin Shalltears Anwesenheit alles andere mehr strahlt.«

»Das Offensichtliche taugt nicht zur Schmeichelei. Wenn du mir Honig ums Maul schmieren willst, musst du dich schon ein wenig mehr anstrengen.« Sie ignorierte die entschuldigenden Verneigungen der Vampirbräute und packte den niederen Vampir. »Dir fällt die glorreiche Aufgabe zu, die Speerspitze dieses Angriffs zu sein. Los, an die Arbeit!«

Mit einem kraftvollen Schwung ihres schlanken Arms warf sie den niederen Vampir auf die Wachen zu. Dank der mitgegebenen Rotation drehte er sich unterwegs mehrere Dutzend Male um die eigene Achse.

Der Aufschlag verursachte unglaublichen Schaden. Ein Wächter verlor seinen Kopf mitsamt der halben Brust, Blut spritzte durch die Luft. Der andere begriff nicht, was gerade geschehen war, und glotzte verblüfft die grässlich entstellte Leiche an. Gleichzeitig breitete sich der Geruch von frischem Blut aus.

Für diejenige, die die Leiche geschleudert hatte, war es ein unheimlich unterhaltsamer Anblick. »Treffer!«

»Hervorragend, Meisterin Shalltear!«

Shalltear reckte unter dem Applaus der Vampirbräute triumphierend die Faust in die Luft. Dass es den niederen Vampir dabei in Stücke gerissen hatte, interessierte die drei nicht im Geringsten. Er war kein Bewohner Nazaricks gewesen, nur etwas, das sie zum Spaß erschaffen hatten. Daher würde ihnen seine Zerstörung auch keine schlaflosen Nächte bereiten. Und Shalltear würde sich keinesfalls an ein Versprechen halten, das sie einem Menschen gegeben hatte.

»Na schön, bleibt noch einer ...« Shalltear sah ihre Vampirbräute an. Ängstlich suchten die beiden hastig einen passenden Stein, um ihn ihr zu reichen.

»Und los.« Noch während sie sich bereit machte, den recht großen Stein zu schleudern, ertönten entfernte Glocken.

Ihr schlanker Arm sauste mit erstaunlicher Geschwindigkeit herum und als sie das Ergebnis ihres Angriffs sah, verkündete sie zufrieden ihre Leistung. »Ähm, der zweite ist … auch ein Treffer.«

Sie erntete eine weitere Runde Applaus.

Aus der Höhle hörten sie einen von den Glocken alarmierten Wächter, der seine Kumpane vor dem Angriff warnte.

Während sich die Banditen unter der Erde in Bewegung setzten, gab Shalltear mit einem liebevollen Lächeln Befehle. »Also, machen wir uns an die Arbeit. Du, kletter auf einen Baum und pass auf, ob sich jemand aus dem Staub macht. Und du bist meine Vorhut. Lass mich wissen, wenn es wirklich harte Brocken gibt, damit ich mich auf sie freuen kann.«

»Ja, Meisterin Shalltear.«

»Dann los.«

Die Vampirbraut, die den Befehl erhalten hatte, voranzugehen, machte einen großen Schritt auf den Höhleneingang zu … und verschwand.

Der Boden war eingebrochen. Nein … es handelte sich um eine Fallgrube.

Shalltear hätte der Falle möglicherweise ausweichen können, aber ihre Dienerin war offensichtlich nicht schnell genug, um dem Sturz zu entgehen.

»Ist das dein Ernst?«

Die Vampirbraut war ein Lakai niederen Rangs ohne Skills zum Aufspüren von Fallen. Daran ließ sich nichts ändern. Darum hatte Shalltear ihr vorher auch vergeben, aber obwohl sie das wusste, konnte sie sich den enttäuschten Kommentar nicht verkneifen.

Dann grinste die Vampirbraut. Allerdings nicht freundlich und wohlwollend oder verlegen. Man hätte damit rechnen können, dass es vor dem Höhleneingang so etwas wie Fallgruben gab. Sie kam sich dumm vor, nicht daran gedacht zu haben, und war wütend, dass sie in diese Falle getappt war. All diese Gefühle kamen an die Oberfläche und manifestierten sich in einem Lächeln.

Dass eine von Shalltear Bloodfallen, der Wächterin mehrerer Ebenen der glorreichen Großen Gruft von Nazarick, erschaffene Kreatur in einer solchen Falle festsaß, war unverzeihlich. Die Mordlust war ihr deutlich anzuhören, als sie sagte: »Ich schlachte dich ab! Mach, dass du verdammt noch mal da rauskommst!«

Die Vampirbraut sprang und erschien am Rand der Grube. Sie war unverletzt, nur ihre Kleidung war schmutzig.

»Sei keine solche Enttäuschung!«

»Verzeih…«

»Was auch immer, geh einfach. Oder soll ich dich reinschmeißen? So, wie den Müll vorhin?«

Shalltear bewegte die Finger, als wollte sie zugreifen, und die Vampirbraut bestätigte den Befehl mit einer Art Kreischen, um dann in die Höhle zu trotten. Shalltear folgte ihr in aller Ruhe.

2

Irgendwas war los. Er blickte von der Waffe auf, die er gerade in seinem Zimmer pflegte, und spitzte die Ohren.

Geschrei, rennende Schritte, ein leiser Schrei. Sie wurden eindeutig angegriffen. Aber es war unmöglich zu sagen, wie viele Gegner oder wie stark sie waren, obwohl jeder dazu ausgebildet war, solche Informationen lauthals weiterzugeben.

Das lag nicht daran, dass er nichts hörte. Er hatte sein eigenes Zimmer, das sich allerdings im Inneren der Höhle befand und anstelle einer Tür hing nur ein Vorhang vor dem Durchgang. Er war zwar dick, die Stimmen hörte er aber trotzdem klar und deutlich.

Der Söldnertrupp der Todbringer-Brigarde bestand aus etwas weniger als siebzig Mitgliedern. Auch wenn keiner so stark wie er war, gab es andere kampferprobte Veteranen. Aber ein hinterhältiger Angriff durch eine kleine Gruppe würde keine solche Panik auslösen, das ließ auf eine große Anzahl Gegner schließen. Nur hatte er dann keine Erklärung, warum er sie nicht hörte oder sonst etwas von ihnen bemerkte.

»Also ... Abenteurer?« Eine kleine, aber schlagkräftige Gruppe könnte dieses seltsame Gefühl erklären.

Er stand langsam auf und nahm den Waffengurt von der Hüfte. Als Rüstung trug er ein Kettenhemd. An seinem Gürtel befestigte er einen Lederbeutel mit Trankfläschchen aus Keramik. Seine Kette und sein Ring waren beide mit Verteidigungsmagie versehen, damit waren seine Vorbereitungen abgeschlossen.

Er schlug den Vorhang so ruckartig zur Seite, dass er ihn fast abriss, und betrat den Hauptgang des Lagers.

An der Wand hingen in regelmäßigen Abständen mehrere gestohlene Laternen mit dem Zauber *Continual Light*, dank denen es so hell war, dass es schwerfiel, zu glauben, dass man sich im Inneren einer Höhle befand.

Er war schlank, aber nicht dürr. Die Muskeln unter seiner Kleidung waren hart wie Stahl – nicht nur dank seines Gewichttrainings, sondern auch durch zahllose ausgefochtene Kämpfe. Sein Haar war unregelmäßig geschnitten, wodurch es ohne gerade Kanten wie ein Mopp in alle Richtungen abstand. Mit haselnussbraunen Augen blickte er sich konzentriert um, ein spöttisches Grinsen auf den Lippen. Die Stoppeln an seinem Kinn erinnerten an Schimmel. Das alles ließ ihn undiszipliniert aussehen, aber wenn er ging, glitt er förmlich mit der Eleganz eines Raubtiers.

Während er sich dem umkämpften Eingang näherte, kam ein Mann auf ihn zugerannt. Er erkannte das Gesicht eines der Söldner. Kaum dass ihn der Mann sah, lächelte er, als hätten sie bereits gewonnen.

»Was ist los?«

»Brain, wir werden angegriffen!«

Schief grinsend antwortete Brain: »So viel hab ich auch mitbekommen. Wie viele? Wer?«

»Zwei Feinde, beides Frauen.«

»Frauen? Zwei Frauen? Die Blauen Rosen? ... Nee, kann nicht sein.« Mit zur Seite geneigtem Kopf ging er auf den nach wie vor hörbaren Aufruhr zu.

Die stärkste Abenteurergruppe des Königreichs, die berühmten Blauen Rosen, bestand aus fünf Frauen. Bisher war Brain nur einer von ihnen begegnet, einer alten Dame. Das Ganze hatte in einem schmerzlichen Unentschieden geendet. Und Gerüchten zufolge war die beste Attentäterin des Kaiserreichs eine Frau. Starke Frauen waren keine Seltenheit. Zwar gab es häufig Unterschiede, was die körperlichen Möglichkeiten der Geschlechter anging, aber so was glich Magie mit Leichtigkeit aus.

Natürlich nahm Brain an, wenn man einen möglichst starken Körper mit hochstufiger Magie geradezu überhäufte, machte das einen praktisch unbesiegbar, aber trotzdem ...

Ganz langsam übernahm Brains Vorfreude die Kontrolle. Er respektierte diese Gegner, denen mit geradezu lächerlich wenigen Leuten ein heimlicher Angriff gelungen war. Und dann war da noch seine aufkeimende Kampfeslust, eine Art Hunger, sich diesen mächtigen Feinden zu stellen.

»Du musst nicht mitkommen, Hank. Bleib hier und halt uns den Rücken frei oder so«, sagte er zu dem Mietschwert, um sich dann entschlossen seinen unbekannten Gegnern zu nähern.

Er war Brain Unglaus. Er stammte aus bürgerlichen Verhältnissen, aber er verfügte über eine Gabe im Umgang mit dem Schwert, die ihm der Himmel gesandt haben musste. Und er war mit einem Talent geboren, das seine Fähigkeit im Schwertkampf unterstützte. Mit einer Klinge in den Händen war er unbesiegbar. Das Schlachtfeld war sein Zuhause und er hatte nur selten mehr als ein paar Kratzer abbekommen.

Kein Schwertkämpfer hatte ihn jemals geschlagen und diese Strähne hätte er gern fortgesetzt. Niemand hatte daran gezweifelt, nicht einmal er. Dann, beim königlichen Turnier, hatte sich alles geändert. Er hatte nicht teilgenommen, um zu gewinnen. Er hatte nur dem gesamten Königreich zeigen wollen, wie stark er war. Alle hätten sich vor ihm verneigt. Stattdessen war das Unfassbare eingetreten: eine Niederlage.

Seine erste, seit er ein Schwert führte – nein, möglicherweise die erste seines gesamten Lebens.

Derjenige, der ihn besiegt hatte, hieß Gazef Stronoff. Er war der derzeitige Kommandant der königlichen Garde und in allen umliegenden Ländern als der stärkste Krieger bekannt.

Bis zu ihrem Aufeinandertreffen hatten beide eine Reihe fast sofortiger Siege angehäuft. Aber ihr Kampf dauerte lange, letztendlich verschlang er all die Zeit, die sie in den bisherigen Kämpfen gespart hatten.

Es war Gazefs Kampfkunst des *Vierfachen Lichthiebs* gewesen, die die Auseinandersetzung schließlich entschieden hatte. Man sprach noch heute darüber, aber die Tatsache, dass der aus ärmlichen Verhältnissen stammende Gazef nun der Befehlshaber der königlichen Garde war, sagte alles. Der Kampf war dermaßen beeindruckend gewesen, dass nicht einmal die Adligen, die Stronoff verabscheuten, ihn als schwach bezeichnen konnten.

Während der Sieger mit Ruhm überhäuft wurde, war es für Brain so, als wären die bisherigen Errungenschaften seines Lebens null und nichtig. Obwohl es knapp gewesen war, musste er sich eingestehen, er hatte sich nur eingeredet, es gäbe niemand Stärkeren als ihn. Weil er wie ein Frosch in einem Brunnen gelebt hatte.

Nach einem einsamen Monat schüttelte er die Verzweiflung ab, die viele zur Flasche treiben würde. Er lehnte viele Einladungen durch Adlige ab, stattdessen wollte er zum ersten Mal in seinem Leben Macht anhäufen. Er erlernte Techniken und stählte seinen Körper. Er lernte Magie, erweiterte sein Wissen. Das Wunderkind investierte erstmals tatsächliche Arbeit. Die Niederlage ermöglichte es Brain, neue Höhen zu erklimmen.

Die Angebote der Adligen schlug er aus, weil er nicht verweichlichen wollte. Um seine erlernten Fähigkeiten zu schärfen, benötigte er Gegner. Das Schwert in Wettkämpfen oder bei Vorführungen zu schwingen reizte ihn nicht im Geringsten. Er wollte eine gut bezahlte Arbeit, bei der er häufig die Gelegenheit bekam, in echten Schlachten zu kämpfen.

Der äußerst lukrative Pfad eines Abenteurers reizte ihn nicht, da sie sich nur selten Menschen stellen mussten. Monster waren keine zu verachtenden Gegner, aber Brains oberstes Ziel war es, Gazef zu schlagen, daher musste er sich mit Menschen messen.

Aus der mageren Anzahl verbleibender Optionen entschied er sich für die Todbringer-Brigade, aber er hätte sich jeder Söldnertruppe angeschlossen. Für ihn war nur eines von Bedeutung – die Scharte seiner Niederlage mit einem Sieg auszuwetzen.

Er opferte alles, um die Waffe zu bekommen, die er wollte, die Macht, die er benötigte. Magische Waffen waren kostspielig, doch er wollte nicht irgendeine magische Waffe. In einer weit im Süden des

Königreichs gelegenen Wüste gab es eine Stadt. Die Waffen, die von dort ihren Weg in den Norden fanden, waren selbst ohne Zauber schärfer als die meisten magischen Klingen. Bei den Preisen fielen den Leuten allerdings fast die Augen aus dem Kopf. Genau so eine Waffe wollte er.

Dann erwarb er schließlich ein Katana.

Endlich war er auf der Höhe seiner Kraft. Er war überzeugt, er könnte Gazef mit Leichtigkeit besiegen, aber er hielt seine Arroganz im Zaum, ließ keine Gelegenheit zu üben verstreichen.

Wenn er die Augen schloss, konnte er es sehen: das Turnier, Gazefs eleganten Kampfstil, sich selbst, wie er fließend einem Schlag auswich, dem noch niemand entgangen war, dem Vierfachschlag.

Er erinnerte sich nicht daran, wie er besiegt worden war. Dafür hatte sich der Anblick des Mannes, der ihn geschlagen hatte, in seine Erinnerung eingebrannt.

Während er sich auf den Höhleneingang zubewegte, roch er Blut. Dass niemand mehr schrie, bedeutete, alle Männer, die dort hingestürmt waren, waren mittlerweile tot. Und das nach gerade einmal zwei oder drei Minuten.

Er hatte wenigstens zehn Mann befohlen, zum Eingang zu eilen, um denen tiefer in der Höhle Zeit zu verschaffen, die Verteidigung vorzubereiten. Sollten sie bereits tot sein ...

»Wenn sie nur zu zweit sind, müssen sie so stark wie ich sein.« Brain grinste.

Während er weiterging, holte er einen Trank aus seinem Beutel. Die bittere Flüssigkeit strömte seine Kehle hinab in den Magen. Dann nahm er sich noch einen ...

Die Hitze in seinem Bauch loderte auf, dehnte sich aus, strömte in jeden Teil seines Körpers. Als Reaktion wurden seine Muskeln hörbar größer und kräftiger.

Diese drastische Zunahme von körperlicher Kraft war der Magie der Tränke zu verdanken: *Lesser Strength* und *Lesser Dexterity.*

Man musste Tränke nicht schlucken – sich die entsprechende Menge auf den Körper zu spritzen hatte dieselbe Wirkung –, aber Brain glaubte, getrunken wirkten sie besser. Manchmal zeigte der Glaube an etwas nicht zu unterschätzende Auswirkungen.

Als Nächstes holte er etwas Öl heraus, um die Klinge seines Katanas damit zu besprenkeln. Das Ergebnis war ein blasses Leuchten, das verschwand, als würde es im Stahl versickern. Der Name des Öls lautete *Enchant Weapon.* Die Wirkung war nur vorübergehend, aber der Zauber machte seine Waffe noch schärfer.

»Entfessle eins. Entfessle zwei.« Von den Schlüsselworten beschworen strömte magische Energie aus seinem Ring und seiner Halskette, die seinen Körper einhüllte.

Die *Necklace of Eye* um seinen Hals schützte seine Sicht. Sie verlieh ihm *Blindness Resistance, Infrared Vision, Lowlight Compensation* und mehr. Die Waffe eines Kriegers war nutzlos, wenn er nichts traf.

Wenn es dazu kam, dass ihre Gegner nichts mehr sahen, neigten Abenteurer dazu, mit Projektilwaffen aus sicherer Entfernung anzugreifen. Bevor er die Halskette hatte, hatte sich Brain in genau einer solchen Situation wiedergefunden.

Und sein Ring war ein *Ring of Magicbound*, wodurch man ihn mit einem Zauber niedriger Stufe versehen konnte, der auf Wunsch des Trägers aktiviert wurde. In Brains Fall war es der Zauber *Lesser Energy Protection*, der Attributschäden minderte.

Wenn es tatsächlich nur wenige Angreifer waren, musste er ihnen mit voller Kraft begegnen. Besser, den Zauber jetzt nutzen, als später bereuen, es nicht getan zu haben.

Nun war er bereit. Mit tiefen Atemzügen gab er die aufgestaute Hitze aus seinem Inneren frei. Brain befand sich nun dank seiner erhöhten

Kraft vermutlich auf dem höchsten Niveau, das ein menschlicher Schwertkämpfer erreichen konnte. Seine verbissene Miene war die von jemandem, der sich seiner Fähigkeiten absolut sicher war.

Ich bin voll und ganz bereit für euch, ihr solltet also besser unterhaltsam sein.

Mit jedem Schritt wurde der Blutgeruch ein wenig deutlicher …

Er sah zwei Schatten.

»Hallo auch, sieht so aus, als hättet ihr Spaß.«

»Überhaupt nicht. Vielleicht weil keiner von denen wirklich stark ist.«

Brain war gerade dabei, langsam in ihr Sichtfeld zu treten, als er die unverhohlene Antwort erhielt. Sie mussten bereits gewusst haben, dass er kam. Das war nicht verwunderlich, da er nicht versucht hatte, sich zu verstecken.

Als Brain die Eindringlinge erblickte, runzelte er die Stirn. *Er sagte, es wären zwei Frauen, aber die eine ist ja noch ein Kind! Und sie tragen … Kleider?* Einen Moment später verwarf er diesen Gedanken allerdings wieder – da über dem Kopf des Mädchens, dessen Schönheit er als einzigartig bezeichnen würde, eine allem Anschein nach aus Blut bestehende Kugel schwebte.

»So einen Zauber hab ich noch nie gesehen, aber das bedeutet wohl, ihr seid Caster.« Dass sie Kleider trugen, blieb seltsam, aber wenn sie Caster waren, erklärte das auch, warum sie keinerlei Rüstung trugen.

»Glaubensmagier. Ich denke, mit Ursprung in der Blutlinie des geheiligten Vorfahren Cainabel«, ließ sich das Mädchen zu einer Erklärung herab.

»Der geheiligte Vorfahr Kayne Able? Von dem Gott habe ich noch nie gehört. Ist er niederträchtig?«

»Ja, genau so eine Gottheit ist er, allerdings habe ich gehört, er wurde von den Höchsten Geschöpfen zur Strecke gebracht … Er war nur ein ›kleiner *E-vent Boss*‹.«

Brain riss den Blick von dem kleinen Mädchen los, als sie murmelte: »Von den Höchsten Geschöpfen würde ich auch nichts anderes erwarten«, und beobachtete die Frau in ihrer Begleitung, die den Eindruck einer Dienerin erweckte.

Sie war ebenfalls eine Schönheit. Sie hatte ausladende Brüste und eine sinnliche Aura umgab sie. Hier und da verunzierten rote Flecken ihr weißes Kleid. *War sie also die Vorhut?*

Mit einem Schulterzucken packte er sein Katana fester. »Na, wie auch immer. Ich bin bereit. Wenn ihr noch etwas Zeit braucht, nur zu. Also, was sagt ihr?«

Das kleine Mädchen sah Brain überrascht an, um dann hinter vorgehaltener Hand zu lachen. »Na, du bist aber mutig. Bist du dir wirklich sicher, dass du ganz allein kämpfen willst? Ich habe nichts dagegen, wenn du noch ein paar deiner Freunde rufst.«

»Ist doch egal, wie viele Schwächlinge kommen, da euch von denen ohnehin keiner was anhaben kann, oder? In dem Fall komme ich auch wunderbar allein zurecht.«

»Ich kann nichts dafür, wenn keiner von euch begreift, wie hoch die Sterne hängen, nach denen ihr greift. Den Glauben, man könnte sie tatsächlich erreichen, sollte man kleinen Mädchen wie Aura überlassen. Es ist einfach nur unheimlich, wenn ein gestandener Mann das tut.«

»Meiner Meinung nach brauchen wir solche Leute. Vermutlich versteht ein kleines Kind nichts von der romantischen Seite eines Mannes.« Brain richtete die Spitze seines Katanas direkt auf sie.

Zur Antwort hob sie den Blick sichtlich gelangweilt zur Decke, um dann ihren Gegner wieder zu fixieren. »Los.«

Als das junge Mädchen mit dem Kinn auf ihn deutete, sprang die Frau vor.

Sie kam wie ein Sturm über ihn, aber für Brain war es kein Problem, seine Waffe flink wie der Wind zu führen.

»Brust!« Mit diesem Aufschrei riss er das Schwert mit aller Kraft in die Höhe, um es augenblicklich herabsausen zu lassen. In dem Schlag lag genug Kraft, um einen gepanzerten Krieger zweizuteilen – alle spürten den Luftzug.

»Gargh!«

»Hmm. Nicht tief genug?«

Er traf sie mitten im Sprung, doch sie griff sich nur an die Schulter und machte einen Satz zur Seite. Sein Schwert war durch ihr Schlüsselbein bis zur Brust vorgedrungen.

Brain runzelte die Stirn. Abgesehen von der Tatsache, dass dieser Schlag nicht gereicht hatte, um sie auszuschalten, störte ihn noch etwas anderes – aus der Verletzung kam kein Tropfen Blut, obwohl man eine regelrechte Fontäne hätte erwarten sollen.

Magie? Mit zusammengekniffenen Augen beobachtete er, was unter der Hand geschah, mit der sie sich die Schulter hielt. Der Schnitt schloss sich, wenn auch langsam. Er hatte schon von Zaubern für schnelle Heilung gehört, das schien aber keiner davon zu sein. Damit blieb nur eine Antwort: Sie war ein Monster mit Selbstheilungskräften.

Ihre spitzen Eckzähne, die blutroten, feindseligen Augen, ihr allgemeines Aussehen und dass sie praktisch nicht von einem Menschen zu unterscheiden war … In dem Moment begriff er, was sie war.

»Ein Vampir …? Besondere Fähigkeiten umfassen schnelle Heilung, *Evileye of Temptation*, Lebenskraft absorbieren, durch Blutsaugen schwächere Artgenossen erschaffen, Waffen und Kälteresistenz. Ich denke, da ist noch mehr, aber … Na, auch egal.« Er festigte den Griff um seine Waffe. »Was auch immer du bist, ich mach dich einen Kopf kürzer.«

Die Frau riss die Augen auf. Ihre Pupillen wirkten ungewöhnlich groß.

Einen Moment lang war Brains Gehirn wie in Watte gepackt. Irgendwie mochte er seinen Feind sogar einen Augenblick lang. Aber mit einem energischen Kopfschütteln klärte er seinen Verstand. »*Evil-eye of Temptation*? Ich bin nicht so dämlich, um auf eine so billige Fähigkeit reinzufallen.«

Sobald Brain sein Katana zog, glich er geistig seinem Schwert. Die üblichen Gedankenkontrolltricks konnten ihm nichts anhaben.

Die Vampirin fletschte drohend die Reißzähne, aber sie zeigte nicht nur Hass, sondern auch Angst. Wäre sie überzeugt, stärker als er zu sein, würde sie einfach angreifen. Mit anderen Worten, nach der Verletzung war sie vorsichtig geworden und zu dem Ergebnis gekommen, dass er ein harter Gegner war.

»Schlaues Mädchen, aber vermutlich kann sich das sogar ein wildes Tier zusammenreimen.« Brain ging selbstsicher auf sie zu. Sie hingegen wich vor ihm zurück.

Na, so macht das aber keinen Spaß. Brain schnaubte. Er fragte sich, ob sie seine Provokation verstanden hatte. Es sah so aus, als würde sie als Reaktion darauf nicht länger zurückweichen, stattdessen näherte sie sich ihm eine Winzigkeit.

Sie waren keinen Meter voneinander entfernt. Die Vampirin könnte diese Distanz augenblicklich überwinden. Allerdings hielt ihre Unsicherheit bezüglich Brains Fähigkeiten sie davon ab, sie blieb vorsichtig. Dann, mit einem leichten Lächeln, stieß sie die Arme nach vorne. »*Shock Wave*!«

Auf dem Weg zu Brain verzerrte die Welle die Atmosphäre. Dieser Zauber war in der Lage, Plattenrüstungen einzudrücken. Mit nichts weiter als einem Kettenhemd würde ein direkter Treffer bestimmt einiges an Schaden anrichten. Und ein Treffer reichte völlig, um die Ausgeglichenheit dieses Kampfes zu kippen. Ihre grundlegenden Fähigkeiten waren absolut verschieden.

»Wenn du schon jubeln musst, dann solltest du wenigstens warten, bis du einen Treffer landest – so verrätst du nur deine Strategie.«

Unverletzt. Brain wich der unsichtbaren Schockwelle mühelos aus und lächelte kalt.

Die Vampirin geriet in Panik und entfernte sich wieder von ihm. Für sie waren Menschen eine niedere Spezies, ihr unterlegen, aber ihre Miene machte deutlich, dass sie begriff, wie falsch sie damit lag.

Brain ließ sich nichts anmerken, aber ihm wurde klar, er musste seine Kampfstrategie überdenken. Mit Magie hatte er nicht gerechnet.

Brains Ziel war Gazef, um ihm in einem Schwertkampf zu begegnen. Aus diesem Grund waren seine magischen Fähigkeiten auch bei Weitem nicht so stark wie die als Schwertkämpfer. Ihm fehlte das Wissen, vorherzuahnen, was sein Gegner als Nächstes tun würde.

Sie starrten einander tatenlos an. Das wiederum langweilte das kleine Mädchen. »Na schön, Zeit für einen Wechsel.« Sie schnippte mit den Fingern und das trockene Geräusch ließ die Vampirin am ganzen Körper schaudern.

Brain regte sich nicht, wodurch die sich umsehende Vampirin direkt vor ihm blieb. Es war der ideale Moment, um anzugreifen, doch er hielt sich zurück. Stattdessen beobachtete er das kleine Mädchen.

Sie war schlank. Im Verhältnis zu ihren großen Brüsten geradezu dürr. Ihre Arme waren so dünn, dass Brain befürchtete, sobald er sie mit voller Kraft angriff, würden sie wie Zweige brechen.

Es gab alle möglichen Glaubensmagier. Sie könnte eine Klerikerin sein, die auch Nahkampf beherrschte, eine Priesterin mit dem Schwerpunkt auf Magie oder eine Bischöfin, die sich einzig und allein auf Magie spezialisierte.

Aber wenn sie übernehmen wollte, bedeutete das, sie war überzeugt, sie konnte sich auch ohne Hilfe gegen ihn behaupten. Brain lächelte. *Sieht nicht so aus, als hätte sie die Vampirin beschworen, ist sie also auch eine?*

Abgesehen davon machte es den Anschein, als stünde sie im Rang über der Vampirin. Bei einem Monster konnte man nie von der äußeren Erscheinung auf das schließen, was sich dahinter verbarg. Es wäre nicht verwunderlich, sollte dieses kleine Mädchen über mehr körperliche Kraft als ihre Untergebene verfügen. Sie hatte gesehen, wie stark Brain war und wollte trotzdem gegen ihn kämpfen. Und hatte die Vampirin etwa Angst vor ihr? *Eine gefürchtete Herrin … Dann wird sie ziemlich stark sein – also jetzt bloß nicht unvorsichtig werden.*

Während er sie weiter beobachtete, zermarterte er sich das Hirn, was sie sein könnte. *Wenn sie die Herrin einer Vampirin ist, könnte sie dann eine der legendären* Vampire Lords *sein? Angeblich gab es einen namens Landfall, der ein ganzes Land in Schutt und Asche gelegt hat … Die alten Geschichten sagen, er wurde von den Dreizehn Helden getötet.*

Die Tatsache, dass es einem der Dreizehn Helden gelungen war, bedeutete, es war nicht unmöglich. Brain spannte seine Schwerthand an und nahm langsam eine Kampfhaltung ein. »Ich bin Brain Unglaus.«

Dafür, dass er sich einem mächtigeren Gegner vorstellte, erntete er ein verwirrtes Stirnrunzeln.

Ein wenig verlegen fragte er: »Und wie heißt du?«

»Oh, du willst meinen Namen wissen! Sag das doch gleich. Cocytus hätte das sofort verstanden, aber ich denke nicht wie er über Menschen, deshalb habe ich ein wenig gebraucht. Entschuldige bitte.« Sie raffte ihre Röcke und machte einen Knicks, als würde er sie auf einem Ball zum Tanz auffordern. »Shalltear Bloodfallen. Gestatte mir, dass nur ich das hier genießen werde.«

Sie verneigte sich elegant vor einem Mann, der ein Schwert auf sie richtete. Ging sie davon aus, er würde nicht angreifen? Oder war sie überzeugt, selbst wenn, könnte sie ihn abwehren? Der Gesichtsausdruck des Mädchens machte deutlich: Letzteres. Sie war nicht im Geringsten besorgt.

Ich wisch dir dieses selbstgefällige Grinsen aus dem Gesicht. Brain bedachte sie schweigend mit einem Blick, der selbst erfahrene Krieger eingeschüchtert hätte. Eigentlich war ihm egal, was sie dachte. Tatsächlich freute er sich sogar über ihre Überheblichkeit.

Die Arroganz der Mächtigen. Das war ein Vorteil, den Menschen gegenüber vielfach stärkeren Monstern hatten. Brain hatte sie bereits häufig ausgenutzt und so Monster besiegt, die sehr viel stärker als er waren. *Und wichtig ist nur, dass man hämisch grinsen kann, nachdem man sie abgeschlachtet hat. Nachdem man ihnen gezeigt hat, dass es Gegner gibt, denen man seine Selbstsicherheit zeigen kann, und manche, bei denen man das lieber bleiben lässt.*

»Willst du keine Kampfkünste einsetzen?«

Kampfkünste, das waren besondere Fähigkeiten, die Krieger durch intensives Training erlernten, während sie danach streben, den Zenit ihres Könnens zu erklimmen. Gespeist aus Chi oder Aura, erzeugten Kampfkünste Dinge, die nach wie vor unerklärlich waren und die man daher auch als Magie durch Waffen bezeichnete.

Wenn sich ein Krieger einem um einiges größeren Gegner gegenübersah, konnte die Kampfkunst *Trutzburg* einen Großteil des Schadens abfangen und ihm im Kampf einen Vorteil verschaffen. *Tödliche Schneide* war ein heftiger Angriff, bei dem die Energie auf die Klinge konzentriert wurde. Damit war es möglich, Gegner mit einem einzigen Treffer zu töten, sogar ziemlich starke. Wenn der Gegner schwer gepanzert war, war es ratsam, die Kampfkunst *Schwerer Schlag* für stumpfe Waffen zu benutzen. Mit *Körperliche Steigerung* ließ sich die eigene Leistungsfähigkeit vorübergehend erhöhen und wenn es einem gelang, das richtig zu nutzen, war ein Sieg fast garantiert.

Für einen Krieger war es nur natürlich, zur Vorbereitung auf alle Eventualitäten möglichst viele Künste zu erlernen und eigene zu entwickeln, um sie in verschiedenen Situationen einsetzen zu können. Besonders als Abenteurer, da es diese Tätigkeit unverzichtbar machte, möglichst flexibel zu sein.

Was Brain anging ...

»Ha! An jemanden wie dich würde ich sie nicht verschwenden.« Natürlich log er Shalltear an. Er war nicht so dumm, seine Karten einfach so auf den Tisch zu legen.

Er atmete langsam aus, verlagerte seinen Körperschwerpunkt und schob das Katana zurück in die Scheide.

Er bereitete sich vor, es erneut zu ziehen. Lange, flache Atemzüge.

Als er das Höchstmaß seiner Konzentration erreicht und sein Bewusstsein einzig und allein auf einen Punkt gerichtet hatte, *dehnte* es sich entgegen jeder Logik aus. Die umgebenden Geräusche, Luftzüge, Bewegungen – er hatte eine Wahrnehmungsstufe erreicht, bei der ihm nichts entging. Das war *Territorium*, seine erste eigene Kampfkunst.

Mit etwas weniger als drei Metern war der Wirkungsradius nicht besonders groß, dafür entging ihm absolut nichts, was in diesem Umkreis geschah. Einfach ausgedrückt, die Kunst erhöhte die Genauigkeit seiner Angriffe und seine Fähigkeit auszuweichen auf ein Höchstmaß. In Verbindung mit Brains trainiertem Körper war der Nutzen, den er durch seine Kunst erlangte, unvergleichlich.

Er war überzeugt, selbst wenn tausend Pfeile auf ihn niederregnen sollten, wäre er in der Lage, die herauszupicken, die ihn treffen würden, sie aus der Luft zu holen und so keinerlei Schaden zu nehmen. Nicht nur das, er war dermaßen präzise, er konnte ein Weizenkorn spalten und alles andere in der Umgebung unangetastet lassen.

Und dann ...

Wenn man etwas Lebenswichtiges traf, bedeutete dass das Ende für jedes Wesen. Und genau darauf kam es an. Statt breitgefächerte Fähigkeiten zu erlernen, war Brain extremst spezialisiert. Er wollte seinen tödlichen Schlag wenigstens einen Sekundenbruchteil vor seinem Gegner anbringen. Und dieses Bestreben war der Ursprung seiner zweiten selbst entwickelten Kampfkunst – *Direktschlag*.

Sein Schwert erreichte Geschwindigkeiten, bei denen man ihm unmöglich ausweichen konnte. Aber damit war sein Training noch nicht abgeschlossen. Von da an übte er den *Direktschlag* Zehntausende, nein, vermutlich Millionen Male. Dadurch hatte er Hornhaut an den Händen entwickelt und es war, als würden sie sich um seine Waffe schmiegen.

Aus diesem Training war eine weitere Kunst entstanden. Er war so schnell, dass am Ende seines Schwungs kein Blut an der Klinge haftete. Seiner Einschätzung nach war er beinahe gottgleich und entsprechend nannte er ihn *Götterfunke*. Sein Gegner sah ihn nicht einmal kommen.

Durch diese beiden Künste, der garantierte Treffer und die göttliche Geschwindigkeit – *Territorium* und *Götterfunke* – war es unmöglich, seinem hundert Prozent tödlichen Angriff auszuweichen.

Dabei zielte er stets auf eine Schwachstelle – für gewöhnlich den Hals.

Und dann kam die verborgene Technik *Pfeifender Wind*. Er nannte sie so wegen des Geräuschs der Blutfontäne nach dem Abtrennen des Kopfs.

Auch wenn ein Vampir nicht blutete, den Kopf zu verlieren wirkte sich bestimmt auch auf so ein Monster nachteilig aus.

»Bist du bald so weit?«

Brain schwieg weiter, atmete stoßweise ein und aus.

Shalltear zuckte scheinbar gelangweilt mit den Schultern. »Dann nehme ich das als Ja und greife jetzt an. Wenn du damit ein Problem hast, dann sag es gleich ...«

Ein Moment verstrich.

»Ich komme jetzt«, verkündete sie verspielt und bewegte sich auf ihn zu.

Halt die Klappe. Sehen wir doch mal, ob du noch so große Töne spuckst, nachdem ich dir den Kopf abgeschlagen hab. Er sprach es nicht aus.

Er hatte das Gefühl, sollte er sprechen, würde sämtliche angesammelte Energie aus seinem Körper hinausströmen.

Shalltear machte seelenruhig einen Schritt nach dem anderen auf ihn zu. Sie wirkte völlig unbeschwert. Sie schlenderte so gelassen, als ginge sie zu einem Picknick.

Das war nicht der Gang eines Kriegers und Brain verkniff sich sein ironisches Lächeln. Er sollte sie für töricht halten, diesen Fehler machte er allerdings nicht.

Mit den aktivierten Kampfkünsten *Körperliche Steigerung* und *Territorium* wartete er begierig darauf, dass sie nah genug kam, damit er zuschlagen konnte. So verhielten sich in der Regel alle Monster, die davon ausgingen, sie wären die Stärksten. Menschen waren anfällige Wesen. Sie waren ihnen körperlich unterlegen und es mangelte ihnen an besonderen Fähigkeiten. *Aber ich werde ihr zeigen, wie gefährlich es ist, Menschen zu unterschätzen.*

Kampfkünste waren entstanden, damit sich Menschen auch weitaus stärkeren Kreaturen stellen konnten.

Ein Schlag und sie ist Geschichte.

Je arroganter ein Monster war, umso verzweifelter schlug es um sich, sobald man es in Bedrängnis brachte. Sollte er sie nicht mit einem Treffer töten, würde sie vermutlich die Vampirin auffordern, ihr zu helfen. Dann stünde es zwei gegen einen. Das wäre ein schwieriger Kampf, sogar für Brain.

Also musste er sie schnell ausschalten.

Mit unbewegter Miene kommentierte er ihre Leichtfertigkeit mit einem Schnauben. *Als wüsste sie nicht, dass sie gerade die Stufen zum Schafott hinaufsteigt.*

Noch drei Schritte, noch zwei …

… noch einer.

Und dann …

Dein Kopf gehört mir!, brüllte er innerlich, als er sich ihr entgegenwarf.

»*Tsut!*« Sein Ausatmen war kurz und heftig. Das Katana flog förmlich aus seiner Scheide, streckte sich Shalltears Hals entgegen und durchschnitt die Luft. Die Geschwindigkeit war am ehesten mit einem Blitz zu vergleichen. Sobald man den Blitz bemerkte, fiel der Kopf bereits zu Boden – so schnell war er. Millionen Wiederholungen hatten einen Angriff erschaffen, der wahrlich den Göttern würdig war.

Hab sie.

Er war so überzeugt ...

Doch dann weiteten sich seine Augen. Er hatte die Luft zerrissen. Wenn sein Kontrahent seinem stärksten Angriff ausgewichen wäre, hätte er eingeräumt, endlich einen unvorstellbar starken Gegner vor sich zu haben. Aber ...

Shalltear hatte ihn abgefangen – seinen Schlag, der schnell wie der Blitz war. So behutsam, als würde sie den Flügel eines Schmetterlings halten.

Brain fühlte sich, als wäre die Luft erstarrt. Verzweifelt versuchte er zu atmen. »Das ... das kann nicht sein ...«, keuchte er fast flüsternd.

Er fühlte sich, als würde er jeden Moment anfangen, am ganzen Körper zu zittern, aber er riss sich mit aller Kraft zusammen. Er konnte es nicht glauben, aber Shalltear hielt die Spitze seines Schwerts zwischen ihren dünnen, schneeweißen Fingern – Daumen und Zeigefinger.

Sie hielt nicht die Schneide nahe der durch das Härten entstandenen Hamon-Musterung, stattdessen lagen ihre Finger mit einem Neunzig-Grad-Winkel des Handgelenks auf dem flachen, stumpfen Rücken der Klinge. Sie hatte nicht in den Schwung gegriffen, sondern sein Schwert von hinten abgefangen – sie hatte seinen *Götterfunken* besiegt.

Es sah nicht danach aus, als würde sie viel Kraft aufwenden, aber als Brain mit aller Gewalt versuchte, seine Waffe zu befreien, regte sich das Schwert keinen Millimeter. Es war, als würde er an einer Kette zerren, die um einen Felsen lag, der Hunderte Male größer als er war.

Plötzlich verstärkte sie den Druck auf das Schwert und nun musste Brain um seine Standfestigkeit kämpfen.

»Hmm. Cocytus hat ein paar von denen, doch wenn man sie so erbärmlich benutzt wie du, kann man wohl kaum von mir erwarten, dass ich mir deswegen Gedanken mache.« Shalltear hob die Spitze der Klinge auf Augenhöhe und begutachtete sie.

Während er ihre Worte hörte, spürte Brain, wie sein Verstand abschaltete. Er war verzweifelt, da sie seine ganze Lebensart infrage stellte. Aber dank seiner vorherigen Niederlage war er nicht am Boden zerstört. So wie ein Knochen nach einem Bruch dicker und stärker zusammenwuchs, war auch seine Toleranz für Rückschläge gestiegen.

Das hier war unmöglich, trotzdem musste er es akzeptieren: Sie hatte seinen göttlich schnellen Angriff mühelos abgefangen.

Shalltear betrachtete den vor Schock leichenblassen Brain mit fragend gerunzelter Stirn. Dann seufzte sie übertrieben enttäuscht. »Verstehst du jetzt? Ohne Kampfkünste kannst du mich einfach nicht besiegen. Wenn du das endlich kapiert hast, kannst du ja aufhören, dich zurückzuhalten, und mit aller Kraft kämpfen.«

Diese Worte waren brutal. Unfähig sich zu zügeln antwortete er: »Du Monster ...«

Shalltears Reaktion war ein Lächeln, so rein und unschuldig wie eine blühende Blume. »Ganz genau. Du hast es also endlich begriffen. Ich bin ein gnadenloses, grausames, unmenschliches – und liebreizendes – Monster.« Sie ließ seine Klinge los und machte einen Satz zurück.

Sie standen wieder wie zu Beginn, vermutlich höchstens mit ein paar Zentimetern Unterschied.

»Bist du bald so weit?« Sie schenkte ihm ein verspieltes Lächeln.

Genau dieselben Worte wie zuvor. Brain wurde über alle Maße wütend. *Wie sehr kann sie mich noch erniedrigen?* Dann schauderte er, als er begriff, sie war so herablassend, weil sie sich über jemanden lustig machte, der ihrer Ansicht nach das Höchstmaß menschlicher Stärke erreicht hatte.

Sollte ich flüchten? Brain schätzte sein Leben. Wenn er nicht gewinnen konnte, sollte er weglaufen, um den Kampf an einem anderen Tag fortzusetzen. Es reichte völlig aus, sich zurückzuziehen und letzten Endes den Sieg davonzutragen, da er seiner Meinung nach noch stärker werden konnte.

Aber selbst wenn er sich dafür entschied, gegen die unbestreitbare Kluft der körperlichen Fähigkeiten konnte er nichts tun. Sorgsam wählte er sein Ziel, darauf bedacht, dass sie nicht bemerkte, wohin er sah.

Er würde ihre Beine angreifen. Er würde ihr die Möglichkeit nehmen, sich schnell zu bewegen, und dann musste er nur noch laufen. Er würde außerhalb der Reichweite dieser Hände bleiben, die seinen tödlichen Schlag abgewehrt hatten, und stattdessen einen schwieriger zu schützenden Bereich angreifen.

Mit diesem Entschluss starrte er weiter ihren Hals an und schob sein Schwert zurück in die Scheide. Dank *Territorium* konnte er sein Ziel selbst mit geschlossenen Augen treffen, daher war es eine ideale Ablenkung, woandershin zu sehen.

»Ich komme jetzt.« Und erneut näherte sich Shalltear.

Während er zuvor begierig darauf gewartet hatte, dass sie den Wirkungskreis von *Territorium* betrat, war es dieses Mal das Gegenteil. Im Idealfall würde es gar nicht erst so weit kommen.

Seit wann bist du so feige?, schimpfte er verzweifelt mit sich selbst, aber so sehr er sich auch bemühte, es gelang ihm nicht, dem Aufeinandertreffen entgegenzufiebern. Sein Kampfeswille war wie eine erloschene

Öllampe. Mit einem Zungenschnalzen beobachtet er Shalltears Schritte mithilfe seiner Kampfkunst.

Drei Schritte, zwei Schritte, einer ...

Sie war in Reichweite.

Während Brain seinen Blick auf ihren Hals fixierte, sah er auch ein wenig von Shalltears höhnischem Grinsen.

Bei ihrem nächsten Schritt würde er auf einen einzigen Punkt zielen – ihren rechten Knöchel.

Er schlug nach unten, sogar noch einen Bruchteil schneller als zuvor. Er schüttelte jeglichen Druck ab, überzeugt, dass er sich schneller bewegte als beim letzten Angriff. Wären ihre Rollen vertauscht, er hätte keine Möglichkeit, dieser Geschwindigkeit zu entgehen. *Das wird funktionieren.*

Er würde diesen unter dem Rock hervorlugenden Fuß von dem einem so jungen Mädchen entsprechenden Knöchel abtrennen ...

... als ihm das Katana entglitt.

Da er ihren Hals anstarrte, sah er nicht, was passiert war. Aber seine durch *Territorium* gesteigerte Wahrnehmung sagte ihm, sein geliebtes Katana lag auf dem Boden und in der Nähe seiner Spitze stand ein hoher Absatz auf der Klinge.

Das konnte unmöglich geschehen sein. Trotzdem war es die Wahrheit. Er hatte das Katana verloren, weil sie auf die Spitze getreten war.

Es gab einen Grund, warum er es nicht glauben wollte: Selbst in seinem konzentriertesten Zustand hatte er es nicht kommen sehen. Nicht einmal mit seiner Kampfkunst *Territorium*, auf die er so stolz war.

Shalltear war ihm nah genug, dass er sie hätte berühren können. Sie blickte eiskalt auf ihn herab. Ihre Augen gaben ihm das Gefühl, die Atmosphäre selbst würde ihn zermalmen.

Er japste nach Luft. Er schwitzte aus allen Poren, ihm wurde übel. Seine Sicht verschwamm. Er hatte so viele Kämpfe überstanden, war dem Tod so oft von der Schippe gesprungen. Aber all das verblasste im Angesicht seiner derzeitigen Situation, als wären es nur Kinderspiele gewesen.

Shalltear hob den Absatz von der Klinge und sprang zurück. »Bist du bald so weit?«

»Ngh!« Als sie das zum dritten Mal sagte, war sein vorherrschendes Gefühl Verzweiflung. *Als Nächstes sagt sie vermutlich »Ich komme jetzt.«*

Stattdessen folgte etwas anderes.

»Bist du nicht in der Lage ... Kampfkünste zu benutzen?« In ihrer Stimme lagen eindeutig Mitleid und Überraschung.

Brain hingegen holte nur Luft. Er hatte keine Antwort. Was sollte er auch sagen? Sollte er den Narren spielen und antworten: *Doch, hab ich, aber du hast sie mühelos überwunden.* Er biss sich auf die Unterlippe und hob sein geliebtes Katana auf.

»Kann es sein, dass du gar nicht so stark bist? Ich dachte, du wärst stärker als die am Eingang, aber so wie es aussieht ... Entschuldige. Ich messe Stärke in Metern – Unterschiede von wenigen Zentimetern nehme ich nicht mal wahr.«

Seine unermüdlichen Bemühungen waren umsonst gewesen. Beim Kampf mit Gazef hatte er seine Fähigkeiten überschätzt. Er hatte sich nicht angestrengt und gegen einen Mann verloren, der alles gegeben hatte. Und daher war diese Niederlage zu einem Teil von ihm geworden. Alles, was er danach getan hatte, wie er sich wieder aufgerappelt und was er durch sein Training erreicht hatte – das Monster vor ihm verspottete seine gesamte Existenz.

Irgendwas stimmt nicht. Bis jetzt hab ich noch jedes Monster getötet, egal wie sehr sie mich unterschätzt haben, egal wie viel stärker sie waren – ich hab sie alle getötet, also warum ...? Weiter kamen seine Gedanken nicht, bevor er sie zügelte.

»AAHHHHHHHHHHH!«, brüllte er und schlug nach Shalltear. Er legte seine ganze Kraft in sein Katana, während sie ihn nur weiter fragend ansah.

Dieser Schlag, getrieben von jedem Muskel seines Körpers, hätte einen Menschen von Kopf bis Fuß gespalten, selbst mit Helm. Da sie nicht einmal versuchte auszuweichen, dachte Brain, er würde sie treffen. Sie sah einfach nur zu, wie der weiße Blitz herabsauste.

Aber das Unmögliche, das er bisher erlebt hatte, ließ diese Vorstellung augenblicklich verpuffen. *Sie kann nicht so einfach zu töten sein …*

Einen Moment später wurde sein Verdacht bestätigt. Ein scharfes Klirren ertönte und Brain sah erneut etwas Unmögliches.

Shalltear hatte seinen Angriff mit dem knapp zwei Zentimeter langen Nagel ihres linken kleinen Fingers pariert. Und es sah nicht ansatzweise so aus, als hätte sie sich dafür anstrengen müssen. Sie hielt die Hand locker geschlossen und spreizte den kleinen Finger leicht gekrümmt ab.

Sie hatte seinen mit aller Kraft geführten Schlag mit einer Geste abgefangen, die man bestenfalls als spielerisch bezeichnen konnte – seinen Angriff, der Plattenrüstungen zerteilen konnte, Schwerter zertrümmerte und Schilde durchdrang.

Hektisch sammelte er seine erschütterte Willenskraft, spannte den Arm an, um die Vibrationen des Treffers abzuschütteln, und holte ein weiteres Mal aus – und wieder parierte Shalltear, ohne sich überhaupt anzustrengen.

»Huwah …« Sie gähnte demonstrativ. Selbstverständlich bedeckte sie den Mund mit ihrer freien rechten Hand. Sie schien absichtlich zur Höhlendecke zu blicken, beachtete Brain nicht mal mehr.

Und dennoch.

Und dennoch wehrte sie Brains Klinge ein ums andere Mal ab – mit ihrem kleinen Finger!

»RRAAAAGHHH!«, brüllte er. Nein, es war vielmehr ein Kreischen.

Horizontaler Schlag – abgeblockt.

Diagonaler Schlag – abgeblockt.

Schlag nach vorne – abgeblockt.

Diagonaler Schlag – abgeblockt.

Vertikaler Schlag – abgeblockt.

Horizontaler Schlag – abgeblockt.

Egal in welchem Winkel, wohin er auch zielte, sie wehrte alle seine Angriffe ab. Es war, als würde der Nagel sein Katana anziehen. Jetzt endlich begriff Brain.

Absolute Stärke. Wie viel Mühe er sich auch gab und selbst wenn er über ein natürliches Talent verfügte, es gab Wesen, mit denen er sich niemals würde messen können. Bezwingen konnte er sie erst recht nicht.

»Oh? Bist du müde? Aber dein Buttermesser ist auch ziemlich stumpf, findest du nicht?«

Diese ungeduldigen Worte ließen Brain innehalten. Konnte er mit einem Katana einen Berg abtragen? Das war unmöglich. Jedes Kind wusste das. Also, konnte er Shalltear besiegen? Jeder Krieger, der sich ihr stellte, wusste: Ein Sieg war aussichtslos.

Auf keinen Fall konnte ein einfacher Mann einen Gegner besiegen, dessen Stärke jenseits menschlicher Vorstellung lag. Die Einzigen, die zumindest eine Chance hätten, müssten schon übermenschlich sein. Leider war Brain nichts weiter als ein Krieger, der das Höchstmaß menschlicher Möglichkeiten erreicht hatte. Ganz genau. Egal wie sehr er sich auch anstrengte, vom Moment seiner Geburt als Mensch an würde er nie mehr sein als ein Säugling, der mit einem Stock um sich schlug.

»Ich … hab mir solche Mühe gegeben …«

»Mühe? Das Wort ist bedeutungslos. Ich wurde stark erschaffen, daher war es nie nötig, danach zu streben, stärker zu werden.«

Brain lachte. Seine ganze schwere Arbeit war bedeutungslos. *Warum war ich so eingebildet? Warum dachte ich, ich wäre so begabt?* Seine Gliedmaßen waren unvorstellbar schwer, als würden Gewichte daran hängen.

»Ah ha ha ha ha ha! Warum weinst du? Hat dich was traurig gemacht?«

Er hörte Shalltear etwas sagen, aber es war weit entfernt und er verstand die Worte nicht.

Eine schwere Eisenstange zu schwingen war sinnlos gewesen – vor allem, wenn dadurch die Schwielen an seinen Händen aufplatzten. In schwerer Rüstung zu joggen war genauso sinnlos gewesen. Dasselbe galt dafür, sich immer wieder alleine Monstern zu stellen und um Haaresbreite den Sieg zu erringen.

Alles war sinnlos, selbst sein Leben. Im Angesicht eines wirklich starken Gegners war Brain nicht besser als die unbegabten Schwächlinge, die er ausgelacht hatte.

»Ich bin ein Idiot …«

»Bist du zufrieden? Sollen wir das dann allmählich beenden?« Sie näherte sich und kicherte mit erhobenem kleinem Finger.

Brain schrie. Aber es war nicht länger der Schrei eines Kriegers. Es war praktisch das Jammern eines Kindes. Er rannte los, weg vom Feind.

Er hatte genug von Shalltears Fähigkeiten gesehen, dass ihm ganz schlecht wurde, und nahm an, sie würde ihn augenblicklich einholen. Aber daran dachte er nicht einmal. Er dachte überhaupt nicht, er kehrte ihr den Rücken zu und rannte mit tränenüberströmtem Gesicht tiefer in die Höhle.

Die Unschuldsstimme eines kleinen Mädchens – teils seufzend, teils bösartig – rief ihm hinterher: »Spielen wir jetzt Fangen? Du bist wirklich ein Kindskopf, was? Na, dann haben wir eben ein wenig Spaß. Ah ha ha ha ha ha ha!«

3

Durch die Ritzen in der Barrikade wehte kühle Luft in die Halle und über die Körper der verbliebenen zweiundvierzig Männer der Todbringer-Brigade.

Für gewöhnlich wurde hier gegessen, einfach weil es der größte Bereich innerhalb der Höhle war. Aber jetzt war sie eine improvisierte Festung.

Die Höhle, die die Söldner als Versteck benutzten, öffnete sich tief unter der Erde zu einem lang gezogenen, schmalen Bereich, von dem aus weitere Nebenhöhlen erreichbar waren. Die wurden als persönliche Zimmer, Waffenmagazin, Nahrungslager und so weiter genutzt. Im Falle eines Angriffs zogen sich die Männer immer hierher zurück, um sich ihren Angreifern zu stellen. Solange sie diesen Teil halten konnten, hatten sie die Kontrolle.

Ihre Barrikaden waren nichts Besonderes. Erst kippten sie einen simplen Tisch auf die Seite, dann sicherten sie ihn mit Holzfässern und fertig. Als Nächstes wurden zwischen den Barrikaden und dem Eingang auf Bauchhöhe eines Menschen Seile gespannt. Damit vereitelten sie jeden Versuch, einfach hereinzustürmen und bis zu den Stellungen vorzurücken.

Fast jeder hinter den Holzkonstruktionen hatte eine Armbrust. Sie waren in Mitte, rechter und linker Flügel aufgeteilt.

Wenn man die Breite des Eingangs im Vergleich zur Halle berücksichtigte, verfügten die Verteidiger während eines Fernkampfs über einen überwältigenden Vorteil. Und da sich die Todbringer-Brigade verteilt hatte, würde der Feind Schaden nehmen, egal wen er zuerst versuchte anzugreifen. Nicht einmal eine Attacke mit Wirkungsradius wäre besonders effektiv. Ihre Taktik war simpel: überlappende Feuerzonen durch sich gegenseitig unterstützende Stellungen.

Es war so simpel, dennoch zeigten die Männer besorgte Mienen, obwohl sie es innerhalb ihres Stützpunkts auch mit zahlenmäßig überlegenen Gegnern aufnehmen konnten.

Das Zittern der Männer ließ ihre Kettenhemden rasseln. Es war nicht besonders warm in der Höhle, aber im Sommer angenehm – jetzt allerdings lief es ihnen aus anderen Gründen kalt den Rücken hinunter.

Das laute Lachen aus dem vorderen Teil der Höhle hallte von den Wänden wider, was es unmöglich machte, zu sagen, ob da ein Mann oder eine Frau gackerte. Es ging ihnen durch Mark und Bein.

Brain Unglaus war das stärkste Mitglied der Todbringer-Brigade. Ein paar hatten gesagt, wenn er sich darum kümmerte, bräuchten sie die Barrikaden nicht, aber das Lachen machte diese Hoffnungen zunichte.

Ein Gegner, der Brain bezwingen konnte. So jemanden gab es nicht. Das hatten sie zumindest bis jetzt gedacht.

Brain war auf einem ganz anderen Niveau als sie. Nicht einmal die Ritter des Kaiserreichs konnten sich mit ihm messen und dasselbe galt für Monster. Er streckte Oger mit einem einzigen Schlag nieder und sprang allein in eine Gruppe Goblins, um sie dann niederzumähen. Wenn der Mann, der vermutlich in der Lage wäre, jeden anderen ihrer Söldnertruppe einen Kopf kürzer zu machen, nicht der Stärkste war, wer dann?

Und jetzt hatte *er* verloren. Was bedeutete das für sie?

Dass jemand während eines Kampfs gegen Brain lachte, ließ sich nur auf eine Art erklären. Jeder wusste es, aber keiner wagte, es auszusprechen. Sie sahen sich nur schweigend gegenseitig an.

Jeder starrte mucksmäuschenstill zum Eingang der Halle – etwas entfernt dahinter lag der Zugang zur Höhle. Mit jeder Sekunde stieg die Anspannung. Und dann …

Sie hörten jemanden rennen. Es wurde allmählich lauter.

Irgendwer schluckte laut.

Bis auf das Knarren vom Spannen der Armbrüste war es totenstill in der Halle.

Der Mann, der durch den Eingang kam, war außer Atem. Es war ein Wunder, dass ihm keine Bolzen entgegenschossen.

»Brain!«, rief der Anführer der Söldner. Eine Sekunde später brachen alle in Jubel aus – Freudengeschrei, da die Eindringlinge bestimmt besiegt waren. Sie klopften sich gegenseitig auf die Schulter, rundum wurde Brains Können gelobt. Immer wieder riefen sie seinen Namen.

Während dieses Beifalls stand Brain einfach nur am Eingang, sein Schwert locker in seiner Hand und betrachtete wortlos ihre Gesichter.

Nein, etwas stimmte nicht. Er suchte nach etwas.

Brains eigenartiges Verhalten ließ den Jubel abebben.

Er rannte auf die Barrikade zu.

»Hey! Warte kurz! Wir räumen sie weg!«

Er ignorierte das und zwängte sich stattdessen durch. Kaum dahinter verlor er keinen Moment und hetzte ohne eine Erklärung wieder los.

Während ihm die Banditen schockiert hinterhersahen, öffnete er die Tür zu einer als Lagerraum genutzten Höhle, um dann hineinzustürzen.

»Hä? Hat er da drin was vergessen?«

»Wer weiß? Er wirkt etwas eigenartig, aber … er hat doch nicht etwa … geheult, oder?!«

Die Blicke noch immer auf die Tür gerichtet, die er hinter sich zugeschlagen hatte, verstanden sie nicht, was gerade passiert war.

Unter ihnen war ein Mann, der das Gesicht zu einer Grimasse verzog – der Anführer ihrer Truppe. Denn nur er – nein, nur er und Brain – kannten die Wahrheit. Aber ihm fehlte die Zeit festzustellen, ob er richtiglag.

Mit leisem Klicken erschien noch jemand am Eingang zur Halle. Natürlich erkannten sie sie nicht. Da keiner von ihnen wusste, wer sie war, musste sie der Angreifer sein, der so viele Probleme machte. Augenblicklich verstummte die herrschende Unruhe.

Das konnte nicht sein. Das änderte, warum Brain aufgetaucht war. Wenn der Eindringling lebte, bedeutete das, er war geflüchtet.

Sie war allein. Sie ging seltsam vornübergebeugt, war aber nicht besonders groß, vielleicht ein kleines Mädchen. Sie ließ die Arme locker hängen, der Kopf war geneigt und keiner sah ihr Gesicht. Das Seltsame daran war, die Haltung von Kopf und Schultern ließ darauf schließen, dass ihr Hals etwa dreimal so lang war wie der eines normalen Menschen.

Langsam bewegte sie sich weiter in die Halle hinein und scherte sich nicht im Geringsten darum, dass ihr langes silbernes Haar auf dem Boden schleifte. Ihr fein gearbeitetes Kleid war so schwarz, es wirkte, als wäre sie in Finsternis gehüllt.

Keiner sagte ein Wort. Ihr Aussehen war zu bizarr und die Eiseskälte in der Luft drohte, ihre Herzen erstarren zu lassen.

Sie bewegte den Kopf. Das feine Silberhaar verdeckte ihr ganzes Gesicht, aber dahinter brannten zwei rote Punkte, die allmählich zu nadeldicken Strichen wurden.

Alle begriffen, dass sie – zu ihrem Leidwesen – lächelte.

Mit einem Ruck hob das Furcht einflößende Mädchen den Kopf. Ihr Gesicht war hübsch, aber jeder, der wusste, wie sie noch vor Kurzem ausgesehen hatte, hätte es als erschreckend bezeichnet. Ihre Gesichtszüge waren so ebenmäßig, dass sie fast wie eine von einem äußerst begabten Künstler geschaffene Maske aussahen.

»Guten Abend. Ich bin Shalltear Bloodfallen. Ist das hier die Endstation? Sind wir fertig mit Fangenspielen?«

Das Mädchen – Shalltear – sagte Dinge, die die Söldner nicht begriffen, und sah sich im Raum um. Vielleicht runzelte sie die Stirn ihres hübschen Gesichts, weil sie den Gesuchten nicht ausfindig machen konnte. Niemand wagte, etwas zu sagen, und die Stimme des Mädchens hallte erneut durch die Halle.

»Spielen wir jetzt Verstecken?« Sie kicherte. Offenbar fand sie ihren Scherz sehr lustig, da sie mit gesenktem Blick und dem langen Haar wieder vor dem Gesicht weiterlachte.

Während die Söldner den Atem anhielten, unsicher, wie sie mit der seltsamen Situation umgehen sollten, lachte Shalltear immer lauter. »Ah ha ha ha! Ah ha ha ha! Ha! Ha! Ahhhh ha ha ha haaa! Ahhhh ha ha ha!« Gleichzeitig hob sie langsam den Kopf.

Das Gesicht, das sie den Banditen nun zeigte, gab ihnen das Gefühl, als würde jemand ihr Herz packen und zudrücken, als hätten sie anstatt Blut Eis in den Adern.

Das war keine Schönheit. Ihre Augen waren vollständig blutrot. Anstelle der hübschen weißen Zähne war ihr Mund voller spitzer Nadeln, die wie im Gebiss eines Hais aufgereiht waren. Ihre Mundhöhle schimmerte geradezu obszön Rosa, glänzte feucht und an den Mundwinkeln lief ihr Speichel herab.

»Ah ha ha ha! Haaaaaa ha ha ha!« Sie gackerte mit einem Lächeln, das ihr Gesicht wortwörtlich von Ohr zu Ohr spaltete. Der Klang erinnerte an eine kaputte Glocke.

Die Anspannung war geradezu greifbar. Selbst für das Innere einer Höhle war dieses Echo unnatürlich. Es war fast, als könnte die Luft ihr Gelächter nicht ertragen.

Ein Mädchen? Ein Monster? Ein Ungeheuer?

Sie irrten sich alle. Sie war die Verkörperung der Angst.

Ihr Atem roch dermaßen nach Blut, es war schon von Weitem wahrnehmbar. Die Luft selbst schien sich rot zu färben.

»Wahhhhhh!« Einer der Söldner schrie vor Angst und löste seine Armbrust aus.

Der Bolzen raste durch die Luft und bohrte sich tief in Shalltears Brust. Der Aufschlag ließ sie leicht schwanken.

»Feuer!«

Die Stimme ihres Anführers riss die Söldner aus ihrer Lethargie und um sich gegen ihre Angst zu stemmen, feuerten alle gleichzeitig ihre Waffen ab. Es drangen so viele Bolzen in Shalltears Körper ein, dass es wie Regen klang.

Insgesamt wurden vierzig weitere Bolzen verschossen, einundvierzig trafen ihr Ziel. Jeder einzelne drang tief in ihren Körper ein, was kaum überraschend war, auf diese Entfernung durchschlugen sie sogar Rüstungen. Vier steckten in ihrem Kopf. Wäre sie menschlich gewesen, wären diese Verletzungen tödlich gewesen.

»Wir haben's geschafft …«, flüsterte jemand und sprach die Hoffnung aus, an die sich alle klammerten.

Sie stand noch, sah aber dank der Armbrustbolzen wie ein Stachelschwein aus. Sie musste tot sein. Doch obwohl das die logische Schlussfolgerung war, war da immer noch dieser Funken Angst, der in ihnen allen glimmte. Getrieben von etwas Ähnlichem wie tierischem Instinkt luden die Söldner nach.

Dann bewegte sich Shalltear. Sie hob die Arme wie ein Dirigent, breitete sie langsam aus. Die feststeckenden Projektile regten sich, wurden aus ihrem Körper gestoßen und fielen in den Dreck. An keinem davon klebte Blut. Es war, als hätte man sie nie benutzt.

Sie lächelte – ein hässliches Lächeln, das man vielmehr als höhnisches Grinsen bezeichnen sollte.

Angstschreie wurden laut und als wäre das ein Signal, zischten erneut zahllose Bolzen durch die Luft auf Shalltear zu.

Ein Auge wurde getroffen, ihr Hals, ihr Bauch und ihre Schulter. Das alles ließ sie wie einen sanften Regenschauer über sich ergehen.

»Ihr gebt euch solche Mühe, aber bei mir funktioniert das nicht.«

Sie trat einen Schritt vor – dann sprang sie.

Die Decke war etwa fünf Meter hoch. Nach dem Sprung, hoch genug, um sie mit Leichtigkeit zu berühren, glitt Shalltear elegant auf der anderen Seite der Barrikade herab. Ihre hohen Absätze klackerten auf dem Boden, dann lösten sich alle Bolzen aus ihrem Körper. Knirschend drehte sie den Kopf und sah die Söldner hinter sich an, die ein weiteres Mal ihre Armbrüste luden.

Sie stürmte vor, schlug zu. Sie legte nicht einmal Kraft hinein – vielmehr stieß sie einfach die Hand vor. Dennoch war die Geschwindigkeit unvorstellbar und die Zerstörungskraft mit nichts zu vergleichen. Mühelos durchdrang ihre Faust den Körper des Söldners und krachte in die Barrikade dahinter. Mit einem Geräusch wie eine Explosion barst das Holz, Splitter flogen in alle Richtungen.

Während des folgenden betretenen Schweigens war nichts zu hören, außer Holzstücken, die zu Boden fielen.

Die entsetzten Söldner luden nicht mehr nach, stattdessen starrten sie Shalltear an.

Sie schob einen Finger in die über ihrem Kopf schwebende Blutblase. Als sie ihn herauszog, hing daran ein Blutsfaden und bildete vor ihr in der Luft einen Buchstaben. So was nannte man *Magic Letter* und es sah wie Sanskrit oder eine Rune aus.

Diesen Skill, *Blood Pool*, verdankte sie einer ihrer Klassen, *Blood Drinker*. Damit speicherte man das Blut jedes getöteten Feindes in einer Blase bösartiger Magie, die man dann ganz nach Belieben einsetzen konnte. Es erlaubte ihr, magiesteigernde Zauber zu wirken, ohne dafür auf ihre MP zurückzugreifen.

»*Penetrating Magic: Implosion*!«

Shalltear wirkte einen Zauber der Stufe zehn – der höchsten Magiestufe –, wodurch die Körper von zehn Söldnern anschwollen.

Ihnen blieb nicht einmal Zeit zu schreien. Sie konnten nur an sich herabblicken, erkennen, dass mit ihnen etwas Seltsames vor sich ging, und erschrocken das Gesicht verziehen. Und dann zerriss es sie mit einem Geräusch wie platzende Ballons.

»Ah ha ha! Haaaa ha ha haaaa ha ha! Feuerwerk! So hübsch!« Sie deutete auf die Blutspritzer und klatschte dabei bösartig grinsend in die Hände.

»Uwaaaagh!« Der Panzerbrecher stieß zeitgleich mit dem Schrei vor, durchbohrte Shalltears Brust und trat in etwa da, wo ihr Herz sein sollte, aus ihrem Rücken aus. Dann wurde er auf und ab bewegt, um die Verletzung noch zu vergrößern.

»Fahr zur Hölle!« Als Nächstes trieb jemand ein Breitschwert in ihren Schädel, spaltete ihn zur Hälfte und ließ es auf Höhe ihres linken Auges stecken.

»Nicht nachlassen!« Kriegsgeschrei, vermischt mit Kreischen und Brüllen, wurde laut. Drei Söldner schlugen mit ihren Waffen nach ihr.

Die Schwerter trafen immer wieder, doch selbst mit dem Breitschwert im Kopf schien es Shalltear nichts auszumachen. Es war, als spüre sie nicht den geringsten Schmerz, stattdessen stand sie einfach nur mit diesem grässlichen Lächeln im Gesicht da.

Erschöpft von den wiederholten Angriffen ließen die Söldner ihre Schwerter fallen und griffen sie stattdessen mit Tränen in den Augen mit bloßen Fäusten und Tritten an. Obwohl jeder von ihnen größer war als sie, regte sie sich nicht. Für die Männer aber war es, als würden sie auf einen Felsen einschlagen.

Shalltear neigte den Kopf zur Seite und überlegte. Dann, als wäre ihr etwas Gutes eingefallen, klatschte sie in die Hände. »Haaaaaahhhhhahhhhhhh!« Sie atmete aus, als müsste sie dringend aufgestaute Hitze loswerden. Erstickender Blutgeruch machte sich breit.

Gelassen zog sie das Breitschwert aus ihrem Kopf. Natürlich blieb keine Verletzung zurück. Sie wollte gerade selbst damit zuschlagen, hielt jedoch inne. Rost überzog die Klinge, dann zerfiel sie. Enttäuscht warf Shalltear es weg, als sich ihr blutrünstig umnebelter Verstand erinnerte – das war der Nachteil einer ihrer Klassen, *Cursed Knight*. Dann hob sie beiläufig ihre zierliche Hand.

Drei Köpfe landeten im Dreck.

»Lauft! Lauft weg! Beeilung!«

»Gegen dieses Monster haben wir keine Chance!«

Mehrere Söldner schrien bei ihrem Versuch zu flüchten.

Shalltear packte den Kopf von einem, dessen Kampfeswille völlig gebrochen war, und zerquetschte ihn mit aller Kraft. Der Knochen gab mit einem Knacken nach, wie wenn man ein Krustentier schälte, Gehirnmasse spritzte in alle Richtungen.

»Ah ha ha! Haaaa ha ha ha! Was ziehst du so ein Gesicht? Hast du Angst?! Ah ha ha ha ha! Haaaa ha ha! Wartet doch! Spielen wir noch etwas Fangen!«

Die blutrünstige Albtraumkönigin lachte die Männer an, die sich bei dem seltsamen Knacken umgedreht und das widerliche Spektakel mitangesehen hatten. »Ihr entkommt mir nicht!« Dann griff sie an.

Einer der Söldner stolperte bei seiner Flucht über seine eigenen Füße und landete direkt vor Shalltear. »Bitte verschon mich! Ich bitte dich! Ich mach nie wieder was Schlimmes!« Weinend klammerte er sich an ihre Füße. Ein Lächeln klaffte in ihrem Gesicht. Augenblicklich verstand er die Bedeutung und wurde kreidebleich.

»Und hoch mit dir!«

»Nicht! Oh bitte nicht!« Verzweifelt versuchte er, sich festzuhalten, aber sie packte ihn am Rücken und schleuderte ihn zur Decke hinauf.

Der Söldner konnte sich nicht halten, kniff die Augen zu und fühlte sich ein paar Momente lang schwerelos. Dann riss ihn die Schwerkraft nach unten. Seine Hände kamen zuerst auf dem Boden auf, Schmerz schoss durch seine Arme. »Nghaaa!«

Schmerz belegte, er war am Leben. Dankbar öffnete der Söldner die Augen – nur um feststellen zu müssen, er hatte sich zu früh gefreut. Shalltear hatte ihn sanft aufgefangen. *Deshalb* war er nicht mit voller Wucht auf dem Boden aufgeschlagen. Er war ihr noch nicht entkommen.

Vor seinen Augen klaffte ein riesiger Mund auf. Noch nie hatte er einen so fauligen Gestank gerochen, er erinnerte an einen Klumpen geronnenes Blut.

»Ah ha ha ha! Ha haaaa! Das macht Spaß! Hast du gedacht, ich lasse dich sterben? Lecker Schmecker!«

»H… Hilfe …«

»Vergiss es! Ich habe schon ewig nichts mehr getrunken!« Mit einem Knacken riss Ihr Mund bis hinter die Ohren auf, groß genug, um einen menschlichen Kopf zu verschlingen.

Niemand hier wusste, was für ein gefährliches Monster der *True Vampire* des DMMOs *Yggdrasil* war.

Ihr aufgerissener Mund bildete einen Halbkreis und die oberen Reißzähne ragten bis über ihr Kinn hinaus. Die blutroten Augen funkelten und ihre verwittert aussehenden Arme und Beine endeten in mehreren Zentimeter langen, scharfen Krallen. Wenn sie sich bewegte, tat sie das vornübergebeugt und zum Angriff sprang sie ihre Opfer an.

Ein herkömmlicher Vampir war eine Art Mensch-Fledermaus-Monster. Und die Elite-Rasse der *Original Vampires* sah sogar noch mehr wie Monster aus. Die einzigen Vampire, die man als hübsch bezeichnen konnte, waren Vampirbräute wie Shalltears Konkubinen. Shalltear hatte ihre Schönheit nur dem Gildenmitglied zu verdanken, das sie entworfen hatte. Zum einen war er ein begabter Zeichner, zum anderen war der 3-D-Modellierprozess gut verlaufen.

Dies hier war ihre wahre Form. Mit anderen Worten, ihr herkömmliches Aussehen war nichts als Fassade.

Sie saugte sich wie eines dieser klebrigen Gummispielzeuge oder ein widerlicher, fetter Blutegel am Hals des Söldners fest.

Erst als er spürte, wie zahllose Nadeln in seinen Hals drangen – oder war es erst, als er das obszöne Geräusch hörte, wie sein Blut getrunken wurde? –, realisierte er schaudernd, dass sein ganzes Wesen aus seinem Körper gelöst wurde. Ein grässliches Gefühl, mit nichts vergleichbar, was er kannte.

Er versuchte, sich zu wehren, aber seine Arme und Beine waren so schwer. Ihm wurde schnell schwarz vor Augen.

Als Shalltear genug von ihm hatte, warf sie die ausgetrocknete Leiche weg und leckte sich mit ihrer langen, schleimigen Zunge das frische Blut von den Mundwinkeln. Die übrigen flüchtenden Söldner bedachte sie mit einem breiten Grinsen. »Da sind noch so viele von euch übrig!«

Zahllose Schreie, verzweifelt und mutlos, hallten durch die Halle.

In der Halle war es ruhig geworden, nichts regte sich mehr und Shalltear schmunzelte. Die Blutblase über ihrem Kopf war ziemlich angewachsen und inzwischen fast so groß wie ihr Kopf.

»Was ein Spaß!«

Die Vampirbräute, die den Auftrag gehabt hatten, niemanden entkommen zu lassen, neigten zur Antwort auf Shalltears entzückten Schrei die Köpfe. »Das Wichtigste ist Euer Vergnügen, große Meisterin.«

»Mein Hauptgericht!«

Shalltear riss die Tür aus, durch die Brain geflüchtet war. Das Schloss und die Angeln boten keinen nennenswerten Widerstand. Mit einem Knacken hielt sie das ganze Türblatt in der Hand.

Es war ein kleiner Raum voller Säcke und Holzkisten. Und da war noch etwas, das sie nicht erwartet hatte. Unter dem ganzen Staub roch sie frische Luft, eine Brise von draußen. Gleichzeitig spürte sie die schwächer werdende Präsenz eines Menschen. Obwohl sie sich in ihrer Blutraserei verloren hatte, erinnerte sich Shalltear vage an ihre Befehle.

»Kwaaaa!« Was sie ausstieß, konnte man entweder als Kriegsschrei oder ungezügelte Wut verstehen. Sie folgte der Präsenz und schleuderte Säcke und Kisten aus dem Weg. Dahinter fand sie ein Loch. Nach nicht einmal einem Meter stieß sie auf Erde und Sand, aber durch einen kleinen Spalt strömte der frische Hauch.

»Ein Fluchtweg?!«

Der Lesser Vampire hatte sie nicht belogen. Von diesem Durchgang hatte er nichts gewusst.

Das war leicht misszuverstehen, aber selbst beeinflusst war das Opfer nur in der Lage, zu sagen, was es wusste. Was man nicht wusste, konnte man auch nicht verraten, und wenn man von der Wahrheit einer Lüge überzeugt war, erhielt der Beeinflussende fehlerhafte Informationen.

Anders als Mare verfügte Shalltear über keinen Zauber, um Erde zu bewegen, und bei einer Druckwelle bestünde die Möglichkeit eines Einsturzes.

Er ist entwischt. Als sich diese Worte an die Oberfläche ihres Verstands arbeiteten, brachten sie die Erkenntnis mit, dass sie damit bei einem Teil ihrer Mission versagt hatte.

Wütend verzog sie das Gesicht. Warum verhielten sich wertlose Menschen nicht so, wie sie, eine Wächterin der Großen Gruft von

Nazarick, es von ihnen erwartete? Sie wollte, dass er sein sinnloses Leben den glorreichen Zielen der Großen Gruft von Nazarick verschrieb, also warum begriff er das nicht und freute sich angemessen? Sie knirschte hörbar mit den Zähnen, als sie am Durchgang zu diesem Raum die Vampirbraut hörte, die eigentlich außerhalb der Höhle Wache halten sollte.

»Meisterin Shalltear!«

Einen Moment lang sah Shalltear vor Wut rot. Wenn die Vampirbraut nicht in der Lage war, ihren Posten zu halten, wäre es vielleicht besser gewesen, sie gleich zu vernichten. Stattdessen bemühte sie sich, ihren Zorn zu zügeln. Wenn sie etwas Wichtiges zu sagen hatte, wäre das ein Grund, sie zu verschonen.

»Was ist?«

»Mehrere Personen sind auf dem Weg hierher.«

»Hm? Überlebende? Dann sollten wir rausgehen, um uns vorzustellen. Ah ha ha! Ah ha haaaaaa ha haaaa!«

4

Shalltear sprang wie ein Vogel, der in den Nachthimmel flatterte, in die Höhe und landete mit einem Fuß auf den Baumstämmen, aus denen die Barrikaden am Höhleneingang bestanden. Die Vampirbräute näherten sich ebenfalls langsam den Befestigungen.

Noch immer lächelnd starrte Shalltear ihrem Ziel entgegen.

Die Gruppe bewegte sich in enger Formation. Drei Männer, Krieger, bildeten die Spitze. Sie waren unterschiedlich ausgerüstet, aber sie trugen Schuppenpanzer, ihre Waffen in einer Hand und große Schilde auf dem Rücken. Ihnen folgte eine rothaarige Kriegerin in einem Spangenpanzer und hinter ihr kam ein nur leicht ausgerüsteter Mann mit einem Stab – vermutlich ein arkaner Magier. Neben ihm befand sich ein Glaubensmagier in seinen Priestergewändern über seiner Rüstung und mit einem Siegel in Form einer Flamme um den Hals.

Die sechs waren überrascht, Shalltear zu sehen, aber nicht überrumpelt und sie blieben wachsam – das waren eindeutig keine Anfänger.

»Er ist nicht hier.«

Menschen zu töten, die so viel Widerstand wie Tofu leisteten, war ja schön und gut, aber etwas Bissfesteres war sehr viel verlockender. Die Vorfreude war ihren blutroten Augen deutlich anzusehen.

»Es spricht?!« Der arkane Magier war im ersten Moment geschockt, blickte aber augenblicklich wieder ernst drein. »Vermutlich ein Vampir! Nur Silber und verzauberte Waffen schaden ihr. Wir können nicht gewinnen! Rückzug! Seht ihr nicht in die Augen!«, rief er übertrieben laut, dass man ihn in der ganzen Senke hörte.

Seine Befehle vermittelten nur die notwendigsten Informationen und die anderen reagierten zügig. Die Krieger in der ersten Reihe zogen sich die Schilde vom Rücken und nahmen eine Verteidigungshaltung ein. Sie sahen sich kurz um und konzentrierten sich dann auf Shalltears Brust und Bauch.

Gleichzeitig nahm sich die Frau hinter ihnen ihrer Waffen an und trug etwas auf.

Shalltear stieg ein schwacher, unangenehmer Geruch in die Nase. Silbertinktur, eine spezielle Substanz aus der Küche von Alchemisten. Wenn es eine Waffe benetzte, hinterließ es eine ölige Schicht und versah die Waffe mit einer Ummantelung mit denselben Eigenschaften wie Silber.

Die Klingen von Silberwaffen waren trotz ihres Preises weicher als Eisen, wodurch sie sich nicht für den ständigen Gebrauch eigneten. Aus diesem Grund benutzten viele Abenteurer dieses Mittel, um ihren Waffen bei Bedarf vorübergehend die Eigenschaften von Silber zu verleihen.

Für den Moment mit Silberwaffen ausgestattet, begann die Gruppe ihren Rückzug, ohne dabei den Feind aus den Augen zu lassen. Es hatte etwas Beeindruckendes. Die Gruppe bewegte sich flüssig, wie ein Wesen.

»Unser Gott, Gott des Feuers ...«

»Verschwende nicht deine Zeit! Bereite Verteidigungszauber vor!«

Der Priester wollte gerade sein Siegel heben, als ihn der arkane Magier unterbrach und seinerseits Zauber wirkte. Daraufhin fing der Priester ebenfalls mit seinen Beschwörungen an.

Es hing von der Klasse ab, aber die meisten Priester nutzten die Macht der Götter, um Wesen wie Untote, Dämonen und Engel auszutreiben, zu unterwerfen oder zu vernichten. Aber das konnten sie nur mit Wesen, die bedeutend schwächer waren als sie. Mit anderen Worten, der Priester war vermutlich gerade dabei gewesen, eine Austreibung zu versuchen, aber der arkane Magier hatte den beachtlichen Machtunterschied bemerkt. Daher hatte er entschieden, bevor der Priester seine Zeit damit verschwendete, sollte er seine Magie lieber anders nutzen.

Daraus folgerte Shalltear, wer von ihnen der Anführer war, und beschloss, ihre Befehle zu befolgen und ihn gefangen zu nehmen. Allerdings wurde ihr Verstand von dem Drang, zu töten und mehr Blut zu vergießen, überschwemmt. Sie wollte unbedingt töten, zermalmen und Gliedmaßen ausreißen. Sie wollte in Blut baden. Keuchend sammelte sich Schaum in ihren Mundwinkeln.

»*Evil Protection*!«

»*Lesser Psychic Protection*!«

Einen nach dem anderen versahen sie die Krieger vor sich mit Abwehrzaubern.

In Shalltears angespanntem Verstand regte sich ein klitzekleines bisschen Bewunderung. Diese Zauber gehörten zur niedrigsten ersten Stufe, aber sie waren auf den Feind vor sich vorbereitet. Diese Gegner unterschieden sich von den Söldnern, die nur immer wieder und aufs Geratewohl sinnlos angegriffen hatten. Und auch von dem dummen Mann, der sich ihr alleine hatte stellen wollen, dabei beherrschte er nicht einmal Kampfkünste.

Das änderte aber nichts daran, dass es vergeblich war. Das Kräfteverhältnis war zu unterschiedlich, als dass es einen Unterschied machen würde.

Ihr niedlicher Widerstand war es, der letztendlich den hauchdünnen Faden von Shalltears Selbstbeherrschung reißen ließ. »Das bringt nichts. Ich kann mich nicht mehr zurückhalteeeeeeen!«, brüllte sie wie von Sinnen und stürmte auf die Abenteurer los.

Sie war so gewandt, als würde sie tanzen, aber ihre Gegner sahen eine Sturmböe heranrasen. Mit einer fließenden Bewegung hob sie den Arm.

Sie durchschlug einen Schild, zertrümmerte Panzerung, ignorierte die magische Verteidigung, zerfetzte Haut, Fleisch und Knochen, packte ein noch schlagendes Herz und zerrte es aus dem Brustkorb. Der Krieger vor ihr brach zusammen und Shalltear zeigte den anderen Gruppenmitgliedern die rötlich schwarze Masse in ihrer Hand. Die Kriegerin kreischte, der Priester verzog angewidert das Gesicht.

Zufrieden mit den Reaktionen grinste Shalltear und wirkte selbst einen Zauber. »*Animate Dead*!«

Der Krieger, dem sie das Herz herausgerissen hatte, erhob sich langsam als einer der niedersten unter den Untoten, ein Zombie.

Aber damit war sie noch nicht fertig. Sie schluckte das Herz und griff in die Blutblase über ihrem Kopf. Als Shalltear ihre Hand wieder herauszog, hielt sie einen schlagenden Blutball zwischen den Fingern – die Karikatur eines Herzens, die sie nach dem Zombie warf.

Das Blut wand sich wie ein Insekt und veränderte seine Form, als es sich in die Brust des Zombies bohrte. Die Leiche zuckte, während sie sich verwandelte.

Seine Haut ähnelte nun der Rinde verwitterter Bäume, als hätte er keinen Tropfen Flüssigkeit mehr in sich, seine Fingernägel wuchsen, seine Eckzähne verlängerten sich. Kurz darauf war er kein Zombie mehr.

Seine Verwandlung zu einem niederen Vampir schockierte die Abenteurer.

»Das kann nicht sein! Ich habe noch nie gehört, dass ein Vampir so mächtige Zauber wirken kann, ohne dafür einen Nachteil zu erleiden!«

»Wir haben es gerade mit eigenen Augen gesehen. Beruhige dich! Bleib ruhig, wir schaffen das!«

»Aber …!«

»Ein Rückzug ist unmöglich! Wir gehen zum Angriff über!«

»Ist gut!«

Die ungenauen Befehle des Priesters sorgten für etwas Verwirrung, wodurch einer der Krieger nach Shalltear schlug, der andere nach dem niederen Vampir, der eben noch ihr Kamerad gewesen war.

»Unser Gott, Gott des Feuers! Vertreibe die Unreinen!« Das Siegel des Priesters verströmte unsichtbare, heilige Energie. Natürlich hatte es keinerlei Auswirkungen auf Shalltear.

»Ahhhhh haaaaa ha ha hah! Ha ha!«

Das Schwert eines Kriegers drang in den niederen Vampir ein, möglicherweise weil er sich dank der heiligen Energie nicht rühren konnte. Vermutlich war er noch verwundbar, da er seine Verwandlung vom

Zombie zum Vampir noch nicht abgeschlossen hatte. Das änderte jedoch nichts daran, dass es Shalltear verstimmte, zu sehen, wie ein von ihr geschaffenes Wesen Opfer der Macht der Götter wurde.

Während sie mit dem kleinen Finger Schwerthiebe abwehrte, betrachtete sie ihn deprimiert. »Du bist mir im Weg!« Sie schwang die rechte Hand in einem Bogen. Mit dieser geradezu banalen Geste trennte sie den Kopf des Kriegers ab und er sackte unter einer aus seinem Hals spritzenden Blutfontäne auf dem Boden zusammen.

»*Lesser Strength*!« Der Priester unterstützte ihren letzten Krieger.

Nun mussten sich die ungelenken Bewegungen des niederen Vampirs mit denen des magisch aufgewerteten Kriegers messen. Ganz langsam gewann der Mensch die Oberhand.

Sieht so aus, als hätten die beiden Spaß, also störe ich nicht länger. Es gibt schließlich noch andere Beute, dachte Shalltear trotz ihres nach wie vor quälenden Blutdursts und wandte sich dem Priester zu.

Die Kriegerin stellte sich ihr mit einem Schwert in der Hand in den Weg. Die Waffe war lediglich aus Eisen. Wie niedlich sie doch war. Obwohl sie vor Angst schlotterte, bemühte sie sich, eine Kampfhaltung einzunehmen – wie ein kleines Tier, das erbarmungswürdigen Widerstand zu leisten versuchte. Heiße, erotische Verzückung überkam Shalltear.

Wie sie wohl schreit, wenn ich ihr die Finger abbeiße? Ich könnte ihr die Ohren abschneiden und sie zwingen, sie zu essen. Nee, lieber trinke ich ihr Blut. Das ist das erste Mal, dass ich draußen bin und weibliche Beute finde. »Du wirst der Nachtisch!«, schrie sie und sprang.

Ihr Satz trug sie mit Leichtigkeit über die Frau hinweg und damit vor den arkanen Magier und den Priester. Schneller, als der Priester reagieren konnte, packte Shalltear die Hand, mit der er sein Siegel hielt, und drückte zu. Die Knochen brachen, Haut und Fleisch wurden zerquetscht.

»Gyaaargh!«

Shalltear genoss seinen Schrei, daher beschloss sie, Gnade zu zeigen, und ihn von seinem Leid zu erlösen.

Ihre Hand zuckte und sie nickte zufrieden, als das Blut aus dem Hals des Priesters von der Blase über ihr aufgesaugt wurde.

Dann traf sie jemand von hinten mit aller Kraft. Aber so wie ein riesiger Baum rührte sich auch Shalltear keinen Zentimeter – allerdings war das Schwert, das aus ihrer Brust ragte, ein klein wenig hinderlich.

»Was? Es hat nicht funktioniert? Das ist eine Silberwaffe!«, kreischte die Frau, als sie sah, dass sich Shalltear noch bewegte, obwohl die Klinge ihr Herz durchbohrte.

Ihr Schwert war nicht aus Silber gewesen, vermutlich hatte sie sich eins von einem der gefallenen Krieger geholt.

Was der Caster gesagt hatte, stimmte, und doch wieder nicht. Die einzigen Waffen, die Shalltear schaden konnten, waren aus Silber und mit einem bestimmten Minimum magischer Energie versehen, Waffen aus herkömmlichen Materialien, dafür mit umso stärkerer Magie versehen oder Waffen mit bestimmten Eigenschaften, gegen die sie anfällig war. Von einer einfachen Silberwaffe hatte sie nicht zu befürchten.

Shalltear ignorierte die Frau hinter sich weiter, stattdessen starrte sie den entsetzten Caster an.

»*Magic Arrow*!« Er wirkte den Zauber mit verzweifelter Miene und zwei Lichtblitze rasten auf Shalltear zu – nur um mühelos unschädlich gemacht zu werden.

Das verdankte sie ihrem Skill *Magieresistenz*. Er hatte seine Grenzen, abhängig von den Fähigkeiten des Zauberers, daher stellte er keine perfekte Verteidigung dar. Aber bei diesem Kräfteunterschied war sie praktisch unverwundbar. Mit anderen Worten, der Caster war machtlos gegen sie.

»Laaangweilig!« Mit einer Handbewegung landete der Kopf desjenigen, an dem sie gerade das Interesse verloren hatte, auf dem Boden.

Als sie sich umdrehte, lieferten sich der niedere Vampir und der Krieger nach wie vor einen guten Kampf. Shalltear hob die beiden abgetrennten Köpfe auf, um sie dann lustlos nach den beiden Kämpfenden zu werfen. Jeder wog etwas weniger als sechs Kilo und flog mit unvergleichlicher Geschwindigkeit. Das Ergebnis war nicht schwer zu erraten: Beide brachen zusammen.

Während Shalltear sie ignoriert hatte, hatte der Nachtisch weiter wie besessen auf sie eingehackt und zugestoßen. Da sie keinen Schmerz empfand, war das bedeutungslos. Das größte Problem waren die Löcher in ihrer Kleidung, aber das Material war magisch und würde sich von selbst reparieren, solange Shalltear in Ordnung war.

»Na schön, Zeit für den Nachtisch! Essen fassen!« Wie ein Kind, das sich seine Lieblingsspeise bis zuletzt aufhob – allerdings mit einem derart bösartigen Grinsen, dass man sich übergeben wollte –, drehte sich Shalltear zu der Frau um, die sie noch immer hinterrücks mit dem Schwert angriff.

Sie sah Shalltear einen Sekundenbruchteil lang in die blutroten Augen, bevor sie bemerkte, sie war die letzte Überlebende ihrer Gruppe. Mit Tränen in den Augen wich sie langsam, Schritt für Schritt, zurück. Plötzlich griff sie in den Beutel an ihrem Gürtel.

Shalltear beobachtete das Ganze unbeeindruckt durch den roten Schleier, der ihre Welt färbte. Sie war ein wenig neugierig, was die Frau wohl versuchen würde.

Schließlich fand sie ein Fläschchen und warf es.

Ein Blick reichte, um Shalltear zum Schmunzeln zu bringen, während der Gegenstand wild rotierend auf sie zuflog. Die Frau hatte bestimmt mit ganzer Kraft geworfen, aber von Shalltears Standpunkt aus bewegte sich das Fläschchen viel zu langsam. Sie hätte problemlos ausweichen können, aber das ließ ihr Stolz nicht zu. Zudem wollte sie noch etwas anderes sehen: den Gesichtsausdruck der Frau, wenn ihre letzte Hoffnung in tausend Scherben zersprang.

Das Verlangen zu töten wurde stärker, aber Shalltear hielt sich mit aller Macht zurück. Sie wusste, je mehr Geduld sie jetzt aufbrachte, umso mehr würde sie es genießen, endlich ihr Blut zu kosten.

Noch während die Phiole auf sie zutaumelte, fragte sie sich beiläufig: *Ist das Weihwasser oder vielleicht eine Bombe? Was auch immer, es ist vergeblich. Was für ein erbärmlicher Widerstand. Erst sauge ich genug von ihrem Blut, dass sie gerade so noch am Leben ist. Sollte sie Jungfrau sein, könnte ich so lange von ihr trinken, bis sie stirbt. Wenn nicht, können wir noch allen möglichen anderen Spaß haben – bei dem sie möglichst wenig Blut verliert.*

Nachdem das beschlossen war, wischte sie das Fläschchen mit einer Hand aus der Luft. Dabei trat etwas vom Inhalt aus der unverkorkten Öffnung und spritzte auf Shalltears Haut.

Sie hätte kaum mehr als einen leichten Schmerz spüren sollen. Allerdings leerte sich Shalltears Verstand einen Moment lang vollständig. Ihr Blutdurst war vergessen. Verblüfft sah sie auf die Stelle, von wo der Schmerz ausstrahlte. Die Hand, mit der sie das Fläschchen getroffen hatte. Wo sie mit der Flüssigkeit in Berührung gekommen war, machte sich von dünnen Rauchfähnchen begleitet ein penetranter Gestank breit.

Sie sah zu der Phiole auf dem Boden. Der Inhalt roch schwach, aber angenehm. Solche Fläschchen hatte sie schon oft gesehen. Es war ein Trank, wie man sie häufig in der Großen Gruft von Nazarick benutzte, vermutlich ein schwacher Heiltrank. Solche Dinge schadeten Untoten, deshalb verätzte er ihre Haut.

»Unmöglich …« Ihr wütender Schrei ließ die Luft erzittern. »Nehmt diese Frau unbeschadet gefangen!«

Bislang hatten die Vampirbräute nur unbeteiligt zugesehen, aber auf ihren Befehl hin setzten sie sich in Bewegung. Die Frau hatte

Shalltears Verblüffung genutzt, auf dem Absatz kehrtgemacht und war losgerannt, aber die Vampirbräute holten sie zügig ein und packten ihre Hände.

Die Frau wehrte sich, aber der Kraft der Vampire hatte sie nichts entgegenzusetzen. Mühelos zerrten sie sie zurück vor Shalltear.

»Sieh mir in die Augen!« Shalltear packte das Kinn der Frau und zwang ihren Blick nach oben, um sie mit *Evileye of Temptation* zu verzaubern. Sie achtete natürlich genau darauf, wie viel Kraft sie einsetzte. Es wäre eine elende Sauerei, sollte sie ihr aus Versehen den Unterkiefer abreißen. Shalltear beherrschte ein paar Priesterzauber, aber als Untote standen ihr keine der üblichen Heilzauber zur Verfügung.

Nachdem sie gezwungenermaßen Shalltear in die Augen gesehen hatte, verschleierte sich der Blick der Frau und das eben noch ängstliche und feindselige Gesicht wurde ausdruckslos, sogar freundlich. Shalltears *Evileye of Temptation* funktionierte. Als sie spürten, dass die Frau unter dem Bann stand, ließen die Vampirbräute los.

Shalltear quälten mehrere Fragen. Aber eine rückte erbarmungslos in den Vordergrund. Sie hob das Fläschchen auf und hielt es der Frau vor die Nase. »Woher hast du diesen Trank? Wer hat ihn dir gegeben?«

»Jemand in schwarzer Rüstung hat ihn mir in einem Gasthaus gegeben.« Sie antwortete, als wäre es nur eine Nebensächlichkeit, aber Shalltear spürte, wie ihr kalt wurde.

»Könnte es sein …? Nein, keinesfalls … Aber … ein Gasthaus in … in welcher Stadt?«

»In E-Rantel.«

Vor Überraschung wurde Shalltear schwindelig. Sie hatte einen Verdacht, wer dieser jemand in schwarzer Rüstung sein könnte.

Sollte sie recht haben, war die wichtigere Frage allerdings, warum diese Frau den Trank hatte. *Er* hätte ihn ihr nicht ohne Grund gegeben.

»Könnte er …?« Hatte er dieser Frau irgendwelche Befehle erteilt? Oder bestand die Möglichkeit, dass dieser Trank ein Geschenk war, das Teil seiner Bemühungen war, außerhalb Nazaricks ein Netzwerk aufzubauen?

Vor ihrem geistigen Auge erschien der absolute Herrscher über die Große Gruft von Nazarick, Ainz Ooal Gown, in all seiner Pracht. Die Sorge, sie könnte den Plan ihres Gebieters ruiniert haben, erschütterte sie zutiefst.

»Was machst du hier? Was willst du hier?« Ihr fehlte die Zeit, für ihre gewohnte, gewählte Ausdrucksweise. Sie wollte unbedingt mehr Informationen haben, darum starrte sie die Frau mit blutunterlaufenen Augen an.

»Normalerweise kümmern wir uns um die Sicherheit auf den Straßen, aber wir hörten, dass sich ein paar Banditen hier in der Gegend ein Versteck angelegt haben, also sind wir dem nachgegangen. Als es dann aussah, als würde etwas Seltsames vor sich gehen, haben wir unsere Gruppe aufgeteilt. Ich bin im Rahmen einer Kampfaufklärung hier.«

»Ihr habt euch aufgeteilt?«

»Ja. Wir wussten nicht, wie viele Banditen es sind, darum wollten wir uns erst ein Bild von ihrer Verteidigung machen und sie dann zum Rest der Gruppe locken, die gerade eine Falle vorbereitet.«

»Es gibt also noch eine Gruppe.« *Wie ärgerlich*, dachte sie mit einem Zungenschnalzen. »Und wie viele wurden hergeschickt?«

»Mit mir sieben und dann …«

»Hm? Moment mal. Sieben? Nicht sechs?« Shalltear zählte die im Gras verteilten Leichen. Drei Krieger, ein Priester, ein Caster und diese Frau. Das passte nicht.

Die Frau beantwortete Shalltears besorgten Blick leichtfertig: »Stimmt. Da war noch ein Ranger, der im Notfall nach E-Rantel gehen sollte, um Hilfe zu holen.«

»Was …?«

Der Caster war vorhin auffällig laut gewesen. Ja, laut genug, um ihn in der ganzen Senke zu hören.

»GAH!« Mit aufgerissenen Augen rannte Shalltear schneller als jede Sturmböe zum Rand der Senke hinauf. Oben angekommen sah sie sich um, aber selbst mit ihrer überlegenen Nachtsicht war durch die Bäume nichts zu erkennen. Sie lauschte angestrengt, allerdings war nichts außer im Wind raschelnden Pflanzen zu hören. Sie verfügte weder über Wahrnehmungsskills noch konnte sie speziell Magie aufspüren. Es war ihr praktisch unmöglich, im Wald einen einzelnen Menschen ausfindig zu machen.

»Verflucht noch mal«, keifte sie. Der Ranger war entkommen. Um der Wahrheit Genüge zu tun, hatte sie ihre Gegner nicht ernst genug genommen. Das Ergebnis waren zwei Flüchtlinge. Sie knirschte hörbar mit den Zähnen.

»Meine Kinder!« Die Schatten um Shalltears Füße begannen sich zu regen, mehrere Wölfe erschienen, als würden sie daraus auferstehen. Natürlich waren es keine normalen Wölfe. Ihr schwarzes Fell ließ sie aussehen, als wären sie in die Nacht selbst gehüllt, und in ihren roten Augen funkelte boshafte Intelligenz. Das waren Monster vom Level 7, Vampirwölfe. Mit ihrem Skill *Summon Household* konnte Shalltear eine Vielzahl Monster beschwören, aber vermutlich waren nur diese in der Lage, eine Spur aufzunehmen und sie zu verfolgen.

»Los! Findet jeden Menschen in diesem Wald und verschlingt ihn!« Ihr gebrüllter Befehl war wie ein Heulen und zehn Wölfe verschwanden zwischen den Bäumen.

Noch während sie ihnen hinterhersah, bekam Shalltear das Gefühl, ihre Erfolgsaussichten stünden nicht besonders gut. Sie musste an Aura denken. Selbst wenn dieser Ranger nicht so fähig wie sie war, kannte er bestimmt genug Methoden, um einer Ergreifung zu entgehen. Mit anderen Worten, sie musste sich überlegen, wie sie für den Fall, dass der Ranger entkommen war, weiter vorgehen sollte.

Sie eilte zu der Frau zurück. »Hat außer dir noch jemand einen Trank von der Person in der schwarzen Rüstung bekommen?«

»Nein, ich glaube nicht.«

»Gut, dann weiter. Besteht die Möglichkeit, dass dieser Ranger zu der anderen Gruppe geht?«

»Nein. Der Plan sieht vor, dass er, falls unsere Gruppe ausgelöscht wird, ohne Umwege in die Stadt zurückkehrt. Dadurch haben wir die besten Überlebenschancen.«

Sie gingen sehr vorsichtig vor und hatten sich sogar einen Plan für den Fall zurechtgelegt, dass sie besiegt wurden. Shalltear fühlte sich in die Ecke gedrängt. Diese Erkenntnis ließ ihre Wut wie eine Feuersbrunst auflodern.

»Ihr seid ein bisschen zu gerissen für Menschen. Sollte ich letztendlich Erlaubnis erhalten, über euch Ungeziefer zu herrschen, werde ich euch wie das Gewürm behandeln, das ihr seid!« Sie anzubrüllen änderte nichts. Die Nachricht von einem Vampir, der hier draußen sein Unwesen trieb, würde früher oder später garantiert die Stadt erreichen. Unklar war, ob man wusste, wie sie aussah, aber es war unwahrscheinlich, dass ein Mensch sie bei diesen Lichtverhältnissen deutlich erkennen konnte. Dennoch ... »Scheiße!«, fluchte sie und versank tiefer in ihren Grübeleien.

Ihre Befehle von Ainz lauteten: *Dieses Mal sollen deine Opfer Kriminelle sein – Leute, deren Verschwinden niemand bemerken wird. Zum Beispiel, wenn es unter den Dieben jemanden gibt, der Kampfkünste oder Magie einsetzen kann, ist mir egal, ob du sein Blut aussaugst und ihn zu deinem Sklaven machst, solange du ihn einfängst. Wenn du unter ihnen jemanden findest, der über diese Welt Bescheid weiß oder kämpfen kann, lass ihn nicht entwischen. Und bleib unauffällig. Wenn man herausfindet, dass Nazarick hinter allem steckt, könnte das letztendlich Probleme machen ...* Ganz offensichtlich hatte sie auf ganzer Linie versagt.

Sie hielt sich mit aller Macht zurück, sich nicht die Haare auszureißen. »Noch ist alles okay, noch ist alles okay, noch ist alles okay«, wiederholte sie immer wieder, wie um sich selbst zu überzeugen.

Vielleicht erfuhr man in der Stadt von einem Vampir, aber man kannte weder ihren Namen noch wusste man von Nazarick. Anders gesagt, es gab keine Verbindung zwischen dem Vampir, der hier gewütet hatte, und Nazarick. Diesen Gedanken folgte sie weiter und entschied, die Bewohner der Stadt würden vermutlich annehmen, ein wilder Vampir, wenn es so etwas überhaupt gab, hätte die Söldner auf dem Gewissen.

Zugegeben, die Theorie wies einige Lücken auf, aber ohne weitere Informationen fiel ihr nichts Besseres ein.

Dennoch versank sie tiefer im Mahlstrom der Überlegungen. Die nächste Frage war, was sollte sie angesichts der Situation mit der Frau machen? Nur weil sie unter ihrem Bann stand, bedeutete das nicht, dass sie ihre Erinnerung verloren hatte. Am sichersten wäre es, sie zu töten. Das Problem war die Frage, was Ainz mit dem Trank beabsichtigt hatte.

Wenn er einen Grund gehabt hatte, ihn ihr zu überlassen, könnte ihr Tod seinen Zielen schaden. Das wäre über alle Maßen schlecht. Wenn sie sie laufen ließ, würden sich die Leute, die sie angeheuert hatten, fragen, warum sie die einzige Überlebende war. Dadurch würden sie alles Mögliche erfahren – unter anderem, wie Shalltear aussah. Im Moment war das kein besonders großes Problem, später könnte sich das jedoch ändern.

Am besten wäre es, mit Ainz zu sprechen, aber Shalltear konnte *Message* nicht benutzen. *Was soll ich also tun?*

»Aah, Lord Ainz wird mit mir schimpfen ...«, wimmerte sie so leise, dass niemand sie hörte, den Kopf in den Händen vergraben.

»Wenn ich nur keine Blutraserei hätte ... Nein, das ist meinem Schöpfer, Lord Peroroncino, gegenüber respektlos. Hätte ich mich nur beherrscht ...«

Sie konnte es noch so sehr bereuen, aber dafür war es zu spät. Es war belanglos, was sie mit der Frau machte – eine Strafe erwartete sie auf jeden Fall. Aber welche Methode würde den geringsten Schaden verursachen? Es konnte immer noch schlimmer kommen.

Shalltear zermarterte sich den Kopf, bis er praktisch rauchte, und kam zu einem Entschluss. Wenn sie die Frau am Leben ließ, konnte es auf viele Arten enden. Sie zu töten wäre unumkehrbar, aber wenn sie sie am Leben ließ, würde sich die Angelegenheit auf die eine oder andere Weise schon aufklären.

Das war ihrer Entscheidung. Zumindest redete sie sich das mit aller Kraft ein.

»Wie heißt du?«

»Brita.«

»Okay. *Das* werde ich nicht vergessen.«

Sie ließ Brita, wo sie war, und besprach sich etwas abseits mit ihren Vampirbräuten.

»Sammelt erst einmal alles ein, was ihr hier findet. Wir ziehen uns zurück.« Sie war sich nicht sicher, ob sie Zeit zum Looten hatten, aber sie war bereit, das Risiko einzugehen, um den Eindruck zu erwecken, sie wären hinter einem Schatz her gewesen. Sie konnte ihre Mission nicht erfüllen, also sollte sie zumindest versuchen, falsche Informationen zurückzulassen.

»Meisterin Shalltear, was sollen wir mit dem Rest machen?«

Shalltear sah zu Brita, die einsam und verloren herumstand. »Lasst sie, wo sie ist.«

»Nein, die anderen Frauen.«

»Hm? Andere Frauen?«

»Ja, Meisterin Shalltear. Als wir in der Höhle nach versteckten Überlebenden suchten, entdeckten wir mehrere Frauen, die man allem Anschein nach für sexuelle Dienste benutzt hatte. Was sollen wir mit ihnen machen?«

Shalltears Gesicht zuckte. *Was zur Hölle?*

Sie strengte erneut ihre grauen Zellen an. *Sie wissen nicht, wie ich aussehe, also kann man sie vermutlich einfach zurücklassen, aber wäre das auch richtig? Das ist so kompliziert – vielleicht sollten wir sie besser töten? Aber dann wäre es seltsam, dass nur Brita überlebt hat.* Sie hielt sich wieder den Kopf, wusste nicht, was sie am besten tun sollte.

»Meisterin, was sollen wir …?«

»Hä? Woher soll ich das wissen?!« Shalltears Miene sagte deutlich: *Warum sagt ihr mir auch so was Unnötiges?* Hätte sie nichts davon gewusst, hätte sie ihr Handeln rechtfertigen können, ganz egal was sie tat oder zu was es letztendlich führen würde. Aber da sie es jetzt wusste, wäre es zu ignorieren, ohne darüber nachzudenken, eine eindeutige Rebellion gegen ihren Meister. »Was auch immer. Ich weiß es nicht! Keine Ahnung! Wir lassen sie hier. Wir lassen sie zurück und verschwinden! Steckt Brita zu ihnen!«

»Seid Ihr sicher?«

»Ich weiß nicht, ob das gut ist oder nicht! Scheiße! Könnt ihr nicht einfach die Klappe halten?«

»Verzeiht, Meisterin Shalltear.«

»Wir rücken ab! Los jetzt!«

Die Vampirbräute verneigten sich und machten sich an ihre jeweiligen Aufgaben, während sich Shalltear zusammenkauerte und sich weiter den Kopf hielt.

»Ich bekomme garantiert Ärger … Was soll ich machen …? Aber …? Hm?« Sie sah in Richtung Wald, wohin die Vampirwölfe verschwunden waren. »Ihr habt ihn gefunden?« Sie spürte, wie die von ihr erschaffenen Monster urplötzlich verschwanden. Sie waren nicht auf magische Weise zurückgekehrt, etwas hatte sie umgebracht.

Sie hatte umgehend eine Entscheidung getroffen. »Ihr folgt mir, sobald ihr die Frau zu den anderen verfrachtet habt! Ich lasse Wegmarkierungen zurück!« Nach diesem knappen Befehl machte sie sich schnell wie der Wind auf den Weg.

Zwischen den Bäumen wurde Shalltear ein wenig langsamer, aber ein Mensch könnte ihr nicht einmal auf einem Pferd entkommen.

Sie rannte durch den Wald und erreichte fast augenblicklich die Stelle, wo sie die Verbindung zu ihren Abkömmlingen verloren hatte.

Hier waren zwölf Leute. Alle trugen unterschiedliche Ausrüstung. Sie war nicht schlicht, vielmehr schien alles individuell angepasst, ähnlich wie Shalltears eigene Sachen. Sie spürte auch große Macht. Sie verfügte über keine Skills, die ihr sagen konnten, wie mächtig magische Items waren, daher konnte sie natürlich nur raten, aber ihrem Gefühl nach handelte es sich um Ausrüstung der Legendary-Stufe oder sogar höher. Sie fragte sich, wer sie waren. Ihre Präsenz unterschied sich von allen anderen, die sie bislang in dieser Welt gesehen hatte – ein Unterschied wie Tag und Nacht.

Sie betrachtete jeden Einzelnen und blieb bei einem Mann hängen. *Ist er ... stark?* Überrascht versuchte sie abzuschätzen, wie stark er war. Da sie nicht als Krieger spezialisiert war, konnte sie jedoch nur feststellen, dass er nicht nur ihren Vampirbräuten weit überlegen war, sondern auch Solution von den Plejaden. Sie betrachtete ihn genauer.

Seine Ausrüstung war wie für einen Mann gearbeitet, daher nahm sie an, er war männlich, allerdings wirkte sein Gesicht eher androgyn. Mann oder Frau? Er schien beides und keines davon zu sein. Dass er klein mit einem jungen Gesicht war, machte es nur noch schwieriger – wuchs er noch? Sein glänzendes schwarzes Haar reichte fast bis auf den Boden. Der Blick seiner rubinroten Augen lag argwöhnisch auf

Shalltear. Als Waffe führte er einen Speer, der im Vergleich zum Rest seiner Ausrüstung schäbig wirkte.

»Benutzt es.« Seine Stimme war wie die kalte Oberfläche eines Sees und der Befehl beunruhigte seine Gruppe. Shalltear verstand nicht, was er meinte, aber es musste sich um einen ziemlich mächtigen Ausrüstungsgegenstand handeln, der sich möglicherweise mit ihrem einzigen Item der Divine-Stufe messen konnte.

Die Menschen befolgten die Anweisung, aber Shalltear ignorierte sie völlig. Sie war nur vor einem von ihnen auf der Hut, die anderen betrachtete sie nicht als Bedrohung.

In ihrer Mitte bewegte sich eine Frau in einem seltsamen Gewand. Man hätte es als Kleid von silbrig weißer Farbe mit aufgestelltem Kragen und Schlitz an der Seite beschreiben können. Mit Goldfäden war darauf ein Drache gestickt, der sich in den Himmel schwang. In Ainz' Welt würde man ein solches Kleid einen *Cheongsam* nennen.

Aber die Frau selbst war alt, ihr Gesicht faltig. Was man von ihren Beinen sah, erinnerte an Klettenwurzeln oder vertrocknete Süßkartoffeln. Das Kleid stand ihr wirklich nicht, oder vielmehr war ihr Anblick darin so verstörend, dass Shalltear den Blick abwandte.

Aber das würde vermutlich ihre letzte kleine Auflehnung sein.

Etwas geschah, das alles grundlegend veränderte.

Hätte Ainz nicht Nigun gefangen genommen, hätte Ainz auf die Spionagemagie des Gottesstaats nicht auf eine ihrer Ansicht nach so gewaltsame Weise reagiert, hätte der Gottesstaat das nicht fälschlicherweise für die Wiederauferstehung des *Catastrophe Dragonlords* gehalten, wäre Shalltear nicht abgelenkt gewesen – dann wäre vielleicht alles anders gekommen. Aber wenn so viele Variablen aufeinandertrafen, bedeutete das möglicherweise, dass es unvermeidbar war.

Das Gewand hieß *Downfall of Castle and Country*. Die Götter hatten es zurückgelassen, damit die Gläubigen die Menschheit retten konnten. Es war sogar mächtiger als Shalltear.

Shalltear, eine der mächtigsten Wächter der Großen Gruft von Nazarick, zitterte. Das war eine Warnung eines ausgeprägten Sinns – man hätte ihn als einen sechsten Sinn bezeichnen können. Als würde ihre Intuition Alarm schlagen, sah sie zu der alten Frau. Sie war es, die sie wirklich töten musste.

Sobald sie das begriffen hatte, wollte sie sich in Bewegung setzen, aber der Mann mit dem Speer stellte sich ihr entgegen.

»Aus dem Weg!« Sie stieß ihn von sich. Die Wucht hätte gereicht, um eine zarte Person zu töten, aber er wurde lediglich zurückgeworfen. Nicht einmal sein Kampfeswille war getrübt.

Shalltear wirkte einen Zauber, hauptsächlich auf die alte Frau. »*Mass Hold Species*!« Sie würde mehrere von ihnen gefangen nehmen. Etwas sagte ihr, das würde ihren vorherigen Fehler mehr als wettmachen.

Aber kaum dass sie das gedacht hatte, umnebelte sich ihr Verstand. Es war, als würden sich Teile ihrer Gedanken von ihrem Gehirn lösen. Sie verstand nicht, was geschah. Als sie es endlich begriff, war sie entsetzt und voller Angst, obwohl sie untot war.

Gedankenkontrolle. Jemand beeinflusste ihre Gedanken, dabei sollte sie als Untote dagegen vollkommen immun sein. In den Bereichen ihres Verstandes, die sie noch ihr Eigen nannte, loderte brennender Hass. Eine Million Szenarios, was schlimmstenfalls passieren könnte, gingen ihr durch den Kopf …

»Iiiiiiigh!«, kreischte sie und vergoss Tränen aus Blut, während sie sich weiter der Macht widersetzte, die sie zu besudeln drohte, sie, eine Wächterin der Großen Gruft von Nazarick.

Aber die Vergiftung sickerte immer tiefer in ihr Bewusstsein, ignorierte ihren verzweifelten Widerstand. Sie konnte es sich nicht leisten,

Teleportationsmagie zu benutzen. Das würde sie ablenken und dann wäre sie verloren.

Mit einem Skill einer ihrer Klassen schuf sie einen Heiligen Speer der Reinigung. Die Waffe war riesig und voller heiliger Macht. Obwohl Shalltears Gesinnung zum Bösen neigte, konnte sie damit einigen Schaden anrichten. Besser noch, wenn sie weitere MP aufwandte, konnte sie zusätzlich die Fähigkeit, perfekt zu zielen, nutzen.

Während sie sich weiter mit aller Kraft zur Wehr setzte, starrte sie die Frau an und drohte ihr, sie zu zerfleischen. Den Mann, der mit einem riesigen, spiegelähnlichen Schild vor ihr stand, bemerkte Shalltear nicht einmal.

Dann warf sie.

Wie beseelt schnellte der Speer aus ihrer Hand. Mit ihrem immer weiter schwindenden Verstand hatte sie verschiedene Skills benutzt, um den Angriff noch zu verstärken. Der Blitz flog zielgenau, durchdrang den Mann samt Schild und erreichte dann die Frau dahinter. Beide spuckten Blut. Die Gruppe war in Aufruhr. Das war das Letzte, was Shalltear von der Welt sah.

Zwischenspiel

Die Hauptstadt des Königreichs Re-Estize ...

Die königliche Burg Ro-Lente lag mitten in der Stadt. Sie war von einer Mauer mit zwanzig riesigen, zylindrischen Türmen in gleichmäßigen Abständen umgeben. Und dort befand sich auch der Valancia-Palast.

In einem der Zimmer, die in der Regel Funktion über Prunk stellten, wurde ein Treffen des Hofstaats abgehalten. Viele der Großfürsten und die engsten Gefolgsleute des Königs waren anwesend.

Mitten unter ihnen war der Kommandant der königlichen Garde, Hauptmann Gazef Stronoff. Er kniete vor König Ramposa III, dem er die Treue geschworen hatte.

Sieht so aus, als wäre er noch weiter gealtert ..., dachte Gazef, als er sich an seine letzte Begegnung mit ihm vor gerade einmal zwei Wochen erinnerte. Das Haar seines geliebten und respektierten Herrschers war inzwischen grau und dünn, seinen hageren Körper konnte man beim besten Willen nicht als gesund bezeichnen und seine Hautfarbe war kränklich. Die Hände, mit denen er sein gehstocklanges Zepter hielt, waren verwittert und die Krone wirkte schwer auf seinem Haupt.

Er regierte seit neununddreißig Jahren und war inzwischen sechzig Jahre alt. Normalerweise hätte er in diesem Alter den Thron an seinen Nachfolger abgetreten, aber es gab keinen.

Es war nicht so, dass er keine Erben gehabt hätte. Es gab zwei Prinzen, aber keinen von ihnen konnte man als besonders intelligent bezeichnen und es war offensichtlich, sollte einer von ihnen den Thron besteigen, wäre er nichts weiter als eine Marionette der Großfürsten.

Der alte Mann klang erschöpft. »Hauptmann, Ihr seid zurück. Gute Arbeit.«

»Ja. Danke, Eure Majestät.« Gazef verneigte sich tief.

»Nun denn. Selbstverständlich habe ich einen knappen Bericht erhalten, aber ich würde gern von der Quelle direkt hören, was passiert ist.«

»Wie Ihr befehlt.«

Gazef führte in allen Einzelheiten aus, was sich nach Verlassen der Hauptstadt und dann im Dorf Carne zugetragen hatte. Besonders ausführlich beschrieb er den geheimnisvollen Caster Ainz Ooal Gown, erwähnte aber nicht die Agenten, die allem Anschein nach aus dem Gottesstaat Slane stammten. Nur sehr wenige mussten davon wissen und seiner Meinung nach würde es sich nur nachteilig auswirken, sollte er es hier und jetzt erwähnen. Stattdessen sprach er redegewandt über den Mann, der sich mutig in die Gefahr gestürzt hatte, obwohl er nur auf der Durchreise war.

»Ich verstehe. Eine wundervolle Geschichte. Nicht an die Gefahr zu denken und sich in Gefahr zu begeben, um die Schwachen zu schützen, das ist schon was …«

Als Antwort auf die bewundernden Worte des Königs sprachen mehrere Adlige ihr Misstrauen aus.

»Mit ihm muss etwas nicht stimmen!«

»Er ist verschlagen, weil er sein Gesicht verbirgt.«

»Nur ein Caster mit seltsamem Namen.«

Jemand behauptete sogar, er hätte den Angriff selbst vorbereitet, um danach als Held dazustehen.

Gazef fühlte sich elend, sie so über seinen Lebensretter sprechen zu hören, während er nichts zu seiner Verteidigung sagen konnte. Aber er durfte sich seine Wut nicht anmerken lassen.

Dafür hatte er natürlich seine Gründe. Die Adligen, die Ainz schlechtredeten, hatten alle eines gemein: Sie gehörten zu der großen Gruppierung, die die Großfürsten unterstützte.

Das Königreich Re-Estize war ein Feudalstaat, in dem dreißig Prozent des Landes vom König kontrolliert wurden, dreißig von den Großfürsten und die übrigen vierzig Prozent teilten sich die restlichen Adligen. Und zurzeit rangen zwei Seiten um die Vorherrschaft.

Auf der einen Seite stand der König mit seinen Getreuen, auf der anderen die Adligen, darunter auch mehr als die Hälfte der sechs großen Adelshäuser der Nation.

Obwohl sie vor dem König standen, war ihr Verhalten nur eine weitere Runde in diesem Streit.

Darum konnte Gazef, Unterstützer des Königs und seine rechte Hand, nicht einfach sagen, was er dachte. Er war kein großer Redner und wusste, in einem Wortgefecht würde er unterliegen. Daher musste er Situationen meiden, in denen sie seine Worte zerpflücken und gegen ihn verwenden konnten.

Der Geheimtrupp des Gottesstaats Slane ist parallel zu unseren eigenen Truppenbewegungen aufgetaucht... Es besteht berechtigte Sorge, dass das Königreich unterwandert wurde. In dem Fall müssen die Großfürsten etwas damit zu tun haben ...

Gazef sah einen der anwesenden Adligen an, der ein besonders kaltes Funkeln in den Augen hatte. Der Mann trug sein blondes Haar streng zurückgekämmt und hatte blaue, mandelförmige Augen. Seine Hautfarbe wies diese noble Blässe auf, die man nur beibehielt, wenn man sich selten in die Sonne wagte. Das, in Verbindung mit seiner hoch aufragenden, schlanken Gestalt, ließ ihn alles in allem wie eine Schlange wirken. Er war noch nicht einmal vierzig, aber seine kränkliche Hautfarbe ließ ihn um Jahre älter aussehen. Er war einer der Großfürsten, Marquis Raeven, und wechselte auf der Jagd nach persönlichen Vorteilen ständig die Seiten. Zudem hatte er es geschafft, sich mit dem zweiten Sohn des Königs anzufreunden.

Wenn jemand das Königreich verrät, dann vielleicht er?

Als er Gazefs Blick bemerkte, verzog der Marquis seine schmalen Lippen zu einem kaum merklichen Lächeln.

Als Antwort auf diese unterschwellige Provokation blieb Gazefs Miene nur noch unbewegter.

»Nun denn, ich denke, wir haben jetzt genug vom Hauptmann gehört. Es gibt noch andere Dinge, die nach unserer Aufmerksamkeit verlangen.« Nach dieser erschöpft klingenden Verkündung beruhigten sich die Adligen vorläufig.

Gazef trat näher an den König heran und betrachtete die Anwesenden. Nach seiner Beförderung in den Stab des Königs hatte er sich daran gewöhnt, mit missmutigen Blicken bedacht zu werden.

»Reden wir über den Krieg mit dem Kaiserreich, der zweifelsohne in ein paar Monaten beginnt, so wie jedes Jahr. Marquis Raeven, wenn Ihr so freundlich wärt.«

»Ja, Eure Majestät.« Er glitt fast wie ein Gespenst vor die Versammelten und begann, leise zu sprechen.

Niemand rief dazwischen. Er hatte in beiden Gruppierungen Einfluss und war einer der mächtigsten der sechs Großfürsten. Keiner wollte ihn sich zum Feind machen.

Nachdem Marquis Raeven seine Ausführungen über die bevorstehenden Planungen – wer wie viele Soldaten stellen würde und dergleichen – ohne Widersprüche beendet hatte, lächelte er leicht und verneigte sich vor dem König. »Das wäre alles.«

»Ich danke Euch, Marquis Raeven. Möchte jemand seine Meinung dazu kundtun?«

Die Gruppe regte sich und viele meldeten sich zu Wort.

»Nachdem wir sie dieses Mal zurückgeschlagen haben, sollten wir mobilmachen und direkt ins Kaiserreich einmarschieren.«

»Ihr sagt es. Ich habe genug davon, diese Invasionen abzuwehren.«

»Es wird Zeit, dass wir dem törichten Kaiserreich zeigen, dass wir ein ernst zu nehmender Gegner sind.«

»Das kann man wohl sagen. Ich stimme Euch voll und ganz zu, Graf!«

Das Gelächter der gut gekleideten Männer halte durch den Raum.

In euren Träumen! Wie gerne hätte Gazef diesen Gedanken ausgesprochen.

Das Königreich und das benachbarte Kaiserreich trafen etwa einmal jährlich auf der Katze-Ebene aufeinander. Keine Seite erlitt schwere Verluste, aber auch nur, weil es dem Kaiserreich nicht ernst war. Sollten sie das Königreich tatsächlich in die Knie zwingen wollen, hätten sie keinen Grund, in der Katze-Ebene ihre Lager aufzuschlagen und zu warten, bis die königlichen Truppen aufmarschierten. Gazef und jeder Adlige mit wenigstens einem halbwegs funktionierenden Verstand nahm an, dass das Kaiserreich das Königreich auf diese Weise schwächen wollte.

Das Königreich stellte seine Armee zusammen, indem es Bürgerliche einzog, während die Soldaten des Kaiserreichs dem Ritterstand angehörten, was ihre Spezialisierung deutlich machte – es war auf den ersten Blick klar, wessen Truppen stärker waren.

Daher musste das Königreich doppelt so viele Männer zusammenziehen. Und eine große Truppe bedeutete umso mehr Verpflegung. Natürlich gab es magische Gegenstände, mit denen man Nahrung erschaffen konnte, aber trotz des hohen Nährwerts blieb der Geschmack auf der Strecke. So sehr, dass sogar ein Verhungernder zögern würde, dieses Zeug zu essen. Das würde sich nie durchsetzen.

Und da das Kaiserreich immer während der späten Weizenernte einfiel, fehlten den Dörfern Arbeiter, was wiederum zu Verzögerungen bei der Ernte des Weizens und des anderen Getreides führte. Das Kaiserreich musste sich nicht einmal anstrengen, um dem Königreich zu schaden, was bedeutete, die königliche Familie verlor stetig an Einfluss. Deshalb sahen die Großfürsten gern weg – es konnte ihnen nur recht sein, wenn die Gegenseite an Macht verlor.

Wenn das Land schwächer wird, wird das Kaiserreich zuschlagen. Reden die sich wirklich ein, dass es bei diesen kleinen Auseinandersetzungen bleiben wird? Wie kann man nur so leichtgläubig sein? Gazef war wütend auf die Adligen, die sich vormachten, ihre absolute Vorherrschaft würde niemals enden.

»Übrigens, was ist mit dem Caster, der Euch gerettet hat, Hauptmann? Er könnte aus dem Kaiserreich stammen – vielleicht, um hier zu spionieren!«

»Ah, ich verstehe. Das könnte durchaus ein. Ich hörte, das Kaiserreich unterhält eine Akademie, in der es Caster ausbildet. Das ist auf jeden Fall eine Möglichkeit.«

»Die Reihenfolge seines Namens mit dem Taufnamen in der Mitte passt zum Brauch des Gottesstaats Slane, aber das könnte auch Teil der Tarnung sein.«

»Der Gedanke, so jemanden im Königreich zu haben, ist geradezu beunruhigend. Sollten wir deswegen nichts unternehmen?«

»Vielleicht sollten wir in Erwägung ziehen, ihn gefangen zu nehmen. Schon eine Abenteurergilde mit mehreren Castern zu haben, die machen, was sie wollen, ist ein Problem. Wir sollten alles in unserer Macht Stehende tun, um sie unter unsere Kontrolle zu bringen.«

»Und es ist geradezu grotesk, wie viel wir der Gilde zahlen! Es ist ein Hohn, dass wir Abenteurer dafür entlohnen, Monster innerhalb ihres Königreichs zu töten!«

»Wir sollten ihn herschleifen und befragen.«

Nun war der Punkt erreicht, da Gazef etwas sagen musste. Er konnte nicht länger zuhören, wie man schlecht über den Mann sprach, der nicht nur ihn, sondern auch die Dorfbewohner und seine Männer gerettet hatte. »Einen Moment mal. Dieser Caster hat sich dem Königreich gegenüber überaus wohlwollend gezeigt. Ich denke nicht, dass es klug wäre, jemanden wie ihn …« Er versuchte, dieses Treffen in andere Bahnen zu lenken.

Ein paar der Adligen blickten inzwischen über alle Maßen verdrossen drein.

Seit Gazef seine derzeitige Position allein durch seine Fähigkeiten als Schwertkämpfer erhalten hatte, betrachteten ihn die Adligen mit ihrer Geschichte und Abstammung als Emporkömmling. Sie hassten ihn. Und dass er mit dem Schwert besser umgehen konnte als jeder andere im Königreich, nährte ihre Abneigung nur. Diese Männer auf ihren hohen Rössern ertrugen es nicht, unter jemandem zu stehen, der aus einer niederen Schicht stammte.

Mehrere Adlige schickten sich an, Gazef niederzubrüllen. Sie brachten ihr Misstrauen gegenüber Ainz Ooal Gown zum Ausdruck und andere stimmten ihnen zu.

Der König auf seinem Thron sprach halb seufzend: »Das genügt. Ich erkläre, dass es am Urteil des Hauptmanns nichts auszusetzen gibt.«

»Nrgh … Wenn Eure Majestät das sagt …« Zumindest vorläufig hörten die Adligen auf, dermaßen höhnisch zu grinsen.

Gazef sah den Mann, dem seine Loyalität gehörte, dankbar an.

Der König erwiderte es mit einem knappen Nicken.

Das Treffen endete, aber nicht ohne eine gehörige Portion Ringen um Gefälligkeiten und Arschkriecherei. Als er gemeinsam mit dem König durch einen Flur des Palasts ging, ließ sich Gazef seine körperliche und geistige Erschöpfung nicht anmerken.

Nachdem er sich im Kampf das Knie verletzt hatte, benötigte der König einen Gehstock und sein Gang war unsicher, aber um seinen

Stolz nicht zu verletzen, bot ihm Gazef nie Hilfe an. Abgesehen davon, würde jemand sehen, dass der König nicht in der Lage war, ohne Unterstützung zu gehen, würden die Stimmen unter den Großfürsten, die seine Abdankung forderten – um eine Marionette unter ihrer Kontrolle auf den Thron zu setzen –, nur lauter werden. Es fiel Gazef schwer, aber es war unerlässlich, dass der König möglichst viel Stärke zeigte.

Sie bewegten sich im Schneckentempo durch den Flur und kurz vor den Gemächern der königlichen Familie ergriff der König plötzlich das Wort. »Wir brauchen die Macht der Adligen, um eine Invasion des Kaiserreichs zu verhindern. Sich ihnen direkt zu widersetzen würde dieses Land in Stücke reißen, lange bevor der Feind das tun kann.«

Das kam unerwartet, aber da Gazef genau wusste, was ihm sein König mitzuteilen versuchte, hielt er sich zurück. »Ich beneide das Kaiserreich.« Er hatte auch keine aufmunternden Worte für seinen König.

Bis vor drei Herrschern war das Kaiserreich ebenfalls ein Feudalstaat gewesen. Aber man hatte den Einfluss der Adligen gemindert und als der derzeitige Kaiser den Thron bestiegen hatte, wurde es bereits von einem uneingeschränkten Alleinherrscher regiert, dem derzeitigen Kaiser, Jircniv Rune Farlord El Nix.

Der junge Mann war auch als der »Blutkaiser« bekannt, was auf seine Machtergreifung anspielte. Gazef erinnerte sich an seinen Anblick auf dem Schlachtfeld – als man ihm angeboten hatte, sich Nix anzuschließen. *Also das ist ein Herrscher. Er wurde dafür geboren.*

»Tut mir leid, dass die Politik mich daran gehindert hat, Euch zu beschützen. Bitte verzeiht mir, dass ich Euch vor dieser gefährlichen Mission nicht besser ausrüsten konnte … Darum habt Ihr auch ein paar Eurer Männer verloren, oder?«

»Nein, das ist nicht der Grund …«

»Gazef, es ist in Ordnung. Ich denke nicht, dass man es als Entschuldigung gegenüber den Familien der Verstorbenen gelten lassen wird, aber ich lasse ihnen eine monetäre Wiedergutmachung zukommen. Ich möchte zudem Sir Gown meinen tiefst empfundenen persönlichen Dank ausdrücken, dass er meinen treusten Gefolgsmann gerettet hat.«

Es war nett vom König, ihm direkt danken zu wollen, auch wenn ihn diese Schurken nicht direkt bedroht hatten, aber das würde wohl schwierig werden. Dennoch … »Ich denke, Eure Dankesworte reichen ihm vollkommen, Eure Barmherzigkeit.«

»Denkt Ihr? Hmm?«

Sie bemerkten zwei Personen, die durch den Flur auf sie zukamen. Besonders fiel dabei die hübsche Frau ins Auge. Worte wurden ihrer Schönheit nicht gerecht und es hieß, sie zu malen sei unmöglich.

Der König lächelte. Er liebte seine jüngste Tochter sogar noch mehr als seine anderen Kinder. Renner Theiere Chardelon Ryle Vaiself.

Die dritte Prinzessin hatte die strahlende Schönheit ihrer Mutter geerbt und war als die Goldene Prinzessin bekannt. Sie war sechzehn und in diesem Alter war es nicht ungewöhnlich zu heiraten – entsprechend musste sie immer wieder Adlige abwimmeln. Einer der Gründe für ihren Namen war das lange goldschimmernde Haar, das wie ein Wasserfall über ihre Schultern floss. Ihre Lippen, die häufig ein geheimnisvolles Lächeln zierte, hatten das blasse Rosa von Kirschblüten. Das dunkle Blau ihrer sanften Augen erinnerte an Saphire. Der Schnitt ihres weißen Kleides ließ auf einen gesunden, schlanken Körper schließen und ihre goldene Halskette schien ihre Großzügigkeit zu symbolisieren.

Ihr folgte ein Junge kurz vor Erreichen des Mannesalters in weißer Rüstung. Er hatte eine intensive Ausstrahlung. Dichte Brauen über Augen, bei denen man um die Iriden etwas zu viel weiß sah. Sein eiserner Wille war deutlich erkennbar, als würde er ununterbrochen jeden in seiner Gegenwart herausfordern, und sein gebräuntes Gesicht zeigte stets eine unveränderliche Miene. Sein blondes Haar war kurz geschnitten, damit man im Kampf nicht daran ziehen konnte und weil es insgesamt angenehmer war.

Der Junge hieß Climb. Gazef fühlte sich in seiner Gegenwart stets unwohl. Nicht dass er ihn nicht mochte – ganz im Gegenteil sogar. Er hatte nur so seine Probleme mit der Schwermütigkeit, die der Junge stets mit sich herumzuschleppen schien. Er störte sich nicht daran, dass Climb die Dinge ernst nahm, allerdings würde es ihm auch nicht schaden, sich gelegentlich ein wenig zu entspannen.

Er verstand jedoch auch, wie sich Climb fühlte. Viele beneideten ihn um seine Stellung als Page der schönsten Frau des Königreichs.

Vermutlich gab es niemanden, den er als Freund bezeichnete. Und er stammte aus denselben bürgerlichen Verhältnissen wie Gazef – nein, sogar aus noch ärmlicheren. Daher war er vermutlich besonders darauf bedacht, keine Schwäche zu zeigen oder etwas zu tun, das dem Ruf seines Herrschers schaden könnte.

»Vater, Kommandant.«

Der König lächelte, als sie auf ihn zueilte, und reagierte auf Climbs tiefe Verbeugung mit einem Nicken.

»Ist das Treffen endlich vorbei?«

»Ja. Es gab viel zu besprechen.«

»Oh. Ich habe mir ein paar Dinge überlegt, über die ich mit dir reden wollte.«

»Verstehe, verstehe. Tut mir leid.«

Die Goldene Prinzessin. Andere Gründe für ihren Spitznamen waren ihre Intelligenz – sie hatte visionäre Einrichtungen begründet und neue Gesetze vorgeschlagen – und ihr sonniges Gemüt.

Der Großteil ihrer Vorschläge waren Maßnahmen, die dem gewöhnlichen Volk zugutekamen, jedem von niederem Stand. Jedoch nicht, indem sie von Leuten aus den höheren Ständen gerettet wurden, sie gaben ihnen die Möglichkeit, sich selbst zu helfen. Und während ihre Maßnahmen die Lebensverhältnisse der Bürgerlichen verbesserten, führten sie auch zu einer größeren Loyalität gegenüber der königlichen Familie, erhöhten die Produktivität und andere Dinge, die der königlichen Familie nutzten.

Die meisten ihrer Vorschläge fielen jedoch der Ablehnung der Adligen zum Opfer, die den Gedanken nicht ertrugen, das Leben der Bürgerlichen zu verbessern. Aber unter denen, die die Früchte der Bemühungen der Prinzessin genossen, und den Informierten war sie hoch angesehen.

»Lass mich hören, was du zu sagen hast, sobald wir zu Hause sind.«

»Aber Vater, es ist Zeit für meinen Spaziergang, ich bin also eine Weile draußen mit Climb unterwegs.«

Zu hören, dass sie ihren Spaziergang über das Gespräch mit dem König stellte, ließ Climb sogar noch versteinerter dreinblicken und er tat Gazef ein wenig leid. *Aber so ist Prinzessin Renner nun mal. Als ihr persönlicher Page bleibt ihm nichts anderes übrig, als sich damit abzufinden.*

»Verstehe, dann viel Spaß. Sobald du zurück bist, können wir uns ja in meinen Gemächern unterhalten.«

»Ist gut. In Ordnung, gehen wir, Climb.«

»Wenn Ihr mich bitte entschuldigen würdet.«

Als sich Climb verbeugte, sprach ihn Gazef in seiner Stellung als Krieger an. »Arbeite weiter an deinen Schwertkünsten, Climb. Du kannst nie wissen, unter welchen Umständen du Prinzessin Renner vielleicht verteidigen musst.«

»Ja, Sir!« Der Junge nickte knapp, Renner jedoch schmollte.

»Climb ist gut, wie er ist! Er wird mich auf jeden Fall beschützen, komme, was da wolle.« Sie hatte keinerlei Grundlage für diese Worte, aber die Art, wie die Prinzessin das sagte, ließ keinen Zweifel zu. »Also, Climb, gehen wir.«

Mit ihren feingliedrigen Fingern packte Renner den Saum seines Hemds. Vermutlich tat sie das ganz unbewusst, aber Climb bemerkte es und seine Miene wurde härter als Diamant. »Ja, Prinzessin.«

Als er ihr hinterherstolperte, war sein Gesicht absolut ausdruckslos, aber in seinem Blick lagen Leid und Bedauern.

Die beiden hatten ihre Erziehung vergessen, aber der König sagte nichts. Er sah ihnen nur hinterher, als würde er etwas Herzerwärmendes sehen, das er schon vor langer Zeit verloren hatte.

»Als König sollte ich ihn vermutlich bemitleiden ...«

Sie wussten nicht, woher Climb stammte. Renner hatte das Kind nach einem ihrer Besuche des Elendsviertels der Burgstadt mitgebracht. Der völlig abgemagerte Junge hatte ausgesehen, als würde er jeden Moment seinen letzten Atemzug tun, aber er arbeitete hart daran, diejenige zu beschützen, die ihn gerettet hatte. Nein, es nur als »harte Arbeit« zu bezeichnen, wurde den Tatsachen nicht gerecht.

Er konnte nicht mit dem Schwert umgehen und besaß kein Talent für Magie. Auch körperlich war er anderen nicht überlegen. Aber Schritt für Schritt überwand er jeden Einzelnen seiner Makel. Zugegeben, er würde nie zu einem Helden wie Gazef werden, aber er war stark genug geworden, um vermutlich zu den fähigeren Rittern des Königreichs gezählt zu werden. Allerdings gab es Dinge, die konnte man einfach nicht überwinden – Status, Autorität und wie man als Person beurteilt wurde.

Als Prinzessin stand Renner auf einem sehr hohen Podest – sie war sozusagen zu gut für Climb.

»Das kann ich gut nachempfinden.«

»Ich weiß, es ist töricht, aber ich möchte, dass zumindest eine meiner Töchter … tut, was ihr Herz ihr sagt. Hm, vermutlich werden meine anderen Töchter mir das nachtragen … Ich muss wirklich alt geworden sein, wenn ich mir darum Gedanken mache …« Der König blickte vor sich, fast, als würde dort jemand stehen. »Vielleicht muss ich sie letztendlich auch unglücklich machen …«

Sollte sie unter den derzeit herrschenden Umständen heiraten müssen, dann vermutlich ein Mitglied der Adelsfraktion, dachte Gazef, hielt sich aber zurück, es auszusprechen. Es gab nichts, was er sagen oder worüber er reden musste. Der Einzige, der die Qualen des Königs verstehen konnte, war jemand in derselben Position. Und auf Gazef traf das nicht zu.

Schweigen legte sich wie ein Tuch über sie und wie um es abzustreifen, setzten sie sich wieder in Bewegung.

Kapitel 3: Verwirrung und Verständnis

Kapitel 3: Verwirrung und Verständnis

1

Nach seiner Teleportation sah Ainz einen Hügel. Genau genommen war er nicht wirklich groß genug, um als Hügel durchzugehen. Viel mehr war es eine sanft ansteigende Erdaufschüttung von bestenfalls sechs Metern Höhe. Pflanzen, etwa so hoch wie das Wiesengras, mit spitz zulaufenden Blättern, vermittelten den Eindruck, der Boden hätte sich vor langer Zeit gehoben. Als er sich umsah, entdeckte er mehrere solche Erdhaufen, genug, um völlig natürlich zu scheinen. Das war selbstverständlich nicht der Fall.

Die Umgebung war das Werk von Mare, einem der Wächter der Großen Gruft von Nazarick. Und unter diesen magisch erschaffenen Erdhaufen verbargen sich die Oberflächenmauern Nazaricks.

Ainz sprach *Fly* und schlug eine diagonale Flugbahn ein. So weit sein Blick in dieser Höhe reichte, erstreckte sich noch mehr Grasland und es war nichts von dem Friedhof zu entdecken, der auf das darunterliegende Nazarick hinwies. Es schien vollständig begraben zu sein.

Ohne sich die Zeit zu nehmen, die Aussicht zu genießen, raste Ainz durch den Himmel. An einem bestimmten Punkt überkam ihn das Gefühl, er hätte eine dünne Membran durchdrungen, und seine Umgebung änderte sich von Grund auf. Die Erdhaufen verschwanden, stattdessen offenbarte sich ihm der wahre Anblick seines Zuhauses. Er hatte die Grenze der Illusion durchdrungen.

Ohne langsamer zu werden, steuerte er das größte und prachtvollste Mausoleum im Zentrum an – dabei handelte es sich um den Zugang zur Großen Gruft von Nazarick. Nach wie vor fliegend näherte er sich der Treppe des in Weiß gehaltenen Gebäudes und als er dort mehrere Gestalten entdeckte, unterdrückte er seine Nervosität und landete direkt vor ihnen.

»Willkommen zurück, Lord Ainz.« Der Begrüßung durch die sanfte weibliche Stimme folgten weitere.

Die Frau in dem schneeweißen Kleid in der ersten Reihe war Albedo, die Befehlshaberin der Wächter der Großen Gruft von Nazarick. Bei ihr liefen alle Informationen zusammen. Die vier Maids hinter ihr gehörten zu den Kampf-Maids, den Plejaden, und hinter ihnen wartete ein Rudel aus Level-80-Lakaien.

Nach Ainz' Gespräch mit Albedo über *Message* hatte er Narberal sofort Befehle erteilt und war teleportiert. Aus der Anzahl an Leuten, die Albedo in den fünf Minten seit ihrem Gespräch für diese Begrüßung zusammengetrommelt hatte, konnte man auf ihr Organisationstalent schließen.

Beeindruckt hob Ainz sachte die Hand zur Erwiderung. Normalerweise wären jetzt ein paar wertschätzende Worte angemessen, doch dafür hatten sie keine Zeit.

»Albedo, wegen dem, worüber wir uns über *Message* unterhalten haben …« *Stimmt es, dass uns Shalltear verraten hat?* Er sprach die Frage nicht aus. Er befürchtete, es zu sagen würde es zu einer unumstößlichen Wahrheit machen. Abgesehen davon war es ein zu heikles Thema, um vor Lakaien darüber zu reden.

»Ja, wünscht Ihr woanders darüber zu sprechen?«

»Verstehe … Dann im Thronsaal?«

»Ja, Sir. Yuri, bitte überreiche Lord Ainz seinen Ring.«

Aus den Reihen der Maids hinter ihr löste sich eine mit Brille, die zügig vortrat. Ihre Kleidung entsprach den Uniformen der Kampf-Maids, genau wie Narberals, dennoch gab es kleine Unterschiede.

Narberals Uniform legte größeren Wert auf Verteidigung, während Yuris auf Beweglichkeit ausgelegt war. Daher hatte sie auf der Vorderseite ihres Rocks auch keine verstärkenden Metallplatten. Ihre Armstulpen waren mit spitzen Dornen versehen, die im Nahkampf bestimmt brutale Waffen abgaben. Der halb transparente Edelstein in ihrem recht breiten Kropfband glänzte nicht dank des daraufscheinenden Lichts, in seinem Inneren flackerte eine Flamme. Ihr Haar trug sie hochgesteckt und ihr hübsches Gesicht offenbarte eine gerissene und kalkulierende Intelligenz, die man ihr bereits auf den ersten Blick ansah. Sie hieß Yuri Alpha und war die zweite Befehlshaberin der Plejaden. Ein Mann – Sebas Tian – war ihr Vorgesetzter, man könnte also sagen, unter den Maids war sie für die Koordination zuständig.

Mit beiden Händen hielt sie ihm ein Tablett entgegen. Auf violettem Stoff lag ein Ring gebettet – ein Ring von Ainz Ooal Gown.

Ainz nahm ihn und steckte ihn sich an den Finger. Mit diesem Ring konnte man sich in der Großen Gruft von Nazarick frei bewegen, daher wollte er nicht, dass er während seiner Ausflüge gestohlen wurde, und überließ ihn stattdessen den Wächtern Nazaricks, um auf ihn aufzupassen.

Er betrachtete den Ring an seinem Fingerknochen, nickte und stellte zufrieden fest, das seltsame Gefühl, das ihn während seiner Abwesenheit die letzten Tage nicht losgelassen hatte, war verflogen.

»Okay, gehen wir, Albedo.«

Da es untersagt war, direkt in den Thronsaal zu teleportieren, aktivierten sie ihre Ringe und wechselten in den nächstgelegenen Raum, Lemegeton.

Danach öffneten sie die schwere Tür und gingen weiter zum Kristallthron an der gegenüberliegenden Wand.

Ainz sprach die Worte aus, die ihm bereits auf der Zunge brannten: »Okay, bevor wir anfangen, erlaube mir ein paar Fragen: Du sagst,

Shalltear hat rebelliert, aber was ist mit Sebas? Er war auch dort. Sebas ist uns noch immer treu?«

»An seiner Loyalität gibt es keine Zweifel.«

»Also verfügen wir über seine Informationen?«

»Ja, er wurde bereits befragt. Er sagt, sie sind ein paar Banditen begegnet. Danach hat sich Shalltear zu ihrem Hauptquartier aufgemacht, um sie gefangen zu nehmen. Zu diesem Zeitpunkt verhielt sie sich nicht verdächtig und wie es klingt, bekräftigte sie ihre Ergebenheit Euch gegenüber.«

»Verstehe. Also muss danach irgendwas passiert sein, das zu ihrem Verrat geführt hat.«

»Ja … Zudem hatte sie zwei Lakaien dabei, Vampirbräute, doch die wurden offenbar vernichtet.«

»Hmm. Tja, solche Schwächlinge … Moment, nein. Das bedeutet, es ist was passiert, bei dem sie getötet wurden. Okay, dann erzähl ich dir, was ich inzwischen erlebt hab.«

Als sie die Stufen zum Thron erreichten, war er fast fertig, den Friedhof hatte er jedoch noch nicht erwähnt. Da es wichtig war, fuhr er fort.

Albedo hörte ihm bis zum Schluss schweigend zu und verneigte sich dann.

Ainz hatte das Verlangen, zu fragen, ob er ihrer Meinung nach irgendwelche Fehler gemacht hatte, aber etwas anderes wollte er noch dringender wissen. Mit Blick zum Thron murmelte er den entsprechenden Befehl. »*Master Source open.*«

Ein durchsichtiges Fenster, das wie ein Menü und doch irgendwie anders aussah, öffnete sich. Die Anzeige war voller in Register unterteilter Worte. Das Administrationssystem der Großen Gruft von Nazarick. Darin fand man die täglichen Unterhaltskosten oder den derzeitigen Aufenthaltsort und den jeweiligen Typ der Lakaien. Zusätzlich sah man, was für Vorrichtungen (inklusive magischen Fallen) gerade aktiv waren – und man konnte sich damit um die anfallenden Aufgaben kümmern. Während *Yggdrasil* noch gelaufen war, hatte man es anders aufgerufen und der Zugriff war jederzeit und überall möglich gewesen. Aber durch Ausprobieren hatte Ainz festgestellt, in dieser Welt konnte er nur im Herzen ihres Hauptquartiers, im Thronsaal, darauf zugreifen.

Schon ziemlich nervig, deswegen jedes Mal herzudackeln ... aber ich hab einen Ring, das macht es zumindest ein wenig einfacher.

Mit geübter Hand öffnete Ainz das NPC-Register. Dort waren die Namen aller NPCs aufgeführt, die er und seine Gildenkameraden erschaffen hatten. Ainz änderte die Sortierung von alphabetisch zu absteigendem Level und ging sie durch, bis er den gesuchten Punkt erreichte. Schweigend sah er Albedo an.

»Ja, das ist ihr aktueller Status.«

Alle Namen waren mit weißen Buchstaben vermerkt, nur Shalltear Bloodfallens Name war schwarz. Ainz wusste, was diese Veränderung zu bedeuten hatte, aber ... Er sah ein zweites Mal hin, ein drittes und als er sicher war, sich nicht zu irren, schrie er in Gedanken: *Das kann nicht sein!* Wäre sein knöchernes Gesicht in der Lage gewesen, eine Miene zu verziehen, hätte es jetzt Entsetzen gezeigt.

»Ist sie tot?«, fragte er Albedo. Er wollte es noch nicht akzeptieren. Er hoffte, dass es in dieser Welt etwas anderes bedeuten könnte, aber ihre Antwort war hoffnungslos grausam.

»Im Falle eines Todes verschwinden die Buchstaben und es bleibt vorübergehend eine Lücke im Verzeichnis. Ich denke, das bedeutet Verrat.«

»Ah ... Stimmt ...« Er erinnerte sich, dass er das in *Yggdrasil* schon gesehen hatte.

Allerdings sah die Realität trotz Albedos Worten ein wenig anders aus. Sicher, im weitesten Sinne war es Verrat, aber diese Veränderung bedeutete, der NPC unternahm vorübergehend feindselige Aktionen, weil jemand seine Gedanken kontrollierte.

Aber das kann nicht sein!, dachte er erneut.

Shalltear war genau wie Ainz eine Untote. Mit anderen Worten, als Rasse waren sie gegen telepathische Effekte immun. Wie konnte man dann ihre Gedanken kontrollieren?

Die Vorstellung, sie hätte Nazarick verraten, ergab mehr Sinn. Vielleicht weil ihr nicht gefiel, wie man sie behandelte, oder jemand hatte ihr ein besseres Angebot gemacht. Wenn das nicht der Fall war, musste man davon ausgehen, der Grund war etwas Bestimmtes aus dieser Welt, von dem Ainz nichts wusste.

Er musste an Nphelia denken. Ja, wenn jemand über eines dieser geheimnisvollen Talente wie er verfügte, könnte er damit vielleicht dafür sorgen, dass telepathische Effekte auch bei Untoten wirkten.

»Also ist es auch möglich, dass sie unter dem besonderen Einfluss irgendeiner Kraft oder eines Wesens steht, die man nur in dieser Welt findet.«

»Ich fürchte, das weiß ich nicht. Aber es ist eine Tatsache, dass sich Shalltear gegen uns gestellt hat. Ich rate dazu, sofort einen ihr gewachsenen Trupp zusammenzustellen.«

Plötzlich ging Ainz ein Licht auf. Es war durchaus möglich, dass die Lakaien, die sich zu seiner Begrüßung versammelt hatten, eigentlich dafür ausgewählt worden waren, gegen Shalltear vorzugehen. Wenn er so darüber nachdachte, viele von ihnen verfügten über gegen Untote sehr wirksame heilige Angriffe – eine Seltenheit in Nazarick.

Albedo fuhr mit fester Stimme fort: »Ich übernehme das Kommando. Ich überlege, Cocytus und Mare als Stellvertreter heranzuziehen, wenn Ihr gestattet.« Das war eine perfekte Zusammenstellung, um Shalltear auszuschalten. Offensichtlich war es ihr sehr ernst damit.

Shalltear Bloodfallen war stark. Was reine Stärke anging, war sie neben Gargantua der stärkste Wächter. Ohne die aufgezählten Kämpfer wäre ein Sieg alles andere als gewiss.

»Was denkt Ihr?«

»Hm, wirkt alles etwas überhastet. Warum um alles in der Welt hat sie uns verraten? Erst müssen wir den Grund herausfinden.«

»Nichts anderes habe ich von Euch erwartet. Ihr seid so gütig, Lord Ainz. Aber ich sehe keinen Anlass, Gnade bei jemandem walten zu lassen, der sich einem Höchsten Geschöpf gegenüber feindselig verhält, egal aus welchem Grund.«

»Darum geht es nicht, Albedo. Ich bin nicht gnädig. Ich verstehe einfach nur nicht, warum uns Shalltear verraten sollte.«

Wenn die Möglichkeit bestand, dass dasselbe auch mit anderen passierte, musste er eine Möglichkeit finden, dem entgegenzuwirken. Sollte der Grund ihre Behandlung oder eine andere Unzufriedenheit sein, könnte es andere NPCs geben, denen es genauso ging. Er musste vorbereitet sein, falls dasselbe in Zukunft auch mit anderen passierte. Und wenn jemand mit einem Talent sie überzeugt hatte, musste er sich auch dafür Gegenmaßnahmen zurechtlegen.

Als er über *Message* gehört hatte, dass ein von einem anderen Gildenmitglied erschaffener NPC rebellierte, hatte er das Gefühl bekommen, die anderen hätten ihn nicht als Gildenmeister akzeptiert. Dieser Gedanke war so erschreckend gewesen, dass er dachte, seine Knie würden nachgeben. Aber dieses Problem war von einer ganz anderen Größenordnung.

Er musste sich dem nicht als Gildenmeister annehmen, sondern als absoluter Herrscher über die Große Gruft von Nazarick. Es war viel zu früh, um jetzt schon die Hoffnung aufzugeben. Wenn man Shalltear – so absolut unmöglich das auch schien – dazu zwang zu rebellieren, musste er sie retten. Wenn sich ein Vorgesetzter für die wichtigste Person hielt, aber seine Untergebenen im Stich ließ, war er ungeeignet. Ainz war ein Herrscher und als solcher musste er seine Gefolgsleute beschützen.

»Und wo ist Shalltear jetzt? Hast du ihren genauen Standort?«

»Verzeiht. Dafür habe ich noch keine Bestätigung. Als Erstes haben wir ihre direkten Untergebenen von ihren Aufgaben entbunden und da wir befürchtet haben, Shalltear könnte Nazarick angreifen, haben wir gleichzeitig unsere Verteidigung verstärkt, indem Lakaien auf die erste Ebene geschickt wurden.«

»Verstehe. Dann lass mich erst rausfinden, wo sie ist. Statten wir deiner Schwester einen Besuch ab.«

2

Die fünfte Ebene der Großen Gruft von Nazarick war ein eiskalter Ort, gestaltet wie ein Gletscher. Aus der endlosen, verschneiten Landschaft ragten weiße Eisberge, die einen glauben ließen, sie würden von innen heraus glühen. Vom grauen, wolkenverhangenen Himmel fielen weiße Flocken herab, nur um von launischen Winden in frostigen Böen über das Eis gewirbelt zu werden. Entfernte Bäume sahen dank des Schnees auf ihnen wie von Kopf bis Fuß in strahlende Roben gehüllte Riesen aus.

Der kalte, beißende Wind zerrte an Ainz' Kleidung. Da Albedo bei ihm war, fragte er: »Ist dir kalt? Wenn du willst, kannst du deine Rüstung anlegen. So viel Zeit muss sein.«

Frostangriffe hatten keine Wirkung auf ihn und er fror nie, egal wie kalt es wurde. Auf Albedo traf das nicht zu. Mit der richtigen Ausrüstung konnte ihr diese Kälte nichts anhaben, aber im Moment trug sie nur ihr weißes Kleid. Er hatte sie schon vor dem Teleportieren gefragt, wurde allerdings das Gefühl nicht los, sie wollte ihm zeigen, wie hart im Nehmen sie war.

Auf seine Sorge hin lächelte sie nur sanft. »Ich danke Euch für Eure Besorgnis, Lord Ainz, aber es geht mir gut. Diese Kälte ist kein Problem für mich.«

Er nickte.

Für gewöhnlich gingen Frostschäden mit einem Umgebungseffekt einher, der auch die Bewegungen verlangsamte, aber das bedurfte zusätzlicher Wartung, daher war er zurzeit nicht aktiviert. War das gerade von Vorteil für sie? Oder verfügte Albedo über ein magisches Item oder einen Skill, der Frostschäden abhielt?

In der Regel erhielten NPCs ihre Ausrüstung von dem Gildenmitglied, das sie erschuf, und er kannte nur die Werte und Ausrüstung von Pandora's Actor und ein paar anderen, obwohl er sich kurz nach ihrer Versetzung in diese Welt von jedem die Daten angesehen hatte.

Ainz verdrängte diese Fragen aus seinem Verstand und betrachtete stattdessen das zweigeschossige Gebäude im westlichen Stil, vor dem sie standen. Es passte so überhaupt nicht in diese eisbedeckte Winterwelt. Es hatte etwas von einem Herrenhaus aus einem Märchen, aber die Fassade war von Schnee und Eis bedeckt und wirkte dank der Kälte alles in allem recht unfreundlich. Und der Name hatte auch nichts Märchenhaftes an sich. Es war das Eisgefängnis. Hier landeten alle, die sich gegen Nazarick stellten.

»Sollen wir reingehen?«, fragte Ainz, während er die eisverkrustete Tür aufschob. Sie ließ sich dennoch mühelos öffnen – als würde das Gebäude sie willkommen heißen.

Eine frostige Brise wehte ihnen entgegen. Im Inneren war es sogar noch kälter als draußen. Als der Wind über Albedo hinwegblies, zitterte sie zum ersten Mal.

Ainz griff in einen extradimensionalen Raum, aus dem er einen roten Umhang mit Flammenmuster am Saum holte. »Du solltest den überziehen, Albedo. Er hat zwar keine magischen Effekte, sollte aber zumindest gegen die Kälte helfen.«

»Was für ein wundervoller Umhang! Vielen Dank! Ich werde ihn hüten, solange ich lebe!«

Er hatte nie gesagt, es wäre ein Geschenk, aber beim Anblick ihres freudestrahlenden Lächelns brachte er es nicht über sich, sie daran zu erinnern.

Er sah durch die geöffnete Tür. Dahinter lag ein dunkler, stiller Korridor, der tief ins Innere führte.

»Die Überlebenden der Heiligen Schrift des Sonnenlichts sind doch auch hier, oder?«

»Ja. Neuronist kümmert sich angemessen um sie. Der Umhang ist so warm ... Fast als würde ich in Euren Armen liegen, Lord Ainz ... Ti hi hi.«

»Ach? Dann ist ja gut.« Da er weder Haut noch Muskeln auf den Knochen hatte, wäre seine Umarmung ganz bestimmt nicht warm, aber er war nicht so taktlos, sie darauf hinzuweisen.

Ohne die mit dem Umhang kuschelnde Albedo anzusehen, ging Ainz langsam hinein. »Worauf wartest du? Unsere Zeit ist ... Dieses Mal haben wir nicht viel Zeit.«

»J... Ja, Sir!«

Ainz' passiver Skill *Undead Blessing* verriet ihm, wo sich jeder Untote im Gebäude aufhielt. Es war störend, also schaltete er ihn ab und folgte dem mit blassem Eis ausgekleideten Korridor. Hätte er sich nicht auf Bewegungseinschränkungen vorbereitet, wäre er vermutlich ausgerutscht.

»Soll ich Neuronist rufen, Lord Ainz? Der uneingeschränkte Herrscher Nazaricks sollte nicht ohne Führung hier ...«

»Das ist nicht nötig. Sie redet einfach zu viel. Wir müssen uns so schnell es geht um unser Problem kümmern. Ich möchte so wenig Zeit wie möglich verschwenden.«

»Zu Befehl. Dann mache ich Neuronist unmissverständlich klar, dass sie auf keinen Fall tratschen soll, bis diese Angelegenheit aus der Welt geräumt ist.«

»Nein, nein, das ist nicht nötig. So sehr stört es mich jetzt auch wieder nicht.«

»Aber ...«

Albedo runzelte die Stirn, was Ainz wiederum mit seinem unbeweglichen Gesicht schmunzeln ließ. Er war froh, dass man ihn als Anführer schätzte, aber schon bald würde er sich nicht den kleinsten, unüberlegten Kommentar erlauben dürfen.

»Schon gut. Ich liebe euch alle. Eure guten Seiten und eure schlechten ... sie sind alle das Werk meiner alten Freunde. Wenn mir etwas missfällt, in das sie so viel Mühe gesteckt haben, bin ich es, dem es leidtun sollte.«

Ganz genau. Wenn Shalltears Verrat das Ergebnis ihrer Parameter war, würde er ihr vergeben müssen, da sie nur den Willen ihres Schöpfers, Peroroncino, befolgt hatte. Aber er war nicht der Typ, der Zwietracht in der Gilde säen würde. Und das war das Rätselhafte daran. Wenn überhaupt war er ein Scherzbold, der die Harmonie unter den Gildenmitgliedern schätzte.

Wenn man das bedenkt, muss es sich um Beeinflussung handeln. Und die Anzeige legt nahe, dass sie unter Gedankenkontrolle steht ... Trotzdem gibt es noch eine Menge Dinge, die nicht sicher sind. Und ich kann nicht mit Gewissheit sagen, ob sich an der Programmierung was geändert hat, seit wir in dieser Welt sind. Allerdings hab ich mir auch nicht alle Persönlichkeitseinstellungen jedes einzelnen NPC gemerkt. Was das angeht, ähneln ihre Persönlichkeiten den Gildenmitgliedern, die sie erschaffen haben ... Vermutlich gab es nicht für alles Werte und das ist vielleicht der Grund dafür? Hat es dann doch etwas mit Shalltears … Parametern zu tun? Vielleicht wurde sie als eine Art Zeitbombe kreiert? Er mag Pornogames, vielleicht hat er ein Höhepunkt-Ereignis programmiert …? Argh, könnte schon sein …

Ainz seufzte leise und ihm fiel endlich die seltsame Veränderung der Frau in seiner Gesellschaft auf. Sie sah immer noch in die Richtung, in die sie gingen, setzte schweigend einen Fuß vor den anderen, aber sie versuchte nicht länger, mit ihm schrittzuhalten. Zusätzlich erweckte sie nicht den Eindruck, etwas von dem zu sehen, was vor ihnen lag. Er bemerkte, sie murmelte irgendwas, also hörte er genauer hin.

»Er liebt mich … er liebt mich … er liebt mich …« Sie wiederholte das, als hätte ihre Platte einen Sprung.

»Hey, Albedo. *Alle*. Ich meinte *euch alle*.«

Sie drehte den Kopf auf eigentümliche Weise, um ihn anzusehen. »A… Aber das bedeutet auch, Ihr liebt mich! Stimmt doch?!«

»Ähm … nun, ja.«

»Ti hi!« Mit geschlossenen Beinen machte sie einen bezaubernden Hüpfer … und krachte gegen die Decke.

So was passierte, wenn man so stark wie sie war.

Die Decke knackte überraschend laut, was deutlich machte, welche Wucht ihr Sprung gehabt hatte. Kaum dass das Geräusch wie eine einschlagende Kanonenkugel verklungen war, erschienen mehrere geisterhafte Monster in ihrer halbdurchsichtigen Form. Das waren die Untoten, die sich in diesem Gebäude herumtrieben und auf die Ainz' Skill reagiert hatte.

»Ach, ihr könnt wieder gehen. Alles in Ordnung.«

Er sah Albedo an, die dermaßen zufrieden wirkte, als würde sie jeden Moment ein Lied anstimmen. Offensichtlich hatte sie von dem Aufschlag keinerlei Schaden genommen, vermutlich ein rassenspezifischer Skill.

Die diversen Untoten verneigten sich, bevor sie sich verflüchtigten und wieder ihrer Aufgabe nachgingen, auf Eindringlinge zu lauern.

»Albedo. Wir sind fast beim Zimmer deiner Schwester. Bist du so weit?«

Ihre erfreute Miene wich augenblicklich Anspannung. »Zu Befehl. Dann brauchen wir eine Puppe.«

»Ja, gib sie mir.«

Als sie den Arm zur Wand ausstreckte, tauchte daraus eine transparente Hand auf und ließ eine Puppe in Albedos fallen. Es war eine Babypuppe, etwa so groß wie ein echter Säugling.

Ainz nahm sie entgegen und begutachtete sie. »Ist ja unheimlich.«

Es war die Karikatur eines Babys, die an eine Kewpie Doll mit besonders gruseligen Kulleraugen erinnerte. Ainz zog seine nicht vorhandenen Augenbrauen zusammen, bevor er zum Ende des Korridors blickte. Auf der ganzen Wand um die Tür in der Mitte prangte eine Freske.

Könnte eine Mutter mit Kind sein? Die Darstellung zeigte eine Frau mit einem Baby auf den Armen.

Das Gemälde wäre eigentlich recht hübsch, hätte der Zahn der Zeit nicht daran genagt und es durch abblätternden Putz zu einer verstörenden Szenerie gemacht. Insbesondere vom Baby war fast nichts mehr übrig, wodurch es beinahe wie ein Skelett wirkte.

Ainz schob die Tür auf, die lautlos nach innen aufschwang – aber im Inneren des Zimmers hallte das Weinen von Babys wider. Nicht eins oder zwei oder sich wiederholende Echos. Es waren zehntausend, hunderttausend – zahllose weinende Stimmen vereinten sich zu einem einzelnen Geräusch, das ihnen entgegenschlug. Aber da waren keine Babys im Raum.

Man sah sie nicht, aber sie waren da.

Und in der Mitte des ansonsten unmöblierten und leeren Zimmers befand sich eine einzelne Wiege, daneben stand eine Frau, die sie schweigend schaukelte. Die Frau in schwarzer Trauerkleidung reagierte nicht, als Ainz und Albedo eintraten. Ihr langes schwarzes Haar verbarg ihr Gesicht.

Normalerweise wies Albedo einen NPC zurecht, wenn er nicht auf Ainz' Erscheinen reagierte, aber nicht dieses Mal. Ainz wusste, warum, und ihre nervöse Anspannung sagte mehr als tausend Worte.

»Sollen wir anfangen?«

»Ja, ich denke schon. Seid vorsichtig.«

Als wären Ainz' Frage und Albedos Antwort ein Signal, erstarrte die Frau. Dann griff sie langsam in die Wiege und holte das Baby heraus. Nein, kein Baby, eine Puppe.

»Nein, nein, nein, nein!« Sie hob die Puppe hoch über den Kopf und warf sie mit aller Kraft. Sie zersplitterte an der Wand. »Mein, mein, mein, mein Babyyy!« Die Frau schlug die Zähne aufeinander und ganz allmählich, als wäre dieses Geräusch eine Aufforderung, wurde das Weinen aus Wänden und Boden lauter, während die Verantwortlichen erschienen. Der Boden war voller Fleischklumpen, die wie halbdurchsichtige Babys aussahen.

»Ich frage mich, was es Tabula gekostet hat, hier so viele Monster zu stationieren.«

Die babyförmigen, zappelnden Fleischhaufen waren Monster im oberen Zehnerbereich namens *Carrion Babies.*

In *Yggdrasil* konnten Spieler mit Spielwährung oder Mikrotransaktionen in ihren Dungeons Monster ansiedeln, die nicht automatisch erschienen, aber wenn sie getötet wurden, waren sie verloren. Daher betrachteten die meisten Spieler das als Verschwendung und sofern ihr Hauptaugenmerk nicht auf Rollenspiel lag, sparten sie sich die Ausgaben.

Dass Tabula Smaragdina hier so viele – wenn auch niederrangige – *Carrion Babies* stationiert hatte, vermittelte zumindest einen Eindruck davon, was ihm wichtig war.

Während Ainz noch beeindruckt war, hatte sich die Frau von irgendwoher eine riesige Schere besorgt. Mit festem Griff um das Werkzeug starrte sie durch den Vorhang ihres unordentlichen Haars Löcher in Ainz und Albedo. »Ihr Leute, ihr Leute, ihr Leute, ihr Leute habt mein Baby, habt mein Baby, habt mein Baby, habt mein Baby entführt, entführt, entführt, entführt, nicht wahr, nicht wahr, nicht wahr, nicht waaaaahr?!«

»Sie ist eindeutig deine Schwester. Ihr seid euch so ähnlich.«

»Was?! W… Wirklich?«

Vielleicht fasste die Frau das zwanglose Gespräch als Angriff auf, sodass sie wie ein Windstoß mit mörderischen Absichten auf Ainz zuflog. Mit ihren bizarr ausgreifenden Schritten überbrückte sie die Entfernung quasi augenblicklich und ihre Trauerkleidung flatterte hinter ihr. Sie riss die Schere hoch, als wollte sie auf ihn einstechen und …

»Hier ist dein Kind.«

Als ihr Ainz die Puppe entgegenhielt, erstarrte sie, als hätte jemand die Notbremse gezogen. Sie steckte die Schere weg, bevor sie ihm die Puppe abnahm.

»Oooooh!«

Sie würde ihr geliebtes Kind nie wieder aus den Augen lassen. Sie nahm es wie eine liebende Mutter in die Arme, brachte es zur Wiege und legte die Puppe hinein. Danach drehte sie sich mit von ihrem Haar verborgenem Gesicht zu Ainz und Albedo. »Wenn das nicht Lord Momonga und die niedlichste meiner kleinen Schwestern sind. Guten Tag euch beiden.«

»Lange nicht gesehen, Nigredo. Du … Nun, freut mich zu sehen, dass du noch ganz die Alte bist.«

Er hatte diese Situation nur derart gelassen meistern können, weil er ihren Wahnsinn bereits erlebt hatte, als diese Welt noch ein Spiel gewesen war. *Aber damals hab ich wie am Spieß gebrüllt …* Die Erinnerung an die Einladung, einen neuen Charakter vorgestellt zu bekommen, der dann angegriffen hatte, und wie er und die anderen anwesenden Gildenmitglieder geschrien hatten, weckte nostalgische Gefühle in ihm.

»Es ist lange her, Schwester.«

Ja, Nigredo war Albedos ältere Schwester, noch ein von Tabula Smaragdina erschaffener NPC. Wenn Albedo seine Vorliebe für unausgereifte Persönlichkeiten repräsentierte, dann war Nigredo die Verkörperung seiner Liebe für Horrorfilme.

Er war kein übler Kerl, aber auf alle Fälle extrem. Bei einem normalen Gespräch wirkte er intelligent und seriös, aber sobald man etwas tiefer grub, konnte er … »leidenschaftlich« sein.

Während Ainz an seinen alten Gildenkameraden dachte, legte Nigredo ihr Gesicht frei, indem sie das lange schwarze Haar mittig teilte. Vermutlich dachte sie, alles andere wäre unfreundlich, aber Ainz wäre lieber gewesen, sie hätte das nicht getan.

Ihr Gesicht war eine widerliche Fratze. Sie hatte keine Haut, sämtliche Muskeln lagen frei. Da sie keine Lippen hatte, wirkten ihre Zähne wie schöne Perlen und ohne Lider war es, als würden ihr Augen ständig funkeln. Einzelne Aspekte mochten schön wirken, aber das Gesamtbild war einfach nur abstoßend.

Das Gesicht aus einem Horrorfilm verzog sich zu einer noch seltsameren Form. Da sie keine Haut hatte, war es schwer zu erkennen, aber anders als bei Ainz, der nicht einmal über Muskeln verfügte, konnte man ihr Lächeln zumindest erahnen. »Also, Lord Momonga, was kann ich …?«

»Oh, entschuldige, du warst ja nicht dabei, als ich es verkündet habe. Ich heiße nicht mehr Momonga. Jetzt bin ich Ainz Ooal Gown. Sag in Zukunft Ainz zu mir.«

Sie hörten ein überraschtes Keuchen, dann verneigte sich Nigredo. »Zu Befehl, Lord Ainz.«

»Also, Nigredo, ich bin hier, weil ich dich um einen Gefallen bitten will. Stellst du mir deine Macht zur Verfügung?«

»Meine Macht? Für Lebendes oder nicht Lebendes?«

»Ähm … lebend … lebend, oder …? Ich sag es direkt. Das Ziel ist Shalltear Bloodfallen.«

»Die Ebenenwächterin …? Bitte vergebt mir. Wenn Ihr es befehlt, Lord Ainz, mache ich mich augenblicklich an die Arbeit.« Einen Moment lang klang sie ungläubig, fing sich aber schnell.

»Danke, Nigredo.«

Sie zeigte Albedo noch ein schnelles Daumen-hoch, da machte sich Nigredo daran, mehrere Zauber zu wirken. Es waren viele unterschiedliche Arten und Ainz erinnerte sich, die meisten davon hatte er erst vor Kurzem gehört – als Narberal sie letzte Nacht benutzt hatte.

Nigredo war eine Casterin und zudem ein hochrangiger NPC mit einem der höchsten Ränge in ganz Nazarick. Ihr Gesicht hatte nichts damit zu tun, aber sie setzte sich aus Klassen zusammen, die auf Nachforschungs- und Informationsbeschaffungsmagie spezialisiert waren. Darum war er gekommen, um mit ihrer Hilfe Shalltear aufzuspüren.

Mit einer Geschwindigkeit, die der Macht, über die sie verfügte, würdig war, verkündete sie das Ergebnis. »Ich habe sie gefunden.«

»Benutze *Crystal Monitor.*«

Sie wirkte den Zauber und in einem schwebenden Kristallspiegel erschien eine Gestalt in Rüstung, die sich auf einer Waldlichtung befand.

Ainz brummte. »Hervorragend. Gute Arbeit, dass du ihren genauen Standort herausgefunden hast. Sieht so aus, als wärst du nicht umsonst spezial…« Sein Lob verstummte, als das Bild deutlicher wurde.

Die Gestalt trug eine blutrote Rüstung, die aussah, als wäre sie feucht von Blut. Der visierlose Helm hatte die Form eines Schwanenkopfs und auf beiden Seiten spreizten sich Federn ab. Von den Schultern zur Brust verliefen Zierelemente in Form von Flügeln und von der Hüfte abwärts trug sie einen roten Rock. In einer Hand hielt sie einen seltsamen langen Speer, der einer Pipette ähnelte oder einer Bratenspritze, wie man sie beim Kochen verwendete. Unter anderem verfügte Shalltear über die für den Kampf spezialisierte Glaubensmagieklasse *Valkyrie*. Dies war ihre finale Kampfform.

Als sie Shalltears Waffe sah, meldete sich Albedo alarmiert zu Wort. »Die Spuite Lance! Das ist das Divine-Stufen-Item, das sie von Lord Peroroncino erhalten hat!«

Ainz besaß ebenfalls Divine-Stufen-Items – genug, um damit sämtliche seiner Ausrüstungsslots zu füllen –, das bedeutete aber nicht, dass sie einfach herzustellen waren.

In *Yggdrasil* konnten Spieler Items aufwerten, indem sie Datenkristalle in sie einarbeiteten, aber die von Monstern gedroppten Kristalle unterschieden sich gewaltig voneinander, was ihre Fähigkeiten anging. Für ein Divine-Stufen-Item benötigte man mehrere »höchst seltene« Drops. Nicht nur das, für die Erschaffung der Waffe – wie etwa ein Schwert – benötigte man dermaßen seltenes Metall, das man es *superselten* nannte. Daher war es nicht ungewöhnlich, Spieler auf Level 100 zu sehen, die kein einziges Divine-Item besaßen. Sogar in Ainz Ooal Gown, einer der zehn stärksten Gilden, waren nicht alle NPCs vollständig mit Divine-Stufe-Items ausgerüstet. Sie hatten höchstens eins oder zwei.

Und das von Shalltear war die Spuite Lance. Der Name klang dämlich, aber die Macht dahinter war bösartig. Es gab einen Datenkristall, der einen Teil des verursachten Schadens als Heilung auf den Träger des Items zurückführte, und die Spuite Lance war darauf spezialisiert.

»Ich mache mich sofort auf den Weg dorthin.«

»Hä? B... Bitte wartet! Wenn Shalltear voll ausgestattet ist, ist davon auszugehen, dass es sofort zum Kampf kommen wird. Wir müssen erst ein paar Wachen für Euch zusammenstellen.«

»Dafür haben wir keine Zeit. Wenn Reden nichts bringt, ziehe ich mich sofor...«

»Lord Ainz, bitte verzeiht die Störung.« In seinem Verstand hallte die Stimme einer Frau wider. Es war Narberal, die er in E-Rantel gelassen hatte.

Dass sie sich ausgerechnet jetzt bei ihm meldete, störte Ainz ein wenig. »Was, Narberal? Ich bin gerade ...« Er wollte »beschäftigt« sagen, hielt sich aber zurück – denn er dachte daran, was letzte Nacht geschehen war, nachdem er das Gespräch mit Entoma abgebrochen hatte. Er hatte gedacht, er könnte nichts unternehmen, aber vielleicht wäre es anders ausgegangen, hätte er früher gehandelt. Er hätte Nphelias Rettung Narberal überlassen können. Dieses Bedauern ließ Ainz sein Vorgehen noch einmal überdenken.

Die NPCs respektierten ihn als absoluten Herrscher, entsprechend war sein Wort für sie Gesetz, selbst wenn er eine Situation falsch einschätzte. Daher musste er so vorsichtig wie möglich und mit klarem Verstand vorgehen – damit ihm keine schwerwiegenden Fehler unterliefen.

Das ist von einem Normalo wie mir zu viel verlangt. Er grinste spöttisch über seine dürftigen Fähigkeiten der Entscheidungsfindung, dann lächelte er schief bei dem Gedanken, wie unmöglich das alles war. Als ihm aufging, dass Narberal am anderen Ende der Verbindung auf den Befehl ihres Herrn wartete, schauderte er wie vom Blitz getroffen.

Was sag ich da? Ich bin Ainz Ooal Gown. Ich bin der Herrscher Nazaricks, der, der jeden Namen annehmen kann. Stimmt genau. Ich bin nicht Satoru Suzuki. Unmöglich? Nein. Wenn ich diesem Namen gerecht werden will, dann muss ich einfach handeln.

»Vergiss es. Was ist los? Wenn du dich über *Message* meldest, muss es wohl ein Notfall sein.«

»Sir. Jemand von der Abenteurergilde fragt nach Euch.«

»Wenn es um letzte Nacht geht, die sollen sich gedulden ... Nein, das kann nicht der Grund sein. Es geht um was anderes?«

»Ja. Wie Ihr so weise geschlussfolgert habt, mein Lord.« Sie drückte sich nur vage aus und das folgende Schweigen verdeutlichte ihr Zögern. Schließlich schien sie eine Entscheidung getroffen zu haben und sprach weiter: *»Es hat sich ein weiteres Problem ergeben, das mit dem vorherigen nicht in Verbindung steht. Es ist ... ein Vampirproblem.«*

»Was? Ein Vampir?« Er sah zum Kristallspiegel, in dem Shalltear weiter unbewegt dastand. »Gibt es dazu weitere Informationen? Beispielsweise, dass dieser Vampir silbernes Haar hat und eine blutrote Rüstung trägt?«

»Nein, unglücklicherweise hat man nur einen Boten geschickt. Die Einzelheiten sollen in der Gilde besprochen werden, daher möchte man, dass Ihr euch sofort dorthin begebt. Sie haben bereits mehrere Abenteurergruppen versammelt ... Tatsächlich ist der Bote noch hier und wartet. Was soll ich ihm sagen?«

Ainz schloss die Augen. Nicht dass er welche hatte – er löschte einfach die Flammen in seinen Augenhöhlen. »Sag mir, was du denkst, Albedo. Ich habe hier eine Mitteilung von Narberal ...«

Nachdem er seine Erklärung beendet hatte, senkte sie kurz den Blick, um ihn dann wieder anzusehen. »Unter den gegebenen Umständen und da es uns an Informationen mangelt, birgt jede Herangehensweise Vor- und Nachteile. Ich denke, es läuft letztendlich darauf hinaus, wie Ihr am liebsten vorgehen möchtet, Lord Ainz. Ich persönlich finde nichts falsch daran, *Menschen* zu ignorieren ...«

Ainz dankte Albedo und dachte über seine Möglichkeiten nach.

Wenn er Shalltear den Vorzug gab und etwas schrecklich schiefging ...

Wenn er der Gilde den Vorzug gab und sich etwas an Shalltears Status änderte …

Während er darüber nachdachte, was schlimmstenfalls schiefgehen konnte, kam er zu immer schlechteren Ergebnissen.

Wären seine Gildenkameraden bei ihm, würden sie darüber abstimmen. Aber er musste ohne sie zurechtkommen. Da er nun allein für die Große Gruft von Nazarick verantwortlich war und den Gildennamen als seinen eigenen angenommen hatte, blieb Ainz nichts anderes übrig, als selbst zu entscheiden.

Erst überlegte er noch hin und her, dann aber fasste er einen Entschluss. »Albedo, schicke jemanden los, der Shalltear im Auge behält. Ich gehe zur Gilde in E-Rantel. Sobald das erledigt ist, bringst du mich zu Shalltear.«

»Zu Befehl.«

»Hast du gehört, Narberal?«

»Ja, Sir. Ich sage dem Boten, dass Ihr auf dem Weg seid.«

»Okay, bitte mach das. Entschuldige, Albedo, ich geh dann.«

»Na gut. Ich werde Eure Befehle befolgen und ein paar Lakaien losschicken.«

»Danke. Ach, und ich lasse meinen Ring bei Yuri. Ich verlass mich darauf, dass du ihn später abholst.«

Er wollte ihr noch etwas geben, beschloss aber, dass er dafür keine Zeit hatte, und teleportierte sich mit seinem Ring.

Die Schwestern blieben allein zurück und die Atmosphäre entspannte sich.

Als hätte sie nur darauf gewartet, funkelte in Nigredos Augen die Neugier. »Also, was ist los? Was hat Shalltear angestellt?«

»Ach. Sieht so aus, als hätte sie uns verraten.«

»Das ist unglaublich … Wirklich? Ist das dein Ernst?«

»Ich kann es auch nicht glauben, aber es sieht ganz danach aus.«

»Sollte man sie dann nicht einfach töten? Es scheint, als wollte Lord Ainz das vermeiden, aber …?«

»Ja. Er ist so gütig … Nein, er muss entschieden haben, dass es ein riesiger Fehler wäre, sie zu töten, ohne vorher herauszufinden, was der Grund für ihre Rebellion ist. Lord Ainz bedenkt immer alles.«

Nigredo seufzte zufrieden und doch missmutig. »Verstehe. Nun, bis deine Lakaien sie erreichen, überwache ich sie von hier aus weiter auf magischem Weg.«

»Danke, Nigredo.« Sie schloss daraus, ihre Unterhaltung sei beendet, und wollte gerade die Macht ihres Rings freisetzen, als sie den Eindruck bekam, ihre Schwester wollte noch etwas sagen. Wenn sie bei Verstand war, neigte sie dazu, auszusprechen, was gesagt werden musste. Es gab nur einen Grund, warum sie zögern würde.

Albedo wollte nicht fragen, aber es bestand die unwahrscheinliche Möglichkeit, dass es um etwas anderes ging. Darum fühlte sie sich verpflichtet, es zu tun. »Was gibt es, Schwester?«

»Ich darf das Eisgefängnis nicht verlassen, daher bin ich nicht auf dem Laufenden. Geht es Spinell noch gut?«

Wusst ich's doch, dachte Albedo. Sie bereute, gefragt zu haben, sprach aber weiter, ohne es sich anmerken zu lassen. »Nigredo, du solltest sie nicht so nennen.«

»Ich hasse sie, auch wenn sie wie wir von Lord Tabula erschaffen wurde … Nein, sie entstand auf eine ganz andere Weise. Man kann ihr nicht vertrauen.«

»Nein, komm schon, Schwester. Sie ist kostbar.«

»Ich habe das Gefühl, man hintergeht dich. Sie wird großes Unglück über Nazarick bringen. Darauf würde ich Geld wetten.«

»Was das angeht, werden wir nie derselben Meinung sein. Ich denke nicht, dass sie irgendwem schaden wird.«

»Ach? Na, wenn die Befehlshaberin der Ebenenwächter das entschieden hat, werde ich nichts mehr sagen. Aber denk daran – in deiner Stellung als Befehlshaberin –, dass ich mir deswegen Gedanken mache.«

»In Ordnung, werde ich.« Albedo verkniff sich ein Seufzen und teleportierte. Normalerweise hätte sie Nigredos Sorgen mit einem Lachen verworfen, heute aber setzten sie sich wie ein Dorn in ihren Gedanken fest.

Jeder, den die Höchsten Geschöpfe erschaffen hatten, war absolut loyal. Das hatte sie zumindest gedacht, aber nun beging Shalltear Verrat. War daraus zu schließen, dass die Möglichkeit auch bei anderen bestand? *Es könnte sein, dass meine kleine Schwester rebellieren würde.* Den Gedanken konnte sie nicht abschütteln. Es könnte ihr sogar nützlich sein ...

Als sie nach dem Teleportieren wieder erschien, blickte sie wie in Trance vor sich. »Lord Ainz, mein Geliebter. Ich bin Eure loyale Hündin und Sklavin«, schwor sie dem abwesenden Mann. »Und wenn sich ganz Nazarick gegen Euch stellt, ich bleibe an Eurer Seite.«

3

»Gut, Momon, setzt Euch, wo ihr wollt.«

Es waren sechs Männer anwesend, drei von ihnen bewaffnet und muskulös. Dann war da derjenige, der aufgestanden war, um ihn aufzufordern, sich zu setzen – stämmig, aber unbewaffnet. Der fünfte war schlank, trug eine Robe und wirkte nervös. Der Letzte war ein korpulenter Bursche.

Während er sich setzte, ruhten alle Blicke auf Ainz und der Stehende ergriff wieder das Wort: »Gestattet uns zuerst, uns vorzustellen.

Ich bin der Vorsitzende der Abenteurergilde dieser Stadt, Pluton Ainzach.«

Er war ein Mann in der Blüte seines Lebens. Er erweckte den Eindruck eines erfahrenen Soldaten und Ainz war überzeugt, alle betrachteten ihn als hervorragenden Krieger.

»Und das ist der Bürgermeister, Panasolei Grouzé Day Rettenmaier.« Panasolei beantwortete Ainz' knappe Verneigung mit einem kurzen Winken.

Er war beleibt ... Nein, man sollte ehrlich sein und zugeben, er war fett. Sein mächtiger Bauch quoll über die Hose und die Fettwülste unter seinem Kinn waren beeindruckend. Sein mehrfaches Doppelkinn ließ ihn wie eine deprimierte, übergewichtige Bulldogge aussehen. Sein bereits weißes Haar war so schütter, dass die Haut darunter das Licht reflektierte.

»Schön, Euch kennenzulernen, Momon.« Da seine Nase verstopft war, machte er bei jedem Ausatmen *»pfiiieh«*.

Ainz verneigte sich vor dem schweinsähnlichen Mann.

»Das ist der Vorsitzende der Zaubergilde, Theo Rakheshir.«

Der extrem schlanke, nervös wirkende Mann verneigte sich vor Ainz.

»Und diese drei sind wie Ihr, ein paar von E-Rantels besten Abenteurern, die unserem Ruf gefolgt sind. Von rechts ist da der Repräsentant der Gruppe Kralga, Igvarge, der Repräsentant der Himmelswölfe, Bellote, und der der Gruppe Regenbogen, Moknach.«

Die drei Vorgestellten gaben sich mit einer Selbstsicherheit, die dem Glanz der Mithrilmarken um ihren Hals gerecht wurde, und ihre Stärke war spürbar. Auch ihre Ausrüstung – von Ainz' Standpunkt nichts weiter als Schrott – war besser als die der meisten anderen Abenteurer, die er in der Stadt gesehen hatte. Ihre Blicke zeigten alle unterschiedliche Gefühle, nur eines hatten sie gemein: Neugier.

Einer der Männer – Igvarge, der Vertreter der Gruppe namens Kralga – sprach mit ernster Stimme, während er Ainz mit seinem Blick aufspießte. »Zuerst möchte ich eine Frage stellen, Gildenmeister Ainzach. Ich habe noch nie von Momon gehört, aber er muss einiges vollbracht haben, um eine Mithrilmarke zu bekommen. Was hat er getan?«

In seiner Stimme schwang eine Spur Feindseligkeit mit, aber Ainzach antwortete so leichtfertig, als würde ihm das gar nicht auffallen. »Er hat den Weisen König des Waldes gebändigt und sich gestern erst umgehend eines Vorfalls auf dem Friedhof angenommen.«

»Ein Vorfall auf dem Friedhof?«

Anstelle des verblüfften Igvarge war es der Gesandte der Gruppe genannt Regenbogen, Moknach, der überrascht die Stimme erhob.

»Ihr meint den Aufmarsch großer Mengen Untoter?«

»*Pfiieh!* Ihr habt Eure Ohren überall, wie? Weil wir besorgniserregende Nachrichten erhielten, erließ ich Befehl, so wenig Informationen wie möglich nach außen dringen zu lassen. Woher wisst Ihr davon?« Möglicherweise lag es an seinen verstopften Nebenhöhlen, dass er während des gesamten Gesprächs immer wieder diese Misstöne von sich gab. Und dass er durch den Mund atmete, war vermutlich der Grund für die fast unveränderte Tonhöhe. Es hörte sich genauso falsch an, als würde er monoton einen vorbereiteten Text ablesen.

»Verzeiht mir, Bürgermeister. Ich habe nur zufällig davon gehört und es würde mir schwerfallen zu sagen, von wem genau. Selbstverständlich weiß ich nichts über die Einzelheiten.«

Die beiden sahen einander lächelnd in die Augen – Moknach aufgesetzt, der Bürgermeister verärgert.

»Hm. Das klingt nicht nach der Wahrheit, aber sei's drum. Vermutlich wissen so einige, dass Untote gewütet haben. *Pfiieh*, verzeiht die Unterbrechung.«

»Das macht doch nichts, Bürgermeister. Wie dem auch sei, die Gilde kam zu dem Entschluss, er ist ein Abenteurer, der einer Mithrilmarke würdig ist.«

»Nur deswegen? Weil er einen Vorfall bewältigt hat? Diejenigen, die sämtliche Aufstiegsprüfungen durchlaufen, werden darüber nicht besonders erfreut sein!«

Igvarge hatte seine Freundlichkeit gegenüber Ainzach abgelegt und zeigte nun offene Feindseligkeit, aber eine gelassene Stimme meldete sich zu Wort. »Hmpf. Stellt das richtig, Gildenmeister. Ich bin auch nicht damit einverstanden, dass Sir Momon Mithrilstatus hat.« Das kam von Rakheshir, dem Vorsitzenden der Zaubergilde. In seiner Miene lag etwas Zynisches, aber Ainz konnte sehen, es richtete sich mehr gegen Igvarge als ihn.

Irgendwie entging das Igvarge und er lächelte Rakheshir anerkennend an. »Sieht so aus, als würde mir der Vorsitzende der Zaubergilde zustimmen.«

»He he he.« Rakheshir presste seine dünnen Lippen zu einem spöttischen Grinsen aufeinander, als hätte er gerade etwas zum Schreien Komisches gehört. In seiner Miene war kein Funke Wohlwollen zu erkennen – in seinem Blick lag offene Verachtung. »Ach? Ich denke, zwischen uns gibt es einen großen Unterschied.«

»Was wollt Ihr damit …?«

»Seid ruhig, Igvarge. Ein paar der Gilde sind der Meinung, seine Tat ist dem Oreichalkosrang würdig.«

»Hngh!« Igvarges Miene schrie: *Das ist doch lächerlicher Blödsinn!*

Zur Antwort grinste Rakheshir verächtlich. »Sir Momon hat mit gerade einmal der Unterstützung von einer anderen – nun, zwei, wenn man den Weisen König des Waldes dazuzählt – eine Horde von Untoten durchbrochen, die Schätzungen zufolge Tausende stark war, und den Mann besiegt, der dabei war, ein boshaftes Ritual durchzuführen.«

»Das zeigt nur, dass er gut im Anschleichen ist!«

Rakheshir seufzte übertrieben laut. »Um ehrlich zu sein, stimme ich Euch zu. Wäre es nur das, würde ich Sir Momon nicht den Oreichalkosrang zusprechen, aber die Überreste eines dieser Untoten belegen seine Stärke.« Er schwieg einen Moment und sah zu Ainz in seiner schwarzen Rüstung. »Ein Skelettdrache. Dieses schreckliche Monster ist durch Magie unangreifbar und er hat es getötet.«

»N… Nun! S… Skelettdrachen sind auf jeden Fall stark! Aber ein Abenteurer vom Mithrilrang könnte einen bes…«

»Auch zwei auf einmal?«

»Was?!«

Nicht nur Igvarge schrie überrascht auf, auch die anderen beiden Abenteurer sahen Ainz nun auf ganz andere Art an. Es war, als würden sie versuchen, die Tiefe eines Sees zu ergründen.

»Man fand Überreste von zwei Drachen. Könnten Eure Gruppen eine Horde Tausender Untoter durchbrechen, zwei Skelettdrachen vernichten und den Rädelsführer töten, der hinter diesem unbekannten Phänomen steckt, und das Ganze auch noch in kürzester Zeit? Zum Friedhof entsandte Abenteurer berichten, sie hätten so mächtige Untote wie seelenverzehrende *Wraiths* gesehen. Könntet Ihr in eine solche Todesfalle marschieren?«

Igvarge biss sich auf die Lippe und schwieg.

»Ich möchte Euch noch etwas fragen. Man hat uns gesagt, Sir Momon wurde nur von einer weiteren Person begleitet, einer Frau. Sie ist eine Casterin und damit gegen Skelettdrachen machtlos, die absolut immun gegen Magie sind. Wenn Ihr das berücksichtigt, könntet ihr das zu zweit – nun, zu dritt, wenn man den Weisen König des Waldes dazuzählen möchte – bewältigen?« Rakheshir verneigte sich langsam vor Ainz. »Sir Momon, als Bürger dieser Stadt danke ich Euch. Hättet Ihr nicht so schnell gehandelt, wer weiß, wie viele Opfer es gegeben hätte. Dies ist lediglich mein persönlicher Dank, aber solltet Ihr jemals etwas benötigen, lasst es mich bitte wissen und ich werde mein Möglichstes tun, um Euch behilflich zu sein.«

»Das ist nicht nötig, Gildenmeister. Ich habe mich der Angelegenheit lediglich auf Bitten von Frau Baleare angenommen.«

»Ho ho ho ho ...« Rakheshir lachte aus vollem Herzen. »Ich denke wirklich, Ihr verdient den Oreichalkosrang – oder sogar Adamant. Mit so wenig Unterstützung eine solche Tat zu vollbringen und dann noch Bescheidenheit zu zeigen – Ihr sprecht, als wäre es ein Kinderspiel gewesen. Es heißt, Eure Partnerin könnte Magie der dritten Stufe nutzen, aber das kann doch wohl kaum der Wahrheit entsprechen, oder?«

»Ich danke Euch für Euer Lob ... aber ich möchte lieber nicht all unsere Karten auf den Tisch legen.«

»Ah, wie bedauerlich.«

Ainz und Rakheshir lächelten einander an, was dafür sorgte, dass Igvarge rot anlief und die Stimme erhob. »Hätten wir alle zusammengearbeitet, hätten wir uns darum kümmern können! Erstens, dass sie nur zu zweit sind, ist ja wohl ihr Problem! Vermutlich sind sie unausstehlich und keiner will lange mit ihnen zusammenarbeiten!«

Die Atmosphäre im Raum heizte sich allmählich auf, als wieder dieses dämliche »*Pfiieh*« ertönte. »Warum lassen wir es nicht dabei bewenden? Wir haben Euch nicht zum Streiten hergebeten.«

Igvarge sackte in sich zusammen und lehnte sich begleitet von einem »*Pfiieh*« schwer zurück. Sein wütender Blick ruhte nach wie vor auf Ainz. Die Gildenmeister schüttelten darüber nur die Köpfe.

»Ihr schätzt Stärke, daher verstehe ich, wie Ihr empfindet, aber deswegen sind wir nicht zusammengekommen. Wir sollten dieses Problem bereinigen, und zwar schnell.«

»Danke, Bürgermeister.«

»Hmm? Ich weiß zwar nicht, was los ist, aber sprecht weiter. Ich brenne darauf, mehr zu erfahren.«

»Ja, hätte ich Euch früher davon berichten sollen?«

»Macht Euch deswegen keine Gedanken. Ich war mit Angelegenheiten bezüglich Stronoff beschäftigt.« Er schniefte wieder.

»Dann fangen wir ...«

»Gebietet es vorher nicht ein Mindestmaß an Höflichkeit, die Helme abzusetzen?« Erneut lenkte Igvarge das Gespräch in unproduktive Bahnen und die Schärfe seiner Stimme verärgerte alle, obwohl er recht hatte. Die anderen Abenteurer runzelten die Stirn.

»Nein, ich finde, dieses Mal hat er recht. Das ist wirklich ein bisschen respektlos.«

Ainz nahm seinen Helm vom Kopf und offenbarte sein magisch erschaffenes Gesicht – nichtssagend, damit würde er nirgends eine Hauptrolle ergattern. »Da ich aus einem fremden Land stamme, möchte ich Problemen vorbeugen, daher verberge ich mein Gesicht. Bitte vergebt mir, ich wollte nicht respektlos erscheinen.«

»Tse, ein Fremder?«

»Das reicht, Igvarge. Abenteurer, die Menschen vor Monstern schützen, kennen keine Grenzen. Es ist peinlich, jemandem, der derselben Tätigkeit nachgeht, dieses ungeschriebene Gesetz in Erinnerung rufen zu müssen.« Trotz dieses Tadels wollte Igvarge fortfahren, doch als er begriff, dass alle Anwesenden diese Meinung teilten, verstummte er widerstrebend.

»Weil ich aus einem anderen Land stamme, ziehe ich viele Blicke auf mich.«

Ainz' schlau gewählte Worte ließen mehrere der Anwesenden ironisch lächeln. Igvarges Gesicht war vor Wut mit roten Flecken übersät, aber niemand erhob Einspruch, als Ainz seinen Helm wieder aufsetzte.

»Nun denn, ich hoffe, dass wir jetzt endlich ohne Verzögerungen weitermachen können – ich würde gern den Grund unseres Treffens ansprechen.«

»*Jemand* hat sich verspätet, daher die Verzögerung.«

»Das ist meine Schuld. Ich hoffe, Ihr könnt mir vergeben.« Ainz verneigte sich und entschuldigte sich aufrichtig. Er erinnerte sich gut an seine Zeit als Büroangestellter und wie er seinen Drang, nach Hause zu gehen, hatte zügeln müssen, weil eine Besprechung nicht beginnen konnte, da nicht alle Teilnehmer anwesend waren. Er verstand die anderen nur zu gut.

Die Anwesenden schienen zu erkennen, dass er es mit dieser Entschuldigung ernst meinte. Anders als Igvarge mit seiner offen zur Schau gestellten Feindseligkeit und den zynischen Bemerkungen. Jemand gab einen bewundernden Laut von sich und Igvarges Miene verfinsterte sich nur noch mehr – er begriff, wie sehr er seinem Ansehen hier geschadet hatte.

Aber es gab noch jemanden, der aufgebrachter als Igvarge war. »Das reicht jetzt aber wirklich! Wenn Ihr diese Besprechung noch weiter unnötig in die Länge zieht, muss ich Euch bitten zu gehen.« Das kam selbstverständlich von Ainzach. Sein Blick loderte geradezu vor Wut und sein bisher gefasstes Auftreten war verflogen. Das Ziel seines Blicks war, wie nicht anders zu erwarten, Igvarge.

Dieser verneigte sich entschuldigend.

Die Aufrichtigkeit in seinem Blick verwunderte Ainz. *Wenn man bedenkt, wie abwertend er sich mir gegenüber die ganze Zeit verhalten hat, sollte man erwarten, dass er sich weiter wie ein gegen die Eltern rebellierender Mittelschüler verhält. Warum gibt er dann jetzt klein bei?* Nach kurzer Überlegung kam Ainz auf die seiner Meinung nach wahrscheinlichste Antwort.

Was würde es für seinen Ruf bedeuten, wenn man ihn als Einzigen eines Treffens von Mithrilmarkenträgern verweisen würde? Man würde annehmen, die Gilde selbst zweifele an seinen Fähigkeiten, und ihm keine Aufträge mehr erteilen, auch wenn diese Zweifel unberechtigt waren. Das würde auch seinem Status unter den Abenteurern enormen Schaden zufügen.

»Kurz zusammengefasst: Vor zwei Nächten sind Abenteurer bei ihrer Patrouille auf den Straßen um E-Rantel auf einen Vampir gestoßen. Fünf von ihnen wurden getötet. Dieser Vampir ist der Grund, warum ich Euch hergebeten habe.«

Als er die Beschreibung des Vampirs hörte, wurden Ainz' Hoffnungen zerschmettert. Der überlebende Abenteurer war dermaßen entsetzt, dass er sich nur vage an das Haar oder die Kleidung des Monsters erinnerte, aber allem Anschein nach hatten sich die Eindrücke von »silbrigem Haar« und einem »großen Mund« festgesetzt.

Das mochte nicht viel sein, aber für jemanden, der Shalltear kannte, reichte diese Beschreibung. Ainz war nun überzeugt zu wissen, um wen es sich bei diesem Vampir handelte.

Wie ist das passiert? Ich weiß wirklich nicht, was los ist. Tja, ich werde wohl oder übel die Erinnerungen des Überlebenden beeinflussen müssen, ansonsten wird das nur noch mehr Ärger nach sich ziehen. Darum kümmer ich mich, sobald sich eine Gelegenheit bietet.

Während Ainz seine illusionäre Stirn runzelte, ging das Gespräch weiter. »Ich verstehe. Aber ich bin in solchen Angelegenheiten nicht besonders erfahren. Ich möchte allerdings auch nicht unnötig Zeit verschwenden, indem man mir alles erklärt. Daher werde ich einfach zuhören und Fragen stellen, wenn ich denn welche habe«, erklärte der Bürgermeister.

»In Ordnung. Nun, meine Herren, gibt es irgendwelche Fragen?«

»Wo in der Umgebung?«

»Ungefähr drei Stunden Fußmarsch vom Nordtor der Stadt entfernt. Ich glaube, Ihr kennt den Wald in dieser Richtung – dort trieb er sich herum.«

»Was für Marken hatten sie?«

»Eisen.«

»Dürfte ich eine Frage stellen? Warum habt ihr wegen eines einzelnen Vampirs so viele Abenteurer zusammengerufen? Sollen wir um den Auftrag feilschen?«

»Habe ich mich auch schon gefragt. Jemand mit einer Platinmarke sollte mit einem Vampir fertigwerden. Ich verstehe nicht, warum Ihr so viele Abenteurer vom Mithrilrang hier versammelt habt.«

»Ganz einfach. Der Vampir ist stark«, meldete sich Rakheshir zu Wort und erntete zweifelnde Blicke.

»Ein starker Vampir …?«

»Ein Elitevampir … Ihr meint, wie der berüchtigte *Vampire Lord* Nation Breaker aus den Sagen der Dreizehn Helden?«

»Es ist unklar, ob es sich um diesen *Vampire Lord* handelt oder nicht, aber bei seiner Begegnung mit den Abenteurern benutzte er den Zauber der Stufe drei *Animate Dead.* Ich denke, Abenteurern Eures Kalibers muss ich die Bedeutung nicht näher erläutern.«

Niemand sagte etwas. Ihre Mienen sprachen Bände.

»Hm. Ich verstehe es wirklich nicht. Könntet Ihr mir erklären, was genau Ihr meint?«

»Ja, bitte verzeiht, Bürgermeister.«

»Um es einfach auszudrücken, Ihr könnt jemanden, der einen Zauber dieser Stufe beherrscht, als Platinrang betrachten.«

Panasolei verstand fast, was sie ihm zu sagen versuchten, und zog die Augenbrauen zusammen. »Mit anderen Worten … Nein, genug davon.«

Der Blick des Bürgermeisters wurde stechend. Diese winzige Geste änderte seine ganze Erscheinung. Anstatt wie ein einfältiges Schwein wirkte er nun wie ein angriffslustiges Wildschwein. Das musste Panasoleis wahre Persönlichkeit sein.

»Anders gesagt, was das Oberhaupt der Zaubergilde versucht, deutlich zu machen, ist, ein Monster mit Fähigkeiten, die dem Platinrang entsprechen, ist einer Gruppe Abenteurer vom Platinrang ebenbürtig.«

»Ja, ganz genau.«

»Um ehrlich zu sein, stelle ich es mir noch stärker vor.«

»Ja, das mag sein.«

»In Armeebegriffen, wie stark könnte es sein?«

»Gegen eine Armee? Das ist eine schwierige Frage.« Rakheshir dachte angestrengt nach, bevor er weitersprach. »Gestattet mir, vorher anzumerken, dass es nur eine grobe Umschreibung ist und ich nicht für die Genauigkeit garantieren kann. Im Gegensatz zu einer Armee ermüden Untote nicht und benötigen keine Verpflegung, daher … Ja, müsste ich eine Schätzung wagen, würde ich sagen, etwa zehntausend Mann?«

»Was?!« Diese Offenbarung schockierte Panasolei sichtlich. Er sah sich unter den Abenteurern nach ihren Ansichten um.

Mit Ausnahme von Ainz bestätigte jeder nickend die Einschätzung des Gildenmeisters.

»Ich werde von hier an übernehmen, Theo.« Damit wandte sich Ainzach an die Anwesenden: »Man geht davon aus, dass von den Abenteurern eines Landes etwa zwanzig Prozent Platinrang oder darüber haben. Im Königreich gibt es ungefähr dreitausend Abenteurer, das bedeutet, bei unserer Bevölkerungsdichte von über acht Millionen stehen uns lediglich sechshundert Abenteurer mit Platinrang oder darüber zur Verfügung. Versteht Ihr? Mehr nicht.«

»Aha. Ich wollte es nicht glauben, jetzt ist mir alles klar. Darum möchte ich die hier versammelten Abenteurer fragen: Denkt Ihr, Ihr könnt dieses Monster bezwingen? Wenn es unmöglich ist … hmm. Könnten wir Stronoff um Hilfe bitten?«

Gazef Stronoff – der stärkste Krieger des Königreichs. Es hieß, er sei stärker als ein Abenteurer des Adamantrangs. Man bezeichnete ihn vermutlich zu Recht als letzte Hoffnung des Königreichs.

Aber Ainz verwarf die Idee, sich an ihn zu wenden, sofort. »Es stimmt, es gibt keinen Krieger, der Sir Stronoff besiegen kann, aber bei einem Kampf gegen eine Gruppe Abenteurer würde er dennoch definitiv unterliegen, auch wenn jeder Einzelne von ihnen schwächer als er wäre. Eine solche Gruppe hat eine schier unerschöpfliche Auswahl, wie sie vorgehen kann. Im Vergleich zu Sir Stronoff verfügen sie über etwa viermal so viele Zauber und Kampfkünste, auf die sie zurückgreifen können. Im Kampf gegen ein Monster mit besonderen Fähigkeiten wäre diese Kluft äußerst schwer zu überwinden.«

»Hmm …«

»Am besten wäre es, Abenteurer mit Adamant- oder Oreichalkosrang zu versammeln. Und bis das bewerkstelligt ist, sollte man die stärksten der Stadt zusammenrufen, um ein Sicherheitsnetz aufzuspannen und damit ein Eindringen zu verhindern.«

»Wäre das nicht eine übertrieben defensive Haltung?«

»Wenn wir vom schlimmsten Fall ausgehen, sieht das nach dem besten Vorgehen aus. Unser Gegner kann es allein mit einer Armee aufnehmen!«

»Der Schrecken, dass etwas mit der Macht einer Armee plötzlich irgendwo auftauchen kann … Ich will es mir nicht einmal vorstellen.«

Wegen der zu erwartenden Spuren wäre eine zehntausend Mann starke Armee sehr viel einfacher aufzuspüren. Zudem wäre eine ausgedehnte Kampagne aufgrund des riesigen Nahrungsbedarfs schwierig. Wie sähe das aber bei einer einzelnen Person aus? Jemand, der heimlich vorgehen und Magie nutzen könnte, darunter *Invisibility*?

»Aber Gildenmeister, wenn ich in meiner Eigenschaft als Abenteurer etwas zu Eurem Einfall sagen dürfte, ich denke nicht, dass sich ein solches Sicherheitsnetz ohne Weiteres aufbauen lässt. Unsere Bewegungen aufeinander abzustimmen würde Zeit und Training erfordern ...«

»Selbst wenn wir nicht so weit gehen, wie wäre es mit einem Plan, bei dem wir alle zusammenarbeiten, meine Herren?«

Die Abenteurer widersprachen diesem Einfall des Bürgermeisters sofort.

»Das ist unmöglich. Für die Abstimmung bräuchte es einen bis ins kleinste Detail festgelegten Plan und je komplizierter dieser Plan ist, umso leichter bricht er in sich zusammen, sobald etwas Unerwartetes eintritt. Da kämpfe ich lieber ohne Unterstützung durch andere Gruppen. Warum treibt sich dieser Vampir überhaupt hier rum? Was haben die Gilden inzwischen herausgefunden?«

»Die außergewöhnliche Stärke des Vampirs hat auch verhindert, dass die Gilden besonders viel in Erfahrung bringen konnten. Wir waren gerade dabei, eine Gruppe zusammenzustellen, um die Ereignisse von letzter Nacht zu untersuchen, als dieser Vampir ohne Vorwarnung auftauchte. Wir mussten sie kurzfristig zu diesem neuen Ziel umleiten.«

»Ich verstehe. Ihr macht Euch Sorgen, dass die beiden Vorfälle zusammenhängen?«

»In der Tat.«

»Momon hat sich doch um die Angelegenheit auf dem Friedhof gekümmert, oder? Hatte der Rädelsführer irgendetwas bei sich, das auf eine Verbindung hindeutet?«

Der Frage folgte kurzes Schweigen.

Hmm?, dachte Ainz. Der Gildenmeister hatte bislang keine Probleme gehabt zu antworten, doch nun sah er den Bürgermeister fragend an. Aber wenn er so darüber nachdachte, es war ein terroristischer Angriff auf die Stadt gewesen. Es musste Informationen geben, die sie an Abenteurer weitergeben konnten, und andere, die zu heikel waren.

»Aus den zurückgebliebenen Gegenständen schlossen wir, es war Zurrernorn.«

Die drei Abenteurer blickten ernst drein.

Ainz hingegen hörte den Begriff zum ersten Mal und betete – zu einem Gott, an den er nicht glaubte –, dass niemand seine Meinung dazu hören wollte. *Unwissenheit ist wirklich Furcht einflößend. Ich muss schnellstens Informationen beschaffen.*

»Diese Geheimgesellschaft, die sich der Untoten bedient? Es könnte also eine Verbindung zu dem Vampir geben, ja?«

»Vielleicht wollten sie unsere Kräfte aufteilen, indem sie gleichzeitig inner- und außerhalb der Stadt für Chaos sorgen? Oder beides waren nichts als Finten und derzeit arbeiten sie auf ihr wahres Ziel hin ... Das wäre noch am schlimmsten.«

»Als Erstes benötigen wir Aufklärung. Von dem Ranger wissen wir, in der Nähe der Begegnung mit dem Vampir gibt es Höhlen. Gerüchten zufolge verkriechen sich dort Banditen ...«

»Ist der Vampir überhaupt noch dort ...? Es ist wahrscheinlicher, dass er sich entfernt hat, trotzdem darf man es nicht außer Acht lassen ... Zuerst sollte jemand zu diesen Höhlen ...« Der Abenteurer unterbrach sich.

Natürlich tat er das. Den Ort auszukundschaften, an dem der Vampir zuletzt gesehen wurde, war gleichbedeutend damit, jemandem zu befehlen, sich sehenden Auges in Gefahr zu begeben. Und sollten sie dem Vampir begegnen und sollte er so stark wie angenommen sein, wäre das der sichere Tod. Praktisch hatte er vorgeschlagen: *Geht da raus und sterbt!*

»Das ... sollten wir uns aufsparen. Wir sollten anfangen, uns um die Sicherheit der Stadt zu kümmern. Der Vampir könnte bereits innerhalb der Stadtmauern sein.«

»Ja, mit Magie hineinzugelangen wäre kein Problem ... Wir sind nicht wie die Hauptstadt des Kaiserreichs, wo es Luftunterstützung und patrouillierende Caster gibt ...«

Mit *Fly* war es möglich, ungesehen von oben in eine Stadt einzudringen, und mit *Invisibility* konnte man gemütlich hineinspazieren. Das waren die Schwierigkeiten, wenn man es mit Magie zu tun hatte. Der logische erste Schritt war, die militärische Streitmacht zusammenziehen und die Verteidigung zu stärken.

»Aber ohne Informationen ist es schwierig zu handeln. Wir sollten zuerst die Höhlen untersuchen.«

Die Stimmung im Raum verlagerte sich allmählich in Richtung des naheliegendsten Vorschlags.

Das bereitete Ainz Sorgen. Sollte man Shalltear in ihrer derzeitigen Form sehen, wäre das extrem schlecht für sie. Noch war nicht deutlich, zu welchen Maßnahmen die Anwesenden neigten, aber wenn ihr derzeitiges Aussehen in der Stadt bekannt werden würde – oder im ganzen Königreich – hätte das Auswirkungen auf zukünftige verdeckte Operationen. Er überlegte fieberhaft, wie er die Kontrolle über das Gespräch an sich reißen könnte.

Allerdings gab es letztendlich nur eine sichere Möglichkeit, zu verhindern, dass irgendwer herausfand, wie Shalltear aussah. Ainz schluckte, obwohl sein Mund nicht einmal in der Lage war, Speichel zu produzieren, und begann zu sprechen: »Erstens, Ihr liegt bei einem absolut falsch: Dieser Vampir hat nichts mit Zurrernorn zu schaffen.«

»Warum sagt Ihr das, Momon? Wisst Ihr etwas?«

»Ich kenne diesen Vampir ... weil ich ihn bis hierher verfolgt habe.«

»Was?!«

Das Entsetzen der anderen war deutlich.

Ainz dachte fieberhaft nach. Das war seine Chance. »Sie sind äußerst mächtig. Tatsächlich bin ich Abenteurer geworden, um mehr über sie in Erfahrung zu bringen.«

Ainzach verbiss sich in ein Detail, das Ainz absichtlich fallen gelassen hatte. »*Sie?* Sie wie in *mehrere*, das habt Ihr doch gesagt?«

»Ja, es sind zwei Vampire. Einer ist eine Frau mit platinfarbenem Haar namens …« Plötzlich fehlten ihm die Worte. Er hatte »Carmilla« sagen wollen, aber das klang zu klischeehaft. Sollten sich andere Spieler in der Nähe aufhalten, könnte ihn das verraten. Er wusste nicht, wie er sie nennen sollte, als er eine Eingebung hatte und er sagte: »… Honyopnyot.«

»Hä?« Jemand hatte es nicht verstanden. Nein, das traf auf alle Anwesenden zu.

»Honyopnyoko.« Sogar Ainz bemerkte, dass es nicht derselbe Name war, aber sollte jemand fragen, würde er behaupten, er hätte sich verhaspelt.

»Honyopnyo …?«

»Honyopnyoko.«

Ohne darüber nachzudenken, hatte er für einen weiblichen Vampirnamen die im Japanischen für Frauennamen übliche Endung *-ko* angehängt, bezweifelte aber, dass das ausreichte, damit andere *Yggdrasil*-Spieler ihm auf die Schliche kamen. Zuversichtlich, dass ihn niemand durchschaut hatte, lächelte er stolz unter seinem Helm.

»W… Wirklich? Wenn Ihr sie kennt, diese Hony – argh! – diese Vampirin, seid Ihr dann bereit, uns Eure wahre Identität zu enthüllen? Aus welchem Land stammt …?«

»Leider kann ich das nicht tun. Es handelt sich um eine streng geheime Mission. Würdet Ihr meine wahre Identität erfahren, müsste ich diesen Ort verlassen. Ich würde es bevorzugen, wenn Ihr allein mit diesem Vampir fertigwerden würdet, ohne mein Land mit hineinzuziehen. Ich möchte keinen diplomatischen Zwischenfall heraufbeschwören. Das versteht Ihr doch sicher, Herr Bürgermeister?«

Dieser nickte bedächtig und Ainzach biss sich auf die Lippe, während er Ainz genau im Auge behielt.

Der Blick des Gildenmeisters störte ihm nicht im Geringsten, aber er fragte sich, wie weit man seine Geschichte glaubte. Gab es Unstimmigkeiten? Diese beiden Bedenken beschäftigten ihn, aber Ainz ergriff erneut das Wort, um sie auszuräumen. Mit einer Spur von Wut in der Stimme – *Ich werde keinesfalls zulassen, dass sich mir irgendwer in den Weg stellt* – bot er an: »Meine Gruppe übernimmt die Informationsbeschaffung. Wenn der Vampir dort ist, werden wir ihn vernichten.«

Der dunkle Krieger strahlte trotz seines verborgenen Gesichts spürbare Selbstsicherheit aus.

Es herrschte ein eigenartiger Druck, als wäre alles aus den Fugen geraten, und jemand keuchte. Keiner konnte dabei mit Sicherheit sagen, dass er nicht selbst den Laut von sich gegeben hatte.

»Was ist dann mit den anderen …?«

»Unnötig. Ich brauche niemanden, der mich behindert«, unterbrach er. Er machte eine Geste, die deutlich machte, dass sie ihm im Weg wären, und sagte das auch in arrogantem Tonfall.

So sollte man sich nicht in Gegenwart von Abenteurern verhalten, die einen ähnlichen Rang wie man selbst innehatten. Aber die Männer, die viele Kämpfe auf Leben und Tod bestritten hatten, verstanden. Der Grund für seine Worte war nicht Unverschämtheit oder Überheblichkeit, sondern realistisches Kalkül. Ebenso begriffen sie, er verfügte über die Stärke, sie sich zu erlauben. Dieser Mann bewegte sich außerhalb der Möglichkeiten gewöhnlicher Menschen.

Es war, als würde sich die rabenschwarze Rüstung vor ihren Augen ausdehnen. Die bedrückende Atmosphäre war greifbar und der Raum wirkte kleiner. Sie spürten, dieser Mann glich Personen, die sie kannten und von denen sie wussten, sie würden ihnen niemals ebenbürtig sein. So wie Abenteurer mit Adamantmarke.

Diesen Mann konnte man als Helden bezeichnen.

Ainzach brachte kein Wort mehr heraus, stattdessen atmete er ein paarmal durch. Nein, das galt für alle Anwesenden. Die Atmosphäre war derart geladen, dass der Bürgermeister schwitzend seinen Kragen lockerte.

Ainzach fragte fast flüsternd: »Und die Entlohnung?«

»Darüber können wir uns später unterhalten. Aber ich will Euer Wort, wenn ich mich darum kümmere, wenn ich diesen Vampir finde und vernichte, verleiht Ihr mir mindestens Oreichalkosrang. Das wird mir meine Reisen auf der Suche nach dem zweiten erleichtern. Es ist mühselig, meine Stärke immer wieder unter Beweis stellen zu müssen.«

Jeder im Raum stimmte zu, dass das Sinn ergab.

Abenteurer dienten keiner Stadt und keinem Land, aber derzeit stand niemand mit Oreichalkosrang zur Verfügung. Sollte man ihn zum stärksten Abenteurer der Stadt erklären, würde jeder seinen Namen kennen. Nicht nur das, da Abenteurer vom Oreichalkosrang so selten waren, würde ihm sein Ruf weit vorauseilen. Man würde ihn namentlich für gefährliche Aufträge anfordern und die Aussichten, Informationen über diesen unvorstellbar starken Vampir zu erhalten, würden sich stark verbessern.

Allerdings gab es einen Mann, der das nicht einfach so hinnehmen konnte, obwohl er verstand, wie vernünftig diese Bitte war.

Ein Stuhl kippte um, alle sahen in die entsprechende Richtung und natürlich sahen sie den Mann, der schon von Anfang an etwas an Ainz auszusetzen gehabt hatte, Igvarge. »Ich bin nicht von Eurer Stärke überzeugt. Z… Zum einen wissen wir nicht mal, ob dieser Vampir wirklich so stark ist! Die Magie, einen Zombie zu erschaffen, kann auch von einem Item stammen. Wir begleiten Euch!« Obwohl ihn Ainz einschüchterte, hatten es ihm seine Abscheu und Feindseligkeit gegenüber dem anderen Abenteurer ermöglicht, sich zu regen. Abgesehen davon weigerte er sich, ihn damit durchkommen zu lassen.

Möglicherweise war es Bellote unangenehm, dass sich ein anderer Abenteurer so verhielt, in seinem Tonfall lag so viel kaum gezügelte Wut. »Igvarge, Euer Verhalten ist …«

»Was auch immer, mir soll es recht sein.« Ainz machte es ihm einfach, aber nicht, um freundschaftliche Brücken zu schlagen. Seine nächsten Worte waren überaus kaltblütig. »Doch Ihr solltet wissen, wenn Ihr mich begleitet, werdet Ihr auf jeden Fall sterben. Ich weiß nicht, ob auch Eure ganze Gruppe ausgelöscht wird, aber …« Er klang dabei äußerst nüchtern, es war weder Drohung noch Scherz.

Der Tonfall implizierte, es war schlichtweg das Schicksal, das ihn erwartete, und dieses Gefühl ließ Igvarge schaudern. Nein, nicht nur Igvarge, allen lief es kalt den Rücken hinunter.

Ainz zuckte beiläufig mit den Schultern. »Ich habe Euch gewarnt. Wenn Ihr mich dennoch begleiten wollt, tut Euch keinen Zwang an.«

»D… Darauf könnt Ihr Euch verlassen!« Er gab sich mutig, aber es gab keinen Weg mehr zurück. Auf keinen Fall konnte er jetzt noch klein beigeben. Er wollte vor den anderen Abenteurern seines Rangs und den Stadtoberhäuptern nicht noch mehr Schande auf sich laden.

Während sich Ainz und Igvarge anstarrten, fasste sich Ainzach und fragte: »Schön und gut, dass Ihr so siegessicher seid, aber ist das auch gerechtfertigt? Selbstverständlich wissen wir, wie stark Ihr seid. Aber Euch muss bewusst sein, in Anbetracht der Stärke des Vampirs wird das kein leichtes Unterfangen. Ich bin mir nicht sicher, ob wir es voll und ganz Euch überlassen können. Solltet ihr wider Erwarten versagen, brauchen wir einen Plan, nur für alle Fälle …«

Ainz antwortete wie aus der Pistole geschossen: »Ich habe ein Ass im Ärmel.«

»Und was für eins?«

Zur Antwort holte er aus einem Beutel an seinem Gürtel einen Kristall.

»Ist das …? Nein, das ist unmöglich …«, rief Rakheshir plötzlich und fuhr keuchend fort: »Davon habe ich in einem seltenen Buch gelesen … Magische Items, die unvorstellbare Macht beherbergen und die man als erhabene Schätze betrachtet … und eine Art davon sind magieversiegelnde Kristalle. Woher habt Ihr ein so seltenes Item?!«

»Das muss ich Euch lassen … Ihr kennt euch aus. Und es enthält einen Zauber der achten Stufe.«

»Was?! Waaaas?!«, schrie Rakheshir. Nicht einmal ein gewürgtes Huhn würde so seltsam klingen. Zudem war seine Miene beängstigend verzerrt.

Nicht nur Rakheshir war überrascht. Jeder – nun, außer dem Bürgermeister – war vor Entsetzen und Staunen erstarrt. Jeder mit nur ein wenig Erfahrung im Bereich des Abenteuerns würde verstehen, was Ainz gesagt hatte, und wissen, wie wertvoll das Item war.

»Stufe acht …? Nehmt Ihr mich nicht nur auf den Arm?«

»Es könnte nur ein Märchen sein, aber ich staune. Magie dieser Stufe … ist wahrhaft mythisch.«

»Unsinn! Das … das muss gelogen sein!«

Die drei Abenteurer, inklusive Igvarge, starrten den Kristall ehrfürchtig an.

»Verzeiht, dürfte ich ihn einen Moment lang haben?«

»Warum?«

»Ich bin nur daran interessiert – als Caster. Ich schwöre Euch, ich werde nichts damit anstellen! Wenn Ihr eine Form von Pfand wollt, gebe ich Euch alles, was ich im Moment bei mir trage. Wie diesen Gürtel …«

Ainz betrachtete Rakheshir mit leichtem Widerwillen. Der Mann hatte mitten im Satz abgebrochen und fummelte stattdessen ungeduldig an seiner Kleidung. »Schon gut, so weit müsst Ihr nicht gehen. Hier, bitte sehr.«

»Ah, darf ich ihn auch berühren?«

»Ich auch!«

Der Kristall wanderte vom einen zum anderen, bis er bei Rakheshir angelangt war. Als er ihn endlich in Händen hielt, starrte er ihn wie verzaubert an – wie eine Frau, die einen lange begehrten Edelstein bekam, oder ein Junge, der etwas Langersehntes erhielt.

»Erstaunlich … Übrigens, Sir Momon, hättet Ihr Einwände, wenn ich ein paar Zauber darauf wirke?« Nachdem er die Erlaubnis hatte, machte er sich mit klopfendem Herzen ans Werk. »*Appraise Magic Item*! *Detect Enchantment*!« Ganz langsam verzog er das Gesicht … »Erstaunlich!«

Sein gesamtes Auftreten als rationaler Erwachsener trat in den Hintergrund. Stattdessen strahlte sein Blick mit reiner, unschuldiger Überraschung, seine Stimme veränderte sich und es war, als wäre er wieder ein Kind. »Es stimmt! Dieser Kristall enthält einen Zauber der Stufe acht! Mit meinen Zaubern kann ich nicht mehr feststellen, aber … wow! Das ist erstaunlich!« Er schrie immer wieder, ganz als hätte er den Verstand verloren, womit er alle anderen überraschte. Dann hielt er den Kristall in die Höhe, leckte ihn und drückte ihn an seine Wangen – genau das, was man von einem Wahnsinnigen erwarten würde.

»B… Beruhigt Euch! Was macht Ihr da?« Ainzach, der seinen Freund noch nie so von Sinnen erlebt hatte, stand auf und näherte sich ihm.

Die anderen beobachteten das Ganze mit einer Mischung aus Entsetzen und Ekel. Für einen Mann, der eine wichtige Position in der Stadt innehatte, war das ein abscheuliches Verhalten.

»Macht Euch nicht lächerlich! Wer könnte in einem solchen Moment ruhig bleiben? Das ist erstaunlich! Hier drin ist wirklich ein Zauber der Stufe acht versiegelt! Ich weiß zwar nicht, was für einer, aber dennoch!« Mit ungetrübter Aufregung und funkelnden Augen starrte Rakheshir den Kristall an. Dann trat eine Spur Vernunft in seinen

Blick und er fragte Ainz: »Sir Momon! Wo habt Ihr dieses Item her? Ihr müsst es mir sagen!«

»Ich fand ihn in einer Ruine. Zusammen mit einigen anderen Items. Natürlich war die Magie bereits darin versiegelt. Ein mächtiger Caster hat ihn für mich analysiert.«

»I… Ich verstehe. Und wo waren diese Ruinen?«

»Weit weg … Mehr kann ich dazu nicht sagen.«

Betrübt über die zu erwartende Antwort biss sich Rakheshir auf die Lippe.

»Nun denn, wollt Ihr ihn zurückgeben?«

»Oh … ja …« Er blickte in die Runde, um den Kristall dann widerstrebend auszuhändigen. Als Ainz ihn mit einem Pergament abrieb, beobachtete ihn Rakheshir aus dem Augenwinkel und sagte nachdrücklich: »Übrigens, ich … bin dagegen, dass Ihr den Vampir vernichtet, Sir Momon!«

Stille senkte sich über den Raum

Ainzach rieb sich erschöpft die Stirn. Trotzdem fragte er gequält: »Warum auf einmal? Ich kann es mir denken, aber sagt es mir trotzdem …«

»Nun, es wäre … eine schreckliche Verschwendung …«

Ainzach kam zu dem Schluss, dass sein Freund völlig den Verstand verloren hatte, und ignorierte seine Meinung. »Nun denn, wir übergehen Rakheshirs Sicht zu der Angelegenheit …«

»Wartet! Magie der Stufe acht ist wahrlich göttlich! Wollt Ihr damit sagen, Ihr seid einverstanden, etwas so Wertvolles gegen einen Vampir zu benutzen?«

Ainzachs Augen loderten. Er konnte keine weiteren Ausbrüche zulassen. So sollte sich niemand in dieser Stellung verhalten. Er zügelte seine Wut und sprach leise zu Rakheshir: »Tut mir leid, aber lasst es bitte dabei bewenden.«

Das reichte, um Rakheshir wieder zur Vernunft zu bringen. Ihm fehlten die Worte. Die leichte Röte seines Gesichts bedeutete wohl, dass ihm sein Verhalten peinlich war.

Nachdem er sicher war, dass sich sein Freund gefangen hatte, wandte sich Ainzach wieder an Ainz: »Also, Momon, wir zählen auf Euch.«

Bei seiner Verneigung nickte Ainz zuversichtlich. »Zu Befehl.« Dann wandte er sich Igvarge zu. »Wir brechen so bald wie möglich auf – bei Tageslicht unterliegen Vampire einem Bewegungsnachteil.«

»›Nachteil‹? Nun ja, das ist eine ihrer Schwächen und sie sind langsamer. Wir können sofort bereit sein.«

»Müsst Ihr Euch nicht erst mit den Mitgliedern Eurer Gruppe absprechen?«

»Das ist kein Problem. Keiner wird irgendwelche Einwände erheben.«

»Verstehe. Dann treffen wir uns in einer Stunde an E-Rantels Haupttor.«

»Eine Stunde? Ist das nicht ein wenig übereilt? Es ist noch viel Zeit, bis die Sonne untergeht.«

»Ich habe es eilig. Wenn Ihr Zeit braucht, um Euch selbst Mut zuzureden, lasse ich Euch zurück. Habt Ihr damit ein Problem?«

»Nein. Wir fangen sofort mit den Vorbereitungen an.« Die gestellten Bedingungen färbten Igvarges Worte mit Wut, als er aufstand.

Ainz sah ihm seelenruhig hinterher und wandte sich dann an die Verbliebenen: »Ich mache mich dann mal auf den Weg. Passt mir gut auf E-Rantel auf. Ich möchte vermeiden, dass uns der Vampir da draußen entkommt und es hier zu … einer beunruhigenden Situation kommt.«

»Ja, ich kann zwar nicht aus vollem Herzen sagen: ›Verlasst Euch ganz auf uns!‹, aber wir werden unser Bestes tun. Und solltet Ihr in Schwierigkeiten geraten, zieht Euch bitte zurück.«

Ainz nickte, bevor er ebenfalls ging.

Letztendlich blieben drei Personen zurück – Panasolei, Ainzach und Rakheshir.

Letzterem war sein Kummer, den Kristall wieder hergegeben zu müssen, nach wie vor anzusehen. »Ich möchte mich bei allen für mein widerwärtiges Verhalten entschuldigen.«

»Nun, ähm, macht Euch deswegen keine Gedanken«, erwiderte Pansolei mit einem ironischen Grinsen. Nichtsdestotrotz musste der andere Mann in seinem Ansehen tief gefallen sein.

Rakheshir selbst empfand es als beschämend, aber die Aufregung war noch nicht gänzlich abgeklungen. Bei seinem Treffen mit Lizzie, der Heilerin, hatte sie lebhaft von diesem Trank geschwärmt. *Ist das wirklich ein Grund, um derart aus dem Häuschen zu geraten?*, hatte er gedacht. Und nun verspürte er das dringende Bedürfnis, sein früheres Selbst zu verspotten, das nichts Besseres zu tun gehabt hatte, als die Frau kalt anzusehen. Er verstand nun, wie schwierig es war, sein Erstaunen und die Gefühle zu zügeln, wenn man etwas begegnete, das man zuvor für unerreichbar gehalten hatte.

»Was war das überhaupt für ein Item?«

Rakheshir zögerte einen Moment. Er musste sein Herz davon abhalten, wie zuvor in überbordendes Frohlocken auszubrechen. »Das Item birgt das Potenzial, alles, was wir über Magie wissen, maßgeblich zu verändern. Magie über der Stufe sechs wurde praktisch als ein Hirngespinst abgetan. Aber jetzt habe ich sie mit eigenen Augen gesehen.«

Magie war angeblich vor sechs – oder vielleicht erst fünf – Jahrhunderten in diese Welt gekommen. Damals wurden viele als Caster begabte Helden geboren, aber abgesehen von den Dreizehn Helden waren die, die Magie der Stufe sieben und höher nutzen konnten, nur ein Gerücht.

In den Sagen gab es einen Helden, der Zauber nutzte, von denen man behaupten mochte: *Das kann nur ein Spruch der siebten Stufe gewesen sein!* Aber ohne Beweise wurde es gemeinhin als eine bloße Geschichte abgetan. Zudem war nach wie vor unbekannt, ob die Dreizehn Helden wirklich Magie der Stufe sieben benutzt hatten.

Aber – Rakheshir war überzeugt, die Sagen waren nicht nur erfundene Geschichten, und nahm sich vor, in den folgenden Tagen etwas nachzuschlagen, sobald er die Zeit dafür fand: Der Goblinkönig, der mehrere Drachen mit einem Aschezweig vernichtete, der geflügelte Held, der durch den Himmel raste, der böse Krieger, der einen dreiköpfigen Drachen ritt, die Prinzessin, die mit ihren zwölf ergeben Rittern im Kristallpalast herrschte.

»Also, was haltet Ihr von seiner Geschichte?« Es war deutlich, dass Pansolei von Momon sprach.

Als die überlebende Abenteurerin den Trank, den sie von jemandem in beeindruckender schwarzer Rüstung erhalten hatte, auf die Vampirin geworfen hatte, war diese geflüchtet – das hatte sie berichtet.

Daher hatte sich Rakheshir an die beste Trankbrauerin der Stadt gewandt, Lizzie Baleare, um sie nach der Wirkung zu befragen. Aus ihrer Antwort schloss er, das Item war genauso selten wie Momons magieversiegelnder Kristall.

Wenn jemand ein seltenes Item besaß, war das verdächtig, aber zwei konnten kein Zufall mehr sein. Die Frage war, warum die Vampirin ihren Angriff abgebrochen hatte.

Dafür gab es zwei Erklärungen. Eine lautete, Momon und die Vampirin waren Feinde. Die andere, sie waren Verbündete, die auf dasselbe Ziel hinarbeiteten. Also war Momon, der Abenteurer, der aus dem Nichts aufgetaucht war, wirklich ein Feind der Vampirin?

»Wie wahrscheinlich ist es, dass er mit der Vampirin unter einer Decke steckt?«

Das war ihre größte Sorge. Alle drei dachten an Momon und ihre Unterhaltung von eben.

»Gering, würde ich sagen. Was denkt Ihr, Rakheshir?«

»Ich teile diese Meinung. Wenn er sie schützen und es so aussehen lassen wollte, als hätte er sie getötet, gäbe es einfachere Methoden.«

Sollte Momon mit der Vampirin gemeinsame Sache machen, gäbe es keinen Grund für ihn, das alles auf sich zu nehmen.

»Was, wenn es ihm nur um die Oreichalkosmarke geht?«

»Das bezweifle ich, Herr Bürgermeister. Natürlich, Abenteurer ernten Ruhm und Anerkennung, aber das verleiht ihnen noch lange keine Autorität. Was sind die Vorteile, diesen Rang zu erreichen, Ainzach?«

»Man bekommt Aufträge mit besserer Entlohnung. Man steigert seinen Ruhm. Abhängig von den Umständen kann man bestimmt auch eine gehobene Position ergattern, aber ... mehr auch nicht. Wenn jemand das System umgehen will, gäbe es schnellere Wege.«

Abenteurer wurden gemeinhin als Monsterjäger betrachtet, möglicherweise wurde man eines Tages zum Oberhaupt einer Abenteurergilde, aber das gab einem keinerlei Macht in Bezug auf Angelegenheiten des Königreichs. »Wenn es ihm nur um Geld geht, der Verkauf dieses Kristalls würde ihm bestimmt genug einbringen, um es sich bis an sein Lebensende gut gehen zu lassen. Jemand, der so stark ist, sollte auch keine Schwierigkeiten haben, mehr Ruhm anzuhäufen. Tatsächlich bezeichnen ihn manche der Wachen, die bei dem Friedhofsvorfall anwesend waren, als legendären Helden.«

Panasolei nickte. Einen Untoten, der bis in den Himmel ragte, mit einem Schlag zu töten und sich danach seinen Weg durch eine Horde weiterer Untoter zu bahnen, die so zahlreich waren, dass man nicht einmal den Boden unter ihren Füßen sah – er war wirklich ein großer Held.

Diese Ansicht teilten auch die Wachen, die Momon in Aktion gesehen hatten. Ein paar behaupteten sogar, solange sie ihn hatten, gäbe es keinen Grund, irgendein Monster zu fürchten.

»Nichtsdestotrotz muss man leider einräumen, wir haben keinerlei Beweise, dass wir ihm uneingeschränkt vertrauen können, oder? Allerdings war Momons Geschichte schlüssig und wenn er ein Feind wäre, glaube ich nicht, dass er uns den Kristall gezeigt hätte. Vermutlich können wir ihm trauen, oder was sagt Ihr?«

Die anderen beantworteten Rakheshirs Frage mit traurigen Mienen. Es stand ihnen förmlich ins Gesicht geschrieben, nachdem sie seinen Wahnsinn erlebt hatten, fiel es ihnen schwer, seinem Urteil zu vertrauen.

»Herr Bürgermeister, Ainzach. Der Grund, für Euer Misstrauen Sir Momon gegenüber begründet sich doch darin, dass er zufälligerweise zur selben Zeit wie diese Vampirin aufgetaucht ist, oder nicht? Ich hingegen denke, seine Schilderungen liefern eine glaubwürdige Erklärung dafür.«

Die anderen beiden nickten. »Das stimmt.«

»Und dass die Vampirin den Angriff abgebrochen hat, als sie diesen seltenen Trank sah, wäre verständlich, wenn sie von jemandem verfolgt wird, der über so seltene Items verfügt. Und sie könnte die Abenteurerin als Nachricht an ihn am Leben gelassen haben, damit er weiß, sie treibt sich hier herum.«

»Ich verstehe ... Sie würde Momon glauben lassen, sie ist noch dort, um ihn zumindest eine Zeit lang festzusetzen. Also hat sie die Frau mit dem Trank laufen lassen, da es offenbar eine Verbindung zu Momon gab? Damit er so bald wie möglich davon erfährt? Das widerspricht nichts von dem, was wir wissen.«

»Wenn man berücksichtigt, dass Momon diese Vampirin praktisch hergetrieben hat, fällt es einem schwer, sich ernsthaft über sein Kommen zu freuen ...«

»Ich verstehe, was Ihr meint, Bürgermeister. Wir wissen vielleicht nicht, aus welchem Land er stammt oder was er für eine Person ist, aber bis er die Vampirin bezwingt, sollten wir ihn am besten weiter zuvorkommend behandeln und auf der Hut bleiben. Ich denke, wir haben kaum Grund, an ihm zu zweifeln ... Puh. Ich würde mich wirklich gern mit ihm über dieses Item unterhalten. Seine Rüstung scheint auch hervorragend gearbeitet zu sein ...«

»Da wir gerade von Momon sprechen, Herr Bürgermeister, was ist mit den Leichen der Zurrernorn?«

»Die sind verschwunden«, erwiderte er verdrießlich.

Man hatte die Zurrernorn-Mitglieder, die durch Ainz einen schrecklichen Tod gefunden hatten, in die Leichenhalle des Wachhauses gebracht. Doch bei Sonnenaufgang hatte es keine Spur mehr von ihnen gegeben. Die Wachen nahmen an, jemand sei eingebrochen, um die Überreste zu stehlen, allerdings hatte niemand etwas bemerkt oder war verletzt worden.

Als Schutz vor Teleportationszaubern und Ähnlichem hatte man die Leichenhalle entsprechend gebaut, um die Möglichkeit, auf diese Weise in das Gebäude hinein- oder hinauszukommen, zu stören. Daher war unerklärlich, wie jemand eingedrungen sein konnte. Die einzige Möglichkeit, die ihnen einfiel, war, dass sich die Leichen in Luft aufgelöst hatten.

Die Stadt wurde heimlich durchsucht, aber bislang gab es keine Informationen, die zur Entdeckung der vermissten Überreste führen könnten, und die Aussicht, dass sich daran etwas ändern könnte, war schwindend gering. Mit anderen Worten, sie hatten alles verloren, was ihnen die Toten hätten verraten können.

»Dieser Kerl hat ein Ritual mit Untoten durchgeführt. Kann es sein, dass er selbst zu einem wurde und weggelaufen ist?«

»Das kann ich nicht mit Sicherheit sagen.«

»Dann haben wir ein Problem. Wir können zurzeit rein gar nichts beweisen. Vermutlich bleibt uns damit nur noch der Schrein unter dem Mausoleum? Es wäre hervorragend, wenn wir dort irgendwelche Beweise fänden …«

»Übrigens, ich glaube nicht, dass Momon da drin war, aber wenn wir wertvolle Items ohne klaren Besitzer finden, wäre es in Ordnung, wenn wir sie ihm überlassen?«

»Wenn sie nichts mit dem Ritual zu schaffen haben, überlasst sie ihm bitte, um dem Abenteurerkodex zu entsprechen.«

4

Ainz flog die Straße entlang. Durch den Schlitz seines Helms drang lauwarmer Wind und traf auf die Stelle, wo seine Augen hätten sein sollen. Jemand mit Augen hätte wohl die ganze Zeit blinzeln müssen, aber Ainz dachte sich nur: *Ziemlich windig.*

Unter ihm raste die Straße wie ein Pfeil dahin. Weil er so nah am Boden war oder gab es einen anderen Grund? Er hatte das Gefühl, schneller zu sein, als er tatsächlich war, allerdings weckte diese Empfindung keine Angst. Trotzdem spannte er jedes Mal die Beine an, wenn er wieder einen Satz machte.

Hamsterbackes Gleichgewichtsgefühl war gut, aber trotz ihrer enormen Größe hatte sie nach wie vor den Körperbau eines Dsungarischen Zwerghamsters. Er musste ziemlich breitbeinig auf ihr sitzen, aber ohne Sattel oder Zaumzeug war selbst jemand mit seinem überlegenen Gleichgewichtssinn gezwungen, höllisch aufpassen, um nicht herunterzufallen.

Solange ich auf Hamsterbacke sitze, wird es schwierig, ein Schwert zu schwingen. Vielleicht sollte ich mir bald einen Sattel und Zaumzeug machen lassen. Darum kann sich der Schmied kümmern, sobald er die falsche Rüstung fertig hat, die ich vielleicht benutzen werde. Ainz' instabile Haltung war ein Hauptgrund für seine Überlegungen, der andere die Reiterin neben ihm.

Narberal saß auf einem Pferd. Es war groß und trug einen schweren Rossharnisch aus Metall. Sie hatte es mit einem Item namens *Animal Statue: Warhorse* beschworen. Sie hielt sich bewundernswert und sah so cool aus. Ihr Pferdeschwanz und die braune Robe flatterten im Wind – es war wie eine Filmszene.

Der Unterschied zwischen ihr und ihm auf diesem riesigen Hamster deprimierte ihn. Er sah die Straße entlang zu den Männern, die sie begleiteten. Es waren vier Abenteurer, besser ausgerüstet als die Schwerter der Dunkelheit, mit denen Ainz zuvor unterwegs gewesen war. Er verdränge diesen Gedanken und betrachtete geistesabwesend die Pferde, die die Männer ritten. *Was für herrliche Tiere.*

Ainz hatte nicht viel Ahnung von Pferden, aber das schöne, gesunde Fell und der beeindruckende Körperbau sagten ihm, das mussten Prachtexemplare sein.

Im Vergleich dazu sehe ich auf Hamsterbacke wie ein Schwachkopf aus. Absolut lächerlich … Seine schlechte Laune nahm langsam überhand, aber offenbar dachte er als Einziger so.

»Das ist ein erstaunliches magisches Tier, das Ihr da reitet!«, rief ihm einer aus Igvarges Gruppe zu und lenkte sein Pferd neben ihn. Im Gegensatz zu Igvarge wirkte er alles andere als feindselig. Vielleicht lag es an der Neugier eines Abenteurers, dass er vor Interesse und Bewunderung förmlich überschäumte. »Wie heißt es? Muss ziemlich berühmt sein.«

»Das ist der Weise König des Waldes.«

»Hä? Was?! Die legendäre magische Bestie?!«, rief der Mann, wobei ihm fast die Augen aus dem Kopf fielen.

Daran werde ich mich nie gewöhnen. Ist Hamsterbacke ...? Hm? Aus dem Augenwinkel bemerkte Ainz, wie Hamsterbackes Tasthaare stolz zuckten. Dasselbe galt für ihre Ohren und die ruckartigen Sprünge in ihrer Bewegung verdeutlichten, sie achtete mehr auf das Gespräch als auf einen gleichmäßigen Ritt. Mit der gepanzerten Hand schlug er ihr auf den Kopf, als er den anderen Reiter etwas murmeln hörte.

»Mann, Igvarge zufolge ... Verstehe, vermutlich ist er wieder neidisch geworden.«

»Was hat er über mich erzählt? Ah, nein, Ihr müsst es mir nicht sagen. Es steht Euch praktisch ins Gesicht geschrieben.«

»Ha ha ha, verzeiht. Er ist eigentlich kein übler Kerl. Nur manchmal geht sein Ehrgeiz mit ihm durch.«

»Mit so jemandem wundert es mich, dass es Eure Gruppe noch gibt. Oder wurden ein paar neue Mitglieder aufgenommen?«

»Nein, seit unserer Gründung ist nicht einer von uns gestorben – da wir alle über unterschiedliche Persönlichkeiten und Fähigkeiten verfügen. Wisst Ihr, er ist ein sehr erfahrener Abenteurer!«

»*Erfahren?*« Ainz sah zu Igvarge und begegnete einem stechenden, feindseligen Blick. »Schön für ihn«, entgegnete er mit einem höhnischen Schnauben und hob eine Hand, um Narberal davon abzuhalten, ihrer Abneigung gegen den Mann nachzugeben. Er wollte keinen Streit vom Zaun brechen. Es gab Wichtigeres zu erledigen.

Hamsterbacke sah zu ihm hinauf. »Meister, mein Kopf tut weh.« Sie hatte Tränen in den schwarzen Augen.

Ein bisschen tat es ihm ja schon leid, sie so hart geschlagen zu haben. Aber er wollte auch nicht bei dieser Geschwindigkeit abgeworfen werden.

Schaden würde er dabei keinen nehmen. Er hatte mit einem Lakaien mit ähnlichen Schadensminderungsfähigkeiten wie seinen ein Experiment durchgeführt und nicht einmal ein Sturz aus neunhundert Metern Höhe hatte ihm etwas ausgemacht.

Das Problem war, ob ihre Reisegefährten seine Unverwüstlichkeit seltsam finden würden. Die Wahrheit war, sie waren bisher friedlich miteinander ausgekommen und Ainz hoffte, das würde auch so bleiben.

»Beweg dich nicht so ruckartig. Ich will mich nicht mit meiner irren Kraft derart festhalten müssen.«

»Zu Befehl. Mein Meister macht sich also Sorgen um mich?« Hamsterbackes Augen glänzten gefühlsduselig.

Als ihr Ainz befahl: »Achte auf den Weg und lauf«, zeigte sich Igvarges Freund beeindruckt. »Erstaunlich, dass Ihr in der Haltung das Gleichgewicht halten könnt! Auch wenn Ihr geübt scheint, wirkt es irgendwie gefährlich.«

»Vermutlich, weil ich es gewohnt bin. Trotzdem überlege ich, mir demnächst einen Sattel anzuschaffen.«

»Ein Sattel, sagt Ihr? Das würde ich verabscheuen ... Natürlich scherze ich nur! Wenn das die Worte meines Meisters sind, werde ich, Hamsterbacke, unbedingt gehorchen!« Vermutlich betonte Hamsterbacke ihre Stellung als treue Untergebene wegen Narberals strengem Blick. Ainz spürte, wie ein Zittern durch sein Reittier ging, das nichts mit der Straße zu tun hatte.

Unter seinem Helm runzelte er die Stirn. *Kein Grund, sie mit Blicken aufzuspießen. Narberals Ergebenheit ist ja schön und gut, aber sie geht zu weit. Abgesehen davon ist es ja in Ordnung, Menschen zu verachten, aber manchmal ist es schlicht unangebracht ... Das begreift sie einfach nicht. Ich frage mich, ob das einfach ihre Parameter sind. In dem Fall kann ich wohl nichts dagegen tun, trotzdem ...*

Alleine schon mit Hamsterbacke unterwegs zu sein genügte, um den Ruhm des Abenteurers Momon zu mehren. Andere könnten jedoch den Eindruck bekommen, dass der Weise König des Waldes entweder ihre Gefolgschaft aus freien Stücken erklärt hatte oder dass sie eine verängstigte Gefangene war – das machte einen großen Unterschied. Ersteres warf vermutlich ein gutes Licht auf Momon und ließ ihn als großen Abenteurer erscheinen. Auch wenn er in beiden Fällen das Sagen hatte, wollte er dafür sorgen, dass sein Ruf keinen Schaden nahm. Er wollte als Held bekannt sein, nicht als Tyrann.

Zusätzlich könnte es irgendwann nützlich sein, einen Ergebenen zu haben, der nicht aus Nazarick stammte.

Ainz entschied, er war zu grob gewesen, und streichelte sachte über die Stelle, auf die er geschlagen hatte, als wäre Hamsterbacke nur ein kleines Tier.

»Meister, Ihr lasst mich erröten ...«

Trotz der galoppierenden Hufe hörte er Zähneknirschen. *Das ist zum Teil deine eigene Schuld, Narberal! Warum nimmst du alles so ernst? ... Ich weiß ja, sie ist eifersüchtig. Ich sollte mir vermutlich was einfallen lassen ... als Belohnung für ihre Loyalität. Aber was kann ich ihr geben?*

Noch während Ainz darüber nachdachte, ob er ihr einen Ring oder einen anderen Schatz überlassen sollte, rief ihm Igvarge ohne eine Spur von Freundlichkeit zu: »Hey, Momon. Wir sind da.«

Nach Ainz' Bestätigung wurde Hamsterbacke allmählich langsamer. Ihr größter Vorteil gegenüber einem Pferd war, dass sie sich problemlos miteinander verständigen konnten. Ohne jegliche Reiterfahrung war sich Ainz nicht sicher, ob er mit einem Pferd zurechtkäme. *Auf Hamsterbacke zu sitzen war mir peinlich, dabei sollte ich dankbar sein, in solchen Momenten nicht auf ein Pferd angewiesen zu sein. Trotzdem möglich, dass ich irgendwann mal gezwungen bin, auf einem zu reiten. Vielleicht sollte ich nur für alle Fälle ein wenig üben ...*

Ainz sprang von Hamsterbackes Rücken und tätschelte sie zum Dank, während Narberal ihr Pferd in eine Statue zurückverwandelte und die Männer ihre Pferde zum Grasen zurückließen.

»Okay, sollen wir reingehen? Welche Formation nehmen wir ein?«

»Wir gehen voran. Ihr müsst uns nur folgen.«

»Mir egal, was mit Euch passiert, aber Ihr solltet besser nicht vergessen, dass wir hier sind, und vorsichtig sein.«

Nach Igvarges hochnäsiger Antwort betrat Ainz gefolgt von Narberal und Hamsterbacke den Wald.

Die Wälder in der Nähe von Carne waren genauso gewesen, allerdings stellte ein von Menschenhand unberührter Wald schwieriges Gelände dar. Ainz hatte mehrere magische Items bei sich, die ihm erlaubten, sich wie auf ebenem Boden zu bewegen. Zusätzlich beschleunigte seine Sorge um Shalltear seine Schritte, sodass ihn Igvarge immer wieder dazu aufforderte, langsamer zu gehen.

Das war sein gutes Recht, aber seine Wortwahl war unhöflich, geradezu feindselig und Narberal explodierte mehrmals fast vor Wut. Ainz hielt sie zurück. »Nur noch ein wenig weiter. Benimm dich.«

Während Ainz unter seinem Helm über ihren skeptischen Gesichtsausdruck schmunzelte, bemerkte er, wie sich Hamsterbacke eigentümlich bewegte. Ihre Ohren zuckten, als würde sie versuchen, etwas deutlicher zu hören. Er hatte so eine Ahnung, worauf sie reagierte, und beugte sich näher an sie heran. »Hör auf.«

»Hm? Meister, wovon rede…«

»Wenn du etwas Metallisches hörst, das ist unter Kontrolle. Mach dir darüber keine Gedanken.«

»Ist das so, hm? Verzeiht mir, Meister, dass ich frage.«

»Übrigens, folgt uns sonst noch wer?«

Er hatte Nigredo eine weitere Überprüfung befohlen und mehrere andere Vorkehrungen getroffen, aber nur für alle Fälle …

»Sonst scheint niemand da zu sein, nein.«

»Hey, stimmt was nicht?«, fragte der Mann, der neben Ainz geritten war. Es war offensichtlich, warum es nicht Igvarge, der Repräsentant der Gruppe, war.

Ainz reagierte mit einer wegwerfenden Geste, bevor er erwiderte, es wäre nichts.

»Sicher?« Die Antwort schien ihm nicht zu genügen, aber als Ainz nicht den Eindruck erweckte, mehr dazu sagen zu wollen, zuckte er mit den Schultern und schwieg.

Hm, ich hab ja nix gegen euch, Jungs, aber ... Ainz holte geräuschlos Luft, bevor er leise tiefer in den Wald vordrang.

Nach einer Weile hörte er, wie man hinter ihm hastig Waffen zog. Er blieb stehen und drehte sich in aller Seelenruhe um. »Was gibt's?«

»›Was gibt's?‹?! Wenn Ihr schon vorangeht, könntet Ihr zumindest auf der Hut sein!« Dieses Mal pflichteten Igvarges Männer seinem aggressiven Tonfall bei. »Hey! Du da! Zeig dich, aber keine hastigen Bewegungen!«, rief Igvarge in Richtung eines Baums, der groß genug war, dass sich ein Mensch dahinter verstecken konnte.

Mitten in dieser angespannten Situation ging Ainz gemütlich zu dem Baum. Hinter ihm wurden panikerfüllte Rufe laut, doch er ignorierte sie.

Narberal und Hamsterbacke folgten ihm, wobei Narberals Miene belegte, dass sie damit gerechnet hatte, nur Hamsterbacke zögerte etwas.

Zeitgleich befolgte eine Gestalt in schwarzer Rüstung die Aufforderung und verließ die Schatten. In den Händen hielt sie eine kränklich glühende Bartaxt.

Mit dem Erscheinen dieses bedrohlichen Kriegers wurden alle von Panik ergriffen. Nun, zu behaupten, sie ergriff einen Teil der Gruppe, wäre vermutlich zutreffender.

Ainz hob eine Hand. »Gut gemacht.«

»Danke, Lord Ainz.« Die Person – Albedo – ging demütig auf ein Knie.

»Also, ist Shal…?«

»Wer zum Teufel ist das?! Gehört sie zu Eurer Gruppe?! ›Lord Ainz‹?!« Auf eine Frage folgte schon die Nächste.

Die Reaktion von Igvarge und seinen Männern war nachvollziehbar, in den Augen der noch immer knienden Albedo verdiente dieses Verhalten jedoch den Tod. Die Flammen ihrer Wut knisterten laut genug, um zu verdeutlichen, sie war bereit, alles hier in Schutt und Asche zu legen.

Hamsterbacke zitterte mit gesträubtem Fell.

Die Heldengruppe reagierte ähnlich. Leichenblass trat jedem von ihnen der kalte Angstschweiß auf die Stirn, als sie spürten, diese Flammen bedeuteten ihr Todesurteil.

»Ich möchte sie euch vorstellen. Das ist meine Kameradin Albedo.«

»Lord Ainz, dass Ihr jemanden in meiner demütigen Position als Euren Kameraden bezeichnet ist … Ich bin nichts weiter als Eure ergebene Dienerin.«

»Stimmt, ich möchte mich korrigieren. Sie ist meine Untergebene. Beantwortet das eure Fragen? Okay, Albedo. Fang wie besprochen mit der nächsten Phase an.«

Während die Männer entsetzt die Augen verdrehten, erhob sich Albedo und näherte sich ihnen.

»Oh, da ist eine, die ich ganz vergessen hab zu beantworten. Eigentlich heiße ich gar nicht Momon, sondern Ainz – nicht dass ihr das wissen müsstet.«

Albedo kicherte entzückend über die Männer, denen die Verblüffung deutlich anzusehen war, aber es klang dennoch eiskalt.

»Nun denn … Albedo, beseitige sie. Nimm einen gefangen … Nein, vielleicht brauchen wir Ersatz, schnapp dir zwei. Ich habe bereits

Jamming angewendet, du musst dir also keine Sorgen machen, dass sie magisch mit jemandem Verbindung aufnehmen.« Igvarge und die anderen waren schockiert, wie absolut emotionslos seine leisen Worte waren, dann erteilte er weitere Befehle: »Bring die Leichen nach Nazarick. Mit so starken Exemplaren können wir experimentieren, ob man sie für die Erschaffung hochrangiger Untoter benutzen kann.«

»Zu Befehl.« Albedo schwang ihre Bartaxt spielerisch durch die Luft.

Darin lag nicht die geringste Mordlust, keinerlei Feindschaft. Natürlich nicht. Für sie war das Köpfen niederer Lebensformen wie Menschen nichts anderes, als würde man ihr befehlen, Rettichen das Grünzeug abzuschneiden. Wäre Ainz nicht anwesend gewesen, hätte sie vermutlich nicht einmal probehalber geschwungen, um sich zu vergewissern, dass sie volle Bewegungsfreiheit hatte.

Obwohl Igvarge und die anderen nicht verstanden, was hier vor sich ging, spürten sie die drohende Gefahr und nahmen Kampfhaltung ein.

Ainz reagierte auf ihre entsetzten Blicke mit einem Schulterzucken. »Tut mir leid, ich habe mich in der Gilde versprochen. Ich hätte nicht sagen sollen: ›Wenn Ihr mich begleitet, werdet Ihr sterben‹, sondern: ›Wenn Ihr mich begleitet, werde ich Euch töten‹.«

Er verurteilte sie zum Tode.

»Ich habe Euch gewarnt, aber Ihr wolltet ja nicht auf mich hören. Das habt Ihr jetzt davon. Akzeptiert es einfach.«

Igvarge und seine Gruppe wollten sich zurückziehen.

Der Grund, warum sie sich für die Flucht entschieden, anstatt zu versuchen, sich zu verteidigen oder zu reden, war, dass sie begriffen, wie groß das Kraftgefälle war. Sie trennten sich sogar, anstatt zusammenzubleiben, womit sie ihre Überlebenschancen erhöhten.

Scheinbar überrascht trat Albedo einen Moment später in Aktion. Obwohl sie Ainz, was körperliche Kraft anging, weit überlegen war,

war es doch ein wenig ärgerlich, im Wald verstreute Gegner niederzumähen.

Sie holte ihr erstes Opfer innerhalb eines Wimpernschlags ein und betäubte es mit einem Skill, um es so festzusetzen.

Albedos scharfer Gehörsinn fing metallisches Klirren auf, das sich mit dem des zusammenbrechenden Menschen vermischte. Aber während das Geräusch verklang, konnte sie durch die Bäume nicht erkennen, woher es kam. Sie hörte nur Abenteurer ohne Metallrüstungen, die auf ihrer Flucht Pflanzen platt trampelten. Albedo war frustriert, dass ihr Klassen wie Dieb oder Ranger fehlten.

Kopfschüttelnd dachte sie bei sich: *Du liebe Zeit*, und erteilte Befehle. »Mare, kümmere dich um zwei von ihnen. Ach, ja. Ich übernehme den Mann, der zu Lord Ainz so unverschämt war.«

5

Igvarge rannte.

Schon in der Gilde hatte er begriffen, Momon war ein stärkerer Abenteurer als er – er hatte es nur mit aller Macht abgestritten. Aber als er die beeindruckende Gestalt der magischen Bestie gesehen hatte, auf der er ritt, hatte er sich der Wahrheit stellen müssen, ob sie ihm gefiel oder nicht. Um einem solchen Ungeheuer seinen Willen aufzuzwingen, musste er mächtiger als jemand mit Mithrilmarke sein.

Es machte ihn wütend, zu erfahren, dass alles, was in diesem Raum gesagt worden war, der Wahrheit entsprach. *Keine Ahnung, was für eine Berühmtheit aus welchem Land auch immer du bist, aber belästige uns nicht.*

Wenn du Informationen willst, besorge ich dir Informationen, bleib einfach still da drüben sitzen.

Er betrachtete Momon als Eindringling. Er konnte nur daran denken, wie schrecklich es war, einen Traum zu haben – der immer wiederkehrende Kreislauf aus höllischem Training, sein Leben bei Abenteuern zu riskieren und sich langsam hochzuarbeiten –, nur damit irgendwer auftauchte und mal eben ein paar Sprossen der Leiter übersprang.

Sollte er die Gelegenheit dazu bekommen, wollte er Ainz erniedrigen. Er wollte Gerüchte in Umlauf bringen, um seinem Ansehen zu schaden. Tatsächlich wollte er ihn einzig und allein aus diesem Grund begleiten. Darum hatte er nicht gezögert, zu flüchten, als Momons Freundin in der schwarzen Rüstung aufgetaucht war und er erklärt hatte, er würde sie töten.

Trotz seiner Angst war er dank seines hinterhältigen Verlangens, der Gilde schädliche Informationen über Momon – nein, Ainz – zu überbringen, in der Lage gewesen, sich schneller als alle anderen zu bewegen. *Das hast du davon! Du kannst dich drauf verlassen, ich werde überleben! Und ich werde allen erzählen, was du getan hast, du Dreckskerl!* Er wusste nicht, ob Ainz mit dem Vampir unter einer Decke steckte oder nicht. Allerdings konnte er sich seine Geschichte entsprechend zurechtlegen.

Obwohl die Möglichkeit bestand, dass jeden Augenblick hinter ihm diese grässliche Waffe geschwungen würde, obwohl er um sein Leben fürchtete, konnte er diese aufkeimenden Gefühle nicht zurückhalten – und schmunzelte.

Um die Sicherheit seiner Kameraden machte er sich keine Gedanken. Nein, ihm war nur recht, wenn sie ihm genug Zeit zur Flucht erkauften. *Ich werde der Beste sein. Erst bekomme ich eine Oreichalkos- und dann eine Adamantmarke und man wird mich als Held feiern.* Er brauchte keine starken Hände außer den eigenen. Für ihn waren Freunde nur Trittstufen auf dem Weg nach oben. Er würde genauso berühmt wie die Dreizehn Helden werden, die die Welt gerettet hatten. Das war Igvarges Traum, seit er als Kind dem Poeten zugehört hatte, der in sein Dorf gekommen war, um die Sagen zum Besten zu geben.

Und jetzt machte ihm dieser Kerl einen Strich durch die Rechnung und drohte, ihn und seine Gruppe zu überflügeln. Und was das Ganze noch unverzeihlicher machte: Er tat es beiläufig.

Er rannte und rannte und rannte.

Dass er, ohne außer Atem zu geraten, durch den Wald rennen konnte, belegte, er war ein Abenteuer vom Mithrilrang. Trotzdem ...

Etwas drängte sich unangenehm in sein Bewusstsein. *Wo bin ich? Ich habe einen Umweg gemacht, falls man mir dort auflauert, wo wir die Pferde gelassen haben, also ... Hä?* Seinem Orientierungssinn zufolge stimmte die Richtung. Sein sechster Sinn war anderer Meinung. Er hätte sich nicht einmal in einem Wald verirren sollen, den er zum ersten Mal betrat, jedoch wusste er aus irgendeinem Grund nicht, wo er war.

Vielleicht bilde ich mir das nur ein.

Daran hielt er fest. Aber er hatte nicht das Gefühl, sich irgendwas einzubilden. Es gefiel ihm vielleicht nicht, aber genauso wenig konnte er es abstreiten.

»Verirrt? Ich? Ein Waldläufer? Das ist doch lächerlich ...«

Igvarge hatte sich Klassen angeeignet, die auf einen Einsatz in der Wildnis spezialisiert waren. Der Wald war gewissermaßen sein persönlicher Garten. Aber hier und jetzt überkam ihn das Gefühl, er wäre direkt ins Maul eines Löwen spaziert.

»Das ist der reinste Irrgarten ...« Dass er sich plötzlich nicht mehr zurechtfand, ließ Nervosität und Ungeduld in ihm aufwallen.

Da geschah es. Er hörte leises Rascheln.

Er dachte an den schwarzen Scharfrichter, fuhr herum, in die Richtung, aus der das Geräusch gekommen war, und sah ein Kind. Es beobachtete ihn halb hinter einem Baum versteckt.

Ein Dunkelelf, verwandt mit den Elfen. Sie waren Menschliche und lebten tief im Wald verborgen. *Was macht der hier?* Angeblich befand sich die große Dunkelelfensiedlung weiter im Süden, in den unerforschten Gebieten tief in den Waldländern. Normalerweise mieden sie die menschliche Zivilisation. Das war einer der großen Unterschiede zwischen ihnen und den Elfen, die mit Menschen Handel betrieben. Es war überaus seltsam, hier auf einen Dunkelelfen zu treffen, noch dazu auf ein Kind.

Während Igvarge darüber nachdachte, trat der Dunkelelf nervös hinter dem Baum hervor. *Ein Mädchen?* Der Kleidung zufolge ja. Die Angst in ihrem unheimlich hübschen Gesicht weckte seine sadistische Ader. Kurz überlegte er, ob sie zu Momon gehörte, aber ihr Verhalten unterschied sich so sehr von dem der anderen, dass er den Gedanken lachend verwarf. *Auf keinen Fall.*

Wichtiger noch, wenn diese Dunkelelfe in diesem Wald lebte, kannte sie vielleicht einen sicheren Weg hinaus. Und sollte diese Person in der schwarzen Rüstung auftauchen, könnte er sie zumindest als Ablenkung benutzen. Mit diesem Vorhaben trat er auf sie zu, um sie dazu zu zwingen, zu tun, was er wollte. »Hey.«

Die Dunkelelfe zuckte beim Klang seiner Stimme zusammen. Er sprach absichtlich möglichst tief und bedrohlich.

»Ähm, E... Entschuldigung ...«

Das schüchterne Verhalten ließ Igvarge grinsen. Sah so aus, als würde alles reibungslos verlaufen. »Du musst dich nicht entschuldigen. Ich will dich nur was fragen. Komm doch mal her.«

»Ah ... äh, ähm ... äh ... äh, Entschuldigung.«

Er verstand nicht, wofür sich die Dunkelelfe entschuldigte, aber bevor über seinem Kopf ein Fragezeichen erscheinen konnte, schwang sie einen nach Ebenholz aussehenden Stab.

Pflanzen wurden zu Ketten und fesselten ihn.

Entsetzen erfasste seine Körper. *Ich bin ein Abenteurer vom Mithrilrang und kann nicht mal gegen den Zauber dieser Göre ankämpfen?*

Er zerrte vergeblich mit aller Kraft, um sich loszureißen. Die Panik erschwerte ihm das Atmen, daher versuchte er, sie mit lautem Brüllen einzuschüchtern. »Du kleine Schlampe! Wenn du nicht sofort damit aufhörst, werde ich dich töten! Argh!«

Mit schüchtern gesenktem Blick kam die Dunkelelfe auf ihn zu, bis sie vor ihm stand.

Jetzt erst bemerkte Igvarge ihre herrliche Aufmachung. Kleidung und Rüstung waren zu verschwenderisch. Jedes Teil war prachtvoller als alles, was er je in Händen gehalten hatte. Und ihre Augen – er erinnerte sich an etwas, das ihm ein Elf, den er kannte, mal gesagt hatte.

Aber bevor er den Gedanken beenden konnte, legte sich ein Schatten über ihn.

Das Mädchen reckte den Stab in die Höhe. Sie wirkte noch immer ängstlich, aber in ihrem Blick lagen keine Gefühle. Sie empfand nichts bei dem, was sie ihm antun würde. Als wäre ihre Angst nur eine Scharade gewesen, zu der ihr jemand geraten hatte.

In seinem Verstand überlagerten sich das Bild der Gestalt in schwarzer Rüstung und dieses Mädchen. »M…Moment mal! Was denkst du, machst du d…?«

Albedo traf genau in dem Moment ein, als Mares Stab auf den Kopf des Mannes krachte. Der Helm wurde zertrümmert, der Schädel darunter eingeschlagen, was seine Augen aus den Höhlen quetschte. Sein Schädel war gespalten – wie eine Melone, die man sich im Sommer am Strand teilte.

»Gut gemacht.«

»Oh! Äh, Albedo. Ich b… bin fertig. R… Reicht das so?«

Albedo nahm ihren Helm ab und schenkte Mare ein Lächeln, der seinerseits leicht zitternd zu ihr aufblickte. »Perfekt. Das war vielleicht eine etwas schlampige Art, jemanden zu töten, aber das Ergebnis zählt. Lord Ainz wird dich auch loben!«

»W… Wirklich? Eh he he he …«

Albedo sah von dem zufrieden lächelnden Dunkelelfen zur Leiche. »Was hast du mit dem anderen gemacht?«

»Oh, äh, ähm … Den hab ich schon getötet. Äh, die … die Leiche liegt hinter dem Baum da …«

»In Ordnung, perfekt. Mare, kannst du die Leichen für mich nach Nazarick bringen?«

»Z… Z… Zu Befehl.«

Albedo nickte dem Jungen mit seinem blutigen Stab lächelnd zu. Er war ein so gutes, ehrliches Kind – wenn er doch nur ein wenig mehr Selbstbewusstsein aufbringen könnte.

6

»Lord Ainz, wir sind fertig.«

Albedo kehrte mit ihrem Helm unterm Arm zurück und Ainz nickte bei ihren Worten.

»Gute Arbeit.« Jetzt würde niemand Shalltear zu Gesicht bekommen.

Er ließ seine Rüstung verschwinden und genoss die dadurch gewonnene Freiheit. »Und der Plan, die Leichen einzusammeln?«

»Ich habe Mare bereits damit beauftragt. Er bringt sie für uns zurück.«

»Oh, dann hat sich das erledigt. Zu schade, dass sie ›dem Vampir zum Opfer gefallen sind‹, aber wir übrigen Abenteurer müssen unbeirrt voranschreiten.«

»Zu Befehl. Und dann … was wollt Ihr wegen diesem … Ding unternehmen, das sich an den Saum Eurer Gewänder klammert?«

Als Ainz hinsah, entdeckte er Hamsterbacke, die sich angeschlichen hatte – auch wenn er sich nicht vorstellen konnte, wie das bei ihrer Größe überhaupt möglich war. Sie hatte Tränen in den Augen, vor Angst sträubte sich ihr Fell. Selbstverständlich lag ihr Blick auf Albedo.

»Das ist im Grunde so was wie mein Haustier. Ich hab sie Hamsterbacke getauft.«

»Was?! Ihr habt diesem Ding die eine Stellung verliehen, nach der sich jeder in Nazarick sehnt?!«

»Hä …? Hamsterbacke, das ist meine loyale Untergebene und Verwalterin meiner Burg, der Großen Gruft von Nazarick, Albedo – deine Vorgesetzte. Begrüß sie.«

»Wie mich mein Meister bereits vorstellte, ich bin Hamsterbacke. Ich freue mich auf unsere Zusammenarbeit, Meisterin Albedo.«

»Schön, dich kennenzulernen, Hamsterbacke.«

»Okay, damit wären die Förmlichkeiten erledigt. Ab hier machen Albedo und ich alleine weiter. Narberal, kehre mit Hamsterbacke und Mare nach Nazarick zurück. Hamsterbacke, sei ein wenig vorsichtig mit dem, was du da im Maul hast.«

»Ja, Sir«, bestätigte Narberal knapp.

Dann murmelte Hamsterbacke mit dem intelligenten Item in ihrem Maul: »Z… Zu Befehl, Meister. Aber dieses Ding, es ist ein wenig laut! Und da wäre noch etwas Wichtigeres … Du, in meinem Maul! Sei ruhig! Ich habe eine Frage, Meisterin Narberal, und zwar … mir wird doch nichts passieren, oder? Ich werde nicht gegessen, oder?«

»Wenn du Lord Ainz' Haustier bist, wird dich niemand ohne seine Erlaubnis essen. Ich lasse es alle wissen. Du musst dir also keine Sorgen machen.«

Ainz' Miene blieb unbewegt, aber er lächelte innerlich. Sah so aus, als wären sich die beiden während ihrer Zeit allein in E-Rantel nähergekommen.

»Okay. Machen wir, dass wir weiterkommen, Albedo.«

»Ja, Sir.«

Narberal und Hamsterbacke verabschiedeten sich von Ainz, während er sich zusammen mit Albedo auf den Weg zu Shalltears Aufenthaltsort machte.

»Übrigens, Lord Ainz. Ich musste daran denken, was Ihr über die Leichen dieser Männer im Thronsaal sagtet, darum frage ich mich, ob es wirklich gut war, dass wir die Leichen derjenigen, die Ihr letzte Nacht getötet habt, nicht eingesammelt haben.«

»Das ...« Er wollte wiederholen, was er vergangene Nacht erklärt hatte – *Wir müssen sie als die Rädelsführer des Vorfalls abliefern* –, hielt sich aber zurück, als Albedo weitersprach.

»Es könnte doch sein, dass sie während ihres Kampfes mit Euch Informationen erhielten. Und ist es daher nicht gefährlich, sie anderen zu überlassen, wenn es doch Magie gibt, mit der man Tote wiedererwecken kann? Hattet Ihr einen bestimmten Grund, sie zurückzulassen?«

Ihm blieb die Luft weg. Dabei atmete er nicht einmal.

Albedo hatte den Nagel auf den Kopf getroffen.

Das ist übel ...

Eben weil man in dieser Welt Tote auferstehen lassen konnte, war es möglich, genauere Informationen von ihnen zu bekommen, als einem eine Autopsie verraten würde.

Ainz dachte an die entsprechende Nacht zurück. Seine wahre Identität, Nazarick, Narberals Fähigkeiten – der Mann und die Frau wussten davon. Besonders die Frau stellte eine Gefahr dar.

Diesen schwerwiegenden Fehler konnte man nicht einfach mit einem »Ups« unter den Teppich kehren. Das war verheerend.

Hoffentlich war niemand verfügbar, der Auferstehungsmagie beherrschte, aber laut den Informationen, die sie von der Heiligen Schrift des Sonnenlichts bekommen hatten, gab es welche im Gottesstaat Slane. Gut möglich, dass auch ein paar Abenteurer des Adamantrangs darüber verfügten. Genauso war nicht auszuschließen, dass die Regierung dieses Landes heimlich so jemanden beschäftigte.

Sollten diejenigen, die in E-Rantel das Sagen hatten, also entscheiden, diese Leichen könnten über wichtige Informationen verfügen, würden sie Vorbereitungen treffen, sie wiederauferstehen zu lassen. Wenn diese Leute mit ihrem Vorhaben die Stadt gefährdet hatten, würde man garantiert alles versuchen, so viel wie möglich von ihnen zu erfahren.

Ainz' Herz, das es eigentlich nicht geben sollte, schlug so schnell, dass er das Gefühl bekam, es zu hören. *Was soll ich machen?*

Das lag auf der Hand. Sie mussten sich die Leichen sofort beschaffen. Aber wen sollte er damit beauftragen?

Er hatte Narberal letzte Nacht befohlen, sie liegen zu lassen. War es schlau, das jetzt als Fehler einzugestehen? *Nein, das sollte ich nicht machen …*

Solange er nicht wusste, warum sich Shalltear gegen ihn auflehnte, wollte er nichts tun oder sagen, was der allgemeinen Loyalität schaden könnte. Er beschloss, keine übereilten Befehle zu geben.

Ainz hatte so eine Ahnung, warum die Manager in seinem alten Job ihre Fehltritte nie hatten zugeben wollen, und verkündete seine Schlussfolgerung praktisch als Stoßgebet. »Du hast recht, aber ich hatte einen besonderen Grund, die Leichen dort zu lassen. Mach dir keine Gedanken. Ich habe alles unter Kontrolle … abgesehen von Shalltear.«

»Oh, nichts anderes würde ich von Euch erwarten, Lord Ainz. Ihr habt schon über das nachgedacht, was mich beschäftigt, ja? Bitte vergebt mir … meine Anmaßung. Übrigens, warum benutzt Ihr nie Auferstehungsmagie, Lord Ainz? Ich hätte erwartet, dass Ihr sie bei den ganzen toten Menschen benutzen würdet, um Informationen zu bekommen …«

»Hä?« Der Auslöser für den dämlichen Laut war Überraschung. »Hab ich dir das nicht gesagt? Weißt du von Demiurges Heilexperimenten?

»Ja. Ihr meint die, bei denen er alle vier Gliedmaßen abtrennt und dann Heilmagie auf sie anwendet, oder?«

»Genau. Also, nächste Frage. Weißt du, auf was Auferstehungsmagie wirkt?«

»Auf die Leiche, oder nicht?«

»Nein. Ähm, ich glaub nicht?«

Beide dachten darüber nach, bis Albedo plötzlich anfing zu strahlen. »Oh! Ich lag falsch. Es ist, wie Ihr sagtet, Lord Ainz. Nicht auf die Leiche, sondern die Seele.«

»Erfasst. Bei Demiurges Experimenten verschwanden die abgetrennten Gliedmaßen, um dann neu aus dem Körper zu wachsen. Und was passiert mit der Leiche, wenn man Auferstehungsmagie auf die Seele wirkt?«

In *Yggdrasil* gab es bei Wiedererweckungen vier mögliche Ergebnisse (abgesehen vom Nachteil verlorener XP). Beim ersten wurde man an Ort und Stelle wiederbelebt. Das zweite schickte einen zum Eingang des Dungeons oder sonst wohin zurück. Das dritte brachte einen in eine sichere Stadt in der Nähe. Bei der vierten wurde man an seinem Heimatpunkt wiedererweckt, beispielsweise das Hauptquartier der Gilde.

Was davon passierte, wenn man in dieser Welt jemanden wiedererweckte? Natürlich machte sich Ainz wegen der vierten Möglichkeit die meisten Sorgen, dass man zurück nach Hause geschickt werden könnte. Sollte Niguns Heimatpunkt im Gottesstaat Slane liegen, wäre es geradezu idiotisch, seinem Feind den Gefallen zu tun, ihn sozusagen mit Informationen versorgt an die Haustür zu liefern.

Daher hatten sie keine Experimente mit Wiederbelebung durchführen können, allerdings rächte sich das jetzt unerwartet.

»Ich verstehe, darum also. Das sollte man auf jeden Fall nicht außer Acht lassen. Ich würde von Euch nichts anderes erwarten, Lord Ainz. Ich bin von Eurer weisen Schlussfolgerung beeindruckt.«

Während sich Albedo verneigte und bewundernd seufzte, schüttelte Ainz hastig den Kopf. »Schon gut, wirklich. Aber irgendwann müssen wir uns mit diesen Experimenten befassen ... Okay, Kopf hoch.«

Er folgte Albedo weiter in den Wald.

Die blutrote Rüstung wirkte inmitten der Idylle dieser Lichtung völlig fehl am Platz. Das darauf reflektierende Sonnenlicht ließ sie wie eine Halluzination wirken, aber der Geruch nach frischem Blut ruinierte den Effekt.

Es war Shalltear.

Sie sah ganz genauso aus wie die Darstellung im Kristallspiegel. Es gab nicht einmal Anzeichen, dass sie sich bewegt hatte. Ainz bekam einen Moment lang sogar das Gefühl, genau dieses Bild zu betrachten. Durch den Blutgeruch war das hier allerdings sehr viel realistischer.

Ainz atmete tief durch. Sein Körper konnte das selbstverständlich nicht wirklich, also tat er nur so. »Shalltear«, rief er – nicht mit erbärmlich leiser, heiserer Stimme, sondern einer, die Ainz' Meinung nach herrisch klang.

Keine Reaktion.

Anstatt es erneut zu versuchen, betrachtete er sie eingehend. Sie ignorierte ihn nicht. Der Blick ihrer aufgerissenen, blutroten Augen war leer – schwer vorzustellen, dass sie bei Bewusstsein war.

Als sie Shalltear sah, loderte Albedos Wut auf. »Shalltear! Du hast nicht nur keine Entschuldigung, du wagst es sogar, unserem Herrn gegenüber so respektl…«

»Albedo, du bist mir im Weg. Ruhe! Beweg dich nicht! Du hast nicht die Erlaubnis, dich ihr zu nähern!«

Sie war einen Schritt vorgegangen, aber Ainz' barscher Tonfall stoppte sie. Normalerweise würde er sich so nie gegenüber den von seinen Gildenkameraden erschaffenen NPCs verhalten, aber er hatte kurz die Beherrschung verloren. So sehr erschreckte ihn Shalltears Zustand.

»Könnte das …? Ist es möglich …? … Ich kann es nicht glauben.«

Er musste an etwas denken, das er einmal gesehen hatte und das mit Shalltears Anblick große Ähnlichkeit aufwies. Es war zutiefst verstörend. Aber es half ihm, sich zu sammeln, und er kam gelassen zu dem Ergebnis, diese Möglichkeit war noch am wahrscheinlichsten.

Ainz wandte sich an Albedo. Wenn er es jemandem erklärte, würde ihm das eventuell dabei helfen, es selbst zu verarbeiten. »Jetzt wissen wir es mit Sicherheit. Shalltear steht im Moment unter Gedankenkontrolle.«

»Aus dem Grund, den Ihr im Thronsaal erwähnt habt?«

»Keine Ahnung … Es war ähnlich, als wir von den Gefangenen der Heiligen Schrift des Sonnenlichts Informationen eingeholt haben. Das ist auf alle Fälle das Ergebnis von Gedankenkontrolle. Bleibt trotzdem die Frage, warum es bei Shalltear gewirkt hat, immerhin ist sie untot. Aber es muss etwas Besonderes sein, das es nur in dieser Welt gibt.«

Ainz verschränkte die Arme und betrachtete sie nachdenklich, während sie weiter stocksteif dastand. »Jemand muss ihr seinen Willen aufgezwungen haben, aber bevor sie Befehle erhalten konnte, ist irgendwas passiert. Vielleicht haben sie sich gegenseitig besiegt … Darum hat sie keine Anweisungen. Allerdings ist das nur geraten. Aber sie könnte sich verteidigen, sobald wir ihr zu nahe kommen. Bei jemandem mit einem Hang zum Bösen bedeutet das in der Regel Angriff. Sei also vorsichtig.«

»Zu Befehl. Dann können wir sie aber auch nicht gewaltsam nach Nazarick zurückbringen … Länger hierzubleiben ist in Ordnung, sofern derjenige, der sie kontrolliert, tot ist. Sollte er hingegen noch leben, wäre es gefährlich …«

»Damit hast du vollkommen recht.« Es war mysteriös, wie man Shalltear Gedankenkontrolle aufgezwungen hatte. Vielleicht gab es eine Fähigkeit, die sogar bei Untoten funktionierte und die es nur in dieser Welt gab. In dem Fall schwebte Ainz selbst in Gefahr, kontrolliert zu werden. »Das zu benutzen ist irgendwie schon ein bisschen übertrieben, aber ich möchte die Gedankenkontrolle so schnell wie möglich aufheben.«

Ainz bewegte die Finger. Sein Ring bestand lediglich aus schmucklosem Metall, ohne Edelsteine. Im silbernen Licht zeigten sich drei eingravierte Sternschnuppen. Es war sein mächtigster Ring.

»Ist das …?«

Albedos neugierigen Blick bedachte er mit einem triumphierenden Lächeln (ohne dass sich seine Miene veränderte) und nannte seinen Namen. »Das ist das superultraseltene Item *Shooting Star*, mit dem man den Superstufenzauber *Wish Upon a Star* dreimal benutzen kann, ohne dafür XP aufzuwenden.«

Er hatte sein gesamtes Urlaubsgeld verbraten, um an dieses Lotterie-Item zu kommen. Es war dermaßen selten, dass lediglich zwei Mitglieder von Ainz Ooal Gown eins hatten, er und Yamaiko. Oder vielleicht belegte es auch nur, wie viel Kohle er an dieses Spiel verschwendet hatte.

Der Zauber *Wish Upon a Star*, mit dem es belegt war, funktionierte, indem der Benutzer zufällige Wünsche entsprechend seiner eingesetzten XP bekam – soll heißen, zehn Prozent gewährten einen Wunsch, fünfzig Prozent fünf.

Einer Strategieseite zufolge gab es etwas über zweihundert Möglichkeiten. Und manche wurden einem wahrscheinlicher gewährt als andere. Der Zauber barg also die Gefahr, dass man seine Erfahrungspunkte für nichts opferte.

Um diesen Zauber überhaupt zu bekommen, musste ein Caster Level 95 erreichen. Sogar in *Yggdrasil*, wo Leveln schnell ging, waren auf einem so hohen Level Erfahrungspunkte ziemlich wichtig. So sehr, dass Spieler sie nur widerwillig opferten.

Wenn man *Wish Upon a Star* mithilfe dieses Items anwandte, waren die Wünsche zwar nach wie vor absolut willkürlich, aber die Aussichten, einen sinnvollen gewährt zu bekommen statt irgendwelchem Unsinn, standen sehr viel besser. Es war also keine Übertreibung, zu behaupten, diese Version des Zaubers war sogar noch außergewöhnlicher als die Basisausführung. Maximal waren zehn Wünsche auf einmal möglich. Zusätzlich wirkte dieser Superstufenzauber augenblicklich – dieser Ring war ohne Frage das beste Kaufitem im ganzen Spiel.

Dieses außergewöhnliche Item zu benutzen – auch wenn es ein Risiko war –, mochte ein wenig wie Verschwendung scheinen, aber er wollte Shalltear auf keinen Fall verlieren. Dennoch zögerte Ainz, da er wusste, er verfügte noch über andere Skills, für die er seine überzähligen Erfahrungspunkte brauchen könnte.

Ainz betrachtete den Ring.

Sein geplanter Wunsch würde alle Statuseffekte des Ziels aufheben. Ihm fielen noch ein paar andere Kandidaten ein, aber das schien der direkteste Weg zu sein, das gewünschte Ziel zu erreichen. Da dabei auch jegliche positiven Statuseffekte aufgehoben wurden, war er innerhalb des Spiels nicht besonders beliebt und Ainz musste über sich selbst lachen.

»Na schön, Ring. *I wish!*« Natürlich ließ sich das Item auch ohne Zuruf aktivieren, aber die sehnliche Hoffnung, von über zweihundert Möglichkeiten etwas für diese Situation Brauchbares gewährt zu bekommen, verleitete ihn dazu. Viele schrien ja auch beim Würfeln, wenn sie um Geld spielten.

In dieser Welt funktionierte *Yggdrasils* Magie genauso wie im Spiel, daher war Ainz überzeugt, dass der Ring die geheimnisvolle Gedankenkontrolle brechen konnte, unter der Shalltear stand. Zumindest wollte er daran glauben.

Seine größte Angst, dass er nicht funktionierte, war jedoch unbegründet. Der Ring entfesselte seine Macht auch in dieser Welt – und die roten Flammen in Ainz' Augenhöhlen schrumpften zusammen. »Was … ist das …?«

Es war, als würden neue Informationen in sein Gehirn heruntergeladen – ein unangenehmes Gefühl. Gleichzeitig fühlte er sich, als wäre er mit etwas unvorstellbar Großem verbunden – am besten ließ es sich als Glücksgefühl beschreiben. Ainz überkamen mehrere Emotionen, die er noch aus einer Zeit als Mensch kannte.

Während es nachließ, begriff Ainz, in dieser Welt war *Wish Upon a Star* etwas vollkommen anderes als in *Yggdrasil.*

Als er von Nphelias Talent erfahren hatte, hatte er überlegt, ob er es ihm mit *Wish Upon a Star* stehlen könnte, und wie sich herausstellte, war das nicht ausgeschlossen. Der Zauber war zu etwas geworden, das alles ermöglichte. Es hing noch immer davon ab, wie viele Erfahrungspunkte er opferte, das änderte aber nichts daran, dass dieser Zauber das Unmögliche möglich machte. Das war aber noch nicht alles, wozu er in dieser Welt geworden war. Wenn er fünf Level opferte – also 500 Prozent seiner Erfahrungspunkte –, konnten sogar noch mächtigere Wünsche gewährt werden.

Jetzt war er davon überzeugt, er konnte den Bann aufheben, unter dem Shalltear stand, und rief siegessicher: »Entferne sämtliche von Shalltears Statuseffekten!« Seine Stimme dröhnte, Sekunden später loderten die Flammen in seinen Augen auf.

»Wa… Was?«

Albedo spürte, wie erschüttert Ainz war, und schloss daraus, dass ihre Situation sich grundlegend verändert hatte. Nervös fragte sie: »W… Was ist los, Lord Ainz?«

Er bekam keine Antwort heraus. Er dachte an alles, was er beim Spielen von *Yggdrasil* gelernt hatte, was er von Strategieseiten wusste und was er erfahren hatte, seit er in dieser Welt war. Und am wichtigsten, er hatte die Informationen über den Gebrauch von *Wish Upon a Star.* Dieses Wissen war über ihn gekommen, wie um das, was er vom letzten Gebrauch dieses Zaubers wusste, zu überschreiben und zu korrigieren.

Als er seine Überlegungen abschloss, überkamen ihn unvorstellbare Panik und Wut. Doch obwohl heftige Emotionen eigentlich hätten unterdrückt werden sollen, empfand er vor allem … Angst.

Verwirrt rief er: »W… Wir ziehen uns zurück! Albedo, komm her! Sofort!«

»J… Ja, Sir!«

Sofort wirkte Ainz einen Teleportationszauber und im nächsten Augenblick fanden sie sich in einer hügelbedeckten Landschaft wieder. Sie waren zu Hause, in Sicherheit, trotzdem erteilte er sofort Befehle, als gäbe es keine Zeit zu verlieren. »Albedo! Sei bereit, falls uns irgendwer hinterherteleportiert!«

»Jawohl!« Sie zog ihre Waffe und ging neben Ainz in Stellung. Um möglichst flexibel reagieren zu können, bereitete er sich mit leeren Händen ebenfalls vor.

Da jedoch nichts geschah, ließ seine Anspannung allmählich nach. Albedo gab ihre kampfbereite Haltung ebenfalls auf.

»Scheiße!« Nachdem auch die restliche Anspannung verflogen war, loderte unvorstellbare Wut in Ainz auf. Seit er ein Untoter war, wurden heftige Gefühle automatisch unterdrückt, aber diese Wut ließ sich mit nichts vergleichen. »Scheiße! Scheiße! Scheiße!« Er stampfte mehrmals auf den Boden und seine ungewöhnliche Kraft wirbelte Dreck auf. Hätte es nicht erst vor ein paar Tagen geregnet, hätte er nun vermutlich in einer riesigen Staubwolke gestanden. Seine Wut ließ allerdings nicht nach.

»L… Lord Ainz, bitte zügelt Euren … Zorn …«

Der Anflug von Angst in Albedos Stimme ließ ihn endlich erkennen, dass er sich ganz und gar nicht wie ein absoluter Herrscher verhielt. Schnell fand er seine Ruhe wieder und atmete tief aus – auch wenn er nicht wirklich atmete –, um die ihn verzehrenden Flammen der Wut zu ersticken.

»Tut mir leid, sieht so aus, als hätte ich die Beherrschung verloren. Bitte vergiss, was du gerade gesehen hast.«

»Das ist überhaupt kein Problem, mehr noch, danke, dass Ihr auf mich gehört habt! Wenn Ihr mir befehlt, es zu vergessen, Lord Ainz, dann werde ich das tun. Aber … was ist passiert? Was hat Euch dermaßen verstimmt? Wenn Ihr es mir sagt, sorge ich dafür, dass es nie wieder geschieht!«

»Es hat nichts mit dir zu tun, Albedo. Der Ring wurde aktiviert, aber ich musste feststellen, dass er mir meinen Wunsch nicht erfüllen kann.« Aus ihrem Schweigen schloss er, dass sie eine genauere Erklärung brauchte. »Es gibt nur eine Macht, gegen die der Superstufenzauber *Wish Upon a Star* machtlos ist.« Bislang war es nur eine Möglichkeit gewesen, dass das Problem etwas war, das es nur in dieser Welt gab, aber jetzt war Ainz überzeugt, zu wissen, was vor sich ging. Er hatte es beim Versuch, den Zauber zu wirken, gespürt.

»I… Ihr meint … ein …?«

»Ja, Albedo. Es kann nur eins sein – ein *World Item*.«

In *Yggdrasil* gab es über zweihundert davon, Items weitaus mächtiger als Gildenwaffen und Divine-Items. Ja, für ein *World Item* war es vermutlich ein Leichtes, einen Untoten, der eigentlich gegen telepathische Effekte immun war, mit Gedankenkontrolle zu belegen.

Dann dachte Ainz an die anderen Wächter, die sich außerhalb Nazaricks aufhielten. Möglicherweise versuchte man, sie ebenfalls anzugreifen. Er war wütend auf sich, dass er nicht schon früher daran gedacht hatte. »Albedo, alle Wächter, die unterwegs sind, sollen sofort zurückkommen. Sobald sie wieder da sind, müssen wir überprüfen, ob sie wie Shalltear unter Gedankenkontrolle stehen. In den Thronsaal, sofort! Danach … die Schatzkammer.«

Kapitel 4: Vor dem Spiel um Leben und Tod

Kapitel 4: Vor dem Spiel um Leben und Tod

1

Was Ainz nach der Teleportation in die Schatzkammer sah, glich dem Glitzern sämtlicher Sterne des Nachthimmels.

Die Decke war so hoch, die Wände so lang, dass es einem schwerfiel, die Kammer als Ganzes wahrzunehmen. Der Raum war geradezu riesig und voll mit glänzendem Geschmeide. In der Mitte türmte sich ein Gebirge aus Goldmünzen und Juwelen auf. Es war so viel, dass man es nicht einmal zählen wollte. Und aus diesem Gebirge ragten teilweise verborgene kunsthandwerkliche Schätze.

Auf den ersten Blick entdeckte man einen goldenen Becher, ein Zepter mit verschiedenen Edelsteinen, einen silbern glänzenden Pelz, einen kunstvollen Wandteppich mit aufwendigen Goldstickereien, ein schimmerndes Horn aus Perlmutt, einen Fächer aus Federn in allen Farben des Regenbogens, einen Kristallkrug, einen schwach glühenden, fein gearbeiteten Ring, eine Maske aus Tierleder mit eingearbeiteten schwarz-weißen Edelsteinen und mehr. Das war natürlich nur ein Bruchteil. Im Inneren des Gebirges aus Goldmünzen verbargen sich vermutlich Hunderte ähnliche Objekte.

Ainz hörte zwei der drei Frauen in seiner Begleitung beim Anblick dieser Anhäufung von Schätzen aufkeuchen. *Nur zwei von drei?* Er warf einen Blick hinter sich.

Albedo, die nun anstelle ihrer schwarzen Rüstung ein weißes Kleid trug, ließ bewundernd den Blick schweifen. Yuri Alpha, von der er nach seiner Rückkehr nach Nazarick seinen Ring zurückbekommen hatte, tat dasselbe.

Die Einzige, die sich nicht stauend umsah, blickte Ainz seelenruhig an. Ihr Gesicht war dermaßen wohlgeformt, dass es künstlich wirkte. Nur eins ihrer kalt schimmernden smaragdgrünen Augen war sichtbar – das andere verbarg sich hinter einer Augenklappe. Das von der Decke fallende Licht ließ ihr langes erdbeerblondes Haar schimmern. Sie war ein Automaton, eine Art von Heteromorph, und hieß CZ2128 Delta, oder kurz Shizu. Als Mitglied der Plejaden trug sie eine Dienstmädchenuniform, die Narberals und Yuris glich. Was ihre von den anderen unterschied, waren ihre in Tarnmuster gehaltenen Accessoires und der niedliche Aufkleber auf ihrem Rock, auf dem in Kanji EIN YEN geschrieben stand. Dann war da noch die Waffe an ihrer Hüfte. Ein weißes Gewehr, das sie jedoch genau wie ein Schwert trug.

Das magische Gewehr, Automatons und Shizus Gunner-Klasse stammten alle aus dem Update *Valkyrie's Downfall.*

Vielleicht konnte Yuri als Dienstmädchen nicht anders, als sie sich das schwarze, glaslose Brillengestell auf der Nase hochschob und sagte: »Lord Ainz. Warum ist nicht alles richtig gelagert? Auch wenn es Schutzzauber gibt, scheint es mir nicht angemessen, alles einfach so herumliegen zu lassen. Gebt den Befehl und wir beginnen sofort mit der Arbeit ...«

»Du solltest dich noch mal umsehen.«

Im Zeitraum eines Atemzugs ließ Yuri ihren Blick erneut schweifen und entschuldigte sich dann. »Vergebt mir. Bitte verzeiht meine Gedankenlosigkeit.«

»Ist ja nicht schlimm. Aber ... es ist einfach so: Die Dinge unter den Goldmünzen sind letztendlich nicht besonders wertvoll.« Ainz sah selbst zum Grund von Yuris Entschuldigung – zahllose, deckenhohe Regale und die Gegenstände darauf, die noch heller als das Goldgebirge strahlten.

Ein mit einem Blutstein versehener Stab, granatbesetzte Panzerhandschuhe aus Hihi'irokane*, ein in einen kleinen Silberring eingefasstes Okular mit schwarzen Diamanten, eine Hundestatue aus Obsidian, ein Dolch aus violettem Amethyst, ein kleiner, mit zahllosen weißen Perlen besetzter Altar, Lilien aus einem Material, das wie regenbogenfarbenes Glas schimmerte, zerbrechliche, aus Sternenrubinen gearbeitete Rosen, ein Wandteppich, der einen fliegenden schwarzen Drachen zeigte, eine mit einem riesigen Diamanten verzierte Krone aus Platin, ein edelsteinbesetztes Weihrauchgefäß, ein Löwe und eine Löwin aus Saphiren und Rubinen, flammenförmige Manschetten mit Feueropalen, ein aufwendig verziertes Zigarettenetui aus Rosenholz, ein Umhang aus dem Fell einer goldenen Bestie, zwölf Teller aus Apoitakara, eine mit Edelsteinen in vier Farben besetzte Fußspange aus Silber, ein gottloses Buch mit einem Einband aus Demantoid-Wootzstahl, eine lebensgroße Frauenstatue aus Gold, ein Gürtel mit eingearbeiteten imperialen Topasen, ein Schachspiel, bei dem jede Figur mit einem anderen Edelstein versehen war, eine aus Smaragd gearbeitete Fee, ein schwarzer, mit unzähligen winzigen Edelsteinen bestickter Umhang, ein aus dem Horn eines Einhorns geschnitztes Weinglas, ein goldener, mit Kristallkugeln besetzter Sockel ...

Und das war nur ein winziger Bruchteil.

Abgesehen davon gab es noch einen Ganzkörperspiegel mit einer Vielzahl blauer Topase, einen roten Kristall von der Größe eines Menschen, eine riesige, kunstvoll gearbeitete Kriegerstatue aus glänzendem Silber, ein Steinaltar mit nicht zu entziffernden, eingemeißelten Buchstaben und ein Armvoll Alexandrite.

Die unzähligen Schätze waren eine deutliche Antwort auf Yuris Frage: *Wo sollten wir das alles unterbringen?*

»Gehen wir.«

Zwei der drei Frauen antworteten zur Bestätigung, lediglich Shizu nickte wortlos.

*Metalle aus japanischen Legenden mit herausragender Härte, die in wunderschönen Farben glänzen.

Ainz zauberte *Mass Fly* und alle vier erhoben sich in die Luft. Hier oben wurde deutlich, dass ein schwacher, giftig violetter Schimmer die Luft erfüllte.

Yuri sah sich um und suchte nach dem Ursprung. Aber weder an der Decke noch an den Wänden entdeckte sie etwas, das violett strahlte. Leichte Verwirrung schlich auf ihre hübschen Züge.

Eine emotionslose Stimme sprach sie an. »Yuri, die Luft ist mit einem tödlichen, magischen Gift verseucht.«

»Hm?« Ihrem verdutzten Blick antwortete ein kaltes Starren.

Shizu blickte sie mit ihren grünen Augen ausdruckslos an. Genauer gesagt, ihre Augen waren leer. So überaus hübsch ihr Gesicht auch war, es wirkte wie eine Maske. Als Automaton war Shizu nun mal konstruiert, um keine Gefühle zu zeigen.

»Das *Blood of Jormungandr*?«

Auf Shizus Erwähnung des effektivsten Items für tödliches Gift antwortete Ainz: »Du hast es erfasst. Ich hab euch nichts davon gesagt, aber die Luft um die Schatzkammer herum ist verpestet. Ohne Item oder Fähigkeit, die einen vor Gift schützt, stirbt man innerhalb von drei Sekunden.«

»Habt Ihr deswegen uns gewählt, um Euch zu begleiten?«

Damit lag sie richtig.

Yuri, die Dullahan, die sich hastig die Brille hochschob und Shizu, der Automaton mit dem reglosen Gesicht. Beide waren Heteromorphe mit einer rassenbedingten Immunität. Als Dämon war Albedo zwar für Gift anfällig, aber sie verfügte über andere Schutzmethoden.

»Genau, deshalb hab ich euch mitgenommen. Aber für Shizu gibt es noch einen Grund. Ich wollte etwas überprüfen.«

Ohne dafür das Goldgebirge bezwingen zu müssen, erreichten Ainz und die anderen die Tür auf der anderen Seite des Raums.

Aber konnte man es wirklich als Tür bezeichnen? Es war eine türförmige, bodenlose Finsternis, die flach auf der Wand lag. Ainz stand davor, als würde er überlegen, ob sie nur aufgemalt war.

»Das ist das Waffenlager. Wie war doch gleich das Passwort …?«

»Lord Ainz, wenn das das Waffenlager ist, bedeutet das, dass an anderen Orten noch mehr Schätze aufbewahrt werden?«

Hm? Albedo weiß nicht, wie die Schatzkammer aufgebaut ist? Ainz neigte verwundert den Kopf zur Seite. Aber das ergab durchaus Sinn. Die Schatzkammer war vom Rest der Großen Gruft von Nazarick getrennt und so angelegt, dass sie fast nicht zu erreichen war, außer man teleportierte mit einem Ring von Ainz Ooal Gown hierher. Bis vor zehn Tagen hatte Albedo keinen solchen Ring besessen, daher war es auch nicht besonders überraschend, dass sie manches nicht wusste.

Es war schwer zu sagen, wie viel die NPCs wussten, und Ainz antwortete nach kurzer Überlegung: »Ja, so ist es. Mein Freund Genjiro hat gerne Ordnung gehalten. Alles musste nach Verwendungszweck sortiert sein.«

»Er ist der Schöpfer von Entoma, oder?«

»Ganz genau, Yuri. Okay, vielleicht stimmt ›Ordnung halten‹ nicht ganz. Sonst hätte er vermutlich auch diese Goldberge sortiert und diesen Raum nicht als Kammer des Schmutzes bezeichnet. Aber um wieder zum Thema zu kommen, alles sollte in Kategorien wie Rüstungen, Waffen, Zubehör, andere Items, Verbrauchsgüter, Herstellungsmaterialien und so weiter geordnet sein. Es gibt auch einen Raum, der einzig und allein der Instandhaltung von Nazarick dient … Oh, und einen, in dem alle Datenkristalle lagern.« Beim Plaudern hatte Ainz in verschiedene Richtungen gedeutet und dort gab es noch mehr dieser zweidimensionalen schwarzen Dinger. »Tatsächlich führen sie alle in dieselbe Kammer, es ist also egal, welchen Durchgang man benutzt … Oh, vermutlich rede ich zu viel.«

»Nein, überhaupt nicht, wir danken Euch für Eure Bereitschaft, unsere Fragen zu beantworten.« Die beiden Kampf-Maids senkten bei Albedos Worten den Kopf.

Was mach ich hier? Wir haben keine Zeit für so was. Sobald ich anfange, von Nazarick zu schwärmen, laber ich ohne Punkt und Komma ... Mit einem Schulterzucken wandte sich Ainz der Finsternis zu.

Diese Art Tür öffnete man mit einem Passwort. Es gab Methoden, sich mit Magie oder Diebesskills Zugang zu verschaffen, allerdings verfügte Ainz weder über das eine noch über das andere. Also brauchte er das Passwort, aber ...

Japp, Hab's vergessen.

Natürlich.

In Nazarick fand man einige solche Hindernisse. Natürlich kannte er die Passwörter für Orte, die er öfter besuchte. Doch selbst wenn er in die Schatzkammer ging, gab es fast nie einen Grund, hierherzukommen. Unmöglich konnte er sich an das Passwort dieser Tür erinnern.

Er kam nur in die Schatzammer, um mit dem von ihm verdienten Geld für den Unterhalt Nazaricks aufzukommen. Er war seit Jahren nicht mehr so tief drinnen gewesen.

Da er nicht darauf kam, versuchte er das, was bei fast allem funktionierte. »Ehre sei Ainz Ooal Gown!«

Zur Antwort erschienen auf der nachtschwarzen Tür Worte, als würden sie an die Oberfläche eines Sees steigen. Dort stand: *Ascendit a terra in coelum iterumque descendit in terram et recipit vim superiorum et inferiorum.*

»Verdammt, Tabula hat immer so übertrieben ...«

Das hatte er nicht laut aussprechen wollen und Albedo reagierte kaum merklich.

Ainz dachte an den, der unter anderem dafür zuständig gewesen war, sich solche kleinen Kniffe auszudenken. Zwanzig Prozent der aufwendigeren in der Großen Gruft von Nazarick waren sein Werk. Seine äußerst detailreichen Entwürfe hatten es immer wieder geschafft, das beachtliche Budget der Gilde für Anpassungsdaten zu verbrauchen. Das hatte dazu geführt, dass sich die anderen Gildenmitglieder beschwert hatten, sich nicht frei entfalten zu können, also hatte er die Verantwortung übernommen und für ein Kaufitem bezahlt, um die verwendbare Datenmenge zu erhöhen.

Ainz starrte angestrengt die Worte auf der Tür an. Das war auf jeden Fall ein Hinweis, aber was hatte er zu bedeuten? Er überlegte weiter, versuchte, auf die Antwort zu kommen.

Endlich erinnerte er sich an das Passwort.

»Ich bin mir ziemlich sicher, es war ›So wirst du das Licht der ganzen Welt dein Eigen nennen und alle Unklarheiten werden sich hinfortheben‹, stimmt's?« Ainz sah Shizu auf der Suche nach Bestätigung an.

Sie nickte.

Shizu war kein von Tabula Smaragdina erschaffener NPC, sondern stammte von einem der anderen Gildenmitglieder, die sich Ergänzungen ausgedacht hatten, und ihre Parameter erlaubten ihr, zu wissen, wie man daran vorbeikam. Sie hätte auch die Lösung für den Hinweis gekannt.

Ainz hatte sie nur nicht gefragt, weil er ihn unbedingt selbst entschlüsseln wollte.

Bei ihrer Ankunft in dieser Welt war die Große Gruft von Nazarick zum Leben erwacht und er wollte als Erster seine Spuren hinterlassen, wie in frisch gefallenem Schnee.

Als würde sie seine Gedanken lesen, zog sich die Finsternis zusammen. Sie verschwand fast völlig, bis nur noch eine in der Luft schwebende, etwa faustgroße Kugel zurückblieb.

Bis eben hatte sie wie ein Deckel funktioniert, doch nun konnten sie durch die freigelegte Öffnung in das Innere des Raums dahinter blicken. Es war eine geordnete Welt, mit nichts vergleichbar, was sie bisher gesehen hatten. Am ehesten ließ es sich wohl mit einer Museumsausstellung vergleichen.

Im schwachen Licht war ein langer Raum mit einer etwa fünf Meter hohen Decke zu erkennen, als hätte man beim Bau bedacht, dass auch weitaus größere Wesen als Menschen ihn betreten würden. Der Boden des zehn Meter breiten Raums bestand aus glänzendem schwarzem Stein ohne erkennbare Spalten – als wäre es eine einzige, riesige Platte. Das schwache Licht von der Decke verlieh dem ganzen Raum eine ruhige, feierliche Atmosphäre. Auf beiden Seiten befanden sich Waffen, die nicht nur geordnet, sondern auch prächtig präsentiert waren.

»Gehen wir.« Ainz betrat das Waffenlager, ohne auf eine Antwort seiner Begleiterinnen zu warten.

Dort erwarteten sie Breitschwerter, Langschwerter, Panzerbrecher, Zweihandschwerter, Krummsäbel, Patas, Shotels, Kukris, Claymores, Kurzschwerter, Schwertbrecher …

Selbstverständlich gab es noch andere Waffen. Beispielsweise Ein- und Zweihandäxte, einhändig geführte Türbrecher, Kurzspeere, Bögen, Armbrüste …

Sogar mit groben Einteilungen waren es zu viele, um sie alle aufzuzählen.

Daneben gab es noch zahllose weitere, derart aufwendig verzierte Waffen, dass unklar war, ob man sie noch als solche bezeichnen sollte. Diese Art von Waffen konnte man unmöglich wegstecken. Sie hatten einzig und allein den Zweck, Eindruck zu machen. Tatsächlich könnte es sein, dass diese Art den Großteil ausmachte.

Und die meisten davon bestanden nicht aus einem gewöhnlichen Material wie Eisen. Ein Schwert hatte eine Klinge aus blauem Kristall, eins eine grellweiße, goldverzierte Klinge, eins eine schwarze Klinge mit eingravierten, violetten Runen. Ein Bogen hatte eine Sehne, die aus Licht zu bestehen schien.

Dann gab es welche, bei denen ein Blick genügte, um zu wissen, sie waren gefährlich: eine Zweihänderaxt, von deren Blatt frisches Blut tropfte, ein riesiger Streitkolben, auf dessen schwarzem Metall immer wieder schmerzverzerrte Gesichter erschienen und verschwanden, ein Speer, der offenbar aus ineinander verschränkten menschlichen Händen bestand ... auch diese waren zahllos.

Ainz konnte sich denken, dass der Großteil davon magisch war, wusste aber nicht, was jede einzelne Waffe ausmachte. Auch wenn man es sich bei einer von flackernden Flammen umschlossenen Klinge denken konnte, sah das bei dem Schwert, das mehr wie ein Griff mit einem sich windenden Tausendfüßler daran wirkte, ganz anders aus.

Sie gingen schweigend weiter und ließen die Blicke schweifen. Nach etwas über neunzig Metern – und vorbei an vermutlich mehreren Tausend Waffen – erreichten sie ihr Ziel und betraten einen rechteckigen Raum.

Vielleicht lag es daran, dass es sich um eine Art Wartezimmer handelte, aber hier standen nur ein Sofa und ein Tisch. In jede Richtung ging ein Korridor ab, der dem glich, durch den sie hereingekommen waren. Am Ende besagten Korridors änderte sich die Atmosphäre grundlegend.

Wenn sie sich bislang in einem Museum aufgehalten hatten, befanden sie sich nun in einer uralten Grabstätte. Breite und Höhe waren in etwa gleich, aber es gab nur schwaches Licht und der Raum zog sich in die Länge. Von ihrem Standpunkt aus war es nur schwer zu erkennen, aber da lag irgendetwas in einer breiten Senke.

Ainz reagierte auf die fragenden Blicke, die er in seinem Rücken spürte. »Vor uns liegt das Mausoleum.«

»Das ... Mausoleum, Herr?«

»Hm? Du kennst die Bezeichnung des Raums, den wir betreten werden, nicht, Albedo?« *Ich hab ihn so getauft … Weiß sie dann auch nichts von dem Kerl, der die Schatzkammer verwaltet?* »Kennst du Pandora's Actor?«

»Ja, ich kenne seinen Namen und weiß, wie er aussieht und dass er eine verwaltende Aufgabe hat. Pandora's Actor … Flächenwächter der Schatzkammer, etwa so stark wie Demiurge oder ich selbst. Seine Aufgabe ist die Verwaltung dieses Orts und die Bereitstellung der notwendigen Geldmittel, sollten Nazaricks Verteidigungssysteme aktiv werden. Anders gesagt, er ist für die Finanzverwaltung zuständig.«

»Ja. Das ist aber nicht alles. Er …«

Ainz wurde vom Erscheinen einer Gestalt unterbrochen, die plötzlich aus einem der anderen Korridore hereinkam. Alle drei NPC wandten sich ihr zu.

Die Gestalt sah sehr seltsam aus. Ein menschlicher Körper mit einem Kopf, der sich am ehesten als verzerrter Tintenfisch beschreiben ließ. Eine Tätowierung unterbrochener Buchstaben bedeckte die rechte Gesichtshälfte. Sie ähnelten denen, die auf der Tür erschienen waren. Ihre Haut wies das lila durchzogene Weiß einer Leiche auf und glänzte eigenartig, als wäre sie schleimbedeckt. Zwischen den vier Fingern der Hände spannten sich Schwimmhäute. Sie trug maßgeschneiderte schwarze Lederkleidung mit silbernen Akzenten. Ergänzt wurde das alles durch mehrere locker sitzende Gürtel und einen Umhang über den Schultern. Was sollte man über das Aussehen dieses Wesens sagen, außer es als grotesk zu bezeichnen? Als es den Blick seiner bleichen, getrübten und pupillenlosen Augen auf Ainz und die anderen richtete, zuckten die sechs hüftlangen Tentakel an seinen Mundwinkeln.

Albedo schrie mit schockgerötetem Gesicht: »Lord Tabula Smaragdina!«

Es war eines der Einundvierzig Höchsten Geschöpfe. Was reine Schlagkraft anging, war es ein mächtigerer Caster als Ainz.

»Nein, er ist es nicht!«, brüllte Albedo sofort.

Sofort traten beide Maids in Aktion. Shizu zog ihr Gewehr, drückte sich den Kolben an die Schulter und richtete den Lauf auf die Gestalt. Yuri schlug vor ihrer Brust die Fäuste aneinander. Die Armstulpen dröhnten metallisch wie ein Gong. Danach bezog sie neben Albedo Position, vor Shizu und Ainz. Ihre Aufgabe war es, die zweite Reihe zu schützen, da ein Caster und eine Gunnerin im Nahkampf benachteiligt waren.

»Wer bist du?! Selbst wenn du das Aussehen und Auftreten eines der Einundvierzig Höchsten Geschöpfe annimmst, ich kenne meinen Schöpfer!«

Als Antwort auf Albedos Herausforderung legte das Wesen, das wie Tabula Smaragdina aussah, lediglich den Kopf schräg.

»Verstehe. Töten wir ihn.«

Ihr kalter Befehl war deutlich, trotzdem zögerten die beiden Plejaden. Obwohl sie nicht wussten, wer er wirklich war, fühlte es sich einfach falsch an, gegen jemanden zu kämpfen, der wie einer ihrer Schöpfer aussah.

In diesem Fall sollte man vermutlich erwähnen, dass die Plejaden damit keinen Fehler machten, jedoch zeigte Albedo gerade herausragende Fähigkeiten, indem sie, ohne zu zögern, eine vernünftige Entscheidung getroffen hatte. Für sie stand die Sicherheit desjenigen, mit dessen Schutz sie beauftragt war, nämlich Ainz, an erster Stelle.

Als sich die anderen beiden nicht regten, schnalzte sie mit der Zunge und wollte gerade selbst angreifen, als Ainz verärgert das Wort ergriff.

»Das reicht. Nimm deine wahre Form an, Pandora's Actor.«

Tabula Smaragdina verzerrte und veränderte sich. Kurz darauf stand noch immer ein Heteromorpher da, wenn auch ein anderer.

Sein Gesicht war glatt, alle Erhebungen wie die Nase fehlten. Anstelle von Augen und Mund waren da nur Löcher. Ihm fehlten Augen,

Lippen, Zähne oder Zunge – ein Gesicht, wie es ein kleines Kind zeichnen würde. Der glatte, an ein Ei erinnernde Kopf schimmerte absolut haarlos.

Dieses Wesen war – wie Narberal – ein Doppelgänger.

Es war Pandora's Actor, der von Ainz erschaffene Level-100-NPC und Verwalter der Schatzkammer. Er konnte das Aussehen von fünfundvierzig verschiedenen Wesen annehmen und sogar ihre Fähigkeiten nutzen, wenn auch nur mit 80 Prozent Wirkkraft.

An seiner Kopfbedeckung prangte das Abzeichen von Ainz Ooal Gown. Ansonsten glich seine Kleidung erschreckend den Uniformen der Neo-Nazi-SS, die vor zwanzig Jahren während des europäischen Arkologie-Kriegs für Furore gesorgt hatte.

Er schlug die Absätze zusammen und riss die Hand zu einem übertriebenen Salut an die Mütze hoch. »Willkommen und danke, dass Ihr gekommen seid, mein Schöpfer, Lord Momonga!«

»Na, du bist ja ganz schön lebhaft, was?«

»Ja, das bin ich! Ich kümmere mich lebhaft um die hier anfallenden Aufgaben! Da wir gerade davon reden, was kann ich für Euch tun? Ihr habt sogar die Befehlshaberin der Ebenenwächter und zwei Maids mitgebracht – hallo, meine Damen.«

Da der zuständige Ebenenwächter anwesend war, zogen sich Albedo und Yuri auf eine untergeordnete Position hinter Ainz zurück und die drei Frauen reagierten alle unterschiedlich auf ihn. Yuri war auf ihre Stellung unter den Plejaden stolz und als er sie als »Dame« bezeichnete, schob sie sich hastig mit einem Anflug von Verärgerung die Brille hoch. Albedo neben ihr war eifersüchtig, dass Ainz sein Schöpfer war, und schmollte. Shizus Haltung änderte sich überhaupt nicht, sie steckte nur ihr Gewehr weg.

»Ich bin hier, um ein paar unserer wertvollsten Schätze aus dem tiefsten Raum zu holen, die *World Items*.«

»Was?! Ist es Zeit, ihre unbändige Macht zu entfesseln?!« Seine Überraschung wirkte absichtlich übertrieben. Dieses Verhalten ließ Ainz die nicht vorhandene Stirn runzeln. *Von der Kleidung will ich gar nicht erst anfangen, aber warum hab ich einen Kerl erschaffen, der immer dermaßen übertreibt?*

Er kannte die Antwort. Ainz hatte Pandora's Actor geschaffen. Mit anderen Worten, er hatte mal alles, was dieser tat, für »cool« gehalten und sich damals eingeredet, er wäre stolz auf ihn. Er hatte Typen in Militäruniform cool gefunden und sich gedacht, da sein Name das Wort »Actor«, also Schauspieler, enthielt, sollte er alles übertrieben tun. Aber ihn zu sehen, wie er ging und redete ... »Mann, der ist so peinlich.« Ainz flüsterte, was er wirklich dachte, jedoch zu leise, als dass ihn irgendwer hören konnte.

Das ist eine Vergangenheit, von der ich wünschte, sie wäre nie passiert. Eine lebendige Vergangenheit, von der ich wünschte, sie wäre nie passiert.

Gäbe es in diesem Nazarick mit seinen lebendigen NPCs noch andere Gildenmitglieder, sie würden vermutlich vor Scham zusammenbrechen. Irgendwie war er davon überzeugt – auch wenn er dabei an niemand Bestimmtes dachte.

»Okay, kommen wir wieder zur Sache. Ich hab keine Zeit, mich ablenken zu lassen. Als Untoter sollte mir das ohnehin nicht passieren«, sagte er sich leise und riss sich zusammen.

»In der Tat, es ist so weit. Ich möchte Habgier und Genügsamkeit, Hygeas Schale, Milliarden Schwerter und Darstellung von Natur und Staat holen.«

»Und die anderen beiden?«

»Bleiben hier. Das sind Items, die man nur einmal benutzen kann. Sie verfügen über enorme Macht, daher sollte wohl überlegt sein, wann man sie einsetzt, oder wir heben sie auf, bis wir herausfinden, wie wir Ersatz bekommen können.«

»Stimmt wohl. Die Macht dieser übermächtigen Items sollte man wirklich nur als letzten Ausweg einsetzen. Sie ermöglichen das Unmögliche und beugen die Welt selbst …«

»Pandora's Actor, ich möchte dein Wissen auf die Probe stellen. Angeblich gibt es insgesamt zweihundert *World Items.* Wie viele kennst du?«

»Verzeiht, Lord Momonga, ich kenne nur elf.«

Ainz nickte. So viele besaß die Gilde. Pandora's Actor wusste nichts über die, die man ihnen bei dem Versuch, sie zu bekommen, gestohlen hatte, wie beispielsweise Atlas. Es gab also noch ein paar Unbekannte, aber auch wenn das Wissen der NPCs zum Teil von ihren Parametern abhing, sollte er am besten davon ausgehen, dass ein paar der schwachsinnigeren Einstellungen nicht länger galten.

Nach ein paar Tagen Beobachtung hatte er noch etwas anderes in Bezug auf ihre Parameter erkannt: Bestimmte Aspekte ihrer Persönlichkeiten, die nichts mit ihren Hintergrundgeschichten oder ihren Beziehungen zu den andren NPCs zu tun hatten, waren allem Anschein nach von ihren Schöpfern übernommen worden. Das wurde in den Beziehungen zwischen Shalltear und Aura oder Demiurge und Sebas deutlich.

Ainz lächelte, ohne eine Miene zu verziehen. *Sie sind wirklich wie Kinder …* Das Gefühl, seine verlorenen Freunde wären zumindest im Geiste bei ihm, machte ihn gleichzeitig glücklich und einsam. Um das Gefühl loszuwerden, schüttelte er den Kopf.

»Ich verstehe, Pandora's Actor. Entschuldige die alberne Frage.«

»Ganz und gar nicht. Ich bitte um Verzeihung, nicht mehr zu wissen.« Ein weiterer Salut. Jede seiner Bewegungen war dermaßen übertrieben.

»Nein, schon gut. Wir begeben uns jetzt tiefer ins Mausoleum. Da du hier für die Verwaltung zuständig bist, gibt es etwas, das ich wissen sollte?«

»Nein, Sir. Ihr könnt hier tun und lassen, was Ihr wollt«, erklärte er mit theatralischem Tonfall und gestikulierte dabei ausschweifend. »Aber es ist ein wenig schade. Ich dachte, vielleicht wäre es endlich so weit, dass Ihr auf meine Kräfte zurückgreifen wollt, Lord Momonga.«

Ainz hielt inne und betrachtete ihn, als würde er etwas Seltsames ansehen. Natürlich hatte er es in Erwägung gezogen. Dank seiner Hintergrundgeschichte war Pandora's Actor einer der intelligentesten und einfallsreichsten NPCs Nazaricks. In Friedenszeiten nutzte er diese Gaben für abartige Dinge, aber im Notfall wäre es nützlich, auf seine Intelligenz zurückgreifen zu können. Zudem konnte man seine Fähigkeiten auf verschiedenste Weise einsetzen. Abhängig von der Situation konnte er die Funktion jedes einzelnen Wächters übernehmen.

Aber Ainz hatte ihn nicht als Kämpfer oder Verwalter erschaffen, sondern um etwas Bleibendes von Ainz Ooal Gown und seinen Freunden zu hinterlassen.

»Du bist unser letzter Ausweg. Ich will dich nicht auf einen Botengang schicken.«

»Danke, mein Lord.« Er machte den Eindruck, noch etwas sagen zu wollen – vielleicht? –, und verneigte sich dann übertrieben. »Zu Befehl. Dann werde ich mich weiter um die Belange der Schatzkammer kümmern.«

»Ich verlasse mich auf dich. Übrigens, ab jetzt nennst du mich Ainz – Ainz Ooal Gown.«

»Wow! Das werde ich, Lord Ainz!«

Pandora's Actor verneigte sich und Ainz machte auf dem Absatz kehrt, um zu verdeutlichen, dass das Gespräch beendet war. Dann ertönte hinter ihm eine Stimme.

»Allerdings ... Lord Ainz, ich weiß, es ist ungehörig von mir, aber wenn die Situation den Einsatz von *World Items* verlangt, frage ich mich untertänigst, ob es nicht besser wäre, wenn ich die Schatzkammer verlasse und mich auf anderen Ebenen nützlich mache.«

Er hatte nicht unrecht. Pandora's Actor war wertvoll, ihn hier zu behalten und auf seine Fähigkeiten zu verzichten wäre dumm. Ainz sollte die Situation als Notfall betrachten und seinen Einsatz in Erwägung ziehen. Abgesehen davon musste er ohnehin ein paar Goldmünzen aus der Schatzkammer in den Thronsaal bringen.

Als er seine Entscheidung getroffen hatte, drehte er sich um und sah, wie Pandora's Actor flehend die Hand auf sein Herz legte. Shizu murmelte mit ihrer unveränderlichen Miene ein leises »Wow«, von dem Ainz überzeugt war, es hatte ebenfalls nichts Gutes zu bedeuten. Es nagte an seinem Herzen – aber das Gefühl verschwand sofort wieder.

Alles an Pandora's Actor war übertrieben – besonders, dass er bei jeder Pose offensichtlich dachte: *Ich bin so cool!* Wäre er wirklich cool, könnte er damit Eindruck machen, aber dieser Typ war ein Eierkopf. Er war zu überkandidelt – so sehr, dass es schon peinlich war, ihm zuzusehen.

Ainz betrachtete Pandora's Actor ein paar Augenblicke lang schweigend. Dann holte er aus dem extradimensionalen Raum einen Ring und warf ihn ihm zu.

Der Ring beschrieb einen Bogen und landete perfekt in der Hand des Heteromorphen.

»Das ist ... ein Ring von Ainz Ooal Gown. Damit kann m...«

Ainz unterbrach Pandora's Actor. Er würde über diese unglückselige Reaktion hinwegsehen. »Aber du bist eine Reserve. Albedo, informiere die Lakaien über ihn. Bis es so weit ist, Pandora's Actor, bewegst du dich nur zwischen dem Thronsaal und der Schatzkammer.«

»Zu Befehl«, bestätigten beide und Pandora's Actor schlug lautstark die Hacken zusammen, dann verneigte er sich äußerst höflich (was allerdings sehr gekünstelt wirkte), sogar seine Finger waren gestreckt.

Mit Blick auf den Eierkopf schüttelte Ainz leicht den Kopf. *Er ist kein übler Kerl. Und was seine Fähigkeiten angeht, ziemlich wirkungsvoll. Aber... meine Fresse ... Warum hab ich ihm diese Persönlichkeit gegeben? Wie konnte ich das für cool halten? Na ja, ich meine, die Militäruniform ist ja schon irgendwie cool, trotzdem ...*

Wäre Ainz in der Lage gewesen zu erröten, sein Gesicht hätte die Farbe einer reifen Tomate angenommen.

»Hey, Pandora's Actor.« Er legte ihm die Hand auf die Schulter, zog ihn beiseite und sagte: »Komm mal eben mit.« Natürlich befahl er Albedo und den Maids zu bleiben, wo sie waren.

»Verrat mir was – es ist wichtig. Ich bin dein Schöpfer und du bist mir voll und ganz ergeben, oder?«

»Das ist richtig, mein Lord. Ich wurde von Euch erschaffen. Würdet Ihr mir befehlen, gegen andere Höchste Geschöpfe in die Schlacht zu ziehen, würde ich das, ohne zu zögern, tun.«

»Verstehe, also ... Du kannst das als Befehl von diesem Geschöpf, ähm, Mann ... deinem Herrn betrachten oder als Gefallen oder was auch immer. Aber lass das Salutieren bleiben.«

Pandora's Actors Augenlöcher richteten sich auf Ainz. Darin war kein Verstehen zu entdecken.

»Also, ähm. Hör mal, wie soll ich das sagen ... Ist es nicht seltsam zu salutieren? Lass es bleiben. Die Militäruniform ... na ja, du bist stark, also behalten wir die. Aber ernsthaft, kein Salutieren mehr.«

»Wenn es meines Gottes Wille ist.«

»Das ist ziemlich übertrieben. Lass das auch bleiben. Nein, schon gut, solange du es nicht vor mir machst. Okay? Ich verlass mich auf dich.«

»J... Ja, Sir.« Pandora's Actor klang, als bekäme er allmählich das Gefühl, Ainz mache sich über ihn lustig.

Ainz wich etwas zurück – sie waren sich so nahe gekommen, dass es den Eindruck machte, sie würden sich jeden Moment küssen – und flehte ihn leise an: »Ich verlass mich wirklich auf dich, okay? Ich hätte nie gedacht, dass mir etwas dermaßen schwerfallen würde. Das ist noch peinlicher, als auf einem riesigen Hamster zu reiten. Ich glaub's ja nicht. Wirklich, ich würde gern noch weiter darüber quatschen, aber das ist ein Notfall, also lassen wir das für heute bleiben.«

»Okay, bevor wir das Mausoleum betreten, müssen wir noch was anderes machen. Albedo, gib Pandora's Actor deinen Ring von Ainz Ooal Gown.« Sie machte ein Gesicht, als wollte sie nach dem Grund fragen, daher erklärte er es ihr: »Es ist eine letzte Falle. Die Golems und Avataras da drin sind darauf programmiert, jeden anzugreifen, der einen Ring hat. Das gilt auch für dich und mich.«

»Ich verstehe … Plünderer bräuchten einen Ring, um hierherzukommen, daher würden sie die letzte Falle definitiv auslösen.«

»Ziemlich hinterhältig, stimmt's?«

»I… Ich habe nichts dergleichen gedacht!« Da sie jetzt eine Erklärung hatte, zog Albedo äußerst widerstrebend den Ring vom linken Ringfinger, wickelte ihn in ein Seidentaschentuch und übergab ihn Pandora's Actor.

Ainz nahm seinen ebenfalls ab, um ihn dann in ein Etui zu legen, das er aus dem extradimensionalen Raum gezogen hatte.

»Oh!« Ainz erinnerte sich an etwas, dann legte er alle herrenlosen Ringe aus dem Raum ebenfalls in das Etui. Ansonsten würde man sie als ihm zugehörig erkennen, was die Avataras angreifen lassen würde.

»Meisterin Albedo, würdet Ihr bitte loslassen …?«

Als sich Ainz zu der frustrierten Stimme umdrehte, sah er, wie die beiden um das Taschentuch rangen.

»M… Mein Ring …«

»Aber Lord Ainz hat erklärt, wenn Ihr damit da hineingeht, wird man Euch angreifen. Es ist ja nur für kurze Zeit!«

»Was sagst du da? Das ist der Ring, den mir Lord Ainz gegeben hat. Und trotzdem willst du …?«

»Albedo, wir haben wirklich keine Zeit für so was. Wenn du ihn nicht hergibst, muss ich …«

»Verzeiht! Ich bin jetzt bereit!«

Sie ließ so abrupt los, dass Pandora's Actor aufschrie und ein paar Schritte zurückstolperte, bevor er sein Gleichgewicht wiederfand.

»Ja? Dann gehen wir. Pandora's Actor, lass dir von Yuri und Shizu dabei helfen, einen Teil unserer Geldmittel in den Thronsaal zu bringen … Es mag eine Bürde sein, Albedos Ring dabeizuhaben, aber bitte respektiere ihre Gefühle und benutze den, den ich dir gegeben habe, nicht ihren.«

»Habt Dank, Lord Ainz! Ich habe gedacht, wie unverzeihlich es wäre, würde jemand den Ring benutzen, den Ihr mir gegeben habt. *Allerdings*, da ich weiß, es handelt sich um einen Notfall, würde es mich nicht ganz so sehr stören. Aber noch während ich das dachte, wollte ich, dass Ihr wisst, wie ich darüber denke. Zum Glück habt Ihr es verstanden, ohne dass ich es erwähnen mu…«

»Zu Befehl! Aber wen soll ich hierlassen, der Euch bei Eurer Rückkehr erwartet?«

Als Pandora's Actor Albedos leidenschaftlichen Vortrag unterbrach, verzog sie das Gesicht auf eine Weise, die überhaupt nicht zu einer eleganten Schönheit passte.

Ainz sah an ihr vorbei – er wollte sich seine Träume von schönen Frauen genauso wenig zerstören lassen, wie sie unterbrochen werden wollte. »Vermutlich wird es eine Weile dauern. Ich melde mich später über *Message*. Komm dann einfach sofort her – ohne Ringe sitzen wir hier fest.«

»Ja, Sir.«

Als Ainz mit Albedo das Mausoleum betrat, wurden sie von Pandora's Actor und den beiden Maids mit tiefen Verbeugungen verabschiedet.

Es war fast dunkel, man hörte keinen Laut – absolut passend, wenn man die Geister von Toten zur Ruhe betten wollte. Ainz fühlte sich ein wenig schuldig, die Stille zu stören, als er fragte: »Übrigens, Albedo, was weißt du über *World Items*?«

»Es sind große Schätze, die die Höchsten Geschöpfe sammeln, und ich habe Erlaubnis, eines davon zu tragen ... sonst nichts.«

»Verstehe. Dann mache ich demnächst eine Liste von denen, über die ich Bescheid weiß. Es ist besser, wenn auch andere davon wissen. Aber vorher erzähle ich dir von den gefährlicheren.« Während sie weitergingen, vermittelte er ihr einen recht groben Überblick davon, was er über *World Items* wusste.

World Items. Diese Items hatten einen sehr großen Einfluss auf die Welt des Spiels *Yggdrasil.*

Den Weltenbaum Yggdrasil schmückten einst unzählige Blätter, aber eines Tages tauchte eine riesige, bösartige Kreatur auf und fiel über sie her, um sie zu fressen. Eines nach dem anderen fiel, bis nur noch neun Blätter übrig waren. Diese Blätter waren der Grundstein der neun Welten. Asgard, Alfheim, Vanaheim, Nidavellir, Midgard, Jotunheim, Niflheim, Helheim und Muspelheim.

Jedoch verweilte der Schatten der bösartigen Kreatur über den verbliebenen neun Blättern. Die Hintergrundgeschichte des Spiels war, dass die Spieler unbekannte Welten bereisen mussten, um ihre eigene zu schützen.

Und ein *World Item* war ein gefallenes Blatt, was bedeutete, es hatte denselben Wert wie eine dieser Welten. Entsprechend verfügten sie über riesige Kräfte und tatsächlich gab es ein paar, die *zu* mächtig waren.

Viele Spieler waren der Meinung, sie wären zu übermächtig für das Spiel, aber die Entwickler erklärten, die Welt biete größere Möglichkeiten, und veröffentlichten nie einen Patch dafür.

Es machte den Eindruck, die Entwicklerfirma lege übertrieben großen Wert auf das Wort *World*. Klassen und Monster in *Yggdrasil* mit dem Wort »World« im Namen waren um einiges stärker als normale. Beispielsweise gab es *World Enemies* wie den letzten Boss der ursprünglichen Kampagne, den Verschlinger der neun Welten, der durch den Verzehr von Blättern unvorstellbar stark wurde, oder die Klasse *World Champion*, von der es hieß, sie sei »von den neun Welten auserwählt«. Diese Klasse bekam man nur, wenn man den dazugehörigen Wettbewerb gewann.

Während ihr Ainz das erklärte, erreichten sie einen Ort, wo Nischen mit bewaffneten Statuen darin den Gang auf beiden Seiten säumten. Die Atmosphäre glich der in dem Raum vor dem Thronsaal, Lemegeton. Aber während die Golems in Lemegeton nicht ausgerüstet waren, verfügten die Statuen über Items mit absoluter Macht. Sie waren mit der von Ainz' hauptsächlich genutzten Ausrüstung vergleichbar.

»L… Lord Ainz. Sind das Statuen der Höchsten Geschöpfe?«

»Ja, sind es. Gut erkannt. Sie sind meinen alten Freunden nachempfunden. Überrascht mich, dass dir das aufgefallen ist. Sie sehen ziemlich schäbig aus, oder? Meiner Meinung nach zeigen die Statuen nicht einmal ansatzweise, wie cool sie waren …«

»Da ich von den Höchsten Geschöpfe erschaffen wurde, könnte mir die Ähnlichkeit nie entgehen.«

»Ach, so funktioniert das?«

»Ja. Aber, Lord Ainz, bedenkt man diese Statuen und den Namen dieses Orts … Sind die anderen Höchsten Geschöpfen verstorben?«

»Nein … das trifft es nicht ganz.« *Ganz falsch ist es aber auch nicht*, dachte er und wandte den Blick ab.

Wie verstand Albedo sein Schweigen? Sie sah besorgt aus.

Eine unvergleichliche Schönheit, die traurig aussah – das würde das Herz jedes Mannes berühren. Und wenn es sich dabei auch noch um eine der kostbaren Schöpfungen seiner Freunde handelte, verspürte sogar der untote Ainz Schuld, als müsse er etwas unternehmen.

Aber wie sollte er, der in der realen Welt nie mit einer Frau befreundet gewesen war und schon gar keine Freundin gehabt hatte, die Worte finden, um sie zu trösten? Fast schon panisch ließ er den Blick schweifen, um auf ein Gesprächsthema zu kommen.

Dann bemerkte er etwas und kam, ohne darüber nachzudenken, darauf zu sprechen. »S… Schau mal, da drüben, siehst du die vier leeren Plätze?« Als sie seinem Hinweis folgte, erklärte er, warum dort keine Statuen standen. »In einer der Nischen wird mal mein Avatara stehen.«

Dazu würde es nie kommen.

Ainz hatte diese Statuen angefertigt. Also selbst wenn er sich zurückzog, gab es kein anderes Gildenmitglied, das seine aufstellen würde.

Als die anderen das Spiel aufgegeben hatten, hatten sie zu Ainz gesagt: »Bitte benutz das Zeug sinnvoll«, bevor sie ihm ihre Ausrüstung und ihre Kaufitems übergeben hatten. Er hatte dann Geld ausgegeben, um Golems zu erschaffen, die er mit den entsprechenden Items ausgerüstet hatte.

Genau deshalb sahen die Avataras auch so übel aus. Die Daten ihres Aussehens hatte Pandora's Actor ursprünglich für seine Verwandlungen genutzt, jedoch fehlten Ainz die Fähigkeiten, sie entsprechend zu formen. Also hatte er Grafiken gekauft und sie quasi auf die Golems gespannt. Aber das Ergebnis war verzerrt, wie aus einem Albtraum, in dem Arme zu dick oder kurz waren, Köpfe zu groß und Ähnliches.

Ebendiese Unstimmigkeiten sorgten jedoch dafür, dass sich jeder Betrachter enorm unwohl fühlte. Das erwies sich als unerwarteter Vorteil, wenn man bedachte, dass Ainz sie zusätzlich als letzte Verteidigungslinie geschaffen hatte.

Hm, aber irgendwie ist es schon peinlich, wie wenn ich mir die Modelle ansehe, die ich als Kind gebaut hab.

Es gab noch ein anderes Gefühl als die Verlegenheit, das ihn sogar noch heftiger überkam – Einsamkeit.

Ainz hatte die Avataras geschaffen, um die Ausrüstung seiner Freunde zu lagern, als sich einer nach dem anderen aus dem Spiel zurückgezogen hatte. Das war seine Antwort gewesen, wenn die verbliebenen Gildemitglieder gefragt hatten. Oder, dass sie die letzte Verteidigungslinie wären.

Tatsächlich hatte er aus Trauer mit den Avataras angefangen – traurig darüber, dass immer weniger der Freunde blieben, mit denen er so viel Zeit verbracht hatte.

Er hatte die Avataras erschaffen, um zu belegen, dass er in der Großen Gruft von Nazarick einst Freunde gehabt hatte, und um über ihren Verlust hinwegzukommen.

Daher hieß dieser Ort auch das Mausoleum. Ursprünglich war er schlicht als der tiefste Teil der Schatzkammer bezeichnet worden, das hatte Ainz jedoch geändert. Er hatte es zu einem Ort gemacht, an dem den Gildenmitgliedern, die *Yggdrasil* den Rücken gekehrt hatten, gedacht wurde – ein Ort, an dem sie ruhen konnten.

Aber seitdem ich in diese unbekannte Welt versetzt wurde, rede ich mir ein, dass sie irgendwo da draußen sind …

Ainz war völlig in Gedanken versunken, als ein leidvoller Schrei durch den Korridor hallte. »S… Sagt doch nicht so schreckliche Dinge!«

Ainz' Niedergeschlagenheit verflog augenblicklich und als er zu Albedo herumfuhr, sah er sich einer noch größeren Überraschung gegenüber. Sie hatte Tränen in den Augen, die vermutlich auf ihre Brust tropfen würden, sobald sie blinzelte.

»Lord Ainz, Lord Ainz, der gnädigerweise bei uns blieb, Erhabener, dem wir alle treu ergeben sein sollten, bitte sagt so was nicht! Ich hoffe von ganzem Herzen, dass Ihr immer hier sein werdet, um über uns zu herrschen.« Sie warf sich förmlich vor ihm auf den Boden. Ihr ständiges »Ich bitte Euch, ich bitte Euch« vermischt mit ihrem Schluchzen war wie ein Gebet, aber auch wie ein Schmerzensschrei.

Ainz hatte noch nie jemanden so aufgebracht erlebt. Er fühlte sich schuldig, dass seine nicht ganz ernst gemeinten Worte sie dermaßen erschütterten, und kniete sich neben sie, um einen Arm um ihre Schultern zu legen und ihr aufzuhelfen. »Entschuldige.«

Hatte er sich nicht von seinen ehemaligen Gildenkameraden im Stich gelassen gefühlt? Während er als Einziger in der Großen Gruft von Nazarick gesessen hatte und jeden Tag tiefer in Hoffnungslosigkeit versunken war, weil sonst niemand da war? Waren Einsamkeit und Wut nicht seine ständigen Begleiter gewesen? Und trotzdem hatte er nicht geahnt, wie sich Albedo fühlen würde. Wie konnte er ihr nur so wehtun?

Sie setzte sich mit tränenverschmiertem Gesicht auf und die Tränen wollten nicht versiegen.

Ainz zückte ein Taschentuch und wischte ihr unbeholfen die Wangen trocken. Er versuchte, sich erneut zu entschuldigen, brachte aber kein Wort heraus. Er wusste einfach nicht, was er sagen sollte.

Der Grund war sein Mangel an realen Beziehungen. *Was kann ich sagen, damit sie nicht mehr weint?* Er wusste es nicht.

Ainz war nach wie vor verwirrt, als Albedo hicksend anfing zu sprechen: »L... Lord Ainz, b... bitte versprecht mir, Ihr werdet uns niemals allein in diesem Land zurücklassen!«

»Tut mir leid, aber ...« Weiter kam er nicht, als ihm etwas einfiel.

Albedo jedoch fasste sein Schweigen anders auf. »Warum nicht?! Warum nicht?! Ihr wollt es mir nicht versprechen?! Werdet Ihr uns verlassen?! Warum?! Seid Ihr unzufrieden?! Wenn ja, nennt mir den Grund und ich werde ihn beseitigen! Wenn ich es bin, reicht ein Wort von Euch und ich werde mich töten!«

»Nein!«, widersprach Ainz laut und sie zuckte zusammen. »Hör zu. Erstens, es gibt … praktisch keine Möglichkeit, Shalltear zu retten. Der Ursprung der Gedankenkontrolle ist ein *World Item*, was bedeutet, sie ist absolut. Damit *World Items* keine Wirkung haben, muss man entweder selbst eines besitzen oder über eine bestimmte Klasse verfügen.«

Während ihr Ainz wie einem Kind die Tränen abwischte, hickste Albedo eine Frage: »S… Seid I… Ihr deshalb hergekommen, um Euch *World Items* zu holen?«

»Ja. Damit ich die Wächter damit ausrüsten kann. Tatsächlich gibt es eine Möglichkeit, die Gedankenkontrolle aufzuheben, unter der Shalltear steht. Mit einem *World Item* sollte das gehen. Ich zögere jedoch, die zu benutzen, die wir hier haben. Items sind mir wichtiger als einer meiner Untergebenen. Ich bin ein miserabler Herrscher …«

»Da… Das stimmt nicht! Die Höchsten Geschöpfe haben große Mühen auf sich genommen, um diese *World Items* zu sammeln. Meiner Meinung nach sind sie von größerem Wert als wir, mein Lord.«

»Wirklich …?«

Im Spiel hätte Ainz genauso gedacht. Aber inzwischen war da ein Gefühl, das es ihm unmöglich machte, so leichtfertig zu sein. Und dennoch war es realistisch betrachtet unmöglich, ihren letzten Ausweg an diesem Ort zu benutzen.

Unter den übermächtigen *World Items* gab es eine Gruppe, bekannt als die Zwanzig, deren Möglichkeiten weit jenseits aller anderen lagen. Eines der berühmtesten war Longinus, das bei Aktivierung das Ziel einfach löschte, aber der Preis war hoch. Der Nutzer wurde praktisch auf Anfang zurückgesetzt. Durch Longinus gelöschte Daten waren unwiederbringlich verloren, außer man bediente sich eines anderen *World Items*. Mikrotransaktionen oder Wiederauferstehungsmagie waren machtlos. Sollte es ein Nazarick-NPC benutzen, würde die Gesamtmenge an Leveln, die das Hauptquartier zur Verfügung stellen konnte, um sein Level fallen.

Ainz kannte noch ein paar mehr dieser irren Items: Ahura Mazda, das bei Zielen mit negativem Karma besonders effektiv war und sich auf eine ganzen Welt auswirkte. Five Elements Overcoming, mit dem der Anwender von der Firma, die *Yggdrasil* erschaffen hatte, verlangen konnte, einen Teil des Magiesystems zu ändern. Ouroboros, das noch größere Änderungen als Five Elements Overcoming erlaubte. Und das mächtigste Item, World Saver, das im Grunde dieselbe Angriffsstärke wie eine Keule hatte, aber damit hätte ein einzelner Kämpfer ganz Nazarick ausschalten können, selbst als noch alle Gildenmitglieder anwesend waren, da es keine Grenze gab, wie mächtig das Item werden konnte.

Diese Zwanzig waren derart mächtig, dass sie nach einmaligem Gebrauch verloren waren. Daher setzte man sie nicht leichtfertig ein.

Ainz war stolzer Besitzer von zwei davon, die zur Anwendung kommen sollten, falls jemand ihre Gegenstücke benutzte, da sie bei deren Neutralisierung am wirkungsvollsten waren.

Würden sie nur verschwinden, wäre das nicht weiter der Rede wert. Aber was, wenn sie dadurch in die Hände eines anderen fielen – beispielsweise einem Feind Nazaricks?

Nazarick wurde durch *World Items* geschützt, daher wirkte sich ein Angriff nicht auf das Innere aus. Aber wenn sie unvorsichtig wurden, könnte es passieren, dass man sie belagerte.

Es war also keine Option, Shalltear mit einem *World Item* zu retten.

»Albedo, ich danke dir für deine Worte.« Ainz holte tief Luft, um dann auszuatmen, ein Überbleibsel seines lebenden Selbst – er wusste, wie schwerwiegend seine nächsten Worte waren. »Ich werde allein gegen Shalltear kämpfen. Ich weiß nicht … ob ich das überlebe oder …«

»Ich weiß, dass Ihr gegen Shalltear kämpfen werdet. Es wäre dumm, sie so zu lassen.«

Er nickte in Gedanken. *Erfasst.*

Es war unbekannt, warum man Shalltear noch keine Befehle erteilt hatte, aber sobald es so weit war, würde es haarig werden. Möglicherwiese würde alles über Nazarick ans Licht kommen.

»Aber warum müsst Ihr sie allein bekämpfen? Warum überwältigt Ihr sie nicht mit einer Übermacht? Haben wir keinerlei Nutzen für Euch?«

Ainz tupfte ihr frische Tränen ab. »Natürlich, Albedo. Ich glaube an euch. Aber, hm, es gibt drei Gründe. Erstens … ich weiß nicht, ob ich wirklich geeignet bin, über euch alle zu herrschen.«

»Wie kommt Ihr nur darauf, Lord Ainz?«

Er hob eine Hand, um sie zum Schweigen zu bringen. »Wenn man rational über die Möglichkeit nachdenkt, dass es hier noch andere Spieler gibt, muss man auch in Erwägung ziehen, dass es *World Items* gibt. Bringt es dann irgendwelche Vorteile, wenn ein Depp wie ich das Sagen hat?«

»Lord Ainz, Eure bloße Anwesenheit ist uns lieb und teuer! Und wir helfen Euch, auch wenn wir nicht viel ausrichten können!«

»Ich danke dir, aber der Hauptschuldige an der ganzen Angelegenheit bin eindeutig ich.«

Sollte es in dieser Welt *Longinus* geben, war es möglich, einen der Wächter im Austausch für das Leben eines Dorfbewohners auszulöschen. Dass Shalltear von jemandem kontrolliert wurde, war eine grässliche Situation, aber gleichzeitig war es gewissermaßen ein Glücksfall. Dadurch wussten sie von der Gefahr.

»Nur deswegen wollt Ihr Euch ihr allein stellen? Wer sollte unseren uneingeschränkten Herrscher bestrafen wollen?«

»Aber das ist noch nicht alles. Der zweite Grund: Shalltear ist allein da draußen. Es kann gut sein, dass es eine Falle ist – eine tödliche.« Albedo sah ihn fragend an, aber Ainz fuhr fort: »Wenn sich Ainz Ooal Gown früher auf die Jagd nach anderen Spielern gemacht hat, haben wir eine ähnliche Taktik angewendet. Wir benutzten Gildenmitglieder als Köder, um dann jeden anzugreifen und zu töten, der darauf angesprungen ist. Natürlich war die Gefahr groß, dass der Lockvogel auch stirbt, aber wir haben es immer geschafft, die Typen zu töten, die einen Angriff versuchten.«

»Aber Lord Ainz, dann ...«

»Nun warte doch. Ich bin noch nicht fertig. Weißt du, wovor wir bei der Vorbereitung solcher Fallen am meisten Angst hatten?« Er wartete, ob ihr dazu etwas einfiel, bevor er sich erklärte: »Dass die Angreifer den Lockvögeln zahlenmäßig unterlegen waren. Wenn es nur wenige waren, mussten wir darauf achten, nicht selbst in einen Hinterhalt zu geraten. Anders gesagt, wir mussten aufpassen, am Ende nicht selbst in der Falle zu sitzen.«

Er seufzte stumm, als er in Albedos blutunterlaufenen Augen erkannte, dass sie begriffen hatte.

»Und der letzte Grund ist, ich werde sie töten.«

»Wenn das der Fall ist, dann gehe ich! Ich besitze ein *World Item*, also bin ich für diese Aufgabe am geeignetsten.«

»Denkst du, du kannst gewinnen? Sag mir ganz ehrlich, was, denkst du, ist wahrscheinlicher?«

Unter Ainz' schweigendem Blick biss sich Albedo auf die Lippe, bevor sie frustriert den Kopf hängen ließ.

»Albedo ... du hast recht. Shalltear ist stark.«

Shalltear Bloodfallen. Sie war die stärkste Wächterin der Großen Gruft von Nazarick und Albedo konnte nicht ... Nein, keiner der anderen Level-100-NPCs konnte sie im Kampf schlagen. »Deshalb muss ich das machen. Ich bin der Einzige in ganz Nazarick, der sie in einem Kampf von Angesicht zu Angesicht besiegen kann.«

»N... Nun ... wenn man Eure Ausrüstung berücksichtigt, könnt Ihr vielleicht gewinnen ...«

Ainz' gesamte Ausrüstung bestand aus Divine-Items und er verfügte über Kaufitems, wohingegen Shalltear nur die Spuite Lance hatte. In Sachen Ausrüstung war er ihr haushoch überlegen. Dennoch gab es einen Grund, warum Ainz' Siegeschancen gering waren, daher hatte Albedo ihre Antwort so vage gehalten …

Shalltear Bloodfallen war Ainz Ooal Gowns natürlicher Feind. Da Ainz als untoter Caster spielte, benutzte sein Build Klassen, die sich auf Nekromantie konzentrierten. Anders gesagt, er war auf Spaß ausgelegt. Shalltear hingegen war ein Hardcore Build. Als Caster benutzte sie zudem Glaubensmagie, womit sie über Zauber verfügte, die gegen Untote wirksam waren. Außerdem war sie auch noch eine herausragende Nahkämpferin. Und als wären das nicht schon genug Probleme, war Ainz' Spezialisierung, besagte Nekromantie, praktisch nutzlos gegen sie, da sie selbst eine Untote war. Also war Ainz' Stärke bedeutungslos und Shalltear hatte einen Vorteil im Kampf gegen Untote.

Dann waren da noch seine diversen Items. Wenn er sich nicht auf die Möglichkeit vorbereitete, dass sie ihm gestohlen werden konnten, hatte er bei einer direkten Konfrontation keine großen Chancen. Ein falscher Schritt und er hatte vielleicht gar keine.

»Vermutlich willst du mir sagen, dass ich im Nachteil bin.«

Volltreffer … Albedo senkte den Blick.

Stimmt doch? Ainz war ganz ihrer Meinung. *Gegen Shalltear hab ich nicht die geringste Chance. Aber … Ich beweise dir, dass du mich nicht umsonst den uneingeschränkten Herrscher von Nazarick nennst.*

»Damit hast du recht. Aber gleichzeitig liegst du falsch. Du verfügst nur über das Wissen, das man dir gegeben hat.«

»Hm? Was soll das heißen?«

»Hast du Erfahrung gesammelt?«

»Hä? *Erfahrung?*« Sie errötete augenblicklich.

»Ja. Kampferfahrung.«

»Oh! Das meint Ihr! Ja, ich bin voll und ganz in der Lage, alle mir von den Höchsten Geschöpfen verliehenen Kräfte zu nutzen, ich denke also, ich habe genug Erfahrung.«

Ainz schüttelte den Kopf. Das hatte er während seines Kampfs mit Clementine bemerkt. »Nein. Deine Fähigkeiten zu benutzen und Erfahrungen zu sammeln sind zwei unterschiedliche Dinge. Weißt du, was mit Shalltears Erinnerungen an den Kampf gegen die Spieler bei diesem groß angelegten Überfall auf Nazarick passiert ist?«

»Ich kenne keine Einzelheiten, aber sie scheint sich vage daran zu erinnern, dass man sie getötet hat.«

»Und abgesehen davon?«

Albedo schüttelte den Kopf.

»Meine Gildenkameraden haben sich einzelnen Plünderern immer persönlich angenommen ... Vermutlich ist es jetzt Glück, dass wir so umsichtig waren. Ich habe die Erfahrung, also sollte ich gehen. Ich habe die besten Siegeschancen.« Ainz grinste, aber natürlich regte sich nichts in seinem Gesicht.

Allerdings war es fast, als würde sie das strahlende Lächeln ihres Alleinherrschers dennoch irgendwie erkennen – sie errötete, wie ein kleines Mädchen, das vor einem Mann stand, den sie bewunderte.

Ainz sprach zu jemandem, der gar nicht anwesend war. »Ich bin der Gildenmeister von Ainz Ooal Gown und meine PvP-Statistik zeigt mehr Siege als Niederlagen. Ich habe sogar gegen Leute mit makellosen Builds gewonnen. Wie sollte ich dann gegen jemanden verlieren, der sich einzig und allein auf seine Skills verlässt? Und am wichtigsten, ich war ein guter Freund von Peroroncino. ›Der Kampf ist vorbei, bevor er angefangen hat‹, Shalltear!«

»Lord Ainz, ich werde nicht mehr versuchen, Euch davon abzuhalten. Versprecht mir nur, dass Ihr zurückkommt.«

Ainz betrachtete sie schweigend, dann nickte er langsam. »Versprochen. Ich besiege Shalltear und komme hierher zurück.«

2

Vor ihm erstreckte sich eine grüne Welt. Ainz ließ den Blick schweifen und kicherte über sich selbst, weil er gleich nach dem Teleportieren überprüfte, ob jemand in der Nähe war. Hätte ihm jemand aufgelauert, hätte man ihm vermutlich nicht die Zeit gelassen, sich erst einmal umzusehen. Vorsichtshalber hatte er als Ziel eine Position etwas über einen Kilometer von Shalltears Standort entfernt gewählt. Er behielt sie zwar mit Magie im Auge, das garantierte jedoch nicht, dass sich diejenigen, die sie mithilfe eines *World Items* kontrollierten, nicht doch in der Nähe aufhielten. Allerdings schien er sich umsonst Sorgen gemacht zu haben und nachdem diese Last von ihm abgefallen war, sah er Aura und Mare an, die ihn begleiteten. »Hier trennen sich unsere Wege«, ließ er die beiden wissen.

Sonst hatte er niemandem erlaubt, ihn zu begleiten. Die Befehle der meisten, die außerhalb Nazaricks gearbeitet hatten, waren aufgehoben, stattdessen sollten sie sich ins Innere zurückziehen. Die einzigen anderen, die sich noch draußen aufhielten, waren Sebas und Solution. Der Hauptgrund, warum ihn Aura und Mare begleiteten, war sein Plan, menschliche Gefühle auszunutzen. Menschen würden vielleicht versuchen, Heteromorphe wie Demiurge oder Cocytus zu töten, aber bei einem Kind würden sie zögern.

Natürlich bestand die Gefahr, dass ihre Gegner keine Skrupel kannten, trotzdem wollte Ainz zumindest ein wenig Rückendeckung haben, falls etwas Unvorhergesehenes geschah. *Kann aber sein, dass das eine dumme Idee war.*

Ainz betrachtete Mares unterschiedlich geformte Panzerhandschuhe. Der rechte war glatt, schimmerte silbrig weiß und schien der Hand eines Engels nachempfunden zu sein. Aus dem linken hingegen ragten Dornen und Klauen, aus einem Riss zuckten rote Funken, die an erstarrte Lava erinnerten, und insgesamt wirkte er sehr dämonisch.

Dann sah er zu Aura und der großen Schriftrolle an ihrer Hüfte. »Wenn euch die Feinde zahlenmäßig überlegen oder sogar nur ebenbürtig sind, zieht ihr euch sofort nach Nazarick zurück.«

Nach einem Moment des Zögerns verneigte sich Aura mit verbissener Miene. »Zu Befehl.« Mare beeilte sich, ihrem Beispiel zu folgen.

»Verstanden? Ihr müsst euch zurückziehen. Das gehört mit zu meinem Plan. Und ich habe euch ein paar von Nazaricks wertvollen Schätzen anvertraut – ihr dürft nicht zulassen, dass sie gestohlen werden. Ihr solltet wissen, in manchen Fällen könnten sie wertvoller als euer Leben sein.« Ainz betonte diesen Punkt. Er machte sich wegen Auras verzögerter Reaktion Gedanken. Ihre Befehle zu ignorieren, weil sie ihm helfen wollten, könnte alles ruinieren.

Als er ihre Bestätigung hörte – eine lebhaft, die andere ängstlich –, überlegte er: *Ich frage mich, woran mir eigentlich mehr liegt …* Er würde kein *World Item* benutzen, um Shalltear zu retten. Das hätte darauf schließen lassen, dass ihm die Items wichtiger waren. Aber in der Schatzkammer hatte er Albedo erklärt, dass sie ein letzter Ausweg waren. Sie konnten das Blatt in jeder Situation wenden, selbst wenn es keine Möglichkeit auf Rettung gab. Da es aber in diesem Fall einen Ausweg gab, war es klüger, kein *World Item* zu benutzen.

Wenn man das alles ignorierte, was war wertvoller: die NPCs, von seinen Freunden erschaffene, loyale Untergebene, die jetzt intelligente Wesen waren? Oder die *World Items*, Belege für die Abenteuer der Gilde Ainz Ooal Gown, durch die sie in *Yggdrasil* in die höchsten Ränge aufgestiegen waren, als alles noch nur ein Spiel war?

Ainz zermarterte sich das Hirn, war aber verblüfft, als er zu keinem Ergebnis kam. Vorher hatte er eine eindeutige Meinung gehabt, aber seit er in dieser Welt war, war er sich nicht mehr so sicher.

Diese NPCs mit ihrer Gefühlsvielfalt waren das Ergebnis der ausgefeilten Parameter und Hintergrundgeschichten seiner Gildenkameraden.

Ich werde ein ... nun, praktisch ein Kind töten. Peroroncinos Tochter ... Ainz fühlte sich unwohl – man hätte es als Schuldgefühl bezeichnen können. *Aber ...*

Er starrte mit durchdringendem Blick in die Richtung, in der sich Shalltear vermutlich aufhielt. »Es gibt keine andere Möglichkeit. Anders kann man die Gedankenkontrolle des *World Items* nicht brechen«, versuchte er, sich selbst zu überzeugen.

Er bemerkte Auras und Mares besorgte Mienen und beschloss, anstatt sie noch nervöser zu machen, sollte er lieber das Thema wechseln. »Okay, benutzt diese Dinger, um die Umgebung auszukundschaften.« Er deutete auf vier Fleischklumpen, die startbereit in der Luft schwebten.

Sie waren pink, mit etwa zwei Metern Durchmesser und über und über mit Augen bedeckt, als hätte jemand für die Erschaffung dieser Monster allen möglichen Tieren die Augen entfernt und sie dann willkürlich zusammengenäht. Diese Untoten nannte man *Eyeball Corpses*, erschaffen wurden sie mit *Create Upper-Tier Undead.*

Der Grund, warum Ainz so viele *Eyeball Corpses* erschaffen hatte, wie die Tagesbeschränkung zuließ, war ihre Tarnfähigkeit. Sie waren der natürliche Feind von jedem, der sich hauptsächlich auf Magie und Skills verließ.

Der Schleier in ihren Augen war keine Zierde – ihr Blick war genauso durchdringend wie der der geschickten Rangerin Aura, wenn nicht sogar noch schärfer. Für ihre Stufe waren ihre Kampffähigkeiten etwas niedrig, aber dieses Mal wollte Ainz sie wegen ihrer Aufspürskills, nicht für den Kampf. Sie waren Auras Rückendeckung.

»Zu Befehl! Aber werden sie meine Befehle befolgen?«

»Das wird kein Problem sein. Sie gehorchen aufs Wort. Oder vielleicht solltest du magisch eine geistige Verbindung herstellen. Dann hast du das Kommando und es wird einfacher, alles sicher zu beobachten.«

»Ja! Alleine bin ich schneller, aber es ist unmöglich zu sagen, was für Typen hier draußen lauern. Verstanden! Dann erhöhen wir mit einem Zauber Mares Tarnung und schlagen uns in die Büsche.«

»Klingt gut. Ich verlass mich auf euch!« Ainz lächelte sanft (auch wenn sein Gesicht das nicht zeigte).

Als Letzter betrat Demiurge den Raum, durchquerte ihn mit eiligen Schritten und ließ sich schwer in einen freien Sessel fallen. Er musste nichts sagen – die untypische Bewegungsweise verriet so Einiges. »Also? Dann lass mal hören.« Eine der anderen Personen am Tisch war Albedo. Er stellte seine Frage ernst, mit geschlossenen Augen. »Warum lässt du das zu?« Sein Tonfall war sanft, aber das war nur eine hauchdünne Fassade. Jeder bemerkte die darunter brodelnde Wut.

Wenn sich jemand, der für gewöhnlich gefasst auftrat, dermaßen gehen ließ, war der Unterschied nur noch deutlicher. Aber nicht nur das. Niemand hatte Demiurge jemals derart aufgebracht erlebt.

Albedo hingegen, die das Ziel seines nicht nur feindseligen, sondern geradezu mordlüsternen Gefühlsausbruchs war, gab sich wie immer. »Lord Ainz hat es entschieden. Wir können nicht …«

»Warum?« Seine Frage schnitt Albedo das Wort ab wie das Fallbeil einer Guillotine. »Warum hast du, die sich so vehement dagegen ausgesprochen hat, dass er ohne Schutz nach E-Rantel geht, ihm in einer Situation wie dieser deinen Segen gegeben? Du musst dir doch Sorgen um ihn machen.«

Albedo nickte und Demiurge verzog merklich das Gesicht. »Dann frage ich erneut! Warum hast du ihn gehen lassen?!«

Seine Rage war im ganzen Raum spürbar. Diese Zurschaustellung von Gefühlen war ein für Demiurge ungebührliches Verhalten.

Während sich die beiden weiter anstarrten, war in Cocytus Miene Sorge zu erkennen.

»Und ein Teil seiner Erklärung war gelogen. Das ist dir doch klar, oder?«, fragte Demiurge, der seinen Zorn nur mühsam unterdrücken konnte.

Albedo nickte erneut und Cocytus klickte mit seinen Mandibeln. Die beiden anderen wussten, das harte, hochtönende Geräusch bedeutete, er hatte eine Frage, aber Demiurge war noch nicht fertig. »Vor Kurzem hast du Lord Ainz' Begründung, warum er allein gegangen ist, Wort für Wort wiederholt, so wie du sie gehört hast, und du fandest nichts daran eigenartig? Wenn man darüber nachdenkt, was er gesagt hat, denkst du dann nicht, es wäre sicherer, in Wellen anzugreifen? Wäre es nicht sicher, wenn wir alle der Reihe nach Shalltears Hit Points und Magie abtragen?«

»Wolltest du das auch sagen, Cocytus? Auf keinen Fall wäre Lord Ainz ein Plan entgangen, auf den wir mühelos kommen. Er hat mutig gelogen ... um einen anderen Grund zu verbergen.«

»UND DER WÄRE?«, fragte Cocytus.

»Das wissen wir nicht ... deshalb frage ich: »Warum hast du ihn gehen lassen, wenn du das verstanden hast?«

»Im Vergleich zu vor ein paar Tagen war er wie eine andere Person!«

Demiurges Miene besagte: *Ich habe keine Ahnung, wovon du sprichst.* Er öffnete seine schmalen Augen ein wenig und drängte sie weiterzusprechen.

»Er hatte nicht das Gesicht eines Mannes. Wie soll ich es ausdrücken ... Mir ist klar, das wird respektlos klingen, aber er hatte das Gesicht eins Kindes, das weglaufen wollte.«

»Den Eindruck hatte ich nicht. Vielleicht hast du dir das nur eingebildet?« Demiurge wandte sich dem *Crystal Monitor* zu. Darauf sahen sie ihren Herrn durch den Wald gehen.

»Vielleicht ... Aber ich glaube wirklich nicht, dass ich das Gesicht des Mannes, den ich liebe, falsch deuten würde ...« Dann wandte sie den schmachtenden Blick ab.

Demiurge war bereits verärgert und das zu sehen, brachte das Fass zum Überlaufen. »Also?! Was hast du dieses Mal darin gelesen?«

»Dass er fest entschlossen ist. Als eine Frau ... und es könnte unziemlich sein, das zu sagen, aber wenn der Mann, den eine Frau liebt, versucht, seine Pläne umzusetzen, dann ist es nicht an ihr, ihm im Weg zu stehen und jedes Wort auf die Goldwaage zu legen. Abgesehen davon, er hat mir versprochen zurückzukommen.«

Als Albedo deutlich machte, dass sie nichts mehr zu sagen hatte, blaffte Demiurge sie sichtlich unzufrieden an. »Wie ich es mir gedacht habe, du warst naiv. Triffst Entscheidungen aufgrund von Gefühlen, anstatt von Vernunft. Lord Ainz ist das letzte Höchste Geschöpf. Wenn er in Gefahr schwebt, ist es *unsere* Aufgabe, sie zu beseitigen. Selbst dann, wenn er uns dafür zurechtweist und danach tötet!« Demiurges Sessel fiel polternd um, als er aufstand.

»Wo willst du hin?«, rief ihm eine Stimme schwach hinterher.

»Das liegt doch auf der Hand. Ich mobilisiere meine Untergebenen und ...« Das Geräusch des Ziehens einer Klinge und das damit verbundene Gefühl sorgten dafür, dass sich Demiurge umdrehte und Cocytus anstarrte, der sein Katana in der Hand hielt – ein Divine-Stufen-Item. »Verstehe ... hast du deshalb einen Befehl daraus gemacht, als du mich hergerufen hast, Albedo?«

»Stimmt genau, Demiurge. Die siebte Ebene wurde bereits auf gemeinsamen Befehl von Lord Ainz und mir abgeriegelt und die Lakaien festgenommen. Ich muss wohl kaum erklären, wessen Befehle ich eher befolgen würde, deine oder die von Lord Ainz!«

»Du Närrin! Wenn er stirbt, wie willst du dafür die Verantwortung übernehmen?! Er ist der letzte der Höchsten Geschöpfe! Wir sollten ihm absolut ergeben sein!«

»Er wird zurückkommen.«

»Welche Garantie hast du dafür?!« Demiurge riss die Augen auf. Nein, keine Augen – sondern Edelsteine. Sie hatten weder Pupille noch Iris, nur unzählige winzige, glitzernde Facetten.

»Vertraue auf deinen Herrn. Das ist die Aufgabe einer Schöpfung.«

Demiurge wirkte einen Moment, als wollte er etwas sagen, dann schloss er mit einem »Mag sein« den Mund.

Selbst unter den NPCs Nazaricks, die den Einundvierzig Höchsten Geschöpfen absolut ergeben waren, gab es geringfügige Meinungsverschiedenheiten, wie Loyalität aussah. Selbstverständlich vertraten Demiurge und Albedo unterschiedliche Auffassungen.

Aber Albedos Ansicht dazu hatte großen Einfluss auf Demiurge. Dennoch war er nervös. Wie könnte er auch nicht? Er hatte schließlich bereits von Nachfolge gesprochen. *Sollte Ainz wie die anderen Höchsten Geschöpfe verschwinden, wem sollen wir dann dienen? Wir wurden erschaffen, um loyal zu sein. Würde unsere Existenz in einem solchen Fall ihre Bedeutung verlieren?*

Als er zu seinem Sessel zurückging und ihn mit ungelenken Bewegungen, die so gar nicht zu ihm passten, wieder aufrichtete und sich setzte, versuchte er, sich seine Gefühle nicht anmerken zu lassen. »Sollte Lord Ainz etwas passieren, verlange ich, dass du von deiner Position als Befehlshaberin der Ebenenwächter zurücktrittst.«

»DU WÜRDEST VERLANGEN, DASS SIE DIE IHR VON DEN HÖCHSTEN GESCHÖPFEN VERLIEHENE POSITION AUFGIBT? DEMIURGE, DAS IST FREVEL!«

Cocytus war entsetzt, Albedo hingegen lächelte nur. »Schon in Ordnung. Aber Demiurge, wenn Lord Ainz gesund und munter zurückkommt, und sollte so etwas noch mal passieren, wirst du dich ohne Beschwerden fügen.«

»Selbstverständlich.«

»Also, Cocytus, was denkst du, wie stehen Lord Ainz' Siegchancen?«

Cocytus wirkte entmutigt, als er seine Einschätzung verkündete. »SIEBEN ZU DREI GEGEN LORD AINZ.«

Demiurges Schultern zitterten kaum merklich. Von den Anwesenden war Cocytus der größte Krieger, daher konnte er seine Unheil verkündende Vorhersage kaum ignorieren.

Aber Albedo sah das anders. Sie hörte die Worte, dann lächelte sie mit einer Mischung aus Vertrauen und Überzeugung. »Na schön. Dann lasst uns beobachten, wie Lord Ainz diesen Nachteil überwindet und den Sieg davonträgt.«

Nach der Trennung von den anderen beiden bewegte sich Ainz auf Shalltears Standort zu. Dank seiner Skills konnte er sich sogar im Wald in geraden Linien bewegen, ohne sich dabei zu verlaufen.

Nach dem Durchqueren der Baumgrenze sah er Shalltear. Sie sah noch immer wie eine Puppe aus, hatte sich nicht geregt, und Ainz bemerkte, er empfand Mitleid. Gleichzeitig war er wütend auf sich selbst und noch wütender auf denjenigen, der das *World Item* benutzt hatte.

»Scheiße«, murmelte er mehr, als dass er fluchte. Aber das Gefühl dahinter war mächtig. So mächtig, dass der Vorgang, der als Untoter seine Gefühle unterdrückte, überfordert war. »Um nach meinen Freunden zu suchen, will ich den Namen Ainz Ooal Gown landauf und landab bekannt machen, was immer es kostet. Aber um sinnlosen Kämpfen aus dem Weg zu gehen, bin ich vorsichtig vorgegangen, also warum um alles in der Welt ist das passiert?« Er wusste nicht, wer ein

World Item gegen Shalltear benutzt hatte, mit wem sie in Verbindung standen und welches Ziel sie verfolgten. »Keine Ahnung, wer das war, aber wenn sie irgendwas von ihr erfahren haben … mach ich sie alle kalt.« Seine düsteren Gedanken übernahmen die Kontrolle. Sogar sein angeblich unbewegliches Knochengesicht verzerrte sich vor Feindseligkeit und Mordlust. »Ich sorge dafür, dass sie ihre Blödheit bereuen. Dachten die, sie könnten sich mit Ainz Ooal Gown anlegen und einfach so davonkommen?«

Seine Gedanken auszusprechen half ihm dabei, seine Wut zu zügeln. Es war Zeit für den wahren Kampf. Darauf musste er sich jetzt konzentrieren.

»Trotzdem ist es dämlich. Ich weiß genau, es gäbe einfachere Möglichkeiten, dasselbe Ergebnis zu erreichen.« Er lächelte selbstkritisch. »Treiben mich Schuldgefühle an? Oder drücke ich mich…? Will ich einfach weglaufen?«

Shalltear war stärker als alle anderen Wächter, aber nicht viel. Würden die anderen in Wellen angreifen, wäre ihnen der Sieg sicher. Es gab nur einen Grund, warum er sich dagegen entschieden hatte.

Er wollte nicht mitansehen, wie sich seine lieb gewonnenen Kinder bis zum Tod bekämpften.

Sollte sich jemand Ainz Ooal Gown aus freien Stücken widersetzen, wäre er bereit, das als Rebellion zu betrachten und Nazaricks gesamte Macht ins Feld führen, um ihn zu vernichten. Wenn es ein NPC absichtlich tat, musste er als Herrscher von Nazarick entsprechend reagieren. Wenn es nur ihre Programmierung war, musste er einen Kompromiss finden.

Aber auf Shalltear traf nichts davon zu. Es war Gedankenkontrolle und Ainz hatte den Fehler gemacht, diese Möglichkeit nicht einmal in Betracht zu ziehen. Es war seine Schuld. Daher wollte er sich selbst darum kümmern.

Ainz zog sich einen Ring vom Finger. Es war ein Kaufitem, das ihn fast ohne jegliche Nachteile wiederauferstehen ließ. Dass er ihn abnahm, war ein Zeichen unerschütterlicher Überzeugung. Er wollte nicht, dass ihn die Möglichkeit der Wiederbelebung unvorsichtig werden ließ.

Entschlossen, aber nicht verzweifelt sah er zum Himmel hinauf. »Noch immer kein Angriff. Die Spionagemagie Nazaricks fängt auch nichts auf … Niemand beobachtet die Gegend?«

Normalerweise würde er mehrere magische Verteidigungen aktivieren. Darunter den Zauber, den er in Carne gegen Spionagemagie benutzt hatte.

Damals in *Yggdrasil* war *Friendly Fire* vom System verhindert worden und unter Verbündeten hatte derartige Magie kein Problem dargestellt. In dieser Welt sah das anders aus. Sollte Albedo oder einer der anderen versuchen, ihn aufzuspüren, würde sein Abwehrzauber automatisch aktiv werden. Und in dem Fall würde das Verteidigungssystem Nazaricks zurückschlagen, wobei er im unglücklichsten Fall eine Menge Lebenspunkte einbüßen könnte.

Um das zu vermeiden, beendete er die Verbindung und reduzierte die Reaktionsstärke, damit er lediglich erfuhr, wer für einen Spionagezauber verantwortlich war. So wusste er zumindest, dass niemand außerhalb Nazaricks ihn beobachtete.

Er verstand es einfach nicht. *Kann es wirklich sein, dass sie ganz zufällig hier rumsteht?* »Und hat Albedo meine Riesenlüge durchschaut? Meine Fresse. Trotzdem kann ich nicht … Ist das nicht riskant, Shalltear?«

Natürlich antwortete sie nicht, Shalltear stierte einfach mit leerer Miene vor sich hin.

Ainz betrachtete sie, legte sich einen Plan zurecht und verspürte den leisen Drang wegzulaufen.

Bis jetzt hatte er sich selbst Mut zugesprochen, aber nun hier zu stehen war emotional belastend. Auch wenn er bereit war zu sterben, oder vielleicht gerade *weil* er bereit war zu sterben, hatten die Überbleibsel von Satoru Suzukis Verstand Angst. Vor ihm lag kein Kampf in *Yggdrasil*, sondern ein echter Kampf auf Leben und Tod – er riskierte sein Leben.

Das ließ sich nicht mit den Kämpfen vergleichen, die er seit seiner Ankunft in dieser Welt gelegentlich bestritten hatte. Bei Gegnern wie Nigun und Clementine war der Sieg garantiert gewesen, weil sie ihm einfach nicht das Wasser hatten reichen können. Dieses Mal hingegen wusste er nicht, ob er überleben würde, und er war von Anfang an im Nachteil.

Wäre ich nicht untot und …

»Wäre ich nicht der Herrscher von Nazarick und würde ich nicht unsere Gilde repräsentieren, könnte ich vermutlich nicht einmal die Faust ballen.« Ainz lachte laut. Das reichte schon, um sich wohler zu fühlen.

Da war keine Angst vor dem Tod. Genauso wenig machte er sich wegen einer Niederlage Gedanken. Stolz und strahlende Erinnerungen verliehen ihm Kraft. »Ich bin Ainz Ooal Gown. Mit diesem Namen bin ich unschlagbar.«

Er würde einfach beweisen, dass seine Stellung als Herrscher der Großen Gruft von Nazarick nicht nur Augenwischerei war.

Ainz richtete seinen stechenden Blick auf die wehrlose Shalltear. »Nun denn … wie sollen wir anfangen?«, brüllte er und machte sich an seine Zauber.

Von allen Zaubern in seinem Arsenal wurde ein sorgfältig ausgewählter wirksam – ein Verteidigungszauber der Stufe zehn. »*Body of Effulgent Beryl*!« Ainz' Körper wurde in ein grünes Strahlen gebadet.

»He he he!« Als der Spruch abgeschlossen war, lachte er höhnisch, ohne Shalltear dabei aus den Augen zu lassen. Er war höchst zufrieden, absolut richtiggelegen zu haben – ein unheimlich großes Risiko hatte sich ausgezahlt. »Genau wie gedacht, hm? Du bereitest dich nicht einmal auf den Kampf vor, solange du meine Aktionen nicht als absolut feindselig einstufst. Es ist exakt wie im Spiel.«

Das war im Grunde genau dasselbe Verhalten, das gedankenkontrollierte Monster in *Yggdrasil* gezeigt hatten. Dass sich diese Welt an die Grundlagen des Spiels hielt, glich den überwältigenden Nachteil ein wenig aus. »In dem Fall tut es mir leid, Shalltear, du musst dich noch ein wenig gedulden, bis wir anfangen.«

Ainz sprach einen Zauber nach dem anderen. »*Fly*! *Bless of Magic Caster*! *Infinity Wall*! *Magic Ward: Holy*! *Life Essence*! *Greater Full Potential*! *Freedom*! *False Data: Life*! *See-Through*! *Paranormal Intuition*! *Greater Resistance*! *Mantle Of Chaos*! *Indomitability*! *Sensor Boost*! *Greater Luck*! *Magic Boost*! *Dragonic Power*! *Greater Hardening*! *Heavenly Aura*! *Absorption*! *Penetrate Up*! *Greater Magic Shield*! *Mana Essence*! *Triplet Maximize Boosted Magic: Magic Arrow*!« Und noch mehr. Ainz hüllte sich in Magie ein.

»Okay, fangen wir an!« Sein Schrei, nachdem er fertig war, galt genauso sich selbst wie auch Shalltear.

Der Zauber, den Ainz für seinen ersten Angriff wählte, war extrem. Ein Zauber, der jenseits der zehn Stufen lag – ein Superstufenzauber.

Zauber dieser Stufe waren Magie und doch wieder nicht. Zum einen benutzte man für sie keine MP. Dafür war ihr Einsatz pro Tag begrenzt. Beim Erlernen des Zaubers konnte man ihn einmal am Tag wirken. Sobald man Level 70 überschritten hatte, bekam man alle zehn Level einen Versuch dazu.

Das führte zu der Frage: Könnte ein Level-100-Spieler Shalltear nicht besiegen, indem er sie schnell nacheinander mit diesem Superstufenzauber eindeckte, bis die vier des Tages verbraucht waren? Superstufenzauber waren auf jeden Fall weitaus zerstörerischer als Zauber der Stufe zehn. Wäre es möglich, sie im Dauerfeuer zu wirken, könnten es rein vom verursachten Schaden her nur sehr wenige Gegner mit einem

Level-100-Spieler aufnehmen. Shalltear gehörte nicht dazu, was einen Sieg quasi garantierte.

Aber so funktionierte das nicht. Man konnte nicht einen Superstufenspruch nach dem anderen loslassen. Zum einen benötigten sie eine festgelegte Zeit, um vollendet zu werden. Das konnte man zwar mit einem Kaufitem aufheben, aber es gab einen anderen Nachteil, der Dauerfeuer unmöglich machte. Wenn ein Mitglied einer Gruppe einen Superstufenzauber benutzte, unterlagen alle Mitglieder dem Nachteil, eine Zeit lang gar keine Zauber wirken zu können, was sie gewissermaßen handlungsunfähig machte. Das hatte man eingerichtet, damit eventuelle Gildenkriege nicht durch Superstufenzauber entschieden werden konnten. Entsprechend gab es auch keine Möglichkeit, diese Einschränkung durch Kaufitems oder Skills zu umgehen.

Daher neigte man allgemein dazu, diejenigen, die bei einem PvP-Kampf als Erstes einen Superstufenzauber einsetzten, als dämlich zu betrachten – die etablierte Meinung lautete, wer seine Trumpfkarte spielte, ohne zu wissen, was der Gegner auf der Hand hatte, verlor. Und es gab nur sehr wenige Fälle, in denen derjenige, der als Erster einen Superstufenzauber benutzt hatte, auch gewonnen hatte.

Aber Ainz eröffnete mit einem ebensolchen Zauber. In seinem Gesicht waren weder Panik noch Verwirrung zu erkennen. Seine leeren Augenhöhlen leuchteten kalt.

Ein riesiger, dreidimensionaler Kreis von neun Metern Durchmesser und einer Kuppel darüber dehnte sich um Ainz im Zentrum aus. Das Gebilde schimmerte blassblau, auf der Oberfläche erschienen durchsichtige Muster aus Buchstaben und Symbolen. Die Zeichen wechselten mit schwindelerregender Geschwindigkeit, kein Muster blieb länger als einen Augenblick.

Mit einem Kaufitem hätte er den Zauber augenblicklich wirken können, das sparte er sich jedoch. Er wandte den Blick von Shalltear ab und sah sich um. »Also gab es ... keinen Hinterhalt? Oder wartet ihr ab und beobachtet? Allerdings wäre jetzt der ideale Moment, mich anzugreifen ...«

Wenn ein Caster einen Superstufenzauber wirkte, sank seine Verteidigung. Und wenn er währenddessen eine gewisse Menge Schaden nahm, wurde der ganze Vorgang abgebrochen. Daher war es eine gängige Taktik, einen Caster beim Wirken eines Superstufenzaubers durch eine Handvoll Gruppenmitglieder zu schützen. Wenn also jemand den ansonsten wehrlosen Ainz angreifen wollte, wäre jetzt der perfekte Zeitpunkt.

Aber soweit er sehen konnte, regte sich nichts. »Sind die einfach nur vorsichtig?« Er zuckte lachend mit den Schultern.

Inzwischen war er voll und ganz überzeugt, dass man Shalltear nicht für einen Hinterhalt positioniert, sondern einfach zurückgelassen hatte. »Aber was soll das? Na, ich bin kaum allwissend, also keine Ahnung. Und wenn ich es wäre, wär ich jetzt wohl kaum in diesem Schlamassel«, murmelte er vor sich hin, wobei er unbeholfen mit den Schultern zuckte.

Während man einen Superstufenzauber wirkte, konnte man sich nicht viel bewegen, man stand also praktisch wie ein Ölgötze herum und wartete.

Um seine Zeit sinnvoll zu nutzen, holte Ainz ein gebogenes Goldband aus dem Zwischenraum. Es legte sich eng um sein Handgelenk. Darauf waren Zahlen zu erkennen, die sich mit jeder Sekunde veränderten.

Offensichtlich handelte es sich um eine Armbanduhr. Er berührte die Oberfläche, um die Zahlen einzustellen.

»Momonga! Ich stelle die Zeit ein!« Die zuckersüße Stimme einer Frau, die so jung klang, dass es schon gekünstelt wirkte, hallte durch den Wald. Bei dieser Art Stimme runzelte er unwillkürlich die Stirn.

»Warum schaffst du es nicht, die Stimme der Uhr abzustellen ...?«, grummelte Ainz, aber das war keineswegs ernst gemeint. Er hätte den Ton abschalten können, er hatte es nur nie getan.

Die Stimme war die einer Gildenkameradin, der Schöpferin von Aura und Mare, Bukubuku Chagama. Ohne diese Stimme wäre es nur eine Uhr wie jede andere.

Sie war eine recht begabte Synchronsprecherin und die Uhr hatte diese Art von Stimme, die bei jedem zumindest für ein missbilligendes Anheben der Augenbrauen sorgte, weil sie es mit ihren Frotzeleien ein wenig übertrieben hatte. Peroroncino, der Schöpfer von Shalltear Bloodfallen, war ihr kleiner Bruder und gut mit Ainz befreundet. Daher hatte sie ihn immer als einen der Freunde ihres kleinen Bruders bezeichnet.

Aber vielleicht hatte sie ihn gar nicht aufgezogen. Häufig lieh sie in Pornogames Lolita-Figuren ihre Stimme. Und so klang auch die Uhr. Es konnte also sein, dass sie sie nur genauso besprochen hatte, wie sie es von der Arbeit gewohnt war.

Ainz lächelte und dachte daran, wie sich sein Freund beschwert hatte, wenn er sich ein Spiel besorgen wollte und mitbekam, dass sie darin eine Rolle hatte. In dem Fall war sein Interesse danach praktisch gleich null. »Aber ich muss schon ehrlich sagen, ich war jedes Mal überrascht, wenn ich im Netz gesurft hab und plötzlich war da ihre Stimme.«

Nach den Worten an seinen nicht anwesenden Gildenkameraden griff er in den extradimensionalen Raum und holte ein paar flache Holzstäbchen mit etwa fünfzehn Zentimetern Länge heraus. Auf jedem stand etwas, beispielsweise *Tsukuyomi*, *Houyis Bogen*, *Earth Recover*, *Female Teacher's Iron Fists of Wrath* und so weiter.

An Ainz' Gürtel hingen mehrere Schriftrollen, die Stäbchen schob er sorgfältig dazwischen, wobei er genau auf die Reihenfolge achtete.

Als er mit diesen Vorbereitungen fertig war, leuchtete das bläuliche Strahlen des Rings noch kräftiger. Jetzt konnte er den Superstufenzauber vollenden.

»Okay, also, sollen wir?« Sein entschlossener Blick war voller Kraft …

»*Super-tier Magic: Fallen Down!*«

Kapitel 5: Spieler vs. NPC

Kapitel 5: Spieler vs. NPC

1

Da war ein Geräusch – ein Zischen, wie ein brennender Stock, den man ins Wasser warf.

Der Zauber jenseits aller Stufen färbte alles weiß, als wäre die Sonne selbst auf die Erde herabgestiegen. Die erzeugte Hitze breitete sich schnell aus und verschlang alles in der Umgebung.

Das Spektakel absoluter Vernichtung dauerte etwa fünf Sekunden. Es fühlte sich jedoch um ein Vielfaches länger an.

Schließlich verschwand die weiß getünchte Welt und im Inneren des riesigen Kreises, der nach der extremen, aber rasch abkühlenden Hitze übrig blieb, hatte sich alles verändert.

Außerhalb des Wirkungskreises war nichts betroffen. Die Bäume waren unverändert und auf dem Boden tummelte sich allerlei Getier, wie es in einem Wald sein sollte. Es war derselbe Wald – ein völlig normaler Wald.

Innerhalb des Kreises hingegen war ein überraschend großes Stück Erde tot und schwarz. Die schreckliche Hitze hatte sämtliche Pflanzen verbrannt, es war nichts übrig, außer verkohlte Stücke der Wurzeln riesiger Bäume. Teile des Bodens waren sogar zu Glas geschmolzen und an manchen Stellen qualmte er noch.

Am Rand dieser Welt ohne Leben stand Ainz und spürte die erschreckende Präsenz im Inneren. Es konnte nur einen Ursprung geben. Kein anderes Wesen hätte diese Hitze überstanden, die alles Leben dahinraffte.

»K… Kaaaaagggh, kaaaaagh.« In Verbindung mit der seltsamen Stimme hörte Ainz so etwas wie Zähneknirschen.

Als er in Richtung der Stimme sah, entdeckte er etwas Blutrotes in der monochromen Welt.

Obwohl ihr ganzer Körper qualmte, grinste Shalltear Bloodfallen spöttisch. »Das hat nicht gereicht, um *mich* zu töten!« Im Blick ihrer roten Augen, der sich in seine Brust bohrte, lagen deutlich Hass und Mordlust. »Lord Ainz! Das hat irgendwie wehgetan!« Sie kam langsam näher. Unter ihren Füßen knackte die verbrannte Erde.

Während sie sich Ainz Schritt für Schritt näherte, schwang sie ihre Spuite Lance. Die Waffe erzeugte ein Rauschen und machte klar, Shalltear war noch in der Lage zu kämpfen.

Als arkaner Magier war Ainz am wirkungsvollsten, wenn er aus der Entfernung angreifen konnte, und ohne Beschützer war es ein offensichtlicher Nachteil, sobald der Gegner zu nahe kam. Aber er geriet nicht in Panik, wich nicht zurück. Er sprach mit der Arroganz eines Champions, der auf einen Herausforderer wartete. »Es war ein lausiges Geschenk, aber hat es dir gefallen, Shalltear?«

»Ah ha ha ha ha ha!« Sie lachte, als würde sie sich von ganzem Herzen freuen. »Wundervoll! Schade, dass ich Euch töten muss, wo Ihr doch so viel Macht habt, Lord Ainz.«

»›Lord‹, hm? Warum nennst du mich noch Lord? Wer ist gerade dein Meister?«

»Schon komisch, dass Ihr das fragt. Ist es nicht absolut natürlich, Euch mit Lord Ainz anzusprechen? Ihr seid ein Höchstes Geschöpf. Und mein derzeitiger Meister ist …« Verwirrt runzelte sie die Stirn. »Warum kämpfe ich gegen Euch, Lord Ainz? Nein, Moment. Weil Ihr mich angegriffen habt. Aber warum habt Ihr mich angegriffen? Da ich angegriffen wurde, muss ich meine gesamte Macht aufbieten, um Euch zu vernichten. Warum?« Letztendlich schien sie zu einer Art

Entschluss zu kommen und grinste wieder wie zuvor. »Ich verstehe es nicht ganz, aber da Ihr mich angegriffen habt, muss ich Euch vernichten!«

»Verstehe … also deinen Zustand, meine ich.«

»Och, was ist denn los, Lord Ainz? Ihr wirkt irgendwie niedergeschlagen – könnt Ihr mich so besiegen?«

»Hmpf. Sicher, dass du da nicht was missverstehst? Wie sollte jemand wie du gegen Ainz Ooal Gown gewinnen? Ainz Ooal Gown kennt keine Niederlage. Shalltear, *du* wirst weinend vor *mir* am Boden liegen.«

»Ah ha ha ha ha ha! Wie Furcht einflößend!«

In ihre Absicht zu töten gehüllt näherte sich Shalltear mit einer Geschwindigkeit, die Sturmböen langsam erscheinen ließ. Jeder ihrer Schritte war eine kleine Explosion, die verbrannte Erde in die Luft schleuderte. Clementines Angriff war schnell gewesen, aber Shalltear spielte in einer ganz anderen Liga.

Ainz war dankbar, dass er nicht blinzeln musste. Sie war so flink, er hätte sie sonst aus den Augen verloren.

Ihr Lachen war verstummt, als sie mit erhobener Lanze auf Ainz zustürmte. Normalerweise griffen so Ritter an, die sich dabei Geschwindigkeit und Gewicht ihres Pferdes zunutze machten, aber dank Shalltears unvergleichlicher Kraft und Schnelligkeit war ihr Angriff weitaus stärker.

Der Begriff »tödlicher Angriff« reichte nicht, um zu beschreiben, was geschah, als ihre Lanze durch die Luft stieß und sich Ainz' Brust näherte.

Obwohl die Spitze auf ihn zuraste, wich er nicht aus. Er sagte nur sanft: »Weißt du, das ist gefährlich.« Es war eine Warnung voller Zuneigung, da er um Shalltear besorgt war. Das war eine merkwürdige Möglichkeit, auf ihren Angriff zu reagieren.

Als sie darauf trat, löste sie *Triplet Maximize Magic: Explode Mine* aus. Die drei Schockwellen schleuderten sie ein gutes Stück weg.

Ainz sprach noch freundlicher weiter: »Entschuldige, dass ich dich nicht früher gewarnt habe, Shalltear. Ich habe ein paar Minen ausgelegt. *Maximize Magic: Gravity Maelstrom!*« Er warf eine tiefschwarze Kugel nach ihr. Es war ein wirbelnder Ball aus Superschwerkraft, die einiges an Schaden verursachen würde, sogar bei jemandem auf Shalltears Level.

Shalltear reagierte darauf, indem sie sich augenblicklich aufrappelte und die freie Hand bewegte. »*Wall of Stone!*« Aus dem Boden wuchs eine riesige Steinmauer und umschloss Shalltear.

Ainz' superschwerer Mahlstrom krachte in die Konstruktion. Die Mauer verzog sich, stürzte in sich zusammen und wurde buchstäblich pulverisiert, gleichzeitig löste sich jedoch auch die Kugel auf.

»Hmpf! *Maximize Magic: Hold of Wrath!*« Ainz ließ nicht locker. Riesige Rippen erhoben sich aus der Erde und griffen Shalltear wie die Fangeisen einer Bärenfalle an. Die scharfen Knochenspitzen drangen tief in ihren Körper ein.

»Gah!« Normalerweise verursachte dieser Zauber erst Schaden, dann hielt er das Opfer fest, aber Shalltear entkam mühelos. Dank ihrer absoluten Immunität gegenüber Bewegungseinschränkungen konnte ihr dieser Teil des Zaubers nichts anhaben.

»Shalltear, ich hab vergessen dir zu sagen, ich habe mir die Freiheit genommen, hier überall Fallen auszulegen. Wie wäre es, wenn du mit den Flügeln schlägst und über sie hinwegfliegst?«

»Ich werde mich nicht von Euch verleiten lassen, Lord Ainz! Bestimmt habt Ihr auch in der Luft Fallen.«

»War das so offensichtlich?«

»Ja. Völlig offensichtlich.«

Sie lachten und Ainz' Flammen loderten etwas weniger hell.

Als würde ich so was machen. Es gab keine weiteren Mienenzauber. In der Luft gab es auch keine Magie. In diesem Kampf konnte er es nicht leisten, so viele MP zu verschwenden. Er konnte sich nicht erlauben, welche für Zauber aufzuwenden, die vielleicht gar nicht ausgelöst wurden.

Er lächelte, als sie auf seine Finte hereinfiel und sich langsamer bewegte. Aber das war noch kein Grund, sich zu entspannen. Hier war Ainz der Herausforderer. Er bewegte sich auf einem äußerst dünnen Drahtseil, von dem er jederzeit herunterfallen konnte. Er war sich dessen zu bewusst, um sich über einen dermaßen kleinen Erfolg zu freuen.

»Aber ich hätte nicht weniger von Euch erwartet, Lord Ainz. Ihr würdet mich nicht mit einem derart simplen Ansturm an euch heranlassen, oder?« Ihr Blick und ihre Stimme verrieten Aufrichtigkeit, aber genauso spürte Ainz, ihr Kampfwille war so stark wie ihre Anerkennung aufrichtig.

Jetzt geht dieser Kampf erst wirklich los. Hätte Ainz schwitzen können, wäre ein wahrer Wasserfall seinen Rücken hinabgelaufen. *Ich kann nichts tun, außer so viel Schaden wie möglich zu verursachen, bis mir die MP ausgehen …*

Andernfalls wäre seine Niederlage sicher.

Shalltear starrte mit ihrer Spuite Lance in der Hand den Caster an, der in aller Seelenruhe vor ihr stand, ihr Herr, Ainz Ooal Gown.

Sie verstand nicht, warum sie gegen denjenigen kämpfte, den sie eigentlich anbeten sollte, aber ihr Herz sagte ihr, es sei kein Problem. *Darüber kannst du nachdenken, nachdem du ihn getötet hast.* Sobald sie gelassen diesen Entschluss gefasst hatte, verzog sie die Lippen zu einem Lächeln. Sie war haushoch überlegen.

Caster, besonders arkane Magier, verfügten über gewaltige Kräfte, aber die hingen von den MP ab. Gingen ihnen diese aus, waren sie praktisch wehrlos. Obwohl Shalltear eine Glaubensmagierin war, verstand sie sich auch auf den Nahkampf. Selbst wenn ihr die MP ausgingen, konnte sie weiterkämpfen, solange sie noch HP hatte.

Das bedeutete, selbst wenn sie ihm nicht alle HP nehmen konnte, sobald er keine MP mehr hatte, war seine Niederlage unausweichlich. Und selbst wenn nicht, als arkaner Magier hatte er keine effiziente Möglichkeit, seine Hit Points wiederherzustellen. *Also fürchtet Euch davor, Eure HP und MP langsam zwischen Euren Fingern hindurchrinnen zu sehen! Ah ha ha! Mir wird ganz kribbelig, wenn ich mir Lord Ainz' entsetztes Gesicht vorstelle!*

Was wäre also die angebrachteste Taktik? Ein Zermürbungskrieg.

Sie hatte sich einen groben Schlachtplan zurechtgelegt und packte ihr Divine-Item, die Spuite Lance, fester. Die Spezialfähigkeit dieser Waffe war, ihren Nutzer proportional zum verursachten Schaden zu heilen. Deshalb hatte Ainz niemanden mitgebracht, um sie abzufangen, während er sich im Hintergrund hielt – er wusste, schwächere Monster wären nur Nahrung für die Heilkräfte ihrer Waffe.

Ach, armer Lord Ainz. Ihr müsst Euch mir ganz allein stellen, ohne irgendwelche Beschützer!

Mit einem sadistischen Lächeln auf den Lippen wirkte sie *Mana Essence*. Damit konnte sie einen Blick darauf werfen, über wie viel magische Energie ein Ziel, in diesem Fall Ainz, noch verfügte. *Er hat wirklich eine Menge, hm? Wie kommt er an so viel Macht?* Er hatte mehr als anderthalbmal so viele MP wie sie. Wie man es auch drehen und wenden wollte, niemand in Nazarick verfügte über vergleichbare Macht. *Wie es sich für ein Höchstes Geschöpf geziemt, er ist wirklich ein ungewöhnlicher Untoter ... Ist er ein Superuntoter – nein, ein göttlicher Untoter?*

Dennoch wollte sie nicht verlieren. Sie wusste nicht, wie es mit den anderen Wächtern aussah, aber ein auf Nekromantie spezialisierter Gegner war für sie kein Problem. *Trotzdem muss ich aufpassen. Aber warum trägt er nicht seine Divine-Ausrüstung?* Ainz' Robe sah schon etwas schäbig aus. Kein Vergleich zur Würde der schwarzen, die er sonst trug. *Als Verteidigung gegen mich? Könnte durchaus sein. Aber wenn wir uns nur anstarren, kommen wir nicht weiter. Als Erstes sollte ich für diesen langen Kampf etwas Heilung vorbereiten … »Regenerate!«*

Als Shalltear einen Zauber aussprach, der sogar Untote langsam heilte, um sich so von dem Schaden durch den Superstufenzauber zu erholen, startete Ainz einen weiteren Angriff. Er beschwor dieselbe Superschwerkraftkugel wie zuvor. »*Maximize Magic: Gravity Maelstrom!*«

Während die schwarze Kugel auf sie zuraste, erwog Shalltear einen Sekundenbruchteil lang, erneut eine Mauer hochzuziehen, aber das würde ihren Gegner nicht in Bedrängnis bringen. Um dafür zu sorgen, dass er möglichst viel magische Energie verwendete, musste sie angreifen.

Sie entschied sich für »*Greater Teleportation!*«, um so die Distanz zu überbrücken und in den Nahkampf zu gehen.

Alles vor ihren Augen wurde verzerrt und anstatt augenblicklich ihren Standort zu wechseln, war es, als würde alles wie in Zeitlupe ablaufen. *Tse!* Sie nahm an, das war *Delay Teleportation*, mit der man Teleportationszauber behinderte.

Damit lag sie richtig und obwohl Ainz in Reichweite ihrer Lanze sein sollte, befand er sich noch ein ganzes Stück entfernt. Stattdessen blitzten vor ihr drei Lichtkugeln auf – *Drifting Master Mine*.

Die Minen reagierten auf sie und kurz bevor sie explodierten, löste sich Shalltear in ihre Nebelform auf. Dieser Skill erlaubte es dem Anwender, seinen Körper zu Nebel werden zu lassen – geradezu perfekt für einen Vampir. Trotz des Namens handelte es sich dabei um keine Verwandlung in richtigen Nebel, vielmehr wechselte man zu einem substanzlosen Astralkörper. In dieser Form konnten ihr Angriffe in der realen Welt nicht das Geringste anhaben, nicht einmal die drei Explosionen.

»Netter Versuch!« Zeitgleich mit seinem Ruf entfesselte er *Maximize Magic: Astral Smite*. Der Zauber wirkte auf substanzlose Gestalten und traf Shalltear am ganzen Körper – die in dieser Form auch noch ein wenig ihrer Verteidigung einbüßte.

Der Schmerz ließ sie diese Form aufgeben. Etwas Schleimiges lief aus ihrer aufgeplatzten Lippe. »Brillant. Wie zu erwarten von Lord Ainz!«

Er reagierte nicht auf ihre ehrliche Anerkennung. Stattdessen betrachtete er sie argwöhnisch.

»Glaubt Ihr mir nicht? Ich denke aber wirklich, das war eines Höchsten Geschöpfes würdig, das meine völlige Hingabe verdient.«

Wie erwartet war er in einem magischen Kampf herausragend. Allerdings – Shalltear lächelte – seine MP hatten drastisch abgenommen. Natürlich galt dasselbe für ihre HP, aber das lag innerhalb des Rahmens, mit dem sie gerechnet hatte, während Ainz mehr MP als erwartet verbraucht hatte. Sie lag bereits in Führung. Mit anderen Worten, sie war dem Sieg einen Schritt näher.

Na schön, wie wäre es damit? Shalltear startete ihr nächstes Manöver. »*Force Sanctuary*!« Um sie herum wurde es strahlend hell, eine Barriere aus reiner, magischer Energie. Im Austausch dafür, dass sie nicht angreifen konnte, war sie für die Angriffe ihres Gegners unantastbar. Durch den Schleier ihres Zaubers sah sie, wie sich Ainz hastig daran machte, selbst einen zu wirken. »Genau! Ihr solltet Euch beeilen und ein wenig Magie benutzen!«

Oberflächlich betrachtet gewann Ainz diesen Kampf. Shalltear kannte den Grund.

Fähigkeiten – nein.

Ausrüstung – nein.

Vorbereitung – ja.

Ja, sein Vorteil lag an den getroffenen Vorbereitungen, an zahllosen Abwehrzaubern. Vorbereitung konnte die Vorteile zugunsten eines Casters verschieben. Dasselbe galt selbstverständlich auch für Shalltear.

Darum musste Ainz die sie umgebende Barriere so schnell wie möglich einreißen, um sie davon abzuhalten, ihre Verteidigung zu stärken.

Shalltear wollte ihn dazu bringen, MP zu verbrauchen – sie hingegen hatte kein Interesse daran, Verteidigungszauber zu benutzen, da sie auf diesem Gebiet ohnehin Schwächen hatte –, und lachte über seine eiligen Bemühungen. *Ach, Ihr tanzt genau wie geplant nach meiner Pfeife, Lord Ainz. Aber benutzt Ihr keine Schriftrollen, Magier- oder Zauberstäbe, weil Ihr sie Euch aufsparen wollt? Oder seid Ihr bereits erschöpft? Oder vielleicht wisst Ihr, damit könnt Ihr mir ohnehin nicht viel anhaben …? Hm?*

Ainz' Magieresistenz verlieh ihm Immunität gegen Zauber der niedrigen und mittleren Stufen. Dabei war es belanglos, wie mächtig sein Gegner als Caster war. Shalltears Resistenz war von den Fähigkeiten des Gegners abhängig. War der Caster schwach, war sie sogar gegen Zauber der Stufe zehn immun, gegen einen mächtigen Caster jedoch – wie Ainz – lag die Grenze vermutlich bei Stufe eins.

Die Wirksamkeit von Schriftrollen hing zudem von den Fähigkeiten des Herstellers ab, aber sie wurden für gewöhnlich auf der niedrigsten Stufe erschaffen und daran ließ sich nichts ändern. Daher war die Wahrscheinlichkeit hoch, dass der Zauber einer Schriftrolle nicht einmal durch ihre Verteidigung kommen würde. Vermutlich benutzte er deswegen keine.

Während Shalltear in aller Ruhe die Situation überdachte, wurde ein weiterer von Ainz' Zaubern wirksam. »*Maximize Magic: Thousand Bone Lance*!«

Um ihn herum sprangen in einem weiten Umkreis unzählige – mehr als tausend oder zweitausend – riesige Knochenspeere aus dem Boden und rasten mit enormer Kraft auf Shalltear zu. Immer wieder trafen sie mit lautem Krachen ihre Barriere. Dann, als würde Glas springen, bekam die Barriere Risse und wurde zertrümmert. Splitter flogen durch die Luft und lösten sich dann, ohne eine Spur zu hinterlassen, auf.

»Tse!«

Sie hatte für diese Barriere einiges an MP verbraucht, nur damit sie bereits nach einem Angriff zusammenbrach. Das überstieg sämtliche Erwartungen, doch noch während sie sich darüber ärgerte, erfolgte der nächste Angriff.

»Ich bin noch nicht fertig! *Maximize Magic: Thousand Bone Lance!*«

»*Greater Teleportation!*« Um nicht vom Wirkungskreis von *Delay Teleportation* behindert zu werden, wählte sie als Ziel einen Punkt in der Luft.

»Red dir bloß nicht ein, du könntest mir entkommen! *Maximize Magic: Gravity Maelstrom!*«

Irgendwie musste er ihre Teleportationen verfolgen. Seine Zauber rasten auf sie zu, sobald sie an einer anderen Stelle erschien. Dennoch hatte Shalltear genug Luft, um seine Kampffähigkeiten zu bewundern – ohne seine Erfahrung wäre er niemals zu einem derart erstaunlichen Manöver in der Lage gewesen.

»Du bist bedenklich gelassen.« Ainz, den sie aus irgendeinem Grund auslöschen musste, fragte sie: »Wie kannst du nur so ruhig bleiben, wenn du gegen *mich* kämpfst? Wir sind auf demselben Level und ich bin besser ausgerüstet. Meine Spezialisierung ist praktisch nutzlos, aber das ist auch mein einziger Nachteil. Trotzdem spüre ich von dir diese absolute Zuversicht, dass du siegen wirst, dass du mir überlegen bist.«

Als ihr Herr und Meister nach dem Warum fragte, fühlte sich Shalltear noch mehr im Vorteil. »Ah ha ha ha! Dann lasst mich Euch zeigen, wie gelassen ich bin. Wusstet Ihr, dass ich über diesen Skill verfüge?«

Sie zeigte ihm ein siegessicheres Lächeln und löste *Impure Shockwave Shield* aus. Um sie herum stiegen Schockwellen in der schwarzroten Farbe von Blut auf und die rabenschwarze Kugel aus Superschwerkraft wurde, kurz bevor sie Shalltear traf, aufgelöst. Das war einer ihrer Skills, der sich sowohl zum Angriff als auch zur Verteidigung nutzen ließ.

»Tse!« Sie hörte, wie Ainz mit der Zunge schnalzte. Mit ihren Schnalzern hatte sie den für sie nachteilhaften Verlauf des Kampfs kommentiert, seines drückte seinen Mangel an Ausweichmöglichkeiten aus.

»Ah ha!« Lachend nutzte sie einen weiteren Skill. In ihren Händen erschien eine fast drei Meter lange Kriegslanze. Die Spitze war ziemlich groß und sie vermittelte das untrügerische Gefühl, dass dies keine herkömmliche Waffe war. Das Sonnenlicht ließ sie wunderschön in einem silbrigen Weiß glitzern.

»Hmm … Die hab ich noch nie gesehen. Hast du die mit einem Skill beschworen?«

»Ah ha ha ha! Wie lange könnt Ihr Euch wohl noch so zuversichtlich geben, Lord Ainz? Sieht so aus, als wüsstet Ihr nicht, was das ist, also erlaubt mir zu erklären. Sie heißt Heiliger Speer der Reinigung!« Seine Wissenslücke zauberte ihr ein spöttisches Lächeln auf die Lippen, als sie die Waffe abschoss. Abschoss, nicht warf. Sie erhob sich von selbst in die Luft und raste auf Ainz zu. Shalltear hatte MP verbraucht, um sie automatisch ihr Ziel suchen zu lassen …

»Guh-hagh!«

Sie schlug in Ainz' Brust ein.

Shalltear hatte das Gefühl, zusehen zu können, wie er sein Skelettgesicht vor quälendem Schmerz verzog. »Ah ha ha ha! Genau was ich mir von einer Waffe erwartet habe, die wie heilige Magie funktioniert! Sieht so aus, als wäre sie ziemlich wirkungsvoll, was?«

In Shalltears Hand erschien ein weiterer riesiger Speer. Sie schickte ihn augenblicklich auf die Reise. Der zweite flog so schnell, dass man ihm keinesfalls ausweichen konnte, und durchstieß eine von Ainz' Schultern.

»Guh! Unterschätz mich nicht! *Maximize Magic: Reality Slash*!«

Er wirkte einen unheimlich mächtigen Zauber. Es war eine schwächere Version von *World Break*, dem ultimativen Skill, den die stärkste

Kriegerklasse, *World Champion*, auf ihrem höchsten Level bekommen konnte. Trotzdem war es einer der zerstörerischsten unter den Zaubern der Stufe zehn. Der Raum wurde zerrissen, aus Shalltears Schulter spritzte das Blut wie aus einem Brunnen.

Dann wurde der mächtige Zauber, der fast jede magische Verteidigung aufheben sollte, unwirksam gemacht – das Blut floss zurück in ihre Schulter, als würde die Zeit rückwärtslaufen.

»Was hast du gemacht?«, verlangte Ainz zu wissen.

»Seid nicht so überrascht, Lord Ainz. Das ist ein Skill.« Ihre Stimme troff vor Überheblichkeit.

»Tse! Du kannst also Skills benutzen, wie du lustig bist, aber keiner von meinen funktioniert?«

»Hey, sagt nicht, ich wäre unfair. Lord Peroroncino gab mir diese Macht. Vielleicht ist das nur der Beleg, dass er Euch überlegen war.«

»Das versuchst du mir also zu verdeutlichen.« Bevor sich Shalltear über das plötzliche Desinteresse und die leise Gefühlsleere in seiner Stimme wundern konnte, brüllte er wieder: »Dann also los, Shalltear! Mir egal, was du für Skills auf Lager hast, meine Magie ist auf jeden Fall besser!«

»Aha! Ein Schießduell? Da werde ich bestimmt nicht verlieren!«

Maximize Magic: Reality Slash und der Heilige Speer der Reinigung rasten aneinander vorbei und beide erlitten einen Streifschuss.

Als sie dieselben Manöver wiederholten, lachte Shalltear darüber, wie dumm das doch war. Zeitgleich fragte sie sich, warum sie kämpfte.

Shalltear Bloodfallen war die Wächterin der ersten, zweiten und dritten Ebene der Großen Gruft von Nazarick, von einem der Einundvierzig Höchsten Geschöpfe von Ainz Ooal Gown, Peroroncino, als loyale Untergebene erschaffen. War es dann nicht eigenartig, dass sie gegen Ainz Ooal Gown, früher bekannt als Momonga, kämpfte? Sie richtete ihre Klingen gegen eines der Einundvierzig Höchsten Geschöpfe.

Wäre das ein Befehl ihres Schöpfers, würde sie ihn befolgen und mit aller Macht kämpfen. Sie würde nicht zögern, selbst wenn sie damit ganz Nazarick gegen sich aufbringen würde. Aber das war hier nicht der Fall.

So sehr sie sich auch das Hirn zermarterte, sie kam zu keiner Antwort. Sie konnte aber nicht aufhören. Jemand flüsterte ihr zu, dass sie alles in ihrer Macht Stehende tun musste, um ihn zu töten.

Während sie mit *Mana Essence* Ainz' MP im Auge behielt, unterdrückte sie das in ihr aufkeimende Lachen und heilte sich, indem sie die Zeit zurückdrehte.

Stärkere Zauber bedeuteten einen höheren Verbrauch magischer Energie. *Reality Slash* gehörte zu denen, bei denen das Verhältnis von Schaden zu MP eher schlecht war. Dass er ihn immer wieder benutzte, musste bedeuten, er hatte gedacht, der Kampf würde dadurch entschieden, wie viel ihrer HP er ihr nehmen konnte, bevor sie in den Nahkampf ging.

Seine Strategie ist gar nicht dumm. Ein kurzer Kampf ist in seinem Interesse. Je länger es dauert, umso größer wird mein Vorteil ... Es könnte auch sein, weil Debuffs keine große Auswirkung auf Untote haben ... Shalltear schenkte dem Mann, der immer wieder ungeheuer starke Magie benutzte, ein Lächeln. *Das ist in Ordnung. Ich spiele Euer Spiel mit.*

Manche ihrer Skills konnte Shalltear unbegrenzt einsetzen, das galt aber nicht für alle. Sie konnte sich dreimal täglich heilen, indem sie die Zeit zurückdrehte. Dieselbe Einschränkung galt für den Heiligen Speer der Reinigung. Unreiner Schockschild stand ihr nur noch einmal zur Verfügung. Sie sah jedoch keinen Grund, ihn aufzusparen. Die Entscheidung war schon längst gefallen, es im Nahkampf zu beenden. Ihre Skills und MP waren nur Werkzeuge, um Ainz' MP abzutragen. *Selbst wenn mir die MP ausgehen, kann ich trotzdem weiterkämpfen, für ihn hingegen ist das tödlich.*

Shalltear nutzte in diesem Kampf ihr volles Potenzial an HP und MP, während Ainz nur auf MP zurückgreifen konnte. Diese riesige Kluft bestand schon seit Beginn.

Sie betrachtete Ainz, der in diesem Kampf nichts als Magie zu bieten hatte, nachsichtig – nicht wie eine Mutter, die ihr Kind ansah, sondern mehr mit dem Mitleid des Starken für den Schwachen.

Nach der Verwendung ihres letzten Heiligen Speers der Reinigung und der Antwort in Form des *Reality Slash*, als wollte er ihr damit sagen: *Das hast du davon!*, leitete Shalltear die zweite Phase dieses Kampfs ein. »Wie wäre es damit? *Summon Tenth-Tier Monster*!«

»Das lässt du schön bleiben! *Greater Rejection*!«

Das beschworene Monster verschwand augenblicklich. Sie hörte Ainz triumphieren: »Ich lass nicht zu, dass du auf Zeit spielst, Shalltear!«

Ich sollte ihn nicht auslachen. Wenn nicht mit einem Skill, dann benutze ich eben MP. Es fiel ihr schwer, beim Wirken des Zaubers eine neutrale Miene zu wahren. »Ach? Dann will ich mal direkter sein! *Maximize Magic: Vermillion Nova*!«

»*Triplet Maximize Magic: Call Greater Thunder*!«

Ainz wurde von dunkelroten Flammen eingeschlossen, die eigentlich seine Schwäche sein sollten. Zeitgleich schlugen drei riesige Bündel Blitze in Shalltears Körper ein.

Während sie spürte, wie sie einen Großteil ihrer HP einbüßte, schlich sich zum ersten Mal seit Beginn dieses Kampfs Verdruss auf ihr Gesicht. *Ist er vor Feuer geschützt?*

Egal wie stark jemand war, man konnte sich unmöglich vor allen Attributen schützen. Es gab Grenzen, selbst für Heteromorphe mit rassenspezifischen Resistenzen, die sich für Klassen mit gemeisterten Resistenzen entschieden und mit Divine-Items ausgestattet waren, die die Werte noch weiter erhöhten. Andererseits, wenn man sich auf ein paar wenige beschränkte, war es möglich, diese Werte vollständig zu erhöhen – selbst wenn es sich um eine Schwäche handelte.

Anders ausgedrückt, Ainz hatte vermutlich andere Attribute außer Acht gelassen, um eine vollständige Resistenz gegen Feuer aufzubauen. *Na, das ist ja nervig. Ich weiß nicht, wogegen er noch empfindlich ist.* Das könnte sie nur mit *Life Essence* herausfinden, um seine Hit Points zu überwachen, während sie Zauber mit verschiedenen Attributen ausprobierte. *Das will ich mir nicht antun. Ich versuche einfach was, von dem ich weiß, dass es eine Schwäche ist … »Maximize Magic: Brilliant Radiance!«*

»Maximize Magic: True Dark!«

Ainz' wurde von heiligem Licht umschlossen, sein Körper gereinigt und das neutrale Attribut Finsternis setzte Shalltear zu. Da geschah es – Ainz schwankte einen Moment lang. Er versuchte, es so aussehen zu lassen, als würde er nur seine Haltung ändern, aber sie durchschaute dieses offensichtliche Manöver. Seine Miene zeigte erduldeten Schmerz.

Shalltear lachte innerlich. *Jetzt hab ich Euren Schwachpunkt!*

Es gab nichts, das er dagegen tun konnte. Für einen Untoten war das Attribut heilig tödlich. Diese Schwäche war nur sehr schwer zu überwinden und unmöglich, wenn er sich stattdessen gegen Feuer gewappnet hatte.

Die beiden funkelten einander an und wirkten ihre nächsten Zauber.

Selbstverständlich entschied sich Shalltear für denselben, *Brilliant Radiance*.

Unzählige Male wiederholten sie das. Shalltears HP nahmen ebenfalls stetig ab. Vielleicht wäre sie bereits bei null, hätte sie nicht klammheimlich MP benutzt, um einen Skill zu aktivieren, der die Auswirkungen von Magie auf sie schwächte.

Nichts anderes hätte ich erwartet. Bei einem Magiekampf ist mir Lord Ainz sowohl im Angriff als auch in der Verteidigung haushoch überlegen.

Ich habe ihn mit heiliger Magie eingedeckt, aber verglichen mit mir hat er gar nicht so viel Schaden genommen … allerdings sind seine MP ziemlich gefallen. Sie konnte seine MP sehen und seit Beginn hatten sie stark abgenommen. Dennoch loderte in seinen Augen nach wie vor der Kampfeswille. *Ah, da läuft es mir kalt den Rücken runter. Ich kann nicht erwarten, zuzusehen, wie die Entschlossenheit dieses wundervollen Mannes zermalmt wird, um zu sehen, wie er wie ein geschlagener Hund winselt.*

Sie wehrte sich gegen das Kribbeln in ihrem Unterleib. Wäre sie in ihrem Zimmer, hätte sie nach ihren Vampirbräuten gerufen, aber leider waren sie nicht da. Und selbstverständlich konnte sie gerade nicht selbst Hand anlegen.

Dann muss ich mir wohl durch den Kampf Befriedigung verschaffen.

Sie sah Ainz mit lüsternem Blick an und leckte sich über die Lippen. Wenn sie die Kluft zwischen ihnen noch weiter aufriss, wie würde er darauf reagieren?

»Na schön, ich gestatte mir, mich zu heilen. *Maximize Magic: Greater Lethal!*«

Lebewesen heilten durch *Justice*-Energie und nahmen durch negative Schaden. Bei Untoten war es andersherum. Aus diesem Grund war *Greater Lethal*, bei dem jede Menge negative Energie freigesetzt wurde, für eine Untote wie Shalltear der beste Heilzauber.

»Verstehe. Ich hab auch schon einiges an HP eingebüßt … *Greater Lethal.*«

Shalltear blinzelte. Sie konnte nicht glauben, was vor ihren Augen geschah, aber da sich Ainz' Verletzungen schlossen, blieb ihr nichts anderes übrig, als es zu akzeptieren.

»Hä? Wie könnt Ihr den Glaubensmagiezauber *Greater Lethal* benutzen? Gehört der zu einer Eurer Klassen?«

»Nö. Leider ist das keine meiner Kräfte, sondern eine, die ich einem Item verdanke – ein Item, das mich einen Zauber meiner Wahl benutzen lässt. Aber dafür verbraucht es einen kompletten Ausrüstungsslot. Ich kann es nicht durch Skills verstärken und es ist nicht so effektiv, wie wenn ein echter Glaubensmagier den Zauber wirkt. Es bringt also eigentlich nicht viel.«

Noch während er sich darüber beschwerte, wie mühsam es war, sprach Ainz den Zauber erneut aus, während Shalltear murmelte: »Das war's dann wohl mit einem meiner Pläne ...« Allerdings sanken seine MP dadurch nur weiter, es war also kein so großes Problem.

Mit diesem Entschluss wirkte sie den Zauber ebenfalls noch mal, um sich vollständig zu heilen. Mit Level 100 war das gar nicht so einfach.

»*Maximize Magic: Greater Lethal!*«

»*Body of Effulgent Beryl!*« Kaum hatte sich Ainz geheilt, belegte er sich mit Verteidigungsmagie.

Shalltear war eine Glaubensmagierin und von Peroroncino hatte sie keine Informationen über diesen Zauber bekommen, daher wusste sie nicht, wie sich *Body of Effulgent Body* auswirkte. Sie bemerkte, dass er wieder diese grüne Aura hatte, also nahm sie an, es handle sich um eine Art Verteidigungszauber. *Ganz genau. Ich werde Euch direkt angreifen.* Gerade als sie in Aktion treten wollte und ihre Spuite Lance nach Herzenslaune schwang, hörte sie eine Klage, die ihm offenbar rausgerutscht war.

»Dieser Kampf ist so einseitig.«

Der Kommentar überraschte sie und Shalltear lockerte den Griff um ihre Lanze ein wenig. *Ist Euch das auch endlich aufgefallen?* Aber sie traf die vernunftbasierte Entscheidung, es auszusprechen wäre ihrem Herrn und Meister Ainz gegenüber unhöflich ... *Meister? Lord Ainz?* Die verwirrenden Worte gingen ihr immer wieder durch den Kopf. Warum erhob sie die Waffe gegen ihren Herrn und Meister? Aber so standen die Dinge nun mal. Es gab vieles in der Welt, was man unmöglich verstehen konnte. Das hier musste dazugehören.

Obwohl sie zu diesem Ergebnis kam, musste sie sich eingestehen, dass es Ainz' Verhalten an Beständigkeit mangelte. In einem Tonfall, bei dem es einem schwerfiel, zu glauben, dass sie sich gerade mitten im Kampf befanden, fragte sie ihn: »Wenn es so einseitig ist, warum zieht Ihr Euch dann nicht zurück?«

»Nun ja, aber ...« Sie hatte das Gefühl, sein unbewegliches Gesicht verzog sich zu einem verbitterten Grinsen. »Ich ... ja. Ich bin sehr selbstsüchtig, Shalltear. Ich will nicht weglaufen.« Ainz sah auf seine leere Knochenhand und als würde er ihren Blick kontrollieren, tat sie dasselbe. »Niemand würde es kapieren oder vielleicht würde man es für dämlich halten, aber jetzt gerade habe ich das Gefühl, als Gildenmeister meine Bestimmung gefunden zu haben. Ich frage mich ... warum das so ist. Ich war immer der Gildenmeister, aber zum Großteil habe ich mich um die alltäglichen Dinge gekümmert. Es war nicht so, als hätte ich in der ersten Reihe gestanden, um irgendwen zu befehligen. Aber nun kämpfe ich an vorderster Front für die Gilde ... Vielleicht bin ich nur selbstzufrieden.«

»Geht es hier darum? Den Stolz eines Mannes?«

»Kann ... sein? Oder vielleicht ist es nur ... Verzweiflung. Ups, jetzt haben wir mit diesem langweiligen Gespräch unseren Kampf unterbrochen. Wie wär's, wenn wir weitermachen?«

2

Ainz sah gelassen zu, wie Shalltear mit ihrer Spuite Lance Kampfhaltung einnahm. Um zu gewinnen, musste er diesen Nahkampf überstehen.

Auf Shalltears Rücken beulte sich die Rüstung aus und Fledermausflügel kamen zum Vorschein. Er wusste, was als Nächstes geschehen würde.

Aus ihrem Rücken kamen mehrere große Fledermäuse und schwangen sich in die Luft. Es waren *Elder Vampire Bats*, die sie mit *Summon Household* beschworen hatte. Ihnen folgte ein Schwarm *Vampire Bats*.

Sie waren nicht besonders stark, trotzdem konnte Ainz nicht zulassen, dass sie taten, wonach ihnen war. Er wirkte sofort einen Zauber: »*Shark Cyclone!*«

Wie aus dem Nichts erschien ein über neunzig Meter hoher und fünfundvierzig Meter durchmessener Tornado. Dank der aufgewirbelten Erde war er bereits schwarz, als er die Fledermäuse bei ihrem Fluchtversuch in sich hineinsaugte und festhielt.

Durch die tobenden Winde des Tornados glitten Schatten. Sie schwammen wie im Ozean – sechs Meter lange Haie. Sie stürzten sich auf die verzweifelt flatternden Fledermäuse, als wären sie Futter, das jemand in ihr Reich gekippt hatte. Gegen fliegende Kreaturen zeigte der Zauber seine volle Wirkung. Die Haie rissen den *Elder Vampire Bats* im Nu die Flügel ab und zerfleischten sie.

Während sie ihre Beute genossen, stürzte sich noch etwas anderes in die peitschenden Winde. Ein blutroter Fleck, der den Tornado mit hoher Geschwindigkeit durchquerte. Eine Spitze davon ragte heraus und hinterließ eine feurige Spur, wie der Kondensstreifen eines Jets.

Ainz war unfähig zu reagieren, bevor ein beißender Schmerz seinen Körper durchfuhr. Er spürte, wie seine sämtlichen Knochen zermalmt wurden.

Shalltear hatte seine kurze Unaufmerksamkeit genutzt, sich ihm genähert und ihre schreckliche Waffe in seine Brust gerammt. Die Spitze zertrümmerte jeden Knochen auf ihrem Weg und es fehlte nicht viel, damit sie an seinem Rücken wieder zum Vorschein kam.

»Gah!« Er keuchte vor Schmerzen. Der Treffer dieser Waffe mit ihrem Schlagattribut hatte ihn einen riesigen Teil seiner HP gekostet.

Als Untoter kam Ainz mit dem Schmerz zurecht. Genau wie seine Gefühle wurde er ab einer bestimmten Stärke einfach unterdrückt. Deshalb konnte sogar ein Kampfamateur wie Satoru Suzuki gelassen weitermachen, ohne dadurch handlungsunfähig zu werden.

Aber das war heftig. Es fühlte sich an, als wäre sein Leben ernsthaft in Gefahr. Er bekam dieses Gefühl, losgelöst von allem zu sein, ähnlich wie wenn jemand durch zu viel Blutverlust das Bewusstsein verlor. Ainz' … Nein, Satoru Suzukis schwacher Geist drohte zu brechen.

Aber dazu war Ainz zu willensstark. In diesem Moment kämpfte nicht Satoru Suzuki, sondern der Alleinherrscher über die Große Gruft von Nazarick, Ainz Ooal Gown.

Shalltears Angriff blieb erbarmungslos, während er seine nächste Taktik einleitete. Sie übte mehr und mehr Druck aus, versenkte ihre Waffe immer tiefer in Ainz' Brust, und je tiefer sie eindrang, umso dicker wurde der Durchmesser der Lanze. Es fühlte sich an, als würde sie seinen Körper zerreißen. Schmerz durchflutete ihn, seine HP sanken rapide.

Diese Gefühle sorgten dafür, dass sich Ainz' *Body of Effulgent Beryl* aktivierte. Seine grüne Aura zersplitterte.

Der Zauber der Stufe zehn *Body of Effulgent Beryl* reagierte auf Schaden durch Waffen mit Schlagattribut und gewährte dem Nutzer einmalig eine vollständige Immunität gegen den Schaden. Da *Body of Effulgent Beryl* den Schaden der Lanze absorbierte, wurde ihre Spitze hinausgedrängt, als würde die Zeit rückwärtslaufen.

Als sich die Lanze von Ainz löste, wirkte er einen Zauber gegen die fassungslose Shalltear, die nicht ganz verstand, was vor sich ging. »*Wall of Skeleton*!«

Zwischen den beiden erschien eine Knochenwand aus unzähligen, bewaffneten Skeletten. Sie setzten ihre Waffen ein, stachen und schlugen nach Shalltear – doch kein einziges traf.

»*Maximize Magic: Force Explosion*!«

Um Shalltear herum wüteten unsichtbare Schockwellen. Die Knochenwand nahm sie auf und verzerrte sich bedenklich, um dann in sich zusammenzubrechen. Die zu Boden fallenden Knochensplitter erinnerten an Regen. Aber es hatte Ainz ein wenig Zeit verschafft und damit bereits geholfen.

»*Release*!«

Auf Ainz' Befehl schoss *Greater Magic Seal* jeweils dreißig weiße Lichtlanzen aus drei magischen Kreisen ab, insgesamt also neunzig. Das war ein magischer Geschosszauber mit neutralem Attribut. Auf ihrem Weg durch die Luft waren sie so schön wie das Schlagen von Engelsschwingen, in diesem Fall allerdings Todesengel.

Zauber der Stufe eins konnten Shalltears magischer Verteidigung nichts anhaben. Vermutlich fand sie es bedenklich, dass er einen Zauber benutzte, der nicht funktionieren würde, daher wich sie hastig zur Seite aus. Aber die weißen Lichter knickten im rechten Winkel ab, verfolgten sie und hämmerten wie Platzregen auf sie ein.

Die Breitseite aus neunzig Projektilen riss einen gewaltigen Teil ihrer HP mit sich. Die Schüsse, die sie getroffen hatten, hatte Ainz mit einem Skill vorübergehend auf Stufe zehn aufgewertet.

Und er war noch nicht fertig mit seinem Angriff. *»Soar, Triplet Obsidian Sword!«*

In der Luft erschienen drei schwarz glänzende Schwerter, die wie von Geisterhand gelenkt auf Shalltear zurasten.

Sie schien zu sagen: *Geht mir nicht auf die Nerven!*, als sie sie mit ihrer Spuite Lance wegschlug. Aber selbst danach folgten ihr die Obsidianschwerter. Es wäre unheimlich schwierig, diese magischen Schwerter mit physischen Angriffen zu zerstören.

»*Magic Destruction*!« Sie benutzte ihre letzten MP, um einen Magieaufhebungszauber zu wirken. Zwei der Obsidianschwerter verschwanden, das dritte setzte seinen Angriff fort.

Die Wirkungskraft von *Magic Destruction* hing von den Fähigkeiten des Casters ab. Anders gesagt, jetzt wussten sie mit Sicherheit, wer von ihnen der mächtigere Caster war.

»Aaach, wie nervig!« Shalltear ignorierte das nach ihr hackende Schwert und stürmte stattdessen auf Ainz zu. Das bisschen Schaden würde sie nicht weiter stören.

Sie schwang ihre Spuite Lance und traf Ainz. Das Schlagattribut war eine seiner Schwächen. Dem konnte er nichts entgegensetzen, er wurde davongeschleudert und wirkte in der Luft *Fly*, um sich zu fangen.

Aber dann verlor er die Fassung und schrie zum ersten Mal, seit Beginn des Kampfs. »Scheiße!«

Seine Hit Points waren nicht so niedrig, als dass er sich von diesem Treffer nicht erholen könnte. Das Problem war, was er sah. Was er verloren hatte, heilte nun Shalltear. Sie heilte schneller, als das Obsidianschwert Schaden verursachte. Um ihr die gerade gewonnenen

HP wieder abzutrotzen, wirkte Ainz einen Zauber: »*Triplet Maximize Magic: Reality Slash!*«

Die drei zeitgleich auftauchenden Risse im Raum öffneten blutende Verletzungen in Shalltears Körper, aber sie ignorierte es, stattdessen näherte sie sich mit dem Obsidianschwert im Schlepptau.

Da Shalltear keine MP mehr hat, bleibt ihr nichts anderes übrig, als heranzukommen und ihre Spuite Lance einzusetzen …? Diese Art zu kämpfen gefällt mir am allerwenigsten … Ainz löste einen weiteren Angriff aus, während er sich mit *Fly* zurückzog. »*Triplet Maximize Magic: Reality Slash!*«

Obwohl er flüchtete, nahm der Abstand zwischen ihnen mit jedem verstreichenden Augenblick ab. Es war ein Unterschied, ob man *Fly* benutzte oder aus eigener Kraft dank eines Skills flog.

Nach wie vor blutend hing Shalltear direkt vor ihm und rollte sich zusammen – in diesem Moment wurde der Raum verzerrt und um sie herum entstanden Schockwellen.

Das ist nicht Force Explosion! *Es ist Unreiner Schockschild!*

Die Schockwellen ihres Skills zerschmetterten das Obsidianschwert, rasten auf Ainz zu und schleuderten ihn weit zurück. »Gugh Gah!«

Sie musste ihren Unreinen Schockschild mit einem weiteren Skill verstärkt haben. Ainz überschlug sich zwei-, dreimal auf den Boden, bevor ihn *Fly* und seine Items unsanft ausrichteten. Vielleicht lag es daran, dass er keine Ohren und damit keinen Gleichgewichtssinn hatte oder an seinem Status als Untoter, dass er Shalltear anstarren konnte, ohne dass ihm schwindelig war.

Von dem Angriff zurückgeworfen zu werden war ein Glücksfall. Ainz war nicht an einem Nahkampf interessiert. So lange Distanz zwischen ihnen lag, blieb ihm Zeit, mehr Magie einzusetzen.

Er wollte gerade einen weiteren Zauber entfesseln, als er bemerkte, noch während Shalltear dabei war, sich wieder zu ihrer vollen Größe aufzurichten, sammelte sich vor ihr Licht.

Ainz wusste, was das war. Sein unbewegliches Gesicht zuckte, als ihn Shalltear mit einem siegessicheren Grinsen bedachte.

»Hier ist es also … Er kommt endlich zum Vorschein. Ich dachte mir schon, irgendwann wirst du ihn einsetzen. Sieht so aus, als wäre es jetzt so weit, hm? *Einherjar*, deine Trumpfkarte.«

Das weiße Licht nahm menschliche Gestalt an. Abgesehen von der weißen Rüstung und der schwach leuchtenden weißen Haut ähnelte sie sehr ihrem Beschwörer.

Ainz wusste, die Ähnlichkeit beschränkte sich nicht auf das Aussehen. Zwar fehlten ein paar der magischen Fähigkeiten und Skills und es hatte keine Items, aber Ausrüstung und Fähigkeiten waren mit Shalltears identisch. Er war kein Untoter, sondern glich mehr einem Golem, allerdings waren auch die Resistenzen dieselben. Er war praktisch eine zweite Shalltear, die ausschließlich Nahkampf beherrschte.

Natürlich hatte Ainz damit gerechnet, trotzdem war es eine gewaltige Herausforderung, gegen zwei Level-100-Gegner zu kämpfen.

Dann beschwor sie zahllose ihrer Kinder: Wölfe, Fledermäuse, einen Schwarm Ratten und so weiter. Nichts davon war eine so große Bedrohung wie der *Einherjar*, dennoch konnte er sich nicht erlauben, sie zu ignorieren.

Ein flächenwirksamer Zauber sollte alle auf einmal erledigen, aber was kann ich gegen den Einherjar *tun?*

Ainz wartete ab, um zu sehen, was Shalltear tun würde, sobald der *Einherjar* auf ihn zustürmte. Doch damit hatte er nicht gerechnet. *Warum rührt sie sich nicht? War ihr Plan nicht, mich mit zahlenmäßiger Überlegenheit zu überwältigen?* Seine Frage schmolz dahin, als er den Blick abwandte und die Flammen in seinen Augenhöhlen aufloderten.

»Das ist echt erbärmlich!«, rief er, ohne darüber nachzudenken. *Ist das überhaupt erlaubt?*

Shalltear heilte sich, indem sie mit der Spuite Lance ihre beschworenen Kinder aufspießte.

Natürlich hing die Menge der Heilung vom verursachten Schaden ab. Ainz war auf demselben Level wie Shalltear und verfügte über hohe Verteidigungswerte, wohingegen ihre Kinder schwach waren. Es war offensichtlich, woraus sie mehr Punkte ziehen konnte. Ainz sah zu, während sie immer mehr HP zurückerhielt.

Immer wieder stach sie zu, vernichtete die Geschöpfe. Es war so grausam und kam völlig ohne Vorwarnung.

Vielleicht war eine solche Taktik bei aktiviertem *Friendly Fire* nur natürlich. Ainz fing sich und passte seine Strategie diesen unerwarteten Umständen an. Trotzdem konnte er das Entsetzen über das Gesehene nicht gänzlich abschütteln. So was hätte es in *Yggdrasil* nie gegeben, sich zu heilen, indem man seine Kinder tötete. Der *Einherjar* hatte ihn erreicht und landete einen direkten Treffer.

»Gwah!« Ächzend wurde Ainz zurückgeschleudert, der *Einherjar* stürmte mit leerem Gesichtsausdruck hinterher.

Während seines Rückzugs wurde Ainz immer wieder getroffen, da beschloss er, selbst einen Trumpf auszuspielen. Shalltear konnte nicht unbegrenzt beschwören, vermutlich war sie fast am Limit. Trotzdem könnte es ein übles Ende nehmen, wenn sie alles tötete, um sich damit zu heilen.

Das hier hatte er sich für den Moment aufgehoben, sobald der *Einherjar* erschien. Was das anging, verlief also alles nach Plan – abgesehen von ihrer Methode, sich zu heilen.

Ainz hatte sechzig Klassenlevel. Eine seiner Klassen war eine seltene, die fast niemand in *Yggdrasil* bekam. Er hatte sie, weil er Stärke ignoriert und sich stattdessen im Rahmen seines Rollenspiels darauf konzentriert hatte, den Nekromantie-Talentbaum zu meistern. Es war ein Zufall, der allein auf diesem einseitigen Build basierte, den man niemals bei Leuten finden würde, die versuchten, starke Figuren zu erschaffen.

Um die Klasse überhaupt zu bekommen, musste man ein *Overlord* Level 5 mit einer hohen Spezialisierung auf Nekromantie sein und mindestens Level 95 erreicht haben.

In den meisten Spielen war es für diese weitestgehend unbekannten Klassen völlig normal, dass man sie in Strategieleitfäden und Diskussionsforen fand, sobald jemand darüber stolperte. In *Yggdrasil* jedoch war Wissen wertvoll, deshalb gab es nicht viele, die bereitwillig mit anderen einfach so über Sachen wie beispielsweise *World Items* plauderten. Das galt besonders für Klassen, die man als Trumpfkarten benutzen konnte.

Die Klasse hieß *Eclipse*. Die in seinem Status hinterlegte Beschreibung lautete: »Nur *Overlords*, die zu wahren Meistern des Todes wurden, können diese Klasse erlangen und sämtliches Leben verschlingen. So wie die Sonne bei einer Sonnenfinsternis verschlungen wird.«

Was Ainz entfesseln würde, war ein Skill, den man auf Level 5, dem höchsten der *Eclipse*-Klasse, erhielt. Und man konnte ihn nur einmal alle einhundert Stunden nutzen – es war das Stärkste, was diese Klasse zu bieten hatte.

Der Skill hieß *The Goal of all Life is Death*.

In diesem Moment erschien hinter ihm eine Uhr, deren Zeiger auf die Zwölf gerichtet war. Er wirkte einen Zauber. »*Widen Magic! Cry of the Banshee!*« Der Schrei einer Frau schnitt durch die Luft – und die begleitenden Erschütterungen bedeuteten den sofortigen Tod.

Da er den Spruch mit diversen anderen Skills unterstützte, gab es kaum eine Möglichkeit, ihn zu überstehen. Natürlich funktionierte er bei einer Untoten wie Shalltear nicht, genauso wenig bei dem *Einherjar*, da es sich dabei um ein Konstrukt handelte – beide waren gegen sofortigen Tod immun.

Dass auch manche ihrer Kinder ohne Immunität gegen sofortigen Tod nicht starben, kam Ainz seltsam vor, doch es erschütterte ihn nicht. *Ganz im Gegenteil, so muss es sein.*

Tick. Zusammen mit dem Geräusch, das bei Inkrafttreten des Zaubers zu hören war, setzte sich der Zeiger der Uhr hinter ihm in Bewegung.

Während ihm die Lanze des *Einherjar* Stück für Stück etwas von seinen HP nahm, sah er aus dem Augenwinkel zu Shalltear – und verlor die Hoffnung.

Es wird mir also nicht gelingen, dem einfach ein Ende zu setzen? Fuck, Peroroncino, hast du ihr das gegeben, damit sie sich mir wiedersetzen kann? Du hättest ihr echt kein Wiederbelebungsitem geben müssen. Verdammt!, schimpfte er in Gedanken mit einem seiner besten Freunde in der Gilde.

Er versuchte, den Angriffen des *Einherjar* auszuweichen, als zwölf Sekunden vergangen waren und der Zeiger der Uhr wieder gen Himmel deutete.

Dann trat Ainz' Trumpfkarte in Aktion.

Mit einem Wimpernschlag starb die Welt.

Das war keine Umschreibung. Sie starb. Voll und ganz.

Vor seinen Augen wurde der *Einherjar* zu weißem Dunst und fiel in sich zusammen. Obwohl es ein Konstrukt war und als solches nicht wirklich lebte, starb es augenblicklich. Genauso erging es Shalltears Kindern.

Das war noch nicht alles. Sogar die leblose Luft wurde mit Tod erfüllt und in einem Umkreis von fast 250 Metern nicht mehr atembar. Sollte etwas innerhalb dieses Umkreises versuchen zu überleben, würde die tote Luft die Lunge verunreinigen und es umbringen.

Auch die Erde starb. Im Wirkungskreis um Ainz' verwandelte sich der Boden in eine Wüste.

In dieser Welt, in der es nichts als Tod gab, regten sich ausschließlich Ainz und Shalltear.

Das war seine Trumpfkarte. *The Goal of all Life is Death* verstärkte Zauber und Skills, deren Effekt sofortiger Tod war. Nach Ablauf einer bestimmten Zeit wirkte er sogar auf Gegner, die eigentlich immun gegen sofortigen Tod waren.

Das ließ sich nur verhindern, wenn man es wie Shalltear machte und innerhalb der zwölf Sekunden gegen sich selbst etwas mit Wiederbelebungseffekt benutzte.

Die Skillverstärkung war auch der Grund für die Auswirkung auf Luft und Boden. In *Yggdrasil* war es nicht so weit gegangen, aber in dieser Welt wurde es präziser dargestellt. Tod für alles, zu gleichen Anteilen.

Selbst Ainz war von diesem unerwarteten Ergebnis überrascht. In *Yggdrasil* starb die Erde nicht. Wie ein Herrscher und mit einem arroganten Tonfall, als liefe alles nach Plan, sprach er zu der einzigen Überlebenden: »Wie fühlt es sich an, jemandem gegenüberzustehen, der die Toten töten kann?«

Eine frische Brise kam auf und wehte die tote Luft davon. Dieselbe Brise trug auch ihre Stimmen zum anderen.

»Sagenhaft. Ich bin wie immer beeindruckt, Lord Ainz. Alle meine Kinder sind tot. Dafür habt Ihr kaum noch MP, oder? Und meine HP? Fast auf Höchststand.«

Die MP-Anzeige spiegelte sich in ihren Augen und zeigte an, dass sie so gut wie erschöpft waren. Ein paar wenige Punkte hatte er noch, aber kaum genug für zwei oder drei Zauber. Egal für welche er sich entschied, töten könnte er sie damit nicht.

Er könnte sie nicht einmal mit dem Superstufenzauber *Fallen Down* töten, der Untoten solchen Schaden zufügen konnte.

»Wie viel bleibt Euch? Etwa zwei Zauber der Stufe zehn? Es ist schwer zu sagen, da Ihr über so unglaublich viel magische Energie verfügt.«

»Ja, ich denke etwa zwei.«

Er lügt nicht. Ich habe gewonnen. Ein zufriedenes Lächeln umspielte ihre Mundwinkel. Gewinner und Verlierer standen eindeutig fest. Die Gewinnerin war Shalltear Bloodfallen und Ainz Ooal Gown der Verlierer.

Mit der Gelassenheit des Siegers zollte sie den Bemühungen des Geschlagenen Respekt. »Ihr wart brillant. Während Eure MP fast vollständig verbraucht sind, bleiben mir überhaupt keine mehr und meine Skills sind ebenfalls fast vollständig ausgereizt. Ihr habt Euch wirklich wacker geschlagen.« Sie schloss die Finger fester um ihre Spuite Lance. Sie musste ihn nur noch im Nahkampf besiegen.

»Damit hast du absolut recht. Diese Anerkennung nehme ich gern an.«

Shalltears Stirn zuckte. Diese Leichtfertigkeit gefiel ihr nicht. Aber dieses ungute Gefühl wurde umgehend von ihr zermalmt.

So sehr sie sich auch den Kopf zerbrach, ihr fiel keine Möglichkeit ein, wie Ainz in dieser Situation das Blatt noch einmal wenden könnte. Seine einmal einsetzbare Trumpfkarte hatte er bereits ausgespielt. Er war ein Verurteilter, der auf die Hinrichtung wartete. Das war keine Leichtfertigkeit, sondern die Resignation in Erwartung des Schlimmsten.

Shalltear näherte sich ihm mit langsamen, bedächtigen Schritten. Sie war zuversichtlich, selbst wenn er versuchen sollte, mit einer Schriftrolle einen Zauber zu wirken, könnte sie schneller angreifen – sie hatte keinen Grund zur Eile.

Ainz floh nicht. Er stand einfach nur regungslos da. Überzeugt, dass er aufgegeben hatte, fragte sie: »Irgendwelche letzten Worte?«

»Hmm ... Obwohl du dachtest, ich wäre im Nachteil, dass ich leichte Beute wäre, sobald meine MP verbraucht sind, hast du dich nicht zurückgehalten, sondern deine ganze Kraft eingesetzt hast. Dafür möchte ich dir von ganzem Herzen danken, Shalltear. Hättest du umsichtig gekämpft, wäre es nicht so gut gelaufen.«

»Hä?« Shalltear traute ihren Ohren nicht. Was sie da hörte, war ungeheuerlich.

Ainz sprach leise weiter, ohne ihr viel Beachtung zu schenken. »Bei einem PvP-Kampf ist es wichtig, dem Gegner so viele falsche Informationen wie möglich zu geben. Beispielsweise die Ausrüstung zu ändern, damit einem das Attribut heilig nicht viel anhaben kann, es aber trotzdem so aussehen zu lassen und Feuer als Schwäche beizubehalten, was es schon immer war. Aber ... ich hab mich ein wenig verschätzt. Ich dachte, du würdest *Life Essence* benutzen, deshalb habe ich *False Data: Life* benutzt, aber das war unnötig. Falls es ein nächstes Mal gibt, solltest du die HP deines Gegners im Auge behalten. Das kann sich ziemlich auf die Planung und Ausführung deiner Strategie auswirken.«

Das waren nicht die Worte, die sie erwartet hatte. Sie verstand nicht, was er ihr sagen wollte. Nein, sie wollte es nicht verstehen.

Er hat seine Niederlage nur noch nicht akzeptiert – nein, sie spürte seinen unbeugsamen Willen. Nicht nur das, er vermittelte den Eindruck von jemandem, der kurz vor dem Sieg stand.

Während sie die Entfernung immer weiter verkürzte, wurden ihre Schritte langsamer. Sie begann zu zweifeln ... *Warum weicht Ihr nicht zurück? Ihr seid ein arkaner Magier! Auf diese Distanz könnt Ihr mich nicht besiegen! Das ist eine Finte!*

»Als dich mein Freund Peroroncino erschuf, hat er mir alles Mögliche erzählt. Nun, seit wir in dieser Welt sind, hab ich die Daten von allen im Kopf, aber abgesehen von Pandora's Actor, von dem ich so tun möchte, als hätte ich ihn nie geschaffen, kenne ich dich von allen NPCs vermutlich am besten.«

»Ihr sagtet ... Ihr kennt meine Skills nicht ...«

Er lachte. »Das war offensichtlich eine Lüge! Ich dachte, wenn ich das behaupte, wirst du vielleicht übermütig. Hättest du dir Unreiner

Schockschild oder so was bis zum Ende aufgehoben, hätte man unmöglich vorhersagen können, wer gewinnen wird.«

Shalltear fühle sich, als wäre ihr sämtliches Blut aus dem Körper gewichen (was für eine Untote belanglos war), stattdessen ertrank sie in ihrer aufkeimenden Besorgnis.

Das war nicht gelogen. Nichts von dem, was er gerade gesagt hatte, war erfunden. Ainz Ooal Gown stand vor ihr, anstatt zu fliehen, weil er überzeugt war, den Sieg erringen zu können.

»Ahhhhh!« Ein Schrei brach aus Shalltears Lippen hervor. Sie formte sämtliche in ihr aufwallenden Gefühle zu einem anhaltenden Ton.

Sie sollte die Löwin und Ainz das Kaninchen sein. *Ich bin hier der Jäger* … Nein, das stimmte nicht. Das war seit Beginn ein Kampf zwischen Löwen. Sie hatte nur irgendwann angefangen, ihn als Kaninchen zu betrachten.

Panisch beschloss sie, es jetzt zu beenden, und sollte er diesem Treffer widerstehen können, würde sie einfach weiter zuschlagen, bis er starb. Sie stieß mit ihrer Spuite Lance zu …

Nur den Bruchteil einer Sekunde schneller wurde Ainz' Zauber wirksam, gleichzeitig riss er sich die Robe vom Leib.

Ein hartes Klirren hallte über ihren Kampfplatz.

Shalltear traute ihren Augen nicht. Das war unmöglich.

Eine Masse aus purem Weiß hatte ihre Spuite Lance abgewehrt.

Wäre das ein Zauber gewesen, hätte sie weiter angegriffen. Sie wusste, er hatte nur noch äußerst wenige MP übrig, daher hätte sie es als vergeblichen Widerstand betrachtet. Allerdings begriff sie einen Augenblick lang nicht, was geschehen war, und stand völlig verblüfft da.

Das reinweiße Schimmern war keine Magie.

Es war eine Rüstung. Eine vollkommen weiße Rüstung. Mitten in der Brust prangte ein riesiger Saphir, der reinigendes, heiliges Licht verströmte.

Ainz hatte die Rüstung angelegt und so ihre Spuite Lance abgewehrt.

Ihr Größenunterschied ließ es wirken, als würde er auf sie herabblicken. Nein … vielleicht blickte er tatsächlich auf sie herab.

Sie sollte wütend sein, aber dafür hatte sie gerade keine Zeit – denn sie hörte seine kalte Stimme.

»Ich hatte ebenfalls von Anfang an vor, das im Nahkampf zu beenden.«

Eine Faust krachte auf den Tisch und ließ das erlesene Möbelstück erzittern.

Sie hatten den gesamten Kampf mit angesehen. Das Krachen war bereits mehrfach ertönt, allerdings war es das erste Mal, dass dieser Zuschauer auf den Tisch geschlagen hatte.

»BEI ALLEN …! DAS IST DIE RÜSTUNG EINES HÖCHSTEN GESCHÖPFS!«

»Meinst du die von Lord Touch Me?« Albedo hob den Blick vom *Crystal Monitor* und murmelte den Namen eines der Einundvierzig Höchsten Geschöpfe.

»JA! DAS IST DIE RÜSTUNG VON LORD TOUCH ME!« Cocytus brüllte, als wäre er aufgebracht – nein, er war tatsächlich aufgebracht.

Die reinweiße Rüstung, die Ainz trug, gehörte einem, der die *World Champion*-Klasse gemeistert hatte. In ganz *Yggdrasil* gab es davon nur neun Stück.

World Champion war eine besondere Klasse, die man nur für einen Sieg im dazugehörigen offiziellen Wettbewerb bekam. Und die Admins belohnten *World Champions* mit einem besonderen Ausrüstungsgegenstand.

Touch Me hatte sich für diese Rüstung entschieden. Sie war eines *World Champions* würdig und verfügte über Fähigkeiten, die selbst die von Divine-Items überstiegen – sie hatte mehr Ähnlichkeit mit Gildenwaffen. Da es eine Belohnung für dieses Turnier war, konnte sie auch nur ein *World Champion* anlegen, allerdings ...

»Ich bin mir ziemlich sicher, mit dem Zauber *Perfect Warrior* zu einem Krieger zu werden bringt keine Klassennachteile mit sich und erlaubt es einem, Waffen und alles andere zu benutzen.« Demiurge klang ehrfürchtig.

Daraufhin murmelte Albedo: »Er hat das alles vorausgeplant ...« Schaudernd schlang sie die Arme um sich.

Wenn man durch Magie zum Krieger wurde, war es möglich, Ausrüstung anzulegen, die normalerweise bestimmten Klassen vorbehalten war. Die Entwickler hatten das ersonnen, um jedem zu ermöglichen, speziellere Ausrüstung wie Shuriken, Vajras und Kasaya zu benutzen. Aber diese Wendung der Ereignisse bedeutete, dass nicht einmal die im offiziellen Wettbewerb gewonnene Ausrüstung von *World Champions* davon ausgenommen war.

»WOW ... SICH VORZUSTELLEN, DASS ER SO WEIT VORAUSGEPLANT HAT ... ICH BIN BEEINDRUCKT.«

Noch war der Kampf nicht vorbei. Dennoch bewunderten die versammelten Wächter seinen einfallsreichen Plan und dass er über die notwendige Erfahrung verfügte, ihn umzusetzen.

Ihren nun sogar noch göttlicheren Herrscher zu sehen erfüllte sie mit einem Schaudern, das weder ganz Freude noch Bewunderung war, als erneut auf den Tisch geschlagen wurde.

»DAS IST ...« Cocytus wurde wieder laut.

3

Ein schneidendes Geräusch.

»Gyaaaah!« Shalltear schrie. Sie hatte etwas derart Unmögliches gesehen, dass sie ihre Deckung vernachlässigt hatte. Das Katana war nahe ihrer Schulter eingedrungen und hatte das Brustbein in Richtung ihres reglosen Herzens durchtrennt.

Sie taumelte zurück, tränkte ihre Rüstung mit noch mehr Rot und funkelte ihn entsetzt an.

Ainz hielt ein Katana in der Hand. Es war lang, scharf und knisterte vor elektrischer Energie. Es hatte Shalltears Rüstung wie Papier durchdrungen.

Ihre Rüstung hatte Legendary-Stufe, unter Divine-Items gab es nur eine Handvoll, die zu so was in der Lage waren.

Außer Blut spuckte sie die Worte: »Das Takemikazuchi MK 8!«

Als er es erneut schwang, sprang sie aus dem Weg. Sie tänzelte außer Reichweite des Schwerts. Die Entfernung belegte ihre Angst.

Jedoch war das nichts, worüber man sich lustig machen sollte – besonders nicht bei jemandem, der aus der Großen Gruft von Nazarick stammte. Ganz im Gegenteil, es war offensichtlich, sie kannten das Gefühl. Jeder fürchtete eine von einem der Höchsten Geschöpfe geführte Waffe.

Dies war die Waffe eines der Einundvierzig Höchsten Geschöpfe, Warrior Takemikazuchi – sofern ihre Augen sie nicht täuschten.

»Wie ich sagte, Shalltear: Ainz Ooal Gown kennt keine Niederlage.« Er trat einen entschlossenen Schritt vor, sie sprang zwei zurück.

»Du solltest wissen, Shalltear, dass vor dir die Macht aller einundvierzig Mitglieder von Ainz Ooal Gown versammelt ist. Du hattest nie eine Chance zu gewinnen.« Ainz sprach gelassen – mit absoluter Überzeugung und unbeugsamer Zuversicht. Er hatte das dünne Eis des bisherigen Kampfs gemeistert, wo ein Fehltritt seinen sicheren Tod bedeutet hätte. Nun stand er ihr unmittelbar gegenüber.

Beide hatten keine MP. Shalltear verfügte über mehr HP. Aber da er durch *Perfect Warrior* zum Level-100-Krieger geworden war, überstiegen seine Fähigkeiten ihre, da Shalltear keine reine Kriegerin war. Was Ausrüstung anging, war Ainz ebenfalls im Vorteil. Er kämpfte nicht länger aus einer benachteiligten Position.

Die gelassene Stimme des Mannes, der überwältigende Nachteile abgeschüttelt hatte, donnerte: »Shalltear Bloodfallen. Du bezeichnest mich als den höchsten Herrscher der Großen Gruft von Nazarick und der Höchsten Geschöpfe. Nun sieh die Macht des Mannes, den du verehrst – auf dass sie sich für immer in dein Gedächtnis einbrennt!« Das war das Signal für seinen bevorstehenden Angriff.

Ainz stürmte auf sie zu und schwang das Katana mit beiden Händen über den Kopf, um es heruntersausen zu lassen.

Shalltear sprang erneut aus dem Weg und nahm gleichzeitig eine Angriffshaltung ein. Sobald sein Schwert tief genug war, wollte sie in die entstehende Lücke in seiner Deckung hechten. Takemikazuchi MK 8 war eigentlich ein Odachi, was bedeutete, ähnlich wie mit der Spuite Lance war eine präzise Führung schwierig.

Takemikazuchi MK 8 schnitt eine Blitzspur hinter sich herziehend durch die Luft. Kurz vor Shalltears Brust stoppte die Klinge, um dann mit göttlicher Geschwindigkeit nach vorn gestoßen zu werden.

Egal wie viel Muskelkraft jemand hatte, wenn man mit aller Kraft schwang und je schneller die Waffe wurde, umso schwieriger wurde es, die Bewegung abzufangen. Bei langen, großen Waffen war das sogar noch schwieriger.

Daraus war zu schließen, Ainz hatte nicht mit voller Kraft zugeschlagen. Das wiederum bedeutete, er war davon ausgegangen, sie würde seinem ersten Angriff ausweichen und das war sein Folgeangriff. Er hatte sie absichtlich glauben lassen, es würde sich eine Öffnung auftun.

Vorausschauend zu handeln und die Manöver ineinanderfließen zu lassen war für einen Krieger ein Kinderspiel. Ainz hatte lediglich die Idee in die Praxis umgesetzt. Aber ohne den Kampf in E-Rantel wäre er dazu nicht in der Lage gewesen. Stattdessen hätte er mit weiten Schwüngen nach ihr geschlagen und ihre Gegenangriffe hingenommen.

Wäre er zum Level-100-Krieger geworden, ohne seine Fähigkeiten voll und ganz auszunutzen, wäre das Ganze eine einzige Verschwendung gewesen. Es war zu vergleichen mit Autofahren. Während ein geübter Fahrer und ein blutiger Anfänger beide fahren konnten, gab es große Unterschiede, wie sie mit verschiedenen Situationen umgingen.

Erfahrung war die »Waffe«, die nach Ainz' Meinung sein größter Vorteil im Kampf gegen Shalltear war.

Dem auszuweichen wird schwierig, entschied Shalltear gelassen, während sie sich auf die mit göttlicher Geschwindigkeit auf sie zukommende Schwertspitze konzentrierte. Aber ein Stoß war auch ein gefährliches Manöver. Wenn sie diese Schwäche nutzen könnte, wäre es eventuell möglich, Kapital daraus zu schlagen. *Dann ... kann ich nichts tun, außer ...*

Sobald sie sich damit abgefunden hatte, ihre linke Hand zu opfern, bewegte sie sie in den Pfad des Stoßes. In dem Moment, als das Katana sie traf, bewegte sie die Hand ein wenig, um die Richtung abzulenken. Die Klinge bewegte sich mit unverminderter Geschwindigkeit weiter und bohrte sich durch Haut und Knochen tiefer in ihren Arm, anstatt in ihre Brust. Dann wurde sie zusätzlich innerlich von Blitzen verbrannt.

Selbst für eine Untote war es grässlich, aufgespießt zu werden, sie presste jedoch die Lippen aufeinander – zu einem Lächeln, jedoch keines, das jemand zeigen sollte, der gerade Schaden nahm. Allerdings war es nicht vorgetäuscht. Das war genau, was sie vorgehabt hatte.

Sie spannte den aufgespießten Arm an. Shalltears Muskeln stoppten das Odachi abrupt.

Jeder Stoß konnte fehlgehen, in Fleisch oder sonst was stecken bleiben und festsitzen. So betrachtet war es kein besonders benutzerfreundliches Manöver, was es zu einer Schwäche machte. Da Shalltear das wusste, hatte sie sich auf Kosten ihrer linken Hand eine große Öffnung geschaffen. Das änderte jedoch nichts daran, dass es großes Können bewies, sich mit derart präzisem Timing zu bewegen, um dem Katana weit genug auszuweichen und es abzulenken.

»Du hast da eine Lücke!«

Da sein Odachi in Shalltears Arm feststeckte, konnte er es nicht benutzen, um ihre Spuite Lance abzuwehren.

Gerade als sie mit ihrer Lanze zuschlagen wollte, sah sie etwas Schockierendes. Ainz ließ das Odachi, eines der höchstrangigen magischen Items, die es gab, ohne Anflug von Bedauern los und zückte stattdessen eines der Holzstäbchen aus seinem Gürtel.

»Ha! Ihr Dummkopf! Damit könnt Ihr meine Spuite Lance nicht stoppen! Und Ihr habt Eure Waffe aufgegeben. Das war ein Fehler!« Es war klug von ihm, das Takemikazuchi MK 8 nicht stur festzuhalten, aber ohne konnte er keinesfalls gewinnen.

Feixend schwor sie ihm, ihn schwer genug zu treffen, um mehr Schaden zu verursachen, als sie an ihrem Arm genommen hatte. Sie stieß ihre Spuite Lance mit aller Kraft vor … nur, damit sie mit einem Klirren abgewehrt wurde.

»Hä?«, stammelte sie verwirrt.

Ainz hielt nicht länger ein Holzstäbchen in Händen. Stattdessen waren da zwei Kodachi. Eines glitzerte blendend wie die Sonne, das andere schimmerte sanft wie der Mond. Von seinen Händen stieg Rauch auf, als würden die Waffen ihn als Untoten ablehnen.

»Was ist mit deiner Lücke, Shalltear?«

»Wa…?! Wie?! Wa… Was habt Ihr …?« Sie spürte das Gewicht des Schwerts in ihrem Arm nicht. Es war, als könnte eine Waffe nicht länger in dieser Welt existieren, sobald er eine neue beschwor. Shalltear hatte so einen Verdacht, dass sie wieder an ihren ursprünglichen Platz zurückgekehrt war.

»Ich hab keine Technik. Ein Schwert in jeder Hand nützt mir wenig, wenn ich nicht damit umgehen kann. Es wäre vielleicht besser, wenn ich nur eins nehmen würde …«, murmelte Ainz, als würde er sich an etwas erinnern, als hätte jemand mit ihm gesprochen, der gar nicht da war. »Würdest du das noch immer sagen?«

Ohne Shalltear Zeit zu lassen, seine Worte zu bestätigen, schlug er mit Tsukuyomi nach ihr, um ihr keine Gelegenheit zu geben, sich zu fangen. Er ließ es so aussehen, als würde er auf ihren Hals zielen, und änderte dann kaum merklich den Bogen der Bewegung, um ihre Schulter zu treffen. In allerletzter Sekunde schaffte sie es, ihre Spuite Lance hochzureißen.

Auf diesen unbedachten Augenblick hatte er es abgesehen und trat dicht an sie heran. Je größer die Waffe, umso nutzloser war sie, wenn man keinen Platz hatte, sie zu schwingen. Das wusste er genau – so handelte jemand mit Erfahrung.

Er schwang Amaterasu in seiner anderen Hand, stieß um die Spuite Lance herum und brachte einen flachen Stich an.

»Ahhhhhhhhh!« Ein leidender Schrei entwich Shalltears Lippen. Der Schmerz durch die Waffe selbst war nicht das Problem, sondern die sengende Qual des heiligen Attributs, das wie Gift in sie drang und durch ihren ganzen untoten Körper raste – der Schmerz war unerträglich.

Er bewegte die Klinge hin und her, als wollte er die Verletzung vergrößern.

»Zurück!« Ihr fehlte der Raum, um ihre Spuite Lance einzusetzen, also trat sie ihn. Obwohl er den Tritt mit einem Kodachi abfing, blieb etwas der Kraft erhalten und er wurde zurückgestoßen. Er ließ das Kodachi fallen und nahm ein weiteres Holzstäbchen in die Hand.

Als er es zerbrach, umschlossen riesige, bösartige, mit Dornen versehene Panzerhandschuhe seine Hände. Sie waren so groß, dass es schien, als könnte er stehend den Boden berühren.

»Yaaa!« Begleitet von einem Aufschrei stieß er die Faust nach vorne und stürmte los.

Ohne darüber nachzudenken, parierte sie mit ihrer Spuite Lance, allerdings schickte das gewaltige Schockwellen durch die Waffe in ihren Körper. »Gu-gyah!« Während sie zurückgeworfen wurde, ließ der Treffer sie seltsam aufschreien, als hätten die Handschuhe sie anstatt ihrer Waffe getroffen. Der Schaden durch die Schockwellen war nicht bedenklich und dank ihrer Spuite Lance hatte sie keinen körperlichen Schaden genommen, allerdings genügten ihre magischen Items nicht, um zu vermeiden, dass sie zurückgestoßen wurde.

Eines ihrer magischen Items korrigierte von selbst ihre Haltung, dennoch wurde sie wütend. »W… Wie könnt Ihr es wagen, mir einen derart erniedrigenden Laut zu entlocken! Ich werde von Euch dasselbe hören, bevor ich Euch in Stück schneide … Hm?« Als sie zu ihm sah und einen großen Lichtball erblickte, wurde ihr leidenschaftliches Feuer erstickt.

Der Bogen in Ainz' Händen beherbergte das Strahlen der Sonne. Die Spitze des glühenden Pfeils war selbstverständlich auf Shalltear gerichtet.

»D… Das kann nicht sein. Nein, auf keinen Fall … Houyis Bogen?«

Die Waffe war nach einem Helden aus dem mittlerweile geteilten China benannt, der auf die Sonne geschossen hatte – zudem war es die Hauptwaffe von Shalltears Schöpfer.

Fast alle Wächter waren vor Projektilwaffen geschützt, daher waren Pfeile an sich nichts Furcht einflößendes. Aber diese Pfeile verursachten nicht nur körperlichen Schaden – sie brachten zusätzlich eine Menge Attributschaden mit sich. Sie waren praktisch mit Magie gleichzusetzen und konnten daher nicht abgewehrt werden.

Scheiße! Ich habe keine MP! Mit Magie könnte ich sie abwehren! Oder mit einem Skill! Hätte ich damit gerechnet, hätte ich mir was davon aufgehoben … Nein … Die Tatsache, dass ihr weder MP noch Skills zur Verfügung standen … war eine Konsequenz des vorherigen Teils ihres Kampfs. Es war offensichtlich, alles war genau nach Ainz Ooal Gowns Plan verlaufen.

Shalltear brüllte, ihre Augen wurden rot – es war die Wut von jemandem, der genau wusste, was als Nächstes geschehen würde. »Ihr Bastard! Wie könnt Ihr es wagen, Lord Peroroncinos Waffe gegen mich zu richten! Das war also die ganze Zeit Euer Plan?! Wie seid Ihr an diesen Bogen gekommen? Wo hattet Ihr ihn versteckt? Habt Ihr einen Skill, bei dem Ihr einen Stock zerbrecht und der Bogen erscheint?!«

Was zur Hölle ist das für ein Trick? Es war, als würde ihn die Welt bevorzugt behandeln.

»Ein Zauberer verrät niemals seine Tricks.«

»Ihr sagt also, das ist ein Taschenspielertrick?! Man kann Lord Peroroncinos Waffe nicht einfach mit einem Zaubertrick herbeirufen!«

»Damit hast du sogar recht. Vielleicht wäre das ihm gegenüber respektlos. Um deine Frage zu beantworten, ich habe Kaufitems benutzt.

Wichtiger noch, hast du es begriffen? Dass ich die ganze Zeit die Kontrolle hatte?« Der Lichtball war voll aufgeladen und er schoss ihn auf sie ab.

Obwohl sie wusste, wie vergebens es war, hob sie abwehrend ihre Spuite Lance – die Lichtexplosion tauchte das gesamte Gebiet in gleißende Helligkeit.

Während ihr Körper vom heiligen Strahlen gegrillt wurde, fasste sie einen Entschluss: *Ich kann mich nicht zurückziehen.* Wenn das so weiterging, würden ihr irgendwann die Optionen ausgehen, was ihre Niederlage zur Folge hätte. Diese weiße Rüstung mochte hart sein, aber sie war nicht unempfindlich gegen die Spuite Lance. Keine Verteidigung mehr, stattdessen würde sie sich darauf konzentrieren, Schaden zu verursachen, und sich auf die Heilungskräfte der Lanze verlassen.

»Rahhhhhh!« Shalltear stieß einen Kampfschrei aus, der so gar nicht zu ihrer zierlichen Erscheinung passte.

Sie hörte die kalte Stimme des Mannes, dem der Schrei galt. »Die Siegchancen liegen vermutlich bei ... sieben zu drei? Ich muss wohl kaum erwähnen, für wen, oder?«

Ainz nahm langsam eine Kampfhaltung ein, wobei er eine gigantische, seltsame Axt in Händen hielt. Sie leuchtete violett und ihr Blatt bestand aus rotem Kristall.

Es fiel Shalltear schwer, unter dem Druck nicht zu zögern. Aber sie stürmte auf ihn zu. Ihr blieb nichts anderes übrig, als volles Risiko einzugehen.

»Diese Entschlossenheit gefällt mir. Das ist die finale Phase, Shalltear!«

»LORD AINZ GEWINNT«, murmelte Cocytus bewundernd, wobei er den Kopf schüttelte.

Aber Demiurge, der über keinerlei Fähigkeiten als Krieger verfügte, war neugierig. Natürlich glaubte er an den Sieg seines Meisters.

Aber seiner Ansicht nach musste man Dinge intellektuell beurteilen, daher fragte er: »Und warum? So wie ich das sehe, ist der Kampf noch lange nicht entschieden.«

»SHALLTEAR HAT IHRE VERTEIDIGUNG AUFGEGEBEN UND GREIFT NUR NOCH AN. DAS IST NICHT FALSCH. ICH AN IHRER STELLE WÄRE VERMUTLICH GEZWUNGEN, DASSELBE ZU TUN.«

»Ja, Lord Ainz wechselt immer wieder die Waffen – soll heißen, man kann unmöglich sagen, was als Nächstes folgt. Mit so wenig Informationen könnte es sich als die falsche Entscheidung herausstellen, sich zurückzuziehen. Da sie jetzt den Bogen gesehen hat, denkt sie vermutlich dasselbe. Sie kann also nur innerhalb der Reichweite der Spuite Lance kämpfen. Dass sie keine Skills oder MP mehr hat, zwingt sie zum Handeln. Ich ... denke, das war sein Plan?«

»Ich verstehe. Das ist also das Problem. Die Höchsten Geschöpfe haben vor uns nie mit ihren Waffen geprahlt, daher hat vermutlich nur Cocytus alle Informationen über sie, oder?«

Cocytus hob die Schultern. »ICH KENNE NUR IHRE NAMEN UND KRÄFTE. ABER ICH HABE SIE NIE MIT EIGENEN AUGEN GESEHEN.«

»Ah, in Ordnung, ich glaube, ich verstehe. Im Grunde hatte Shalltear jegliche Verteidigung aufgegeben und dann zückt Lord Ainz diese Axt ...«

»BLUTSAUGER UND FLEISCHFRESSER.«

»Danke, Cocytus. Wie man sehen kann, beeinflusst Blutsauger und Fleischfresser sein Gleichgewicht, was dazu führt, dass er nicht besonders zielsicher zuschlagen kann. Aber gegen Shalltear, die sich nicht länger verteidigt, sollte das kein Problem darstellen.«

»DASS ALLES GENAU NACH LORD AINZ' PLAN VERLIEF, IST ... WIE ICH SCHON SAGTE, ICH BIN BEEINDRUCKT.«

»Er muss in der Lage sein, alles mit der Allwissenheit eines Gottes zu lesen. Es ist nur natürlich, dass er über diese Art von Erkenntnis verfügt, immerhin ist er das Oberste der Höchsten Geschöpfe … Um ehrlich zu sein, glaube ich, er könnte Nazarick auch problemlos ohne unsere Hilfe verwalten. Das ist ein wenig beschämend.«

»MICH BEEINDRUCKEN SEINE FÄHIGKEITEN ALS CASTER – NEIN, ALS KRIEGER.«

»Aber … es kann noch nicht entschieden sein, oder doch? Wenn es ein Kampf der HP ist, dann ist Lord Ainz im Nachteil.«

Albedo lächelte zur Antwort. Ihre Miene verriet, sie war von Ainz' Sieg überzeugt. »Er wird es schaffen.«

»Woher willst du das wissen?«

»Er nennt sich selbst Ainz Ooal Gown. Er ist unser Herrscher – der Herrscher von allen. Das stets vornehme Höchste Geschöpf. Er hat erklärt, er wird gewinnen, und damit seinen Namen aufs Spiel gesetzt.«

Mit jedem Schlag nahmen ihre HP ab.

Shalltear heilte sich mit jedem Treffer, aber Ainz verursachte so viel Schaden, dass es belanglos war. Gleichzeitig nahm ihm die Spuite Lance Stück für Stück von seinen HP. Inzwischen war der Kampf zu etwas verkommen, das sich am besten als Angsthasenspiel bezeichnen ließ.

Sie erlitt einen rüstungszerschmetternden Axthieb und spürte, wie ihre Knochen brachen und ihre Haut aufplatzte. Doch im Gegenzug stieß sie mit ihrer Lanze zu und fühlte, wie dank des skillbasierten Schlagattributs seine Knochen ebenfalls brachen.

Dieses Gefühl … Wenn ich noch so viele HP übrig habe, vielleicht kann ich es schaffen? Sie freute sich, dass es noch einen Weg zu gewinnen gab. Wenn sie so weitermachten, könnte sie den Sieg um Haaresbreite erringen.

Sobald beide ihre Verteidigung aufgaben, schlugen sie nur noch aufeinander ein. Sie dachte nicht einmal mehr darüber nach, wer zuerst fallen würde. Seit dieses widerwärtige Hin und Her seinen Anfang genommen hatte, war sie besorgt gewesen, aber nun stahl sich eine Winzigkeit Zuversicht auf ihr Gesicht.

In Gedanken rechnete sie ihre jeweiligen HP-Verluste nach. Die Panik wandelte sich zu Freude.

»Ah ha ha ha ha!« Während sie angriff und angegriffen wurde, sprudelte ihr Lachen über. »Ah ha ha ha! Lord Ainz! Sieht so aus, als würden Euch die HP vor mir ausgehen! Nach all dem werden letztendlich unsere Hit Points entscheiden!«

Er ertränkte ihren Jubel in einem Eimer mit eiskaltem Wasser – und das mit nur drei Worten. »Ach, denkst du?«

Die Stimme des Taktikers zu hören, der ihr diesen Kampf dermaßen erschwert und bislang die Kontrolle gehabt hatte, ließ sie erkennen, wie dumm sie war.

Dazu wird es keinesfalls kommen.

Wie also könnte sich das Blatt wenden?

Sie wusste es nicht. Aber jemand anderes hatte die Antwort parat.

»Die vorgesehene Zeit ist abgelaufen, Momonga!«

Eine weibliche Stimme. Shalltear hatte diese mädchenhafte Stimme noch nie gehört, aber sie erinnerte sie an eine Frau, die sie kannte. Würde sie so betont sexy sprechen, würde sie vermutlich genauso klingen.

»Hey, was denkst du, wofür ist die Zeit abgelaufen?«

Unsicher, worauf die Frage abzielte, sah sie ihn aufrichtig verwirrt an, während sie weiter aufeinander einschlugen.

»Wenn bisher alles nach meinem Plan gelaufen ist, dann gehört auch die vergangene Zeit dazu, oder? Also, inwiefern ist die Zeit, auf die mich die Uhr gerade hingewiesen hat, für uns von Bedeutung?«

Die Axt in Ainz' Hand verschwand und an ihre Stelle trat ein reinweißer Schild. Er passte zu der Rüstung, nun ähnelte Ainz einem heiligen Ritter. Mit einem harten Scheppern prallte die Spuite Lance davon ab.

Warum verstärkt er plötzlich seine Verteidigung? Das musste mit der Stimme zusammenhängen, aber Shalltear hatte keine Antwort.

Das metallische Klirren seiner Abwehr mischte sich mit seinen kalten Worten: »Ich muss wohl kaum erwähnen: Ich bringe es zu Ende. Das bedeutet, unser Duell ist vorbei.«

Warum? Shalltear hatte noch 25 Prozent ihrer Hit Points. *Wieso ist es dann vorbei?* Sie wollte schreien, brachte aber keinen Laut über die Lippen.

»Als du noch viele Hit Points hattest, konnte ich dich mit einem einzelnen Superstufenzauber nicht besiegen. Wäre dann nicht zu erwarten, dass ich dich dazu bringe, genug von deinen Hit Points aufzugeben, damit ich dich mit einem einzigen Manöver schlagen kann? Oh, und während wir hier aufeinander eingedroschen haben, hast du eine ganze Menge davon verloren.«

»Ah. Ahhhhhhhhhhhh!« Shalltear verlor jegliche Beherrschung und griff an, als könnte sie die zu bevorstehende Niederlage vergessen, solange sie ihn nur zum Schweigen brachte.

Sie schlug mit einer solchen Geschwindigkeit zu, dass zwischen dem Klirren nicht einmal der Bruchteil einer Sekunde verging. Es klang wie harter Regen.

Aber Ainz wehrte sie so fabelhaft ab, dass es nicht zu glauben war. Er sprach mit der Ruhe von jemandem weiter, der überzeugt war, selbst unter einem Wasserfall nicht nass zu werden. »Meine Nahkampffähigkeiten sind schwächer als deine, aber ... dafür habe ich die höhere magische Verteidigung. Du verstehst also, was ich zu sagen versuche? Fangen wir an, Shalltear. Du kannst nur noch hoffen, dass ich mich verrechnet habe!«

»Kahhhhhhhh!«

Shalltear griff wiederholt mit dem Wissen an, dass ihre Niederlage bevorstand. Auch wenn sie das Gesicht zu einer Grimasse verzog, hätte er sie nie als hässlich bezeichnen können. Er sah sie an und ging das letzte Risiko ein.

Obwohl er große Töne spuckte, war der Ausgang alles andere als garantiert. Da sie keine MP verbrauchten, ähnelten Superstufenzauber eher Skills, ansonsten wurden sie wie Magie behandelt, daher konnte er in seiner derzeitigen Kriegergestalt keinen wirken. Wenn er die Magie aufhob, die ihn zum Krieger machte, könnte er Schild und Rüstung nicht mehr benutzen und sie würden einfach zu Boden fallen. Während dieser Zeit wäre es ihm unmöglich, Shalltears Angriffe abzuwehren. Wenn sie zusätzlich noch Skills benutzte, bestand die Möglichkeit, dass ihm hinterher die Kraft fehlte, es mit einem Superstufenzauber zu Ende zu bringen. Und das würde seine Niederlage bedeuten. Aber es gab keine andere Möglichkeit zu gewinnen.

Ainz wartete auf den richtigen Augenblick. Zuerst galt es, die Magie aufzuheben, die ihn zum Krieger machte. Danach musste er das Kaufitem in seiner Hand benutzen.

Er schmunzelte. In *Yggdrasil* hatte er bei keinem PvP-Kampf so viele gekaufte Items verpulvert. Das war der Unterschied zwischen Wirklichkeit und einem Spiel, zwischen einem Kampf, den er gewinnen musste und einem, der nur Spaß war.

Jetzt ist es so weit.

Mit dem alten Schild seines Freundes wehrte er Shalltears weiten Schwung ab und Energie erfüllte seine Augen. Er beendete den Kriegerzauber und wirkte die Supermagie.

Um ihn herum erschienen dieselben magischen Kreise wie zuvor und er wollte gerade das kleine, wie eine Sanduhr geformte Kaufitem zerbrechen, als …

Er zögerte für einen Moment. Er fühlte sich schuldig, einen NPC zu töten, den sein Freund mit so viel Hingabe erschaffen hatte.

Ein schwerwiegender Fehler. Shalltear ließ sich keine Gelegenheit entgehen. Sofort bemerkte sie das Item in Ainz' Hand und richtete ihre aufgewertete Spuite Lance gegen seinen Arm, als wollte sie sagen: *Oh nein, so nicht.*

Ohne seinen Kriegerzauber konnte er nichts gegen den Schlag tun ...

Gerade, als sie das Item mit ihrer Spuite Lance zermalmen wollte, lief es ihr kalt den Rücken hinunter. Sie spürte Feindseligkeit.

Sie konnte nicht sagen, seit wann sie da war, aber neben Shalltear befand sich eindeutig eine feindselige Präsenz. Das konnte sie auf keinen Fall ignorieren.

Panisch riss sie den Blick von Ainz und sah neben sich.

Da war niemand ...

In der durch Ainz' Magie erschaffenen, 250 Meter durchmessenden Wüste befanden sich nur sie und er. Sogar die eben noch gespürte Feindseligkeit war verschwunden. Es war, als würde sie schlafwandeln ...

»Schei…!«, japste sie, als sie wieder zu sich kam, doch es war zu spät.

Die zerbrochene Sanduhr reduzierte die Zeit zum Wirken des Zaubers auf null.

»*Fallen Down.*«

Beim Klang seiner Stimme entsprang in der kurzen Distanz zwischen ihnen ein alles verzehrender Blitz.

Sie wusste, die sengende Hitze verbrannte ihre Haut. Ihre rechte Hand wurde erst zu Kohle, bevor sie zu Staub zerfiel. Die Spuite Lance fiel langsam durch die blendend weiße Welt, vermutlich auf den Boden. Die Hitze marterte ihr Gesicht, trocknete es aus und sie sah nichts als Weiß.

Ihre Kehle war knochentrocken – ob sie nun verbrannt war oder nicht, jeder Laut fiel ihr schwer. Dennoch hatte sie das Gefühl, etwas sagen zu müssen, also wandte die sterbende Shalltear Bloodfallen ihre restliche Lebenskraft auf, um ein paar Worte herauszubringen. »L ... Lang lebe Lord Ainz Ooal Gown, Höchstes Geschöpf und Stärkster in ganz Nazarick.« Sie zollte dem Herrscher der Einundvierzig Höchsten Geschöpfe aufrichtigen Respekt. Obwohl sie sich nicht mehr rühren konnte, war ihr erstaunlich leicht ums Herz, als hätte die Hitze ihre Fesseln weggebrannt.

Als ihr Bewusstsein schwand, sah sie jemanden, der nicht da sein sollte – die Person, die das Duell indirekt entschieden hatte.

Eigentlich waren Untote gegen telepathische Effekte immun. Allerdings gab es welche, die genauso funktionierten, aber anders behandelt wurden. So einen Effekt hatte sie benutzt.

Shalltear lächelte nur sanft und sagte: »Gift...zwerg.« Dann, als wäre sie zufrieden, versank sie völlig in der weißen Welt.

Aura beendete ihren Skill *Himmelsauge* und entspannte ihren Schmollmund. Unzufrieden verspottete sie jemanden, der gar nicht da war. »Du Trottel! Dämlicher Schwachkopf, lässt dich kontrollieren, obwohl du untot bist!«

»Wa... Was ist los, Schwesterchen?«

»Hm? Nichts.«

Mare blickte in dieselbe Richtung wie Aura, aber von ihrer Position im Wald sahen sie nichts als Bäume. Allerdings konnte er aus der Richtung, in die sie sah, seine eigenen Schlüsse ziehen – vermutlich hatte sie den Kampf zwischen ihrem Herrn und Shalltear beobachtet.

Ihre Ranger-Skills erlaubten es ihr, alles im Umkreis von etwa anderthalb Kilometern zu beobachten. Deshalb hatten sie die Umgebung zusammen mit den *Eyeball Corpses* überwacht.

»A... Also ist es vorbei?«

»Ja, Ainz hat triumphal gewonnen.«

»D… Dachte ich mir schon.«

Selbst die stärkste Wächterin Nazaricks konnte ihn nicht besiegen. Mare stellte sich Ainz vor und dachte: *Ergibt Sinn.* Derjenige, der die Einundvierzig Höchsten Geschöpfe zusammenhielt, könnte niemals verlieren.

»Also, Schwesterchen. Äh, ähm, gehen wir die Items einsammeln, die Shalltear bei sich hatte?«

Aura dachte an das, was sie mit ihrem Skill als Letztes gesehen hatte. »Scheint so, als würde sich Lord Ainz darum kümmern. Wir ziehen uns wie befohlen zurück.«

»O… Okay.« Er bemerkte Mares miese Laune, also stimmte er zu, ohne mehr zu sagen.

Man hatte Auras *allerbeste Freundin* kontrolliert und schlimmer noch, sie hatte das Schwert gegen ihren Herrn erhoben, den sie alle lieben und dem sie bedingungslos gehorchen sollten. Sie zu töten war absolut logisch, trotzdem schmerzte es.

4

Als er im Thronsaal die Namensliste öffnete, war Shalltears Posten wie erwartet leer. Jetzt war ihr Tod offiziell und der erste Schritt seines Plans abgeschlossen.

Schmerz ergriff Ainz' Herz. Auch wenn es keinen anderen Weg gegeben hatte, die Liste so zu sehen verdeutlichte ihm erst so richtig, was er getan hatte. Er fühlte sich schuldig. In Gedanken entschuldigte er sich bei Shalltear, schluckte schwer den nicht vorhandenen Speichel und sah zu den versammelten Wächtern. »Ich werde Shalltear jetzt wiederbeleben. Albedo, behalte ihren Namen im Auge. Wenn er genauso erscheint wie vorher, unter Gedankenkontrolle …«

»Lord Ainz, ich weiß, es ist etwas voreilig, aber in einem solchen Fall solltet Ihr bitte erlauben, dass wir uns der Sache annehmen.«

Cocytus und Aura stimmten Demiurge bereitwillig zu, Mare bestätigte es passiv. Nur Albedo schwieg.

»Demiurge …« Ainz' Antwort wurde von Demiurges leidenschaftlichen Worten unterbrochen.

»Als Höchstes Geschöpf ist Euer Wort Gesetz, Lord Ainz, und ich weiß, es ist unsere Aufgabe, Euch zu schützen, selbst wenn es uns das Leben kostet. Aber als Euer Diener bin ich zu dem Schluss gekommen, zu gestatten, dass Ihr Euch erneut in offensichtliche Gefahr begebt, wäre höchst unangebracht.« Demiurges Blick zuckte von Ainz zu Albedo. »Sollte Shalltear nach wie vor rebellieren, werden wir, die Wächter, uns ihrer annehmen. Wir würden Euch untertänigst bitten, Euch zurückzuziehen.«

Ainz verstand die Gefühle des Wächters und brachte es nicht über sich, wie üblich stur zu bleiben. »Verstehe. Wächter, ich überlasse es euch.«

Alle verneigten sich.

Er schämte sich bei dem Anblick. *Ich bin ein erbärmlicher Herrscher.*

Er hatte so viel getan, um es zu verhindern, aber nun ließ er die Möglichkeit offen, dass die »Kinder« letztendlich doch gegeneinander kämpften – *Trotz allem ist meine eigene Unvorsichtigkeit der Grund dafür. Das ist alles meine Schuld.*

Er begann zu seufzen, schluckte es aber hinunter, als er die liebevolle Miene der schweigend neben ihm stehenden Albedo sah.

»Lord Ainz, wir sind glücklich, wenn Ihr uns mit Eurer Anwesenheit beehrt. Wem sollten wir dienen, wenn alle Höchsten Geschöpfe fort wären? Und selbst wenn wir wüssten, dass man uns nicht verlassen hat, so ganz allein ist es dennoch einsam.«

»Verstehe. Allein ist es einsam.« Unwillkürlich ließ er den Blick durch den Thronsaal schweifen. Die Einundvierzig Flaggen. Er betrachtete jedes einzelne Wappen auf ihnen. »Ja. Ist es wirklich ... Sogar in der Schatzkammer. Wie dämlich ...« Seine Gefühle hatten ihn überwältigt und er hatte sich zu diesen leisen Bemerkungen hinreißen lassen. Gestählt blickte er zu seinen Wächtern. »Wächter, beschützt mich! Fangen wir an!«

Als alle lebhaft antworteten, packte er das neben ihm schwebende Zepter von Ainz Ooal Gown und richtete es in eine Ecke des Thronsaals.

Dort war ein Berg aus Goldmünzen aufgehäuft – fünfhundert Millionen. So viel kostete Shalltears Wiederbelebung. Früher hätte er noch auf seiner Tastatur Befehle eingeben müssen, aber er wusste, das war nicht mehr notwendig.

Der Münzberg verlor seine Form und verflüssigte sich langsam. Die Wächter hielten sich bereit, während sich das geschmolzene Gold wie ein Fluss bewegte und an einem Punkt sammelte. Die zehntausend Tonnen Goldmünzen schrumpften wie unter enormem Druck und bildeten die Gestalt einer Person. Letztendlich verblasste das Schimmern und ließ eine goldene Gestalt zurück.

Nachdem auch der Rest des goldenen Glanzes verblasst war, blieben nur weiße Haut und langes silbernes Haar. Das war ohne Zweifel Shalltear Bloodfallen.

»Albedo!« Ainz erhob die Stimme, ohne Shalltear aus den Augen zu lassen.

»Bitte seid unbesorgt. Es scheint, die Gedankenkontrolle ist gebrochen.«

»Oh ...« Er seufzte erleichtert und spürte, wie er sich entspannte. Dann griff er in den extradimensionalen Raum und holte einen schwarzen Umhang heraus, mit dem er zur auf dem Boden liegenden Shalltear ging.

Sie hatte die Augen geschlossen, ihre Brust rührte sich nicht. So reglos sah sie wie eine Leiche aus, aber da es sich bei Untoten letztendlich um lebende Leichen handelte, war daran nichts Ungewöhnliches.

Komisch … Ihm war bereits aufgefallen, dass ihre Brust so flach wie die eines Jungen war. Von dort schweifte sein Blick weiter, versuchte eine unverfängliche Stelle zu finden. Möglicherweise war das zu erwarten, aber da er sie gerade wiederbelebt hatte, trug sie keinerlei Kleidung. Er wusste also nicht, wo er hinsehen sollte. Das war ihm dermaßen peinlich, er kam gar nicht erst auf den Gedanken, den Blick abzuwenden. Da sich seine Sehkraft seit seinen Tagen als Mensch stark verbessert hatte, erkannte er jedes noch so kleine Detail in absoluter Deutlichkeit. Sie lag einfach nur da, die Beine leicht gespreizt …

Hastig warf Ainz den Umhang über sie. Der Stoff breitete sich in der Luft aus und legte sich wie vorgesehen über ihren ganzen Körper. *Denk nicht darüber nach. Was für eine Schande! Ich bin untot. Ich habe gar keinen Sexualtrieb! Na ja, fast keinen. Ich hab nur hingesehen, weil ich neugierig war, was sie sonst unter ihrer Kleidung versteckt. In* Yggdrasil *konnte man sich nie vollständig ausziehen, oder? Darum hab ich hingesehen! Genau, nicht weil ich wissen wollte, ob sie Schamhaare hat!* Er wusste nicht einmal, bei wem er sich rechtfertigte, aber als er sich ihr näherte, waren seine Gedanken ein heilloses Durcheinander. Vermutlich ging er nur so langsam, um sich Zeit zu verschaffen, um seine Gedanken zu ordnen.

Er bemühte sich, die Frau hinter ihm zu ignorieren, die sagte: »Wenn Ihr interessiert seid, lasst es mich bitte wissen. Ich stehe Euch jederzeit zur Verfügung …«

Er blieb vor ihr stehen und Shalltear schlug die blutroten Augen auf, als hätte sie seine Anwesenheit bemerkt. Sie sah sich wie ein benommener Mensch um, bis ihr Blick auf Ainz lag. »Lord Ainz?«

Sie klang geistesabwesend, beinahe verschlafen, doch es war auch eine gewisse Loyalität herauszuhören. Trotz der Bestätigung Albedos und Nazaricks internem Verwaltungssystem war es eine Erleichterung, es selbst zu spüren. Voller Freude fiel er auf die Knie und legte die Arme um sie, um ihr beim Aufsetzen zu helfen.

»Uwahh?!«

Trotz ihrer körperlichen Fähigkeiten war sie unvorstellbar zierlich.

Er ignorierte ihr lustiges, ungläubiges Keuchen und umarmte sie nur noch fester. »Ich bin so froh ... Nein, es tut mir leid. Das war alles meine Schuld.«

»Hä? Nein, ich weiß zwar nicht, was passiert ist, aber Ihr habt nichts falsch gemacht, Lord Ainz!« Shalltear schlang ihre kalte Hand um ihn und erwiderte seine Umarmung. Es war ein wenig unheimlich, da sie ihn praktisch befummelte, aber sie war gerade gestorben, vielleicht probierte sie nur ihren Tastsinn aus und Ainz ließ sie gewähren. »Ah, also wird mein erstes Mal mit Lord Ainz hier stattfinden ...?«, sagte sie, aber er beachtete es nicht weiter.

Albedo hingegen erhob mit gemäßigtem Tonfall Einspruch. »Lord Ainz. Shalltear dürfte erschöpft sein. Vielleicht genügt das erst einmal.«

»Stimmt.« Es war durchaus möglich, dass Wiederbelebungen von NPCs genau wie bei Spielercharakteren Strafen nach sich zogen. Das war immerhin ihre erste Wiederbelebung, seit sie in dieser Welt waren, er konnte es also nicht mit Sicherheit sagen. »Wir unterhalten uns später ausführlicher, allerdings gibt es ein paar Dinge, die ich gern sofort wüsste.«

Als Ainz sie losließ, schien Shalltear enttäuscht und spießte Albedo mit ihrem Blick auf. Zur Antwort setzte Albedo ihr übliches freundliches Lächeln auf. Sie schienen sich ewig anzustarren, doch es endete, als Shalltear den Blickkontakt abbrach. »Ja, wie Ihr wünscht ...

Übrigens, Lord Ainz, warum bin ich im Thronsaal? Und aus meinem Zustand und Eurer Reaktion zu schließen, habe ich Euch Schwierigkeiten bereitet …?«

»Eigentlich wollte ich dich genau danach fragen – erinnerst du dich daran, was passiert ist?«

»N… Nein.«

»Entschuldige, Shalltear, aber kannst du mir sagen, was das Letzte ist, woran du dich erinnerst?«

Ihre Erinnerung endete irgendwann während der Ereignisse vor fünf Tagen. Alles danach war verloren.

Ainz konnte den Zauber der Stufe zehn *Control Amnesia* benutzen, um Erinnerungen zu löschen oder zu manipulieren, wie er es in Carne getan hatte. Aber selbst die Manipulation von kurzen Zeiträumen verschlang enorme Mengen MP. Fünf Tage Erinnerungen kosteten ein Vermögen an MP – mehr, als den meisten Castern zur Verfügung standen – und es wäre selbst für Ainz unmöglich, der sich schnell erholte.

Natürlich konnte es sein, das NPCs einfach darauf programmiert waren, bei einer Wiederbelebung ein paar Tage ihrer Erinnerung zu verlieren. Oder es könnte das Werk mehrerer Caster sein, die zusammengearbeitet hatten, um sie zu löschen. Allerdings wusste er nicht einmal, ob das überhaupt machbar war.

Im Moment fehlten ihnen schlichtweg die Informationen, um dieses Geheimnis zu lüften. Er wusste nur mit Sicherheit, dass sie nach wie vor nicht wussten, wer das *World Item* gegen Shalltear eingesetzt hatte.

Nicht zu wissen wer es war, ist heikel. Könnte gut sein, dass sie nur auf den richtigen Zeitpunkt warten, um aus ihren Löchern zu kriechen … Andererseits sollten wir vermutlich froh sein, dass es sich dabei um das schlimmste Szenario handelt. Nun … wir werden uns ausgiebig an dem Verantwortlichen rächen.

Ainz rang seine Wut, die nicht einmal sein untoter Verstand unterdrücken konnte, gewaltsam nieder und fragte Shalltear vorsichtig: »Fühlt sich sonst was nicht wie vorher an?«

Wenn es wie in *Yggdrasil* war, sollte es ihr gut gehen. NPCs verloren keine Level. Er konnte jedoch nicht sagen, ob das in dieser Welt ebenfalls galt. Es könnte sein, dass sie genau wie ein Spieler Level verloren hatte.

Shalltear klopfte sich ab. »Es scheint alles in Ordnung zu sein.«

»Okay.« Kaum dass er das gesagt hatte, sah er, wie sie entsetzt das Gesicht verzog, und machte sich augenblicklich Sorgen um sie.

»Lord Ainz!«

»Was?! Was ist passiert?!«

»Meine Brüste sind weg.«

Bei dieser Antwort verzogen alle Wächter das Gesicht, als wollten sie sagen: *Meine Güte, wir hatten schon das Schlimmste befürchtet!* Sogar Demiurge kräuselte fassungslos die Lippen.

»Wie kannst du das sagen, nach allem, was hier los war?!« Mit dieser Anschuldigung sprach Albedo für alle, und Shalltear zuckte zusammen.

Ainz war dermaßen erschöpft, am liebsten würde er sich mit beiden Händen auf dem Boden abstützen, aber während er den Wächtern geistesabwesend dabei zusah, wie sie anfingen zu zanken, dachte er über Wiederbelebung nach.

Insbesondere musste er daran denken, wie hervorragend es wäre, sollten Clementine, Khajit und die anderen Toten des Friedhofs im Falle einer Wiederbelebung ebenfalls Erinnerungslücken haben. Vermutlich war das jedoch zu optimistisch.

Der Grund für Shalltears Erinnerungsverlust war unbekannt und sollten diese Leute wiederauferstehen – durch entsprechende Magie –, gab es keine Garantie, dass es dasselbe Ergebnis haben würde, wie wenn man einen NPC mit Goldmünzen zurückholte.

Während sich Ainz über all das Gedanken machte, hatte Albedo Shalltear mit ihren einseitigen Anschuldigungen fast zum Weinen gebracht.

Ainz war sicher, seine Bewunderung für die Wächter war ihm anzusehen. Bukubuku Chagama hatte immer mit ihrem kleinen Bruder Peroroncino geschimpft. Und alle anwesenden Gildenmitglieder hatten gelacht. Er hatte das Gefühl, sie in den NPCs wiederzuerkennen.

Ainz streckte die Hand aus, zögerte dann aber, als befände sich eine Glasscheibe vor ihm. Er fühlte sich einsam, als wäre der angenehme Ort, an dem sich die Wächter befanden, nicht mehr als eine Darstellung auf einem Bildschirm. Sollte er sich zu ihnen gesellen, würden sie ihm ohne Zweifel ihre Ergebenheit zeigen, aber der Grund dafür war Angst. Das war nicht dasselbe, wie mit seinen alten Freunden zusammen zu sein. Zu Schade.

Als er die Hand langsam sinken ließ, musste Albedo etwas gespürt haben, da sie sich unvermittelt umdrehte und ihn schweigend ansah. Im Lichte ihres Blicks, den Gefühlen, die er nicht deuten konnte, fragte Ainz beinahe, *Was?*, und die Funken in seinen Augen loderten auf.

Albedo streckte ihm freundlich die Hand entgegen. Er zögerte erst, dann nahm er sie. Sie zog ihn in den Kreis der Wächter. Albedo ergriff als Erste das Wort, dann folgten die anderen.

»Na los, Lord Ainz, seid streng mit ihr.«

»Das solltet Ihr wirklich! Sagt diesem Trottel die Meinung!«

»WAHRLICH, ICH DENKE, EIN ERNSTES WÖRTCHEN WÄRE ANGEBRACHT.«

»Sie muss es klar und deutlich hören.«

»A… Aber vielleicht nicht zu e… ernst, ähm … äh …«

»Ha! Ha ha ha!« Obwohl ihn die Wächter überrascht anstarrten, konnte Ainz nicht anders, als aus tiefstem Herzen zu lachen.

Nachdem er genug hatte, wandte sich Ainz leise an Shalltear. »Ich habe es Albedo schon erklärt, aber das war nicht dein Fehler, Shalltear. Ich hatte alle möglichen Informationen, habe aber nicht weit genug gedacht, also ist es meine Schuld. Du hast nichts falsch gemacht – denk daran.«

»D… Danke.«

»Ich überlasse es dir, ihr alles zu erklären, Demiurge. Einwände?«

Demiurge verneigte sich akzeptierend.

»Übrigens, Sebas …«

»Dient als ein Köder.«

In Reaktion auf die unterkühlte Reaktion eines Mannes, der einen ihrer Freunde als Ablenkung benutzen würde, nickten die Wächter lediglich und nahmen eine unterwürfige Haltung ein: *Der Wille des Herrn der Großen Gruft von Nazarick war wichtiger als die Sicherheit eines Kameraden.*

»Ich will es nicht tun, aber ich muss … Wir wissen nach wie vor nicht, warum man Shalltear ausgewählt hat, aber da er bei ihr war, kann es durchaus sein, dass Sebas das nächste Ziel ist. Darum habe ich ihn nicht zurückbeordert, um ihm ein *World Item* zu geben … Albedo, wähle Personen, die ihn unter größter Heimlichkeit überwachen … Sebas ist vielleicht ein Köder, aber ich habe nicht vor, zuzulassen, dass ihn jemand schluckt. Lass die Überwacher auch wissen, sollte der Feind versuchen, sich ihm zu nähern, ist es ihre Aufgabe, einzugreifen.« Nachdem er seine Befehle gegeben hatte, verengten sich Ainz' Augen – beziehungsweise die roten Flammen schrumpften ein wenig. *Irgendwann finden wir den Kerl, der das* World Item *gegen Shalltear benutzt hat. Und dann wird abgerechnet!*

»Zu Befehl. Ich achte besonders auf Stärke und werde sie sofort zusammenrufen.«

»Ich verlass mich auf dich. Dank Shalltear wissen wir jetzt, dass Wiederauferstehung möglich ist, aber ihr seid die Schöpfungen meiner Freunde – ich möchte nicht noch mal gezwungen sein, einen von euch zu töten.«

Die Wächter verneigten sich bewegt. Sie spürten wohl, wie wichtig sie ihm waren. Worte konnten so wirkungsvoll sein, wenn man sie nur aussprach.

Shalltear schien langsam zu begreifen, was mit ihr geschehen war, und nach einem kurzen Anflug von Entsetzen wirkte sie über alle Maßen beschämt. Ainz bedeutete ihr mit einer Geste, sich deswegen keine Gedanken zu machen, dann sprach ihn jemand an.

»Ähm, Lord Ainz?«

»Was gibt's, Mare?«

»Ähm, äh, müssen wir den Kampfschauplatz wiederherstellen?«

»Nee, das muss nicht sein. Wusstest du, dass enorme Kraft freigesetzt wird, die alles in der Umgebung verwüstet, wenn man einen magieversiegelnden Kristall zerbricht?«

»Hä? Ist das so?«

»Tut mir leid, das war gelogen. Aber so läuft das. Eine Lüge wird zur Wahrheit. Magieversiegelnde Kristalle sind selten, daher kann es vermutlich niemand überprüfen. Albedo, mach den von Nigun kaputt. Und der Schmied soll die bestellte beschädigte Rüstung mit ein paar Brandspuren versehen, damit andere sehen können, was für ein harter Kampf es war.«

»Zu Befehl.«

»Ach, kann auch sein, dass ich ein wenig unvorsichtig war. In den Randgebieten Nazaricks gibt es eindeutig ein paar Feinde, die nur auf uns warten und gefährlich werden können. Ich möchte so bald wie möglich mit einem Plan zur Befestigung anfangen. Als Teil davon überlege ich, mit meinen Skills eine untote Armee zu erschaffen. Wie ich schon sagte, ich … Hm? Oder hab ich das nur zu Albedo gesagt? Egal, ich möchte das zu unserer obersten Priorität machen. Ich will einen

Plan, um die benötigten Leichen vom Friedhof in E-Rantel zu holen.«

»Was das angeht, Lord Ainz ...«

»Ja, Albedo?«

»Mit Menschen könnt Ihr nur Untote der schwächeren und mittleren Stufe erschaffen, richtig?«

»Genau. Und weiter?«

Die stärksten Untoten, die er mit den Leichen der Heiligen Schrift des Sonnenlichts hatte erschaffen können, waren Level 40. Sobald man versuchte, höher zu gehen, zerfielen sie mit der Zeit und verschwanden letztendlich.

»Ich habe mir wie von Euch befohlen Gedanken gemacht, wie wir an frische Leichen kommen könnten, und mich gefragt, was Ihr davon haltet, Nichtmenschen zu benutzen.«

»Ich hoffe, du meinst keine Leichen von Lakaien Nazaricks.«

»Nein, nicht so was. Halbmenschliche.« Albedo schenkte ihm ein grausames – aber dennoch schönes – Lächeln. »Aura hat ein Echsenmenschendorf entdeckt. Was, wenn wir es überfallen und zerstören?«

Epilog

Bellote, der Anführer der Himmelswölfe, einer Abenteurergruppe des Mithrilrangs öffnete die Tür zur Abenteurergilde. Augenblicklich richteten sich ehrfürchtige und bewundernde Blicke auf ihn. Das war er gewohnt. Verglichen zu vor einem Monat allerdings war die Bewunderung ein wenig abgekühlt. *Na, da kann man wohl nichts machen ...*

Er ging die Aufträge am Schwarzen Brett durch. Leider schien es keine für Abenteurer des Mithrilrangs zu geben. Natürlich waren Aufträge, die nur Inhaber von Mithrilmarken annehmen konnten, recht selten, aber daran lag es nicht. Jemand riss alles für den Mithrilrang und höher an sich.

»Sir Momon, hm?« Bellote murmelte den Namen mit einem Anflug von Missgunst. So hieß der Mann, der vor etwa einem Monat einen angeblich mächtigen Vampir getötet hatte.

Er war nicht dabei gewesen, aber jeder, der die Auswirkungen gesehen hatte, konnte sich ausmalen, was für ein erbitterter Kampf auf Leben und Tod es gewesen sein musste. Er war nicht überrascht, dass Igvarge und die anderen Mitglieder von Kralga nicht überlebt hatten. Tatsächlich hätte niemand diesen Kampf überleben sollen.

Als die im Kristall versiegelte Magie freigesetzt worden war, hatte das im weiten Umkreis die Erde geschwärzt. Ein Teil des Schauplatzes war nun sogar eine Wüste. Überraschend daran war, anders hätten sie den Vampir nicht besiegen können. Und doch waren sie lebendig zurückgekommen ... Die heimkehrenden Sieger waren paradoxerweise – Bellotes Meinung nach, der ihnen nicht ebenbürtig war – sogar noch schlimmere Monster als der Vampir.

Dieser Kerl war so stark, dass er ihm Respekt erweisen musste, indem er ihn »Sir« nannte.

Während er an den überwältigend starken Abenteurer dachte, wurde die Tür geöffnet und wie eine Brise ging ein Raunen durch die Gilde. Obwohl er ahnte, was der Grund für die Aufregung war, sah er in dieselbe Richtung wie alle anderen. Genau wie erwartet – da war er, der, über den jeder in der Stadt sprach, der Dunkle Krieger Momon. Auf dem Rücken trug er zwei riesige Schwerter und ihm folgte eine unvergleichliche Schönheit.

»Eine Rüstung komplett aus Adamant … Wie viel die wohl kostet?« Die absolut herausragende Plattenrüstung, der er seinen Spitznamen verdankte, war bei seiner Rückkehr nach dem Kampf schwer beschädigt gewesen. Brandflecken, Klauenspuren, die zu erwartenden Schäden, doch jetzt strahlte die rabenschwarze Rüstung wieder in einwandfreiem Zustand. Sie glänzte makellos – die Zaubergilde hatte alle ihre Mitglieder zusammengerufen, um sie zu reparieren.

Die Adamantmarke um seinen Hals ließ jeden wissen, er war eine lebende Legende, andere Abenteurer bewunderten ihn, er war die letzte Rettung der schwachen Menschen vor stärkeren Rassen. Seine Errungenschaften überstiegen Oreichalkos – ein Rang so hoch, dass es in E-Rantel nie einen solchen Abenteurer gegeben hatte.

Das Erscheinen dieser Art von Held, von denen man normalerweise nur in Geschichten hörte, ließ in der Gilde Begeisterung ausbrechen.

»Die dritte Abenteurergruppe des Adamantrangs des Königreichs …«

»Das ist also der ›Dunkle Krieger‹ Momon, hm? Und hinter ihm die ›Atemberaubende Prinzessin‹ Nabe. Sie ist so wunderschön, wie die Gerüchte sagen …«

»Dieser Wald, angeblich hat er ihn abgefackelt … Es heißt, er hätte es mit Kampfkünsten getan.«

»Nee, auf keinen Fall … wenn er so was mit Kampfkünsten machen könnte, wäre er … kein Mensch!«

»Denkst du nicht, dass er vielleicht einer von nur ein paar Wenigen ist, die dazu fähig sein könnten? Wenn man Adamantrang hat, gehört man zu den Besten der Besten. Sollte mich nicht wundern, wenn er der Stärkste von allen Adamantträgern ist.«

Unter zahllosen bewundernden Blicken schritt Momon hoheitsvoll zum Tresen. Die Abenteurer, die mit der Frau dahinter gesprochen hatten, machten dem höchstrangigen Abenteurer Platz. In ihren Mienen lag Respekt – aber auch Furcht.

Momon sprach die Frau ganz normal an. »Ich habe den angenommenen Auftrag erledigt. Ich bin bereit für den Nächsten, also sucht mir bitte einen aus.«

Die Frau sah ihn einen Moment lang überrascht an. Bellote verstand, warum. Momons Auftrag wäre sogar für eine Gruppe des Mithrilrangs schwierig gewesen und hätte vermutlich eine Weile gedauert. Er hingegen hatte ihn in Windeseile erfüllt.

Ja. Sich auf ihn zu verlassen bedeutete, Aufträge des Mithrilrangs wurden problemlos abgearbeitet. Das war völlig normal. Das war die Definition des Abenteurers mit dem höchsten Rang.

»Die Geschäfte laufen schlecht«, ächzte Bellote. Natürlich meinte er das nicht ernst. Wenn jemand Mithrilstatus erreichte, musste schon etwas Absurdes geschehen, damit er nicht genug Geld hatte, um es sich für den Rest seiner Tage gut gehen zu lassen. Den meisten Abenteurern dieser Gegend mit diesem Rang ging es schon lange nicht mehr ums Geld.

»Ah, verzeiht, Sir Momon. Im Moment haben wir keine Anfragen, die Eurer Zeit würdig wären. Tut mir leid, aber ich hoffe auf Euer Verständnis.« Dabei stand sie auf, um sich zu verneigen.

»Verstehe …« Er wollte noch etwas sagen, hielt sich aber zurück. Ein paar Sekunden später öffnete er den Mund erneut. »Na schön. Eigentlich passt mir das recht gut. Mir ist etwas eingefallen, worum ich mich kümmern muss, ich kehre also in mein Gasthaus zurück. Sollte es dringende Anfragen für mich geben, lasst sie mir bitte zukommen. Ihr wisst doch, wohin, oder?«

»Ja. Im Pavillon zum goldenen Glanz, richtig?«

Ainz nickte, legte sich mit einer ausladenden Geste seinen blutroten Umhang an und verließ die Gilde.

Als er an ihm vorbeiging, hörte Bellote seine leisen Worte. Er verstand nur Bruchstücke und wusste nicht, was sie zu bedeuten hatten.

Was Bellote nicht gehört hatte, war Ainz' Befehl, mit überwältigender militärischer Macht in ein weit entferntes Land einzufallen. »Weist Gargantua an, in Aktion zu treten. Ruft Victim. Sobald Cocytus zurück ist, will ich, dass alle Ebenenwächter ausrücken.«

OVERLORD
Charakterprofile

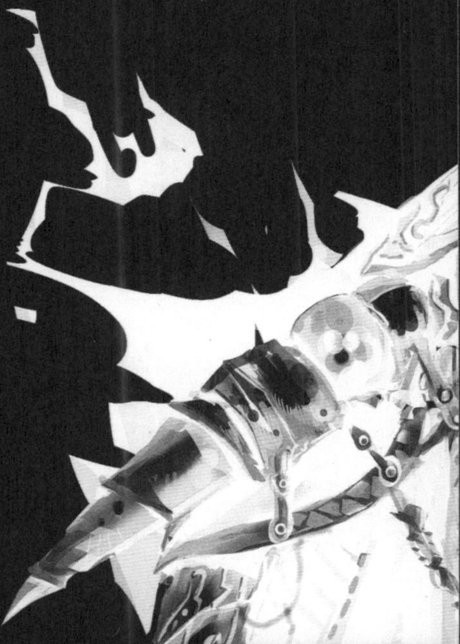

Charakter 9

Yuri Alpha (α)

Heteromorph

Die »Große Schwester« der Kampf-Maids

Rang: —— Kampf-Maid der neunten Ebene der Großen Gruft von Nazarick

Residenz: —— Ein Zimmer in den Dienstbotenquartieren der neunten Ebene

Einordnung: —— *Good* (Karmapunkte 150)

Rassenklassen: —— *Zombie* —— **Level 10**

Dullahan —— **Level 1**

Charakterklassen: —— *Striker* —— **Level 10**

Single Blow —— **Level 5**

Cook —— **Level 1**

Etc.

(Rassenlevel) + (Charakterlevel) —— 51 Level

● Rassenlevel — Charakterlevel ●

insgesamt 11 erreicht — insgesamt 40 erreicht

Statuswerte

Status
Ungefähre Werte auf einer Skala bis 100

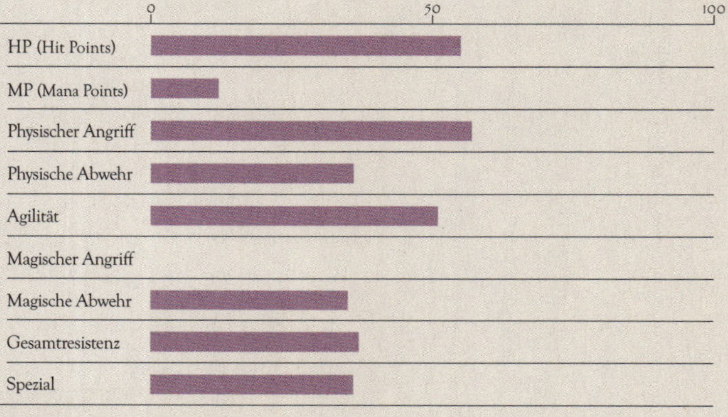

CZ2128 Delta (Δ)

Heteromorph

Angriffs-Maid des Sturmtrupps

Rang: — Kampf-Maid der neunten Ebene der Großen Gruft von Nazarick

Residenz: — Ein Zimmer in den Dienstboten-quartieren der neunten Ebene

Einordnung: — *Neutral-Good* (Karmapunkte 100)

Rassenklassen: — *Automaton* — **Level 5**

Charakterklassen: — *Gunner* — **Level 10**

Sniper — **Level 3**

Assassin — **Level 3**

Stalker — **Level 3**

Etc.

(Rassenlevel) + (Charakterlevel) — 46 Level

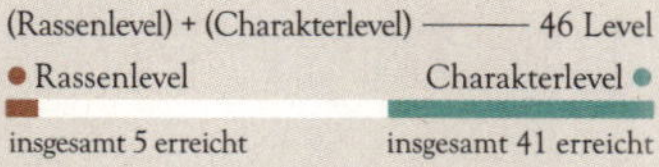

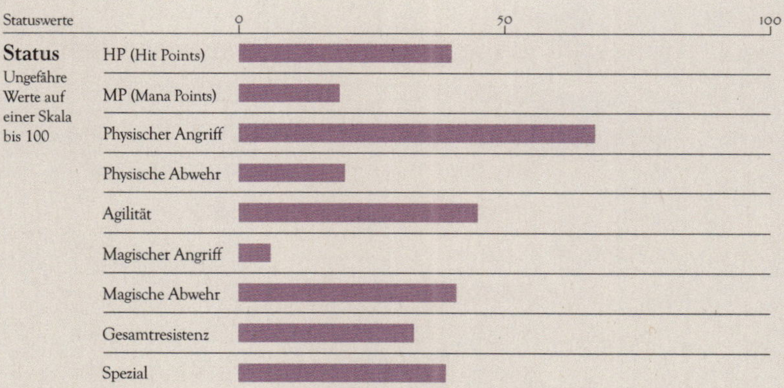

Charakter 11

Shalltear Bloodfallen

Heteromorph

Die blutige Walküre

Aufgabe: — Wächterin der ersten, zweiten und dritten Ebene der Großen Gruft von Nazarick

Residenz: — Die Adipocire-Kammern auf der zweiten Ebene

Einordnung: — *Evil – Extreme-Evil* (Karmapunkte -450)

Rassenklassen: — *Vampire* — **Level 10**

True Vampire — **Level 10**

Charakterklassen: — *Valkyrie: Lance* — **Level 5**

Cursed Knight — **Level 5**

Cleric — **Level 10**

Etc.

(Rassenlevel) + (Charakterlevel) — 100 Level

● Rassenlevel — insgesamt 20 erreicht

Charakterlevel ● — insgesamt 80 erreicht

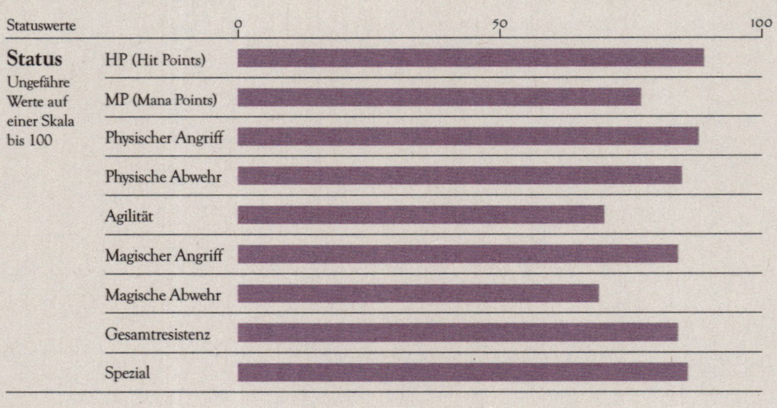

Pandora's Actor

Heteromorph

Gesichtsloser mit unbegrenzten Möglichkeiten

Aufgabe: —— Flächenwächter der Schatzkammer der Großen Gruft von Nazarick

Residenz: —— Das oberste Managerzimmer

Einordnung: —— *Neutral* (Karmapunkte -50)

Rassenklassen: —— *Doppelgänger* —— **Level 15**

Greater Doppelgänger —— **Level 10**

Etc.

Charakterklassen: —— *Expert* —— **Level 10**

Craftsman —— **Level 10**

Castle Lord —— **Level 15**

Etc.

(Rassenlevel) + (Charakterlevel) —— 100 Level

● Rassenlevel — Charakterlevel ●

insgesamt 45 erreicht — insgesamt 55 erreicht

Status
Ungefähre Werte auf einer Skala bis 100

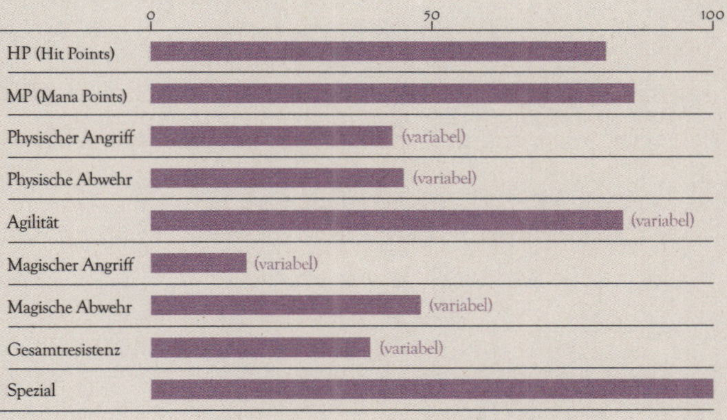

Nachwort

Seit dem letzten Band sind etwa vier Monate vergangen – ich freue mich, euch wiederzusehen. Ich bin der Autor, Kugane Maruyama.

Also, wie fandet ihr *Overlord 3: Die blutige Walküre*? Ich hoffe, es hat euch gefallen.

Was soll ich überhaupt im Nachwort schreiben? Das frage ich mich jedes Mal. Ich pendle nur zwischen dem Büro und meinem Zuhause, daher habe ich bestimmt nichts Interessantes zu erzählen. Also werde ich etwas offenbaren (Trommelwirbel, bitte) – meinen viermonatigen Arbeitszeitplan.

Erst schreibe ich etwa einen Monat lang. Dann sieht es sich der Redakteur an – in diesem Fall war die Geschichte etwa Mitte Januar fertig. Nachdem die Korrekturen fertig sind, bekomme ich die Druckfahnen. An denen schraube ich noch ein bisschen. Ich schätze, sobald ich damit durch bin, dauert es noch mal einen oder anderthalb Monate? So wird das Buch fertiggestellt.

Diese ganzen verschiedenen Dinge und die gesamte Zeit dafür belaufen sich auf … etwa drei Monate, grob gerechnet. Damit bleibt mir noch ein Monat, bis es veröffentlicht wird. In dieser Zeit verfasse ich die Internet-Updates und teile sie für eine monatliche Veröffentlichung auf.

Meine eigentliche Arbeit ist ziemlich einfach, ich kann früh nach Hause gehen, passt also. Müsste ich jeden Tag Überstunden machen, würde ich weniger schlafen und vermutlich hätte ich dann auch nicht diesen freien Monat. Das wäre hart.

Aber wie schafft man es, innerhalb von drei Monaten ein Buch zu veröffentlichen? Ich wünschte, jemand könnte mir das erklären.

Okay, ab jetzt möchte ich mich bei ein paar Leuten bedanken.

An so-bin, Code Design Studio, Osako und F-ta: Ohne euch hätte ich das nie geschafft. Nochmals danke.

Honey, vielen Dank für deine aufmerksamen Einblicke. Ich habe mich beeilt, alles in Ordnung zu bringen.

Und an jeden, der das Buch gekauft hat, vielen herzlichen Dank. Wenn ihr mir etwas sagen wollt ... schreibt mir!

Okay, das nächste Mal ... geht es um Echsenmenschen! Ich hoffe, ihr bleibt mir treu!

Also dann, bis bald.

Kugane Maruyama

März 2013

Ainz hat mir am Ende wirklich gut gefallen.

Und ein verärgerter Demiurge war mal was Neues (lol).

2013, so-bin

Vorschau

Eine Armee des Todes marschiert auf ein friedliches Echsenmenschendorf zu – eine Armee der Untoten, entsandt von Nazarick. Ihr Befehlshaber ist der Herrscher des eisigen Flusses, Cocytus.

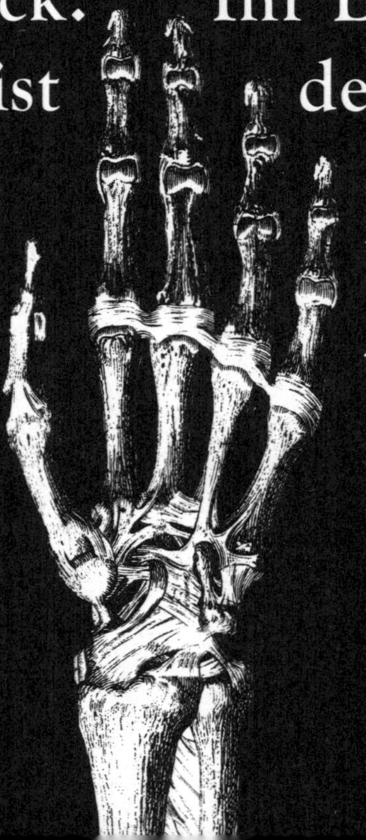

Das Echsenmenschen-bündnis gegen die Große Gruft von Nazarick. Die Schwachen sind nichts als Nahrung für die Starken in der gnadenlosen Welt, die euch in Ausgabe 4 erwartet.

OVERLORD

Band 4: Die Helden der Echsenmenschen

Kugane Maruyama | Illustration: so-bin

TOKYOPOP GmbH
Hamburg

TOKYOPOP
1. Auflage, 2023
Deutsche Ausgabe/German Edition

Übersetzt von René Ulmer

Redaktion: Markus Rohde
Lektorat: Katrin Aust
Lettering und Herstellung: Annika Meyer-Wülfing
Umschlaggestaltung: Anja Winteroll, Annika Meyer-Wülfing
Druck und buchbinderische Verarbeitung:
CPI – Clausen & Bosse GmbH, Leck
Printed in Germany

MIX Papier FSC® C083411
Wir achten auf die Umwelt.
Dieses Produkt besteht aus FSC®-zertifizierten und anderen kontrollierten Materialien.

ISBN 978-3-8420-7177-3

www.tokyopop.de

THE RISING OF THE SHIELD HERO – LIGHT NOVEL

Yusagi Aneko

Beim Stöbern in der Bibliothek entdeckt der Nerd Naofumi ein Buch mit der Aufschrift *Traktat der Waffen der vier Heiligen*. Nur wenige Augenblicke später verliert er das Bewusstsein und erwacht in einer videospielartigen Welt. Diese steht kurz vor ihrem Untergang und allein vier legendäre Helden sollen in der Lage sein, den bevorstehenden Angriffswellen der Monster aus anderen Dimensionen Einhalt zu gebieten. Naofumi ist einer von ihnen – der Held des Schildes. Allerdings genießt seine auf Verteidigung spezialisierte Waffe wenig Ansehen. Von Verachtung und Verrat umgeben, steht Naofumi nun vor seiner größten Aufgabe: der Held zu werden, den bisher niemand in ihm sieht!

TOKYOPOP®

www.tokyopop.de

SWORD ART ONLINE – LIGHT NOVEL

Reki Kawahara / abec

Dein Spiel, dein Leben!

Wir schreiben das Jahr 2022: Gamer auf der ganzen Welt warten gespannt auf das neue Virtual-Reality-Game *Sword Art Online*, in dem man die Spielewelt so real wie nie zuvor erleben kann! Doch als die Spieler in Massen online gehen, stellen sie geschockt fest, dass es keine Möglichkeit zum Log-out gibt. Eine Rückkehr in die Realität ist ihnen nur möglich, wenn sie das Game komplett durchspielen. Doch ein Game Over in der Welt von Aincrad bedeutet den Tod im wirklichen Leben!

DIE BRAUT DES MAGIERS
LIGHT NOVEL – DAS SILBERNE GARN

Kore Yamazaki

Eine weitere Kurzgeschichtensammlung zu *Die Braut des Magiers*!

Die Welt von Elias und Chise ist viel größer, als es den Anschein hat! Unzählige Feen und Geister kreuzen abermals ihren Weg und entführen sie in unbekannte verborgene Winkel. Dieses Werk vereint die magische Geschichte von Kore Yamazaki, der Schöpferin von *Die Braut des Magiers*, mit weiteren Erzählungen japanischer Autoren – wie ein Wandteppich aus silbernem Garn, der Erinnerungen und Geheimnisse miteinander verwebt.